Michael Köhlmeier

Der Peverl Toni

SERIE PIPER

Zu diesem Buch

Dies ist das erste Buch des österreichischen Schriftstellers Michael Köhlmeier, erschienen 1982, und ein phantastischer Roman. Sieben Abenteuer läßt der Autor seinen Helden bestehen, der so unversehrbar ist wie Candide und so unschuldig wie der junge Simplizissimus; Abenteuer, in denen sich unsere Wirklichkeit auf märchenhafte, verrückte Weise spiegelt. Im Nachtclub Dolomiti in Südtirol zaubert Soffi Mutz alles, was sich der Peverl Toni ausdenkt, herbei. Sie nimmt ihn mit auf den weißen Segler in der Bucht von Neapel zu ihren vierzehn Schwestern, die ihn mit Liedern und Tanz verführen wollen. Im warmen Sand einer Südsee-Insel bekommt der Peverl Toni Heimweh und baut sich winzig klein aus Lehm und Kiesel den Ort seiner Kindheit nach. Danach fährt er auf einem U-Boot über alle Weltmeere und entkommt als einziger der großen Katastrophe. Schließlich träumt er den Traum von dem Dorf, wo man tun und lassen kann, was man will, und wo man der sein darf, der man sein will.

Michael Köhlmeier, 1949 geboren, wuchs in Hohenems/Vorarlberg auf, wo er auch heute lebt. Er schrieb zahlreiche Drehbücher, Hörspiele, Theaterstücke und Romane. 1988 erhielt er den Johann-Peter-Hebel-Preis des Landes Baden-Württemberg, 1994 für sein Gesamtwerk den Manès-Sperber-Preis. 1997 wurde er mit dem Anton-Wildgans-Preis und dem Grimmelshausen-Preis ausgezeichnet.

Michael Köhlmeier

Der Peverl Toni

und seine abenteuerliche Reise durch meinen Kopf

Roman

Piper München Zürich

Dieses Buch erschien zuerst 1982 im Hoffmann und Campe Verlag, Hamburg

Von Michael Köhlmeier liegen in der Serie Piper außerdem vor:
Die Figur (1042)
Spielplatz der Helden (1298)
Die Musterschüler (1684)
Moderne Zeiten (1942)
Sagen des klassischen Altertums (2371)
Neue Sagen des klassischen Altertums von Eos bis Aeneas (2372)
Telemach (2466)
Trilogie der sexuellen Abhängigkeit (2547)
Neue Sagen des klassischen Altertums von Amor und Psyche bis Poseidon (2609)

Ungekürzte Taschenbuchausgabe
1. Auflage Oktober 1984
2. Auflage August 1998

Umschlag: Büro Hamburg
Simone Leitenberger, Susanne Schmitt, Annette Hartwig
Umschlagabbildung: Paul von Rittinger
(»Das Tarockbild«, Ausschnitt, 1943)
Foto Umschlagrückseite: Franz Hubmann
Satz: Otto Gutfreund, Darmstadt
Druck und Bindung: Clausen & Bosse, Leck
Printed in Germany ISBN 3-492-20381-7

Inhalt

Aus. Vorbei. Die schöne Zeichenstunde.

Der Bub hat einen Vogel angefangen und ist nur bis zu den Flügeln gekommen. Kein hiesiges Federvieh kann mit solcher Buntheit aufwarten. Bis mein Bauernhof fertig ist, bin ich ausgeschult, denkt der Bub. Drei haben ihren Bauernhof schon abgegeben, und sein Blatt ist noch weiß, und den Vogelflügel könnte die Lehrerin für ein Buntstiftplätzchen halten. In der Bank sitzt er neben dem Freund Franz Michel Bischof.

Die Lehrerin sagt:

– In der Schule lernt man schreiben. Wer weiß, was Schreiben ist? Keiner weiß das in der 1 b. Sehr gerne lacht die Lehrerin.

Daheim sagt der Bub:

– Sie hat jeden Tag ein neues Kleid und einmal weiße Schuhe. Heute hat die Lehrerin einen Reifrock an, der weit ausschwingt, wenn sie sich zur Tafel dreht.

– Ich zeige euch, was Schreiben ist, sagt sie.

Der Bub darf sich neben die Bank stellen und seinen Namen laut aufsagen.

– Pevny Anton.

Die Lehrerin sagt:

– Bist du ein Kärtner oder Steirer oder Wien oder was?

An die Tafel schreibt sie Pevny mit F und I. Aber Pevny ist ein besonderer Name. Man schreibt ihn mit Vogel-Vau und Ypsilon.

– Auf der Landkarte sieht Vorarlberg aus wie ein aufgehängter Waschlappen, sagt die Lehrerin.

– Ich habe früher immer Laschwappen gesagt für Waschlappen, schwätzt der Franz Michel.

– Und ich Kapet für Paket, sagt der Anton.

Daheim beschriftet ihm die Oma das Hausaufgabenheft. Das Schreiben will gelernt sein.

Elio, Nick und Schneider haben spitze Halbschuhe und Lumberjacks. Sie gehen in die 6 a und lassen sich die Haare hinten ausrasieren. Zigarettenrauchen tun sie auch. Beim Schulausflug trödeln sie nach und fußballen mit alten Semmeln. Der Anton ist jetzt in der Dritten und kann sich noch gut an die Zweite erinnern.

Heute wandert die Volksschule Hohenems geschlossen auf den Berg, der Hohe Kugel heißt. Da lernt man sich kennen, und ein Bewunderter ist in Wirklichkeit ein Freundlicher, der ausgerechnet mit dem Anton am meisten redet und zu Hause in der Südtirolersiedlung mindestens er weiß gar nicht wie viele Rolf-Torring-Heftchen hat.

– Du kannst sie dir ausleihen, sagt der Elio.

Oft nach dem Schulausflug hat Elios Mutter eine echte Rindssuppe im Topf. Elios großer Bruder liegt im Kinderzimmer auf dem Stockbett. Er hat eine leopardige Badehose an.

– Das ist der Pevny Anton, sagt der Elio.

– Servus, Peverl Toni, sagt der große Bruder.

Der Elio flüstert dem Peverl Toni ins Ohr:

– Er ist fast fünfzehn und war schon oft im Kino für achtzehn und möchte, daß man Schani zu ihm sagt und gibt Kopfnüsse und Roßbisse.

Vor dem Essen sagt er:

– Die Steirer und die Kärntner und die Wiener sind viel

lässiger als die Vorarlberger. Der Schani möcht' am liebsten ein Wiener sein.
Es wär eine Undankbarkeit vom Anton, wenn er den Peverl Toni nicht annähme. Man braucht es ja später, wenn man in ein anderes Land zieht, niemandem zu erzählen. Der Peverl Toni bekommt den Teller mit den blauen Vergißmeinnicht. Die Suppe hat eine Einlage, zu der die Mutter Hochzeitsbollen sagt. Der Vater hört die Nachrichten. Wenn einer redet, klopft er mit dem Löffel auf den Tisch. Nur einmal schimpft er.
Der Pit Weißmann ist sehr treu. Eigentlich immer sagt er:
– Was könnten wir heute unternehmen?
Sein wertvollster Besitz ist ein Weltatlas. Manchmal schauen sie sich die Welt an. Es sind zweihundert Bilder und Landkarten. Der Pit Weißmann hat Hosenträger. Jedesmal, wenn ihn der Peverl Toni stehen sieht, denkt er: eine Birne; und wenn er ihn sitzen sieht: ein Apfel.
Mit Sechzehn hat der Anton etwas in Aussicht bei dem Reisebüro in Dornbirn. Ins Kino für achtzehn würde man ihn nie hineinlassen, weil er so zart ist und bubenhaft dunkelblond und widerborstig gelockt. Beim Föhn ist der Himmel so flach, und die Berge sind so nah. Einmal schaut er vom Schloßberg hinunter auf Hohenems: Die Pfarrkirche und die Volksschule, dazwischen die Hauptstraße. Die Autos sehen aus, als könnte er sie mit dem Daumen aufhalten.
Dann hat er den siebzehnten Geburtstag. Von der Oma bekommt er eine neue Jacke und ein weißes Hemd geschenkt. Das schöne Frühlingswetter möchte er ausnützen. Die neuen Sachen zieht er an, und auf dem Zickzackweg geht er hinauf zum Schloßberg.

HIER BEGINNT

DAS ERSTE ABENTEUER

Erstes Kapitel

Wolf und Hund kann ein Heutiger kaum noch unterscheiden. Rehe hingegen sind entweder starr wie Denkmäler oder flink. Wer hat je ein Reh sich faul umdrehen gesehen! Hier haben die Tiere meistens heimischen Charakter.

Auf halbem Weg wartet ein etwas niedriger Hund auf den Peverl Toni, und dieser Hund ist heute eine Wölfin. Sie hat ein Gesicht. Hunde haben das nicht. Augen, die alles anschauen, und alles, was sie angeschaut haben, ist hinterher, als sei es genommen und besessen worden, man will es nicht mehr angreifen. Tapsige Schritte, den Kopf am Boden, kommt sie näher, trägt schwer an allem, was sie schon gehabt hat, und hat einen mageren Schatten von allem, was sie noch will. Nie auf dem Hohenemser Schloßberg hat es so ein Tier gegeben. Solche Tiere kennen den Gebrauch von Armen und Beinen beim

Menschen. Einen Gegenstand herumwirbeln soll man, dann vertrollen sie sich. Der Peverl Toni zieht die Jacke aus und macht die Arme frei. Die Wölfin hustet und scharrt und rennt und bremst und schaut. Da kriegt der Peverl Toni Angst und läßt die Jacke fallen. Ein Leopard wartet ein Stück weiter hinten auf ihn. Der reckt den Hals bei immer gleichen Schritten hin und her und springt auch manchmal zur Seite und zurück, als ob sein Angriff aus Lust und Laune käme, gleich oder erst bald, wie es ihm unterm Fell juckt. Der Peverl Toni dreht sich und kennt sich nicht aus, denn vom Weg ab über den Hang hinunter ist erst recht kein Davonkommen, weil da ein Löwe steht, lang und zweimannshoch aufgerichtet im Bärlauch. Der tänzelt nicht und hüstelt nicht und schaut am Peverl Toni vorbei, als wüßte er sicher, daß er ihm gehören wird.
So kommen solche Tiere von links und von rechts und von unten, und der Peverl Toni, vorwärts, hinauf über den Hang, krallt sich im Lauch fest, reißt an Gebüschen, dann bei der Felswand kann er nicht weiter und wirft mit Erde, sieht eine Frau, die ihm winkt, und als sie das tut, sind die Tiere verschwunden, und der Peverl Toni ist nicht mehr außer Atem.

Zweites Kapitel

Die kleinste Zauberei, wenn sie wirklich, ist gleich wie die größte. Auch Wunder unterscheiden sich eigentlich nicht. Man muß alles, was man von der Welt weiß, im Kopf umdenken. Nur wenn Zauberei gar zu schnell vonstatten ging, kann man so tun, als sei sie nicht gewesen, und die Veränderung der Dinge den fixen Händen des Zauberers zuschreiben.
Der Peverl Toni hat sich auf die Erde setzen müssen aus lauter Überraschung und Staunen. Die Zauberin steht, wo sie war, und schaut freundlich herüber. Sie ist eine schöne, große Frau. Mitten im Frühling in der freien Natur hat sie ein schwarzes Schaustellerkostüm an. Weiß ist ihre Haut und schwarz ihr Haar.

– Sie hätten dir nichts getan, sagt die Frau. Ich habe sie zu deiner Freude zaubern wollen und habe sie wieder weggemacht, als ich sah, daß du dich fürchtest.
Der Waldboden ist so steil, daß der Peverl Toni kaum sitzen kann, und darum steht er auf, und Stehen ist nicht besser. Schnauf für Schnauf rutschen seine Füße im Laubdreck und Bärlauch ab. Das geht noch schneller und schneller über den Hang hinunter bis zum Weg, und dort gebremst, will er sich umdrehen, glaubt, alles war Spuk und Schwindel, aber die Frau steht bei ihm, streicht um ihn herum, hüpft hopp ein Bein und hopp und schwingt sich auf den Zaun, der den Weg schützt. Dort sitzt sie.

– Ich hab' dich schon von weitem gesehen, sagt sie. Ich habe mir gedacht, daß du schön sein würdest. Aber du bist noch schöner von nahem.

– War das richtig gezaubert, fragt der Peverl Toni.

– Ja, sagt die Frau, mein Beruf ist die Zauberei.
Das Licht durch die Bäume scheint ihr in den Rücken, so daß ihr Gesicht im Schatten ist. Sie wiegt ihren Körper auf die eine Seite und auf die andere Seite, und damit sie nicht von der schmalen Zaunlatte fällt, gleicht sie aus, mit dem rechten Bein auf der einen Seite, mit dem linken Bein auf der anderen Seite.

– So kann ich Ihnen nicht ins Gesicht schauen, sagt der Peverl Toni. Der Schatten verdunkelt alles.

– Willst du mein Gesicht sehen, dann mußt du mir in die Augen schauen, sagt die Frau.

– Aber das geht so nicht, sagt der Peverl Toni.

– Setz dich zu mir, sagt sie, setz dich mir gegenüber. Dann schaukeln wir, einmal hinüber und einmal herüber.

– Müßt' einem nicht der Steiß weh tun, sagt der Peverl Toni und denkt: Aber nein. Und denkt: Alles kommt nur vom Umdenken, und weil noch nicht alles umgedacht ist.

– Jetzt kannst du in meine Augen schauen, sagt die Frau. Halte dich fest, und dann schaukeln wir. Dann ist es, als ob du in den fallenden Schnee schaust oder in die Wolken, wenn Wind ist.
Sie streichelt über seine Haare, und als sie seine Augen hat, freut er sich auf einmal, daß alles so ist. Jetzt schaukelt sie sogar freihändig, die Schenkel ausgestreckt nach links und nach

rechts, die Arme hoch hinaus, die Hüfte wiegt sie, den Hals lang und steil, die Brüste dem Peverl Toni entgegen reckt sie, so schaut sie unter den schwarzen Wimpern hervor.

– Ich kann nur zaubern, was in mir ist, sagt die Frau. Aber wenn ich in deine Augen schaue, dann weiß ich, welche Wünsche du hast. Vielleicht kann ich sie zu mir herüberholen und erfüllen.

Jetzt schaukelt sie auch vor und zurück, und ihre Schenkel spreizt sie noch breiter, und den Peverl Toni regt das auf, denn er muß unbedingt hinschauen, wo das ganze Gewicht der Erde auf die schmale Zaunlatte und weiter auf die Schamhalbkugel unter ihrem Schaustellerkostüm drückt und wippt.

– Es tut weh, sagt die Frau. Aber man kann dabei angenehm denken.

Sie schließt ihre Schenkel um seine Hüften.

– Jetzt bist du mein einziger Halt, sagt sie, und kannst du nicht im Gleichgewicht bleiben, dann stürzen wir – entweder herüber auf den Weg oder hinüber über den Abhang. Wir könnten uns verletzen. Schaukle, los schaukle!

Der Peverl Toni traut sich nur wenig. Gleich gibt die Frau Druck mit ihren Beinen – hin und her, hin und her.

– Du mußt im Rhythmus schaukeln, sagt sie, dann kannst du ein Lied dazu singen.

– Ich mag nicht singen, sagt der Peverl Toni. Ich mag so bleiben.

– Dann werde ich ein Lied singen, sagt die Frau. Aber du mußt mir den Rhythmus dazu schaukeln.

Mit leiser, dunkler Stimme fängt sie an zu singen, und der Peverl Toni neigt sich leicht nach hüben und drüben. Aber bald ist es ihr zu langsam, und sie singt schneller und lauter und gibt mit ihrem ganzen Körper dem Peverl Toni den Takt. So singt sie:

Kaum war der Tag am End', da kam
vom Wald der schwarze Teufelsmann,
er kam, die Grete holen.
Der Vater schaut, die Mutter schaut,
der Heiner ruft: »'s war meine Braut!
Jetzt hat er sie gestohlen!«

Es zieht der schwarze Mann die Gret'
am Haar, weil sie nicht schneller geht,
denn schnell will er sie haben.
In einer Nacht ward sie zur Frau,
in einem Jahr gebiert die Frau
den schwarzen Teufelsknaben.

Der schwarze Knabe ward ein Mann,
und als der Tag am End' war, kam
er, die Maria holen.
Der Vater schaut, die Mutter schaut,
der Friedrich ruft: »'s war meine Braut!
Jetzt hat er sie gestohlen!«

Der schwarze Mann zieht die Marie
am Haar, sie hat so lahme Knie,
er will sie schneller haben.
In einer Nacht ward sie zur Frau,
in einem Jahr gebiert die Frau
den schwarzen Teufelsknaben.

Der schwarze Knabe ward ein Mann,
und als der Tag am End' war, kam
er, die Johanna holen.
Der Vater lacht, die Mutter lacht,
der Theo ruft: »Von dieser Nacht
wirst du dich nie erholen!«

Die rote Hanna zieht den Mann,
wo sie am besten greifen kann,
und legt sich auf ihn nieder.
Man hört ihn schrein die ganze Nacht,
der Morgen kommt, die Hanna lacht,
der Mann schreit nie mehr wieder.

In einem Jahr gebiert die Frau
ein Töchterlein, das wird zur Frau
in kaum zwei Dutzend Jahren.
Und eines hellen Tages kam
das schwarze Teufelsweib und nahm
die Männer, wie sie waren.

Nach langen Küssen kennt man sich und traut sich zu vertrauen. Gleich ist das Wiegen und das Singen. Die Frau hat sich dem Peverl Toni ins Herz gesungen, und doch hat er ihr Lied nicht verstanden und nur ihre Stimme gehört. Ihre Beine umklammern seinen Rücken, und ihre Stirn berührt die seine, ganz nah haben sie sich in den Augen.

– Wünsch dir etwas, sagt die Frau.

– Sitzen und denken will ich, glaub' ich, sagt der Peverl Toni.

– Denken kann man so und so, sagt die Frau.

– Aber du bist doch eine Zauberin, sagt der Peverl Toni. Wie kannst du da wissen, was Denken ist. Zaubern kann man nur in einer anderen Welt. In meiner Welt hat noch niemand gezaubert. Dafür soll man in der anderen Welt nicht denken können!

– Wir schaukeln hin und schaukeln her, sagt die Frau. Einmal nach links und einmal nach rechts, einmal hinüber und einmal herüber. Wenn man hinüben ist, weiß man nicht, was drüben ist, und drüben nicht, was herüben ist. Nur darf man beim Schaukeln nicht fallen – nicht hinüber und nicht herüber. Denken tut man drüben, und denken tut man herüben.

So seh' ich ihn auf dem Zaun sitzen, meinen Peverl Toni, schaukeln und denken, stundenlang in die Augen der fremden Frau schauen und dabei schaukeln und denken, schaukeln und denken. Denn nie kann man so gut denken wie sitzend auf einem Zaun. Und ich, Michael Johannes Maria Köhlmeier, schaukle auf meinem Schreibtischstuhl, weil ich genauso fest nachdenken will. Ich habe den Wecker auf eine Stunde später gestellt, so lange will ich mir Zeit geben. Soll ich so oder soll ich anders?

Man muß dieses tun, und man muß jenes tun, hin und her, hinüber und herüber. Man muß sich das Denken abpressen. Das Denken muß rein sein. Man sollte so denken, daß sich die Gedanken in klaren Zeichen darstellen lassen, wenn möglich in Zahlen. Das Denken hat keinen Körper, und wenn doch, dann den einer Ameise. Man muß aber beim Denken im eigenen Geschlecht sein. Man darf nicht glauben, daß reines Denken den Anruch der Keuschheit habe. Es ist wie Biertrinker und Weintrinker. Ein häßlicher Biertrinker, der ein Lied singt, das für seinen eigenen Körper und gegen den eines Polizisten ist, den nenn' ich einen schönen Biertrinker, und er ist auch schön, ich weiß es, denn ich habe ihn gesehen. Das Denken sollte nicht getrübt werden. Leiden Tiere eigentlich? Ich weiß, daß reiche Leute andere Gedanken haben als ich. Und ganz Arme haben auch andere Gedanken. Wo es hinterlistige Banden gibt und ausgemachte Zeichen, dort gibt es zumindest auch Ehemänner und Ehefrauen. Was gereicht mir dort zum Schaden? Welche Geistesgaben sind mir mitgegeben? Man darf nicht zu viel spielen und lieber niemandem ähnlich sehen. Vor lauter Langeweile weiß ich mich nicht zu schützen. Ein Fotoalbum ist eine klare Anweisung. Ist ein Computer wirklich das modernste? Die Frauen sind ein anderes Geschlecht als ich. Viele Jahre sind ins Land gegangen, seit ich dich zum ersten Mal zu mir nach Hause brachte. Am anderen Geschlecht liebe ich am meisten, daß es anders denkt. Der ganze Gruselglanz ist die erotische Verzauberung des anderen. Daß man aneckt, ist auch recht. Ich glaube nicht, daß irgendwelche Fallen, wie gut geködert sie immer sein mögen, auf Dauer den Erfolg verbürgen oder den Verstand täuschen können. Die Liebe zur Weisheit und die Untersuchung der Wahrheit, worin das Geschäft des Denkens besteht, gibt ihm so viel Ansehen bei mir, daß mir sein Beispiel zum Unterricht dient. Denken und Vernunft sind aber nicht dasselbe. Denn Vernunft ist nur ein kleiner Teil des Denkens. So ist es unvernünftig, das Gegenteil der Wahrheit zu denken. Und doch ist es Denken, und doch ist es Untersuchen der Wahrheit.

Da wacht der Peverl Toni auf, und es ist wie in einer anderen Welt. Aber er hat doch gar nicht geschlafen! Ein schöner Abend, ein herrlicher Abend, so gut gelaunt, voll im Kopf und im Herzen und aller Abenteuer Lust.

– Schöne Männer und Theaterspiele liebe ich am meisten, sagt die Frau. Männer, die meine Zauberei nicht mögen, mag ich auch nicht. Ich habe aus Männern schon Kleider gemacht, und Ohren hab' ich abgeschnitten. Wenn ein Mann ganz besonders schön ist und die Zauberei liebt, dann stelle ich ihn meinen Schwestern vor, die auf einem weißen Schiff leben, und er kann uns haben, um sich zu vergnügen.

Bin ich denn nicht schon siebzehn Jahre lang gewesen wie ich war, denkt der Peverl Toni, und sind siebzehn Jahre denn nicht genug? Hat er denn nicht oft gewünscht, daß ein Einbrecher käme und ihn für kostbar genug halte, um ihn mitzunehmen? Die Polarnächte, die er im Ausgedachten unter der zuhausigen Zudecke verbrachte – in Wirklichkeit aber in einem genauest selber entworfenen Schlafsack, dank dessen er als einziger eine Expedition überlebt hatte–, ließen ihn beruhigter einschlafen als alles Vorauswissen des nächsten Tages. Der geliebte Polarkreis und der geliebte Orient versprachen ihm die Sicherheit des Abenteuers. Wirklichkeit und Traum trieben ihr Wesen miteinander. Die Wirklichkeit verflüchtigt sich nicht. Sie ist auch morgen noch da. Auf sie ist Verlaß. Sie hat keinen Stolz. Man kann sie nicht kränken. Nie wendet sie sich ab. Aber wie leicht verliert sich der Traum aus den Augen.

– Ich kann in deinen Augen sehen, sagt die Frau. Wünsche kann ich sehen. Gleich sechs Wünsche sind da. Als erstes wünschst du dir viel Wunderliches in deinem Leben. Als zweites eine Reise um die ganze Welt herum. Als drittes möchtest du Musik hören und beim Tanz zusehen. Als viertes willst du geliebt und begehrt werden. Als fünftes möchtest du von allen gebeten werden und nie etwas tun ohne mindestens fünfzehn Überredungen. Und als sechstes wünschst du dir, daß alle so sind wie du.

Da wird es dem Peverl Toni ganz warm im Bauch, so als habe er sich sechs Wünsche schon immer gewünscht und als seien es dieselben sechs Wünsche gewesen. Bald kann er nicht mehr denken, ohne die Zauberin leben zu können.

– Wie gern würde ich auch zaubern können, sagt der Peverl Toni.

– Du kannst es doch, sagt die Frau. Schau mir in die Augen und denk dir etwas aus, und es wird in Erfüllung gehen.

– Aber dann hab' doch nicht ich gezaubert, sondern du, sagt der Peverl Toni.

– Es ist doch dasselbe, sagt die Frau. Wir beide können zaubern. Du denkst dir die Veränderungen, und ich lasse sie zu.

Da muß der Peverl Toni kichern. Etwas Komisches ist ihm nämlich in den Sinn gekommen. Wie wär's, denkt er, wenn die Baumrinde von dieser Buche da eine Hose wär' mit einem Reißverschluß, den man langsam aufziehen könnte und darunter dann den nackten Baum sähe.

– Schau mir in die Augen, ich hab' mir etwas ausgedacht, sagt er.

Ein kurzer Blick, da hat die Buche, was der Peverl Toni will.

– Soll ich jetzt den Reißverschluß aufmachen, sagt die Frau.

– Der Baum wird sich schämen, sagt der Peverl Toni, und er kriegt es kaum heraus, so beutelt ihn die Gaudi.

– Dann werden seine Blätter rot, sagt die Frau.

– Dann ist Herbst, sagt der Peverl Toni.

Ich hatte wirklich gar keine Mühen mit dem Zaubern, denkt er. Was könnte ich alles aus kleinen Steinchen machen! So geht der laue Abend vorbei. Zum Schluß hat sie ihn in die Arme genommen und seinen Körper leise langsam abgestreichelt mit ihren Fingerspitzen. Als der kühle Abend kommt, holt die Frau ihren Mantel vom Baumgeäst und zieht ihn über und sagt:

– Ich heiße Soffi Mutz. Mein Beruf ist Zaubern, und ich zaubere jede Nacht im Nachtclub Dolomiti in Eppan/Südtirol. Ich kann nur zaubern und sonst nichts. Aber ich mag dort nicht bleiben. Nie kann ich zaubern, was ich will. Immer muß ich darauf achten, die Zuschauer nicht zu erschrecken. Ich will auf das weiße Schiff, wo meine Schwestern sind. Willst du nicht mit mir gehen?

– Nur meine Jacke möcht' ich noch holen, sagt der Peverl Toni. Ich hab' sie fallen lassen, als die Tiere da waren.

– Aber in Wirklichkeit waren die Tiere doch gar nicht da, sagt die Frau. Darum laß doch die Jacke!

– Können wir nicht einmal noch in den Nachtclub gehen und zusammen zaubern, daß sich die Zuschauer wundern, ich als dein Assistent, ruft der Peverl Toni.

– Du bist mein Zaubermeister, sagt Soffi Mutz und nimmt ihn bei der Hand, und schon landen sie in der Garderobe der Zauberin im Nachtclub Dolomiti in Eppan/Südtirol.

Drittes Kapitel

Der Nachtclubbesitzer hat eigentlich eine schlechte Meinung von der Zauberei, und durch den Neuen schaut er hindurch. Er sagt nur:

– Was kann er?

– Zaubern, sagt der Peverl Toni und muß gleich herausplatzen vor Lachen.

Der Nachtclubbesitzer ist um und um rund. Auch der Kopf und die Augen in der Mitte vom Kopf sind rund. Die Unterlippe sieht aus wie ein besonders rundes und bläuliches Kesselchen. Einen Blick hat er für Ecken und Kanten, und rebellischem Aufmupf jeder Art läßt er von allem Anfang an Saures geben. Diesem neuen Bürschchen zum Beispiel traut er auf jeden Fall rein gar nichts zu, außer Frechheiten natürlich. Vielleicht kann er aus einer Kugel zwei machen und einen Liter Wasser in ein Schnapsglas gießen. Steht da im weißen Hemd, wo Smokinggäste erwartet werden in diesem Haus, das ja immer noch dem Nachtclubbesitzer seines ist, wo er doch bitten darf, soviel er will. Er hat ja schließlich auch für sein Äußeres einen Schneider sich abmühen lassen. Jedenfalls: Wenn einer zaubern können möchte, muß sich der Nachtclubbesitzer eine Probe geben lassen dürfen.

– Ich warte, sagt er.

Name, Adresse, Alter will er gar nicht wissen von einem Aufgelesenen. Er tut es ja nur Soffi Mutz zuliebe.

– Jetzt warte ich schon zum zweiten Mal, sagt er.

Nur langsam! Der Peverl Toni muß zuerst fertig denken und Soffi Mutz in die Augen schauen.

Jetzt dann: Seine Hände fliegen vor und ziehen eine Zigarre aus dem Ohr des Nachtclubbesitzers, und die Finger schnippen Feuer auf den Daumen, und dann ist die Zigarre ein Luftballon, und der Luftballon zerplatzt im Feuer zu einer Vase, und die Vase wird ein Bilderbuch und das Bilderbuch eine Taube, und die Taube fliegt davon, und es sieht aus, als wisse sie genau wohin, und nur noch die Fingerspitzen brennen wie Kerzendochte und verrauchen gleich, und der Trick ist vorbei, bitte sehr.

Soffi Mutz jauchzt vor lauter Spaß und küßt den Peverl Toni, den Ihren. Ja, das war gezaubert! Der Peverl Toni muß mit Übertriebenem zurückhalten, weil so etwas einer nicht tut, für den das ein Klacks war. Zaubern bis zum Morgengrauen wär' jetzt eine Leichtigkeit für ihn. Das hat jedenfalls überzeugt. Der Nachtclubbesitzer macht ehrerbietige Diener vor dem

Zaubermeister, der seinem Haus die Ehre gibt. Und als er sich verbeugt, hängt seine Unterlippe noch weiter herunter und wabbelt und schwabbelt wie ein loses Pölsterchen hinauf und hinunter und hin und her.
Soll ich denn nicht auch etwas Gutes tun, denkt der Peverl Toni, und Soffi Mutz tut es: Die Unterlippe des Nachtclubbesitzers schnurrt zusammen und wird vernünftig und ansehnlich, und der Nachtclubbesitzer hat es nicht einmal gemerkt.
Dann ist Vorstellung. Dreimal steht Zauberei auf dem Programm. Der Peverl Toni hat durch das Guckloch im Vorhang geschaut und die Gäste gesehen.

– Staunen sollen sie über dich, sagt Soffi Mutz.

Sie hat ihm einen Herrenanzug gezaubert, ganz aus Schwarz und Weiß. Er soll der junge Herr Graf sein, und Soffi Mutz ist seine schöne In-ihn-Verliebte.
Der erste Zaubertrick geht so: Da steht ein Samtsofa auf der Bühne. Über ein Tischchen wurde ein kleiner Teppich gelegt. Soffi Mutz hat goldene Schuhe an, ihr Kleid ist lang und schwarz. Verführerisch sieht sie aus. Der junge Herr Graf soll es kaum erwarten können. Schloßherrenabend heißt die Nummer. Zuerst sitzen sie bei Tisch. Lang geschieht gar nichts. Dann trägt der Diener fernöstliche Suppe auf. Das Porzellan ist von teurer Art, aber in der Suppe schwimmt ein Dienerhaar.

– Hol's heraus, du Ungehobelter, sagt Soffi Mutz.

Der Peverl Toni denkt: Wie wär's, wenn der Teller auf einmal eine Tiefe hätte wie der Bodensee? Soffi Mutz schaut es ihm aus den Augen heraus. Der Diener sagt:

– Ich kann das Haar nicht erwischen, es ist gesunken.

– Dann greif dem Teller auf den Boden, sagt Soffi Mutz.

Der Diener zieht die Jacke aus und stülpt die Hemdsärmel auf und fährt in den Suppenteller hinein bis zu den Achseln.

– Es ist zu tief, sagt er.

– Was sollen wir tun, fragt Soffi Mutz im Spiel den jungen Herrn Grafen.

Der Peverl Toni denkt: Tauchen!

– Ja, junger Herr Graf, sagt der Diener und tut es.

Gleich verschwinden schon seine Lackschuhe. Weg ist er. Was jeder denkt: Der versteckt sich unter dem Tisch – das stimmt nicht, und es kann leicht bewiesen werden.

– Du großer, schöner, geliebter Zauberer, sagt Soffi Mutz laut ins Mikrophon.

Das Publikum trampelt vor Freude mit den Füßen. Noch nie zuvor war in Eppan/Südtirol so gezaubert worden. Danach kommt der Nachtclubbesitzer hinter den Vorhang und sagt:

– Wie, großer Meister, war das möglich? Ich stand ganz in der Nähe und habe nichts bemerkt.

Soffi Mutz küßt dem Peverl Toni in den Haaren herum und will gar nicht von ihm lassen. Dem Peverl Toni liegt noch das Wort Suppentaucher auf der Zunge.

– Er ist der größte Zauberer, sagt Soffi Mutz. Er ist mein Herzblatt, und mein Herz hat er verzaubert. Wenn er will, kann er Unheil anrichten.

Der Peverl Toni fängt an, sich etwas einzubilden. Der zweite Zaubertrick geht so:

Ein neues Bild ist auf der Bühne zu sehen. Den jungen Herrn Grafen hat es in eine miese Kneipengegend verschlagen. Dampfende Spelunkentüren sind im Hintergrund, und nasser Asphalt ist der Boden. Auch die in den jungen Herrn Grafen Verliebte ist da, schaut verrucht aus, trägt hohe Schuhe und einen dünnen, zitternden Rock und eine saftig knappe Bluse. Ein Wüstling hat ihr den Stoff zerrissen an Schenkel und Brüsten. Der Wüstling aber ist der entlarvte Suppendiener von vorhin. Der will sich rächen, hat sich extra neu kleiden müssen. Jetzt ist er ein Vorstadtfritz mit blauweiß gestreiftem Leibchen und engen schwarzen Hosen und einer Schiebermütze und einem spitzen Halstuch. Zur Tarnung hat er dazu noch einen Schnauz. Seine Rache ist ein wirbelnder Tango. Der Graf steht gerade zur rechten Zeit da.

Jetzt dann:

Zuerst wandert der Tarnschnauz dem Wüstling im ganzen Gesicht herum, über die Wange zu den Augenbrauen, dann zur Stirn, wie eine Schnecke, zieht sich zusammen und dehnt sich wieder aus, einfach grausig. Aber der Wüstling reißt ihn ab, wirft ihn weg. Gut, gleich ist die Mütze ein Huhn. Das hat sich in den Wüstlingshaaren ein Nest gebaut, legt Eier hinein, gackert. Aber der Wüstling wischt sich alles vom Kopf. Wird halt sein Halstuch eine Schlange, die zubeißen kann. Der Wüstling drückt ihr den Kopf ab, schleudert sie von sich. Sein

Tanz wird noch wilder, und die in den Grafen Verliebte läßt er nicht aus, die reißt er her.
Er soll doch besiegt werden, denkt der Peverl Toni und schaut Soffi Mutz in die Augen. Waren ihr seine Gedanken nicht recht? Man kann doch beim Zaubern einen Wüstling nicht dem Erdboden gleich machen! Spiel muß es doch bleiben! Und der Wüstling ist ja in Wirklichkeit derselbe, der hinten aufräumt und die Kostüme ausbürstet. Und den Peverl Toni hat er gleich mit Handschlag begrüßt. Soffi Mutz hat Eigenes im Sinn. Der Peverl Toni muß seine Wünsche bei sich behalten. Nach außen hin tut er, als ob alles so ist, wie er es will.
Die Musik bricht ab. Das Licht geht aus. Das Licht geht an. Die Musik spielt weiter.
Da! Soffi Mutz hat die engen schwarzen Hosen vom Wüstling an und der Wüstling den zerrissenen Rock von Soffi Mutz. Aber in Wirklichkeit sind es gar nicht nur Hose und Rock. Soffi Mutz hat nämlich die Beine vom Wüstling und der Wüstling die Beine von Soffi Mutz! Das ist wirklich ein guter Zaubertrick. Die Zuschauer kennen sich überhaupt nicht mehr aus. Der Peverl Toni wird berühmt. Aber auskennen tut er sich auch nicht.
Die Musik bricht ab. Das Licht geht aus. Das Licht geht an. Die Musik spielt weiter.
Jetzt hat Soffi Mutz auch noch das gestreifte Leibchen vom Wüstling an und der Wüstling die knappe Bluse von Soffi Mutz, und ihren runden Busen hat er auch. In Wirklichkeit aber ist der Wüstlingskopf auf dem Soffi-Mutz-Körper und der Soffi-Mutz-Kopf auf dem Wüstlingskörper. So etwas hat es überhaupt noch nie und nirgends gegeben. Der Peverl Toni versucht, Soffi Mutz in harmlosem Vorbeigehen zu rempeln. Schließlich soll er ja der Zauberer sein.

– Ich hab' eine zündende Idee, flüstert er ihr zu.

Aber Soffi Mutz ist gar nicht bei sich selber.
Die Musik bricht ab. Das Licht geht aus. Das Licht geht an. Die Musik spielt weiter.
Jetzt sind der Wüstling und Soffi Mutz ganz ausgetauscht. Das Kunststück ist zu Ende. Der junge Herr Graf verbeugt sich. Bei sich denkt er: Ich, Peverl Toni, bin zum Glück verschont geblieben. Nun aber klatschen die Zuschauer besonders laut

und befreit und sind froh, weil sie denken: Der Wüstling ist wieder der Wüstling, und Soffi Mutz ist wieder Soffi Mutz. Aber in Wirklichkeit ist der Wüstling Soffi Mutz und Soffi Mutz der Wüstling, und erst hinter dem Vorhang wird richtig getauscht. Da rennt der Mann, der Diener und Wüstling spielen mußte, nach Hause und versteckt sich unter seinem Bett.
Der Nachtclubbesitzer kommt und sagt:
– Ich habe zwar nur wenig Einsichten in die Wissenschaften, aber hatte das eben damit zu tun?
Der Peverl Toni läßt ihn abfahren. Doch so, als wüßte er eine Antwort. Zu Soffi Mutz sagt er:
– Warum hast du mich übergangen?
– Gleich sollst du öffentlich geehrt werden, sagt sie.
Der letzte Zaubertrick ist eine besondere Zugabe für den besonderen Applaus. Als sie sich verbeugen, sagt Soffi Mutz ins Mikrophon:
– Ach, wären nur alle Männer so wie mein Zaubermeister. Denn jede Frau sollte neben sich so einen Mann haben.
Da wird im Zuschauerraum sicherheitshalber genickt und – zack – sitzt neben jeder Frau ein Peverl Toni. Fein und zart, wie der Peverl Toni neben Soffi Mutz. Eine Sekunde lang. Jetzt machen die Zuschauer krampfige Gesichter, und keiner klatscht, aber manchen wird schlecht, und bald werden in der Garderobe die Mäntel verlangt.
Der Nachtclubbesitzer kommt und sagt, und diesmal sehr laut:
– Wenn Sie mir den Trick nicht auf der Stelle erklären, muß ich annehmen, daß Sie wirklich zaubern können, und dann sind Sie entlassen, denn ich bin ein anständiges Haus.
Gemeint ist der Peverl Toni, der hintenherum Soffi Mutz aufhetzt, die vorher ganz zahm aus einer Kugel zwei gemacht und in ein Schnapsglas einen Liter Wasser gegossen hat. Der Peverl Toni ist aber selber so durcheinander, daß er den Mund nicht zukriegt. Was ist denn in so vielen Peverl-Toni-Köpfen auf einmal vorgegangen, denkt er. Wo sind sie jetzt, die Weggemachten, und hat einer etwas mitgenommen von dem anderen oder alle etwas von mir?
– Ich habe Angst vor solchen Sachen, flüstert er Soffi Mutz zu.
Der Nachtclubbesitzer soll das nicht wissen.

– Ich dachte, es sei ein Herzenswunsch von dir, sagt Soffi Mutz.

– Man darf doch selber nur einer sein, sagt der Peverl Toni.

– Ach so, sagt Soffi Mutz.

– Ich warte auf Antwort, fährt der Nachtclubbesitzer dazwischen, dem das Geflüster der Zauberer gefährlich vorkommt. Schnell greift er sich ab, ob er noch ganz bei sich ist. In seinen kugelrunden Augen ist Entsetzen, weil wer weiß, was die Zauberer mit ihm anstellen können.

– Du bist der Meister, flüstert Soffi Mutz zum Peverl Toni. Du mußt jetzt auftrumpfen.

– Ich hab' genug, sagt der Peverl Toni. Ich will gehen.

Aber der Nachtclubbesitzer hält ihn fest. Er will es jetzt genau wissen. Der Peverl Toni hat keine Lust mehr. Es langt grad noch für eines: Schnell schaut er den Nachtclubbesitzer scharf und irgendwie an, daß der sich denken muß: Gleich wird hier einer in ein Meerschweinchen verwandelt, und fest steht, wer. Da überschlagen sich die Worte und Gedanken in seinem Kopf, und als könnte er mit Worten die zaubernde Hand aufhalten, redet er los:

– Richtig zaubern ist Betrug, denn das Publikum glaubt, daß ein Zauberer in Wirklichkeit gar nicht richtig zaubern kann, darum erwartet es, daß in Wirklichkeit nicht richtig gezaubert wird, darum ist es ein Betrug, wenn der Zauberer in Wirklichkeit richtig zaubert, weil das Publikum glaubt, daß ein Zauberer, obwohl er sagt, er sei ein Zauberer, in Wirklichkeit kein richtiger Zauberer ist, und der Zauberer weiß, daß das Publikum das glaubt, und das Publikum glaubt, daß der Zauberer das weiß, und darum besteht ein Einverständnis zwischen Publikum und Zauberer, und darum ist es kein Betrug, wenn ein Zauberer in Wirklichkeit nicht richtig zaubert, sondern es ist ein Betrug, wenn ein Zauberer in Wirklichkeit doch richtig zaubert, denn er tut es, obwohl er weiß, daß das Publikum glaubt, daß er in Wirklichkeit nicht richtig zaubert.

– Gehen wir, sagt Soffi Mutz zum Peverl Toni.

Beide haben am Nachtclubbesitzer vorbeigeschaut, als er so überzeugend gesprochen hat, in die Augen haben sie sich geschaut und eigenständig getan, so als seien sie allein im Gebirge.

Der Nachtclubbesitzer steht vor dem Spiegel und sieht sich.

– Meine Unterlippe, schreit er. Gebt mir meine Unterlippe wieder!

Gleich kommt der helle Tag, und durch alle Türen hinaus fliegen Soffi Mutz und der Peverl Toni, durchsichtig verzaubert, nach Neapel, wo ein weißes Segelschiff vor Anker liegt.

Viertes Kapitel

Auf dem Schiff geht es dann rund. Da lachen sie alles Gestaute aus sich heraus. Und wie es so ist: Nach Lachen, das einem weh tut, erschöpfte Stille. Sie halten sich aneinander. Der Peverl Toni bettet seinen Kopf zwischen ihre Schlüsselbeine. Lange Seufzer schickt er nach ihrer Brust. Sie wiegt ihn und summt dazu die Melodie ihres Liedes. Sie merken es gar nicht, als das Schiff vom Hafen ablegt und vom Wind hinaus aufs offene Meer getragen wird.

– Ich bin jetzt müde, sagt der Peverl Toni.

– Bald werden wir uns schlafen legen, sagt Soffi Mutz.

Das treibt dem Peverl Toni wieder das Blut in den Körper. Er kann jetzt nicht mehr so an ihr lehnen.

– Erzähl mir etwas, sagt er.

– Das ist meine wirkliche Welt, sagt Soffi Mutz. Gefällt sie dir?

Alles in Farben weiß und blau. Das Schiff, ein weißer Segler. Fährt durch die Fluten, eine Freude ist es, ihm zuzuschauen. Liegt auf dem Bauch und rutscht durchs Meer, vorne immer oben, hinten spitz und vorne spitz, ein langes Ausatmen der Fahrtwind, Gischt spritzt an seine Lippen, und hinten dreht sich ein Strudelloch ins Wasser, so schnell bricht es die Wellen. Nie würde der Peverl Toni über so ein Schiff lachen oder Witzchen machen. An alle diese Meere möchte er sich gewöhnen. Aber langsamfahren würde er nie.

Es ist früh am Morgen. Der Peverl Toni steht an der Reling und schaut mit müden, langsamen Augen hinaus in die offene Welt. Keine Sekunde will er verlieren. An diesen Augenblick muß er sich immer erinnern können. Man möchte ihm raten, gar nichts und alles zu erwarten. Er bettet seinen Blick in den Horizont. Die Augen sind zur Ruh gegangen. Aber Soffi Mutz schreckt ihn auf.

– Komm, machen wir einen Spaß, bis das Frühstück bereitet ist, ruft sie.

Sie streichelt seinen Rücken mit den Fingern, eine feine Kitzlerin ist sie. So kann man ihn jetzt leicht haben.

– Du mußt fangen, ruft Soffi Mutz.

– Nein, du, sagt der Peverl Toni.

Soffi Mutz zählt aus:

– Der Neuner ist ein Zigeuner
um acht wird er umgebracht
die Sieben wollte ihn lieben
drum wird sie um sechs zur Hex
und erwürgt gleich fünf mit ihren Strümpf
um vier kommt der neue Kavalier
um drei bricht sie sein Herz entzwei
um zwei kommt sie bei dir vorbei
um eins holt sie deins.

Der Peverl Toni und Soffi Mutz mit durchnachteten, weißen Gesichtern rennen sich hinterher über die Planken und ducken sich unter den weißen Segeln hindurch. Bald sitzen sie wieder beieinander und schauen hinaus. Die Müdigkeit ist eine schlampige Beamtin. Glotzen ist ihr Beruf. Unentschlossenheit heißt der sture Türwächter zum Wunderlichen.

– Such mich, Spielverderber, such mich, ruft sie und läuft ihm davon, nach vorn, am Mast vorbei, schon sieht er sie nicht mehr, der Peverl Toni ihr nach zur Spitze des Schiffes.

Jetzt ist es ganz und gar, als ob er der einzige wäre. Er schaut und greift; Sonderbares zu fühlen und zu sehen: eine rosarote Geschwulst, wie eine wuchtige Frucht, wie eine zerquetschte Erdbeere, vielleicht auch nur eine Erhöhung. Ein riesengroßes, weiches Bett ist es, rostrot, feucht vom spritzenden Meerwasser. Der Peverl Toni wischt mit den Händen darüber. Das gibt dunkle Spuren, am Rand silbern von den Tröpfchen. Man kann sich getrost fallen lassen.

– Hier bin ich, ruft sie.

Soffi Mutz steht über ihm. Sie schaut auf ihn, der daliegt.

– Bin ich nicht noch schöner, als ich bin, sagt sie.
Sie hat nämlich nicht mehr ihr schwarzes Schaustellerkostüm an, sondern ein dunkelrotes, und dieselbe Farbe haben ihre Haare und ihre Schuhe. Rücklings wirft sie sich neben ihn auf das feuchte, seltsame Bett.

– Die Spitze eines fahrenden Segelschiffes ist sehr empfindlich, sagt sie. Jede Erschütterung breitet sich aus über das ganze Schiff. Wir mußten sie polstern, um vor herabfallenden Vögeln und ähnlichem sicher zu sein.
So liegt sie bei ihm, ein Bein über seine Beine gelegt, die Arme ausgebreitet.

– Warum hast du dich dunkelrot gezaubert, fragt er.
Da springt sie auf und läuft davon und ruft:

– Alles zu deiner Freude! Such mich!
Und noch bevor er verschnauft hat, rufen sie von der anderen Seite:

– Hier sind wir!
Soffi Mutz doppelt, einmal hellblau, einmal dunkelgrün. Schon haben sie den Peverl Toni in der Mitte, und die eine schubst ihn nach vorne und die andere nach hinten. Er lehnt sich an ihre Bäuche und spannt seine Muskeln, wenn sie ihre spannen. Er kann Denkmal spielen und umkippen wollen. Die eine gibt ihn weiter zur anderen, und beide fangen ihn auf, wenn er fällt. Jetzt will er wechseln und selber stoßen und fangen. Die Dunkelgrüne soll in die Mitte. Nein, einmal muß er noch, und diesmal lassen sie das steife Denkmal auf die gepolsterte Schiffsspitze fallen und laufen davon.

– Fang uns doch, ruft die eine.

– Such uns doch, ruft die andere.
Hinter den Segeln sind alle versammelt, und Soffi Mutz steht dabei. Sie sagt:

– Darf ich dir meine Schwestern vorstellen.
Da staunt der Peverl Toni mehr als über verdoppelnde Zauberei. Solche Ähnlichkeiten in den Gesichtern! Nur an den Farben ihrer Schaustellerkostüme und den Farben ihrer Haare und den Farben ihrer Schuhe kann er sie unterscheiden. Vierzehn Schwestern, und alle lachen wie Soffi Mutz und bewegen sich wie sie, und auch ihre Stimmen sind gleich.
Da gibt es die Hellrote und die Dunkelrote, die Hellviolette

und die Dunkelviolette, die Hellblaue und die Dunkelblaue, die Hellgrüne und die Dunkelgrüne, die Hellgelbe und die Dunkelgelbe, die Hellorange und die Dunkelorange, die Hellbraune und die Dunkelbraune. Sie drängen sich um ihn herum, und jede will ihn berühren. Da zupft eine an seinem Hemd, hier tupft eine an seine Wange, eine dritte knickt sein Knie, eine vierte knüllt sein Haar. Eine sagt:

– Sag etwas!

Eine andere sagt:

– Tu etwas!

So gehen sie im Haufen nach vorne zur gepolsterten Schiffsspitze und wieder nach hinten und wieder nach vorne. Warum geht man hier eigentlich hin und her, denkt der Peverl Toni. Soffi Mutz nimmt ihn am Arm mit sich vorneweg.

– Sie dürfen ja nicht ihre Haarfarbe verändern und ihre Kostüme austauschen, flüstert der Peverl Toni. Sonst kenne ich mich nicht mehr aus.

– Du brauchst sie doch nicht unterscheiden zu können, sagt Soffi Mutz. Sie sind wie ich. Ich habe von allen einen Teil, und jede hat einen Teil von mir.

Der Peverl Toni kommt sich herumgezerrt vor. Jetzt, wo es fünfzehn Gleiche gibt, kann er bei Soffi Mutz bald keine Lust mehr finden. Jede nimmt der anderen ein bißchen ab, bis die letzte gar nichts mehr hat, und gerade die schaut er dann lange an und sieht, wie sie ist, und daß sie gleich ist wie die anderen, und so sind alle auf einmal dahin, von einer Sekunde auf die andere. Nur wenn er eine so anschaut, daß er die anderen dabei nicht sehen kann, ganz nah und nur in die Augen, dann spürt er es wieder in sich regen.

Soffi Mutz holt ihm die Wünsche aus den Augen und gibt Zeichen. Jetzt kommen die vierzehn Schwestern, jede allein, und nehmen sein Gesicht zwischen ihre Hände und schauen in seine Augen, und jede sagt zur Begrüßung ein Sätzchen, und ihre Namen sagen sie nicht, weil sie keine Namen haben.

– Frühstücken, ruft Soffi Mutz. Jonathan wartet.

Zum Peverl Toni sagt sie:

– Um Jonathan brauchst du dich nicht zu sorgen. Er steht dir nicht im Weg. Er ist unser Diener. Oft redet er durcheinander. Sein Kopf ist innen wie ein unordentliches Kinderzimmer. Du darfst nicht hinhören, wenn er spricht. Aber er hat eine schöne Stimme. Früher sind wir zusammen aufgetreten. Ich habe getanzt, und er hat gesungen. Dann ist er immer dümmer geworden und hat sich die Texte nicht mehr merken können und sich verhaspelt und falsche Worte erfunden, wo er die richtigen vergessen hatte. Man hat ihn nur noch verwenden können, um meinen Auftritt anzusagen. Aber auch hierbei sind ihm bald die Worte entfallen. Schließlich blieb nur noch so viel, daß er die Zahlen von neun abwärts hersagen konnte. Bei null trat er ab, und ich trat auf. Aber dann ist ihm einmal die Null noch vor der Sieben herausgerutscht. Da wurde er entlassen. Weil er so drollig ist, darf er bei uns bleiben. Er kocht und macht sauber und bedient uns, und wir hören ihn gerne singen, denn es stört uns nicht, wenn er die Worte durcheinander bringt.

Gefrühstückt wird auf Deck in heißer Sonne und kühlendem Meerwind. Eine lange Tafel ist aufgestellt worden. Der Peverl Toni darf oben Platz nehmen, rechts und links von ihm an der Tafel entlang sitzen die vierzehn Schwestern, unten, ihm gegenüber, Soffi Mutz. Jonathan kommt mit den Schüsseln. Ein kleiner Mann ohne Hals. Ein kugelrunder, geschorener Kopf ist zwischen die breiten Schultern gesunken. Braun und sonnenbrandverkrustet ist sein Gesicht. Die Augen liegen eng beieinander und blinzeln auch im Schatten und sind matt und leer wie die Augen eines Blinden. Die Lippen sind feucht, weil er sie die ganze Zeit ableckt, und prall wie abgefüllte Blutsäckchen. Sein gedrungener, kleiner Körper sitzt auf krummen, dicken X-Beinen. In einen blauen Matrosenanzug hat man ihn gezwängt. Die Hose unter dem Jäckchen ist so weit nach oben geschnürt worden, daß sie zwischen den Hinterbacken einen tiefen Falt zieht. Dort kratzt er sich, wenn er eine Hand frei hat. Ab und an furzt er.

Für Jonathan steht einsam ein Tischchen bereit mit zwei Semmeln und Milchkaffee. Seine Bewegungen sind gleichfließend, aber wenn er ruhig sitzen will, zittert sein Körper, und wie er jetzt dem Peverl Toni den Rücken zuwendet, sieht es aus, als lache er in sich hinein, so schüttelt es ihn. Dem Peverl Toni ist es gar nicht recht, daß da abseits ein Diener hockt. Der König kommt nach Pompistan und läßt sich Schlösser bauen, elfe, zwölfe, und wehe dem, der lacht. Der Ärmste der Ärmsten der Allerärmsten ist der dumme Knecht, ihn beutelt das Lachen über den Prunk des Königs.

– Kann er nicht zu uns hersitzen, fragt der Peverl Toni.

– Er paßt nicht, und zwar in keiner Weise.

– Er ist noch weniger Mann, als er aussieht.

– Herz und Kopf fehlen ihm gänzlich.

– Von schön keine Rede.

– Und die Hauptsache tritt gar nicht zum Vorschein.

– Hängt zwischen den Beinen und hat gar keine Ausstrahlung.

– Stinkt womöglich nur vor sich hin.

– Ähnlich wie sein übriger Körper.

– Man sollte dafür ein anderes Wort verwenden.

– Etwas, das Geräusche und Gerüche absondert und sonst nichts.

– Eben auch eklige Eßgeräusche.

– Er wird uns den Appetit verderben.

– Und die Vorfreude auf heute abend.

– Soll er bleiben, wo er ist. Sieht man ihn nicht.

– Ich will aber, daß er sich zu uns setzt, sagt der Peverl Toni.
Es ist ihm ganz und gar zuwider, wie die Frauen reden. Er schämt sich vor Jonathan. Am liebsten würde er aufstehen und sagen:

– Ich stecke nicht mit denen unter einer Decke.
Jetzt grinsen die Frauen in sich hinein. Dabei sehen sie arg schön aus. Der Peverl Toni muß direkt heftig werden und mit der Hand auf den Tisch hauen, denn er spürt es schon wieder in sich regen.

– Ruf ihn her, sagt er zu Soffi Mutz.

– Alles, was du willst, sagt Soffi Mutz, gar nicht spöttisch, wie es der Peverl Toni erwartet hat.
Gut, daß wenigstens sie zu mir steht, denkt er. Sie ist ihm doch fünfzehnmal lieber als ihre Schwestern zusammen.

– Komm, Jonathan, sagt sie ruhig und liebenswürdig.
Jonathan springt auf, als sei er erschrocken. So muß er jetzt auch wieder nicht tun, denkt der Peverl Toni. Dumm stellt sich Jonathan vor Soffi Mutz hin.

– Jonathan, willst du uns dafür nachher ein Lied singen?

Jonathan nickt, aber in seinen Augen ist gar nichts. Er soll seinen Stuhl holen und sich an ein Tischbein zwängen. Zu essen gibt es Kalbsnieren, Pfirsiche, Avocados, Herzbrötchen, Camembert und Spargel. Zu trinken gibt es auch etwas. Jonathan traut sich gar nicht recht zuzugreifen. Immer schaut er zuerst zum Peverl Toni hinüber. Einmal kaut der Peverl Toni übertrieben zu ihm hin, um ihm Mut zu machen. Dann aber schämt er sich für diese Bevormundung. Immerhin hat Jonathan die besten Tischmanieren. Den Frauen möchte man gar nicht zuschauen, wie sie sich über alles hermachen. Jeder Semmelbiß sieht aus wie etwas Verbotenes. Der Peverl Toni kriegt kaum etwas hinunter, weil so viel in ihm streitet, Lust und Zorn. Jonathan wartet, bis alle fertig sind, dann springt er auf, steht stramm vor Soffi Mutz.

– Na, Jonathan, was willst du uns singen, sagt sie.

Jonathan glotzt stur geradeaus, als habe er sie nicht verstanden. Zum Peverl Toni hin sagt sie:

– Er kann mich schon verstehen, aber er weiß kein Lied, hat alle Lieder vergessen.

Und zu Jonathan sagt sie:

– Soll ich dir ein Lied vorsingen?

Jonathan nickt nur.

– Also gut, sagt Soffi Mutz und singt:

Was mich im Leben aufrecht hält,
das möcht ich selber wissen.
Mein Köpfchen schläft bei Tag und Nacht,
wird immer schlafen müssen.

Ganz langsam und übertrieben deutlich hat sie gesungen wie zu einem Kind.

– Jetzt du, Jonathan, sagt sie.

Mit hoher dünner Stimme, gar nicht schön, so daß es einem im Herzen erbarmen könnte, singt er:

Wes moch om Liben eufricht heilt,
des mücht och silbir wossin.
Min Küpfchin schleift bi Teg and Necht,
word ommir schlefin mässin.

– Falsch, Jonathan, ruft die Dunkelrote. Sing noch einmal!

Und Jonathan singt:

Wis much um Lobin eifrocht hielt,

dis mächt uch solbor wusson.
Moin Käpfchen schlieft boi Tig end Nicht,
wurd ummor schlifon meisson.

– Falsch, Jonathan, ruft die Hellgrüne. Sing es noch einmal!

Und Jonathan singt:

Wos mach am Lubon oufrucht hölt,
dos meicht ach sulbur wassun.
Muin Keipfchun schlöft bui Tog ind Nocht,
ward ammur schlafun miessun.

– Falsch, Jonathan, ruft die Hellgelbe. Sing es noch einmal!

Und Jonathan singt:

Wus mech em Labun ufracht hült,
dus miecht ech salbar wessan.
Main Kiepfchan schlüft bai Tug ond Nucht,
werd emmar schlufan mössan.

– Falsch, Jonathan, ruft die Dunkelblaue. Sing es noch einmal!

– Schluß jetzt, ruft der Peverl Toni. Laßt ihn in Ruhe!

Jonathan verneigt sich, schichtet die Teller aufeinander und geht in die Küche. Soffi Mutz tröstet den Peverl Toni:

– Jonathan hatte seine Freude. Ich weiß es.

– Ich mag deine Schwestern nicht, sagt der Peverl Toni.

– Aber sie sind doch wie ich, sagt Soffi Mutz.

– Das weiß ich besser, sagt der Peverl Toni. Und jetzt bin ich müde.

Soffi Mutz führt ihn in sein Schlafzimmer, wo ein sauberes, kühles Bett bereitet wurde.

– Jonathan weckt dich zum Mittagessen, sagt sie noch.

Gleich fällt er in Schlaf und wilde Träume.

Fünftes Kapitel

Es ist ja nur Jonathan, der ihn weckt.

– Ich komme früher, weil ich mit dir reden will, sagt er.

Der Peverl Toni muß sich erst aus dem Schlaf bringen.

– Ich dachte, du kannst gar nicht richtig sprechen, sagt er.

– Ich tue nur so, sagt Jonathan. Dann lassen sie mich wenigstens meistens in Ruhe.

Jonathans Atem riecht übel. Sein Gesicht ist schmutzig und krank. Seine Arme zittern. Sein Körper wackelt. Seine Augen sind nach innen gestülpte Haut und zwei schwarze Punkte.

– Du warst anständig zu mir, sagt er. Darum will ich dir raten. Hüte dich vor Soffi Mutz. Wenn sie dich einmal hat, bist du dir selber verloren. Die anderen sind nicht ihre Schwestern. Zauberpuppen sind sie, Vervielfältigungen, die sie von sich selber gemacht hat. Alle sind Soffi Mutz. Laß dir nicht in die Augen schauen! Wenn du die Augen geschlossen hältst, können sie nichts mit dir anstellen.

Der Peverl Toni will ihn abwehren. Aber Jonathan drückt ihn aufs Bett zurück. Der Peverl Toni will schreien, aber Jonathan legt ihm seine Hand aufs Gesicht.

– Sprich nicht laut und schrei nicht, sagt er. Ich tue dir nichts Böses. Wenn du nur auf mich hören wolltest! Freilich bin ich kein schöner Anblick. Es muß endlich ein Ende sein. Ich erzähle dir meine Geschichte, dann wirst du selber sehen.

Da gibt ihm Peverl Toni Zeichen, daß er ruhig sein wird. Jonathan läßt ihn und beginnt:

– Ich habe vor langer Zeit einmal gelebt, wie ich wollte, sagt er. Ich war überaus vermögend. Ländereien und ein großes Schloß habe ich besessen. Aber mein Schönstes war mein Briefmarkenmuseum. Ich hatte eine vorbildliche Sammlung. Dabei war sie bei weitem nicht so umfangreich wie die Sammlungen meiner Kollegen. Aber es lag mir nichts an Anzahl und Masse, und es lag mir auch nichts an eventueller Seltenheit. Mein Interesse galt den Geschichten meiner Briefmarken. Jede einzelne Briefmarke hatte eine eigene Geschichte. Jede Geschichte dokumentierte ich mit den dazugehörenden Gegenständen, die ich beflissen und genau zusammentrug und in meinem Museum ordnete.

Jede Tatsache läßt sich mit einem Gegenstand belegen, und jede Reihe einander zugehöriger Tatsachen ergibt eine Geschichte. Das ist die Philosophie des Sammelns. War auf einer Marke der Kopf des Präsidenten abgebildet, dann beschaffte ich mir die Fotografie, die dem Bild zugrunde lag, und den Fotoapparat, mit dem die Aufnahme gemacht worden war. Und ich forschte weiter, suchte, fand und erwarb alles, was mit dieser Briefmarke in Zusammenhang stand: den Hemdkragen, der auf der Marke zu sehen war, weil ihn der Präsident an jenem Tag getragen hatte, als er fotografiert worden war; die Seife, mit der er sich gewaschen; den Kamm, mit dem er sich gekämmt; die Rasierklinge, mit der er sich rasiert und die Zahnbürste, mit der er sich die Zähne an jenem Tag geputzt hatte. Ich besorgte mir denselben Fleck Tapete, der im Hintergrund der Briefmarke zu sehen war, und so weiter, und ich gab erst Ruhe, wenn ich alles beieinander hatte. Viel Geld habe ich ausgegeben, oft nur, um ein winziges, wertloses Detail zu bekommen. Jede meiner Briefmarken scharte um sich eine Reihe von Gegenständen zu einer kleinen Ausstellung. Alle Räume meines Museums waren voll davon. Jedes Ding kann eine Geschichte erzählen. Man muß es nur befragen und seiner Spur folgen. Jedes Ding ist für sich eine Besonderheit. Eine teure Marke ist teuer, weil sie selten ist. Aber was selten ist, gibt es mindestens zweimal. Die Geschichte auch der billigsten Briefmarke jedoch ist einmalig. Darum sammelte ich die Geschichten zu den Briefmarken und die Gegenstände zu den Geschichten.

Eine besonders häufig verwendete Briefmarke in dem Land, aus dem ich stamme, zeigte folgende Abbildung: Es war die Teilansicht einer ärmlichen Wohnküche. Am Küchentisch saß ein kleines Mädchen, das malte mit einem Kreidegriffel Buchstaben aus seinem Schulbuch ab. Das Schulbuch war an eine Schüssel voll Kartoffeln gelehnt, die vor dem Mädchen auf dem Tisch stand. Zur Kartoffelschlüssel langten von der Seite ins Bild drei Hände, die Gabeln hielten. Die drei Hände waren deutlich als Hände der Mutter, des Vaters und eines zweiten Kindes zu erkennen. Eine Familie saß also zu Tisch, und ein Kind machte dabei seine Hausaufgaben. Es war eine Sondermarke, betitelt: »Das erste Schuljahr der armen Kinder.« Einen Teil des Erlöses spendete das Postministerium dem Unterrichtsministerium zur Beschaffung von Schulbüchern und anderem Schulmaterial für minderbemittelte Schulkinder.

Der Briefmarke lag, so brachte ich in Erfahrung, eine Fotografie zugrunde, die von einem Künstler mit Farbe und Retusche bearbeitet worden war. Den Hintergrund hatte der Künstler dabei ziemlich verschwommen gemacht, denn es kam ihm auf die Hauptsache an: das Hausaufgaben machende Mädchen und die zu Abend essende Familie. So war vom Hintergrund wenig zu sehen, und nur unter der Lupe konnte man ein winziges Detail erkennen, nämlich in der oberen linken Ecke der Briefmarke die untere Kante eines Bilderrahmens und einen kaum wahrnehmbaren Ausschnitt des Gemäldes, das der Rahmen einfaßte. Ein Laie – damit meine ich jemanden, der sich mit dem Aufspüren von Details auf Briefmarken noch nie beschäftigt hat – wäre nicht in der Lage gewesen, auch nur vage anzugeben, was auf diesem winzigen Eckchen dargestellt sein könnte. Auch ich benötigte viel Aufwand und Zeit dafür. Schließlich aber war ich mir sicher, daß es sich dabei entweder um einen Fisch oder um einen beschuhten Damenfuß handeln mußte.

In meiner Forschung konzentrierte ich mich zunächst auf die leichter zu ermittelnden Dinge. Ich fing beim Künstler an, der die Briefmarke gestaltet hatte. Das ist schwieriger, als man annehmen möchte. Denn Künstler, die Briefmarken gestalten, bleiben in der Regel anonym, weil sie sich vor ihren Kollegen schämen und nicht eingestehen wollen, daß ihre finanzielle Lage sie zwingt, solch niedrige Arbeit zu tun. Ich verfügte über genügend routiniertes Feingefühl und natürlich auch über ausgezeichnete Beziehungen zum Postministerium, und so war es mir ein leichtes, den Mann zu finden, der die Szene zuerst fotografiert und dann die Fotografie bearbeitet hatte. Ich erklärte ihm offen mein Anliegen. Ich sah einem Menschen sofort im Gesicht an, welchen Weg ich einschlagen mußte, um sein Vertrauen zu gewinnen. Ich täuschte mich nie. Bereitwillig gab er mir die Originalfotografie der Tischszene, gegen großzügige Bezahlung, versteht sich. Ein Vielfaches berechnete er mir für den Fotoapparat, mit dem die Aufnahme gemacht worden und die Malerutensilien, mit deren Hilfe die Skizze für die Briefmarke zustandegekommen war. Außerdem erhielt ich von ihm die Adresse des Schulmädchens.

Sie war die Tochter eines mit dem Künstler befreundeten Bauern, der dem Künstler dafür Obst und Gemüse versprochen hatte. Die kartoffelessenden Hände des Vaters, der Mutter und des anderen Kindes gehörten zu Personen aus der Nachbarschaft des Bauern. Gabeln, Schultafel, Griffel, Schulbuch,

Küchentisch und Kartoffelschüssel erwarb ich gegen Bezahlung, ebenso jene Teile der Ärmel, die auf der Briefmarke zu sehen waren, und die Kleider des Mädchens. Besonders allerdings interessierte mich das Gemälde im Hintergrund, auf dessen unterer Ecke, die auf der Briefmarke verschwommen zu sehen war, ich auf der Originalfotografie des Künstlers eindeutig einen beschuhten Frauenfuß ausmachen konnte. Die Szene war in der Küche des Bauern fotografiert worden. Der Künstler hatte den Raum vorher umgestaltet und so eingerichtet, wie es das Thema der Briefmarke seiner Meinung nach erforderte. Das Gemälde war von einem Theaterrequisiteur ausgeliehen und danach wieder zurückgegeben worden. Mehr konnte mir der Bauer nicht sagen. Auch was es darstellte, wußte er nicht mehr. Also fragte ich wieder beim Künstler nach, bezahlte, bekam die Adresse des Theaterrequisiteurs und besuchte ihn. Das Gemälde habe er seinerseits nur ausgeborgt, sagte er, und zwar von seiner Großmutter, die inzwischen gestorben sei. Ihren Nachlaß habe man an einen Antiquitätenhändler verkauft. Wenigstens konnte mir der Theaterrequisiteur genau sagen, was Künstler und Bauer vergessen hatten, nämlich was auf dem Gemälde dargestellt war. Es zeigte, so sagte er, eine Tänzerin in anmutiger Pose.

Ich will nur kurz die Stationen nennen, die ich durchlaufen mußte, bis ich schließlich das Bild fand. Der Antiquitätenhändler hatte es billig an einen Studenten verkauft, der hatte den Wert des Bildes erkannt und es für das Fünfhundertfache an eine Galerie abgegeben, die für noch mehr Geld mit einem vornehmen Herrn ins Geschäft gekommen war. Der vornehme Herr war nicht zu Hause, aber seine Haushälterin gab Auskunft, er habe das Bild erstanden, um es einer Dame zu schenken, für die er in der Stadt ein teures Appartement eingerichtet habe. Ich besuchte jene Dame. Sie führte mich in ihren Salon und zeigte mir das Gemälde. Es stellte sie selber dar.

Die Dame war Soffi Mutz.

Seit jeher war ich unempfänglich gewesen für weibliche Reize. Meine Überraschung galt dem seltsamen Zufall, nicht der Schönheit der Frau. Wir sprachen über den Preis des Gemäldes und wurden bald einig. Sie schien weder am Geld noch an dem

Bild großes Interesse zu haben. Aber meine Sammlerleidenschaft trieb mich weiter. Ich wollte auch einen der Schuhe haben, die sie auf dem Gemälde trug, und zwar jenen, den ich unter der Lupe auf der Briefmarke entdeckt hatte, den linken. Sie wolle ihn mir gerne geben, sagte sie, allerdings erst heute nacht nach der Vorstellung, denn sie arbeite in einem Nachtclub als Tänzerin, ich solle aber ruhig mitkommen, sie werde mir den Schuh hinterher in der Garderobe überlassen. Am Abend vertröstete sie mich auf den nächsten Tag, weil sie angeblich irgendwo eingeladen sei und sich keine passenden Schuhe mehr besorgen könne. Am nächsten Tag verschob sie es auf den übernächsten und so weiter. Sie lernte Liebhaber kennen, die sie in diesen Schuhen sehen wollten, sie reiste dahin und dorthin, und ich folgte ihr, mir schwindelt, wenn ich daran denke, mir ist, als hätte ich es geträumt.

Eines Tages, ich glaube, ich war schon über ein Jahr mit ihr auf Reisen, da bemerkte ich erst, daß sie die Schuhe schon lange nicht mehr getragen hatte, und nur mit Mühe fiel mir ein, was ich eigentlich mit den Schuhen wollte, daß es die Schuhe waren, derentwegen ich all diese Reisen unternommen und – da sah ich es deutlich – auch schon so viele Demütigungen eingesteckt hatte, und auf einmal erschien mir meine ganze Sammlerei lächerlich und mein ganzes Leben nutzlos, als hätte ich alles nur geträumt. Und wie von einem bösen Traum geschwächt, traute ich mich nicht mehr, Soffi Mutz nach den Schuhen zu fragen, eher hielt ich es für angebracht, mich für meine Anwesenheit zu entschuldigen, ja, für meine Person um Verzeihung zu bitten.

Die Ereignisse überstürzten sich. Wahrscheinlich war sie schon immer eine Zauberin gewesen, oder sie ist gar keine Zauberin, sondern eine Hypnotiseurin, ja, das glaube ich, ich bin überzeugt, daß wir uns nicht auf einem Schiff befinden, daß alles nur in unseren Köpfen ist, wir selber in unseren Köpfen, winzige Figuren, Puppen, Püppchen, von ihr hineingelegt und herumkommandiert, aber ich weiß es nicht, ich weiß gar nichts mehr.

Irgendwann hat sie angefangen, sich zu verdoppeln und zu verdreifachen und so weiter. Immer wieder lockte sie Männer auf das Schiff, und alle Männer hat sie vernichtet, nur in die Augen geschaut, und sie waren nicht mehr bei sich selber, sie hat sie gelockt und verführt und ihnen schließlich ihr Eigenes genommen. Ich habe sie alle gesehen, ich habe die Schüsseln auf den Tisch gestellt und die Dielen gewischt und ihre Anzüge ausgebürstet und bin häßlich geworden, ein Diener, der sich ohne Gegenrede befehlen läßt, lächerliche Lieder zu singen. Jedesmal, wenn ein neuer Mann kam, hat sie mit ihren Vervielfältigungen ein Abendfest veranstaltet. Kein Mann konnte ihr widerstehen. Ich habe dir meine Geschichte erzählt, weil du anders bist als die anderen Männer, weil du dich Soffi Mutz widersetzt hast, als es darum ging, ob ich mit an der Tafel sitzen darf.

– Und wenn deine Geschichte erlogen ist, sagt der Peverl Toni.

– Sie ist wahr, sagt Jonathan. Ich kann es dir beweisen.

Er preßt sich aus seinem Matrosenanzug und zeigt dem Peverl Toni Rücken und Brust und Bauch. Eng beschrieben von oben bis unten und zu den Seiten: Hunderte von Namen.

– Soffi Mutz hat sich einen Spaß daraus gemacht, die Namen der Männer, die hier ausgelöscht wurden, in meinen Körper zu tätowieren, sagt er.

– Soll da mein Name auch einmal stehen, sagt der Peverl Toni.

– Ja, sagt Jonathan. Tätowiert mit chinesischer Tusche. Es sind die Namen derer, die den Weibern nicht widerstehen konnten. Sie haben sich in die Augen schauen lassen, als sie um sie herumtanzten.

– Warum läßt du das mit dir machen, ruft der Peverl Toni. Mir ekelt vor dir. Du bist ein Unterwürfiger!

– Ich weiß nicht, was passiert, wenn Soffi Mutz ihren Willen nicht bekommt. Aber es wird etwas sein, was ein Ende setzt. Und das will ich.

Der Peverl Toni drückt die Hände vors Gesicht und steckt seinen Kopf in das Kissen.

– Ich muß nachdenken, schreit er.

Sechstes Kapitel

Der Peverl Toni kommt zu spät zur Speisetafel. Die anderen warten schon. Soffi Mutz sitzt ruhig. Sie nickt ihm freundlich zu. Er wollte ihrem Blick ausweichen, aber ihre Augen, weil sie ihn mögen, machten seinen Vorsatz vergessen. Wenn er die Frauen so sitzen sieht, weiß er nicht mehr recht, ob er Jonathans Geschichte glauben soll. Soffi Mutz' Schwestern scheinen ihm ganz und gar anders zu sein, als es bei Vervielfältigungen möglich ist. Sie sind aufgeregt und unruhig, ihre Gesichter nach innen gekehrt, und wenn sie doch einmal aufschauen, dann sind es kämpferische und pläneschmiedende Blicke. Hätte Jonathan erzählt, zum Beispiel die Dunkelrote sei eine böse Zauberin, die sich in allen anderen Farben vervielfältigt hätte, und in Wirklichkeit gäbe es zwei Zauberinnen – eine gute schwarze und eine böse dunkelrote –, dann hätte der Peverl Toni die Wahrheit von Jonathans Geschichte jetzt vor sich gesehen.
Wer ist schon Jonathan, daß man ihm glauben könnte! Jonathan ist mit dem Peverl Toni nicht zu vergleichen! Was kann Soffi Mutz dafür, wenn Jonathan Angst vor ihr hat! Dem Peverl Toni hat sie Abenteuer versprochen, und seit er sie kennt, hat er mehr Wunderliches erlebt, als ein ganzes Leben in einen Tag gepreßt ergeben würde. Der Peverl Toni liebt das Wunderliche, mag es Jonathan doch fürchten. Gut, er will sich vorsehen und abwarten und nicht eingreifen. Das ist ihm sowieso am liebsten. Aber gleich kopflos hoffen, ein fremdes Schiff möge vorbeikommen und ihn aufnehmen und in die normale Welt der Butterbrote zurückbringen – nein, das ist nichts für einen Abenteurer! Und: Dies ist ein wahres Abenteuer, das wäre das Ehrenvollste, was der Peverl Toni über sich gesagt haben möchte.
Der Peverl Toni setzt sich, wo sein Platz ist. Brav bindet er sich die Serviette um. Die guten Teller sind herausgeholt worden und auch die schweren Terrinen. Jonathan teilt aus: Schweinebraten vielleicht oder ein heruntergestürzter Vogel. Man weiß das nicht so genau. Schließlich verweht der Meerwind alle Düfte.

– Jonathan hat den ganzen Vormittag in der Küche ver-

bracht, sagt Soffi Mutz. Der Drollige hat sich so viel Mühe gegeben.
Wenn sie wüßte, was für Geschichten ihr Drolliger hintenherum über sie erzählt, denkt der Peverl Toni, dann wäre der Jonathan gleich ein Meerschweinchen, und das hätte er auch verdient, wenigstens für eine Stunde lang. Wie er dasteht und sich überall kratzt! Der Peverl Toni möchte nichts angreifen, was in Jonathans Händen war. Jonathans Kopf, Jonathans Bauch, Jonathans Beine – alles ist häßlich. In Jonathans Augen ist nichts zu sehen. Er tut, als kenne er den Peverl Toni nicht mehr. Auch einem Zeichen mit den Augenbrauen gibt er nichts zurück.
Und wenn ich die Geschichte von Jonathan nur geträumt habe, denkt der Peverl Toni. Das verwirrt ihn mehr als die wunderlichsten Zaubereien. Aber er weiß doch, was er weiß. Nur: Wenn alles anders ist, als man denkt, sollte man dann nicht erst beim eigenen Denken nachfragen? Er könnte Soffi Mutz bitten, Jonathan aufzutragen, die Jacke auszuziehen. Die Tätowierungen wären dann der Beweis. Aber was für ein Beweis! Soffi Mutz ist doch eine Zauberin, die alles Unbotmäßige leicht ausräumen kann.
Zuletzt kommt Jonathan zum Peverl Toni, um ihm die Speisen zu schöpfen. Der Peverl Toni legt die Hände über den Teller.

– Nein, sagt er. Ich habe keinen Hunger.

Soffi Mutz macht eine Bewegung zu Jonathan hin. Er setzt sich wieder an das Tischbein.

– Wenn er dich stört, schicken wir ihn weg, sagt sie.

Der Peverl Toni schüttelt den Kopf. Wer hat recht – Jonathan oder Soffi Mutz? So eine Verwirrung!

– Wir haben ein Lied mit ihm einstudiert, während du geschlafen hast, sagt Soffi Mutz. Ich glaube, er kann es jetzt. Wir werden ihn nicht mehr verbessern müssen. Wir haben uns etwas Schönes ausgedacht zu deiner Begrüßung. Ich habe meinen Schwestern von deinen innersten Wünschen erzählt. Sie wollen sie dir erfüllen. Wir werden ein Fest bereiten. Du sollst beim Tanz zusehen und Musik hören, und du brauchst nichts tun, ohne vorher fünfzehnmal darum gebeten worden zu sein, und wir werden dich lieben wollen, wenn es dich danach begehrt.

Ist Jonathan ein ausgetüftelter Spielverderber, oder ist Soffi Mutz' freundlicher Ton nur hinterlistige Verführung? Der Peverl Toni will Soffi Mutz auf die Probe stellen. Während sie spricht, hält er sich mit den Daumen die Ohren und mit den Fingerspitzen die Augen zu. Es soll ja nur ein Test sein. Wenn sie es gut mit ihm meint, wird sie es ihm nicht verübeln.

– Warum bist du so abweisend, fragt Soffi Mutz.

Sie bekommt keine Antwort. Fünfzehnmal soll sie nachfragen, denkt der Peverl Toni.

– Sind wir denn nicht schön und verlockend genug, fragt sie.

Jetzt noch dreizehnmal.

– Ist unsere Gastfreundschaft zu wenig sprichwörtlich, fragt sie.

Jetzt noch zwölfmal. Aber ihre Geduld ist schon zu Ende. Mit barscher Stimme, als wäre sie jemand anderes, schreit sie ihn an:

– Antworte gefälligst, wenn ich mit dir rede!

Und die vierzehn Schwestern hauen die Bestecke auf die Teller, daß es Scherben gibt und fluchen und lassen die dreckigsten Schimpfworte hören. Vor Angst kriecht der Peverl Toni ganz in seine Arme. Alle Freundlichkeit ist jetzt dahin. Soffi Mutz schreit noch lauter, und ihre Schwestern schlagen mit den Bestecken auf die Porzellanstücke ein. Ein wahrer Höllentanz ist das.

– Unser Fest wird dir Hören und Sehen vergehen lassen! Du wirst dich dein ganzes Leben lang nach diesem Abend zurücksehnen!

Die Schwestern toben immer wilder und drängen um den Peverl Toni herum und blasen ihren Atem in seinen Nacken und zischen in seine Ohren und knurren wie hungrige Tiere und fluchen und fluchen und fluchen. Ihre gleichen Stimmen vermengen sich, so daß der Peverl Toni, der sie nicht sieht, nicht sagen kann, welche welchen Fluch von sich gibt. Sie springen auf die Stühle und auf den Tisch und zertrampeln die Speisen, bis der Tisch zusammenkracht. Nur noch der Peverl Toni sitzt da, die Arme um den Kopf geschlagen.

Als ihre Schwestern erschöpft übereinander liegen, ruft Soffi Mutz:

– Jonathan, das Lied!

Schon hört ihn der Peverl Toni singen:

Muschel und Buschel
fretzen das Kluck
troffen dem Manni
Blinzel ins Guck
klotzen sein Selbi
hackbacki zwei
lützen und saugen
mädeln ihn bei
lützen und saugen
und mädeln ihn bei

Muschel und Buschel
schnösen im Hos
spunten die Selbis
huizig und groß
dann wenn obwohl daß
weil ohne mit
bauzen und geizen
rutschen im Schnitt
bauzen und geizen
und rutschen im Schnitt

Muschel und Buschel
vier drei zwei eins
Dreiecks und Kugels
Bauchels und Beins
Hintels und Vordels
Muskels und Schwamm
lützen mein Selbi
mädeln mein Kamm
lützen mein Selbi
und mädeln mein Kamm

Lange danach, als er die Augen öffnet, ist er allein. Die Trümmer des Tisches und die zertretenen Speisen sind beiseite geräumt worden, und wieder könnte es sein, als habe er alles nur geträumt. Der Peverl Toni ist noch ganz stumpf und zittrig

vor Schreck. Aber es war spannend, und ums Leben ist er nicht gekommen. Niemand hat ihn berührt. Solang ich mir nicht in die Augen schauen lasse, wird meinem Kopf innen nichts geschehen, denkt er.
Abenteuer sind immer gefährlich. Aber er hat ja aus seinen Träumen Erfahrungen gesammelt, wie Abenteuer ohne Schaden zu bestehen sind. Auch im Süden, wo es warm ist, schmeckt nicht jeder Schritt, den man tut, nach einem Löffel Honig. Wenn man sich einen Felsen ausdenkt, und es ist dann ein ganzes Gebirge, so kann es einem doch nur recht sein. Man macht sich das Seine immer früher, als man es hat. Im Abenteuer heißt Schönheit nicht wissen, was geschehen wird. Die schönsten Träume sind die, in denen man sich nicht schlafend weiß. Sein einfachster Traum zu fahren war stets der südliche. Süden ist die einzige Richtung, die wo, die wie und die was. Das Schiff, das ihn aufnehmen sollte, hatte er doppelt leuchtend gemalt, weil er sich in dem Schiff stets selber sah. Es hätte »die Peverl Toni« heißen müssen, und Häßlichkeiten gegen das Schiff hätte er gespürt wie Verletzungen am eigenen Arm. Die häßlichsten Abenteuer sind jene, die zum Normalen zurückführen. Die Ferne ist immer grausig, wenn man sie nicht will. Aber der Peverl Toni will sie doch! In einem Jahr wird alles ein Abenteuer gewesen sein, denkt er.
Er öffnet Türen, schaut in Nischen, hebt Lukendeckel, steigt über Treppen nach unten und nach oben. Hinter den Türen war Gemauertes, in den Luken konnte man sich nicht verstekken, und die Treppen führten dorthin, wo er schon gewesen war. Das Schiff steht starr, und das Meer ist wie festgefroren. Der Himmel unterscheidet sich vom Wasser nur durch sein helleres Blau. Sich den Schuh binden, würde ein viel zu lautes Geräusch sein. So still ist es auf einmal. Nur Nachdenken fällt nicht auf.
Er geht mit Gedröhn seiner Füße zur Spitze des Schiffes und setzt sich auf das Bett oder Dingsda, das die Schiffsspitze vor herabfallenden Vögeln schützen soll. Jetzt kommt es ihm vor wie eine Zunge, die aus dem Meer gelappt ist. Könnte er Vorschläge machen, er würde raten, in Erwägung zu ziehen, eine Welt zu erschaffen, in der er nie versuchen müßte, woanders zu sein als dort, wo man ihn gerade ertappt. Auf dem

Weichen sitzend, ist er müde geworden. Die Sonne blendet seine Augen, so daß er nur noch die Umrisse des Schiffes vor sich sehen kann, und diese beginnen zu schwinden. Er läßt sich nach hinten fallen, liegt ausgestreckt in dieser Stille. Das viele Licht in seinen Augen betäubt ihn. So leicht geht sein Atem, als läge er nirgends, wirklich nirgends.

Siebtes Kapitel

Von leisem Getaps und Getusch wacht er auf. Hunger hat er. Öffnet die Augen, die unter dem Lid noch die Helle des Tages hatten, und muß sich erst in der Dunkelheit des Abends zurechtfinden. Soffi Mutz und die vierzehn Frauen stehen um das große Bett herum. Die Schwestern haben die Köpfe gesenkt und ihre Blicke, von unten herauf auf den Peverl Toni gerichtet, künden fertig geschmiedete Pläne an. Nur Soffi Mutz nickt ihm aufmunternd zu. War ihr Anfall denn nie gewesen?
Aber der Peverl Toni will sich auf nichts mehr einlassen. Er schirmt die Augen mit der Hand ab, so daß er nur noch die beschuhten Füße der Frauen sehen kann. Ihre Füße werden nicht in mich eindringen können, denkt er. In einem Halbkreis um ihn herum haben sie sich aufgestellt. Es sieht so aus, als bewegten sie sich in Tanzschrittchen auf der Stelle.
Jetzt sieht er die hellrot beschuhten Füße aus der Reihe treten auf ihn zu. Dicht vor ihm bleibt die Hellrote stehen, und mit der Stimme von Soffi Mutz spricht sie:

Nichts lieb' ich mehr, als zu vertrauten Plätzen
mit Fremden, die ich vorher nie gesehen
und nie mehr wiedersehe, hinzugehen.
Du wirst die Lust um vieles höher schätzen,

wenn du danach mit wonnigem Entsetzen
den Puls dir fühlst und fragst: Was ist geschehen?
Ich sag's heraus: Ich mach' es gern im Stehen.
Ich mag es nicht, sich legen und sich setzen

und stundenlang...! Wir würden uns gewöhnen.
Das führt zu vorbestimmten Protokollen,
und diese führ'n zu Töchtern und zu Söhnen.

Doch ich will Lust! Und die gibt's nur in tollen
Gewittern, wo nach Blitzen Donner dröhnen!
Was kann ein schöner Körper andres wollen!

Und die Hellrote geht, und der Peverl Toni sieht die dunkelrot beschuhten Füße auf sich zukommen, und die Dunkelrote spricht:

Was kann ein schöner Körper andres wollen,
als nackt sein und sich nackt berühren lassen!
Den Kopf entzündet, was die Hände fassen,
und nur der Kopf macht Glieder hart geschwollen.

Drum trau dem dummen Körper nicht! Es sollen
die Hände kommandieren! Sie erfassen
sehr schnell die Rundungen des Leibs und passen
der schönsten Form sich an, dem Arsch, dem vollen.

Ich hock' mich rücklings über deine Lenden
und stoß' dein hartes Fleisch in meinen Schacht.
Du liegst bequem und greifst mit beiden Händen

die Backen links und rechts – am Anfang sacht,
dann wild und wilder, bis wir beide enden,
erschöpft und matt am Ende einer Nacht.

Und die Dunkelrote geht, und der Peverl Toni sieht die hellorange beschuhten Füße auf sich zukommen, und die Hellorange spricht:

Erschöpft und matt am Ende einer Nacht
besann ich mich. Mein Leib hat noch gebebt.
Ich hatt' in dieser Nacht so viel erlebt;
die erste Nacht, die ich allein verbracht.

Im Spiegel sah ich mich und hab' gedacht:
Es ist zu viel, ihr Männer, was ihr gebt!
Die Geilheit will gar nicht, wonach sie strebt;
daß sie sich nicht erfüllt, ist ihre Macht!

Dem Mann besorg' ich's, wie's die Männer treiben:
Sein Ding soll sich in meiner Hand ergießen.
Und meines sollen seine Finger reiben.

Die glühend heißen Remmeleien ließen
mich leer zurück. 's ist besser, voll zu bleiben,
als alles bis zur Neige zu genießen!

Und die Hellorange geht, und der Peverl Toni sieht die dunkelorange beschuhten Füße auf sich zukommen, und die Dunkelorange spricht:

Als alles bis zur Neige zu genießen,
ich mir vor Jahren vorgenommen hatte,
erlaubte ich ein wahres Vogelschießen
auf jenes Loch, da heißt: das Nimmersatte.

Und sieh: Von allen Böcken, die mich stießen,
war mir nur der ein idealer Gatte,
den nie die Maße der Natur verließen,
der's trieb wie Hund und Hündin, Ratz und Ratte.

Ein ABC, das jedes Tier versteht:
die Hundefrau, das Weib, auf allen vieren;
der Hundemann, als sei er ins Gebet

versunken, kniet und faßt sie bei den Nieren.
Die Art ist viehisch und zugleich diskret.
Wer wünscht da nicht, er wär' eins von den Tieren!

Und die Dunkelrote geht, und der Peverl Toni sieht die hellgelb beschuhten Füße auf sich zukommen, und die Hellgelbe spricht:

Wer wünscht da nicht, er wär' eins von den Tieren!
Denn jede Schafsnatur kann sich vermehren!
Das sind mir Männer, die nicht mehr begehren,
als mit dem Hammelvieh zu konkurrieren;

die mir die Titten unterm Hemd massieren
und gamsig werden von den harten Beeren,
sich aber bald nicht weiter darum scheren
und nur wie Ochsen in die Fotze stieren!

Sie sollen rittlings auf den Titten sitzen
und staunen, denn durch Heben und durch Senken
der Zitzen bring' ich ihren Speer zum Spritzen.

Ich pfeif' auf Dämchen, die von allen Schlitzen
sich nur auf einen einzigen beschränken;
die stets zufrieden sind, weil sie nicht denken!

Und die Hellgelbe geht, und der Peverl Toni sieht die dunkelgelb beschuhten Füße auf sich zukommen, und die Dunkelgelbe spricht:

Die stets zufrieden sind, weil sie nicht denken,
wo Denken stört, die sind dem wahren Sinn
der Liebe näher als die Buhlerin
und ihr Galan, die sich erst wüst verrenken

und hinterher mit schmerzenden Gelenken
ein schwüles Büchlein konsultieren, worin
geschrieben steht, wie man es macht. – Ich bin
da anders. Ich will meinem Liebsten schenken,

was meinem Leib allein gehört. Ich such'
nicht fremde Lust in einem fremden Buch.
Ich möchte unter meinem Liebsten liegen,

er soll das Seine an das Meine schmiegen,
und unsre Körper werden uns genügen.
Denn nie genug bekommen ist ein Fluch!

Und die Dunkelgelbe geht, und der Peverl Toni sieht die hellgrün beschuhten Füße auf sich zukommen, und die Hellgrüne spricht:

Denn nie genug bekommen ist ein Fluch!
Drum zieh' ich mir die schönsten Kleider an
und geh' hinaus zur Stadt, ein Seidentuch
in meiner Hand, und seh' ich Männer, dann

lass' ich's verstohlen fallen, und wenn sie
grad im Begriff sind, sich zu zanken, greif'
ich ihnen zur Versöhnung an den Schweif
und schieb' den Rock mir schamlos übers Knie.

So nimmt es nach der Reihe seinen Lauf:
Der erste fällt; der zweite fängt gleich Feuer;
der dritte stellt den ersten wieder auf;
und jeder ist dem andern ein Betreuer.

Ich will mir alles Schöne dreifach geben.
Nur Mangel bringt ein einfach Menschenleben.

Und die Hellgrüne geht, und der Peverl Toni sieht die dunkelgrün beschuhten Füße auf sich zukommen, und die Dunkelgrüne spricht:

Nur Mangel bringt ein einfach Menschenleben,
wo alles grade läuft und nichts verkehrt.
Doch einem Mann verkehrt sich hinzugeben,
ist neunundsechzigmal so liebenswert.

Wir schlingen uns und reiben unsre Nasen,
wo's sündig riecht und lecken, zwicken, zwacken...
Ich tu' ihm flott die Klarinette blasen;
er krallt sich fest in meinen prallen Backen.

Wir saugen uns und sind nicht zu entzweien,
bis endlich diese Geilheit platzt und wir
uns gegenseitig in die Ärsche schreien,
ich wie ein Vogelweib, er wie ein Stier.

Mit Menschjammer läßt sich's nicht vergleichen,
wenn wir den höchsten Höhepunkt erreichen.

Und die Dunkelgrüne geht, und der Peverl Toni sieht die hellviolett beschuhten Füße auf sich zukommen, und die Hellviolette spricht:

Wenn wir den höchsten Höhepunkt erreichen,
laß uns das Liebesspiel schnell unterbrechen.
Ich möcht' dann einiges mit dir besprechen,
doch ohne von dem Thema abzuweichen.

Erlaubt ist, um die Körper anzuheizen,
dabei mit Händen Fut und Schwanz zu reizen.
Ich ziehe aber freche Worte vor,
denn unsre Sinne reizen Mund und Ohr.

Ein gutes schweinisches Gerede hat
so manchen Vorteil vor dem besten Fick:
Es dauert länger, und man wird nicht satt,
und Stunden dauern wie ein Augenblick.

Wenn sich die Lust aus diesem Zwang befreit,
dann scheint uns ein Moment, es stockt die Zeit.

Und die Hellviolette geht, und der Peverl Toni sieht die dunkelviolett beschuhten Füße auf sich zukommen, und die Dunkelviolette spricht:

»... dann scheint uns ein Moment, es stockt die Zeit.«
Von wegen! Das ist dumme Prahlerei!
Frohlockt ihr ohne Unterlaß: »Ei, ei!
Die große Heiligkeit hat mich gefreit!

Ich bin so selten wie die Seltenheit!«
Ihr tut mir leid! Gewinn bringt mancherlei,
doch niemals diese eitle Rederei!
Ich üb' mich lieber in Verschwiegenheit.

Ein hohles Ei erkennt man am Gewicht;
ein hohles Hirn wiegt grad so schwer wie ein
Apostelkopf, obwohl der klüger spricht.

Drum: Wer viel plärrt, muß nicht der Klügste sein.
Ich schweig' und prahl' mit meiner Liebe nicht.
So soll es sein! Ich will nicht nur den Schein!

Und weil die Dunkelviolette so bescheiden und so scheinheilig ist, darf sie bleiben und noch einmal sprechen, aber es muß dasselbe sein, und doch etwas anderes, damit der Peverl Toni Bescheidenheit und Scheinheiligkeit auseinanderhalten kann, und sie spricht:

»...dann scheint uns ein Moment, es stockt
die Zeit!« Von wegen! Das
ist dumme Prahlerei. Frohlockt
ihr ohne Unterlaß:

»Ei, ei! Die große Heiligkeit
hat mich gefreit! Ich bin
so selten wie die Seltenheit!«?
Ihr tut mir leid! Gewinn

bringt mancherlei, doch niemals die-
se eitle Rederei.
Ich üb' mich lieber in Verschwie-
genheit. Ein hohles Ei

erkennt man am Gewicht; ein hohl-
es Hirn wiegt grad so schwer
wie ein Apostelkopf, obwohl
der klüger spricht. Drum: Wer

viel plärrt, muß nicht der Klügste sein.
Ich schweig und prahl mit mein-
er Liebe nicht. So soll es sein!
Ich will nicht nur den Schein!

Und die Dunkelviolette geht, und der Peverl Toni sieht die hellblau beschuhten Füße auf sich zukommen, und die Hellblaue spricht:

So soll es sein: Ich will nicht nur den Schein
von einer keuschen Lampe. Ich brauch' Licht.
Denn gern geb' ich den Burschen Unterricht
im Bett. Da muß es hell erleuchtet sein.

Zum Beispiel gibt es dumme Bäuerlein,
die wichsen dauernd, doch ihr kleiner Wicht
beruhigt sich nicht. Da ist es meine Pflicht,
sie von dem Dauerständer zu befrein.

Mit denen fang' ich ganz von vorne an:
Zuerst beim Kleinsten, beim Geschlechtsverkehr;
dem folgt das Pimpern; dann kommt Vögeln dran;

zum Schluß der Fick. Ist dann ihr Schwanz ganz leer,
und ist dafür ihr Herz ganz voll: erst dann –
auf wirkliche Erfüllung – folgt nichts mehr.

Die Hellblaue geht, und der Peverl Toni sieht die dunkelblau beschuhten Füße auf sich zukommen, und die Dunkelblaue spricht:

Auf wirkliche Erfüllung folgt nichts mehr.
Nur meine Hände, die auf andre Art
den kleinen Tod genießen, fordern zart,
doch ohne Zögern seine Wiederkehr.

Denn sie begehren mehr, als ich begehr',
und in dein kleines Tier sind sie vernarrt.
Sie zausen gerne seinen krausen Bart
und lieben seine Rosenhaut so sehr.

Könnt' ich durch Zauber ein Gespräch belauschen,
das meine Hände miteinander führen,
ich hörte: »Ach, wir dürfen nur berühren,

was anderen erfülltes Glück beschert!
Nur einmal wollen wir mit ihnen tauschen,
weil die Natur uns dieses Glück verwehrt!«

Und die Dunkelblaue geht, und der Peverl Toni sieht die hellbraun beschuhten Füße auf sich zukommen, und die Hellbraune spricht:

»Weil die Natur uns dieses Glück verwehrt,
darum, mein Weib, beschlaf' ich nicht
dein andres Loch, das kleine.« Also spricht
ein braver Schafskopf. Wie bedauernswert!

Denn seine Frau kennt nicht den Vorgenuß,
wenn er ihr Loch mit seinem Finger mißt
und dann mit Salbe schmiert – noch besser ist
ein speichelnasser Afterzungenkuß...

Und dann... ins rosabraune Löchlein sticht
der böse Mann...! Oh, böse Stecherei!
Mach fester...! Tiefer...! Rein und raus...! Ich schrei!

Für jene Frauen, denen nachher nicht
vom Arschloch bis ins Hirn die Engel singen,
vermag nur noch der Tod Erfüllung bringen!

Und die Hellbraune geht, und der Peverl Toni sieht die dunkelbraun beschuhten Füße auf sich zukommen, und die Dunkelbraune spricht:

Vermag nur noch der Tod Erfüllung bringen,
wenn alles Kreuz und Quer und Raus und Rein
dich nicht erlöst von dieser Höllenpein,
und dich die Lüste wie zuvor verschlingen?

Sich zu entleiben, darauf kommt es an.
Gelingt dies deinem Leib nicht von allein,
dann will er schlagen und geschlagen sein;
dann sei in einem Sklave und Tyrann!

Hör nicht auf dein vermodertes Gewissen!
»Das eine ist erlaubt, das andre nicht«,
so hält sein Todesfinger Weltgericht.

Vertreib es schnell mit Knüffen und mit Bissen!
Und gibt ein Ochsenziemer bessre Hiebe,
so preis' ich ihn als höchste Lust der Liebe!

Und die Dunkelbraune geht. Jetzt kommt Soffi Mutz. Ihre schwarz beschuhten Füße bewegen sich mit solcher Anmut auf den Peverl Toni zu, daß er zweifelt, ob er die Augen abgeschirmt lassen soll. Wenn sie mir jetzt noch einmal ein Leben voll Abenteuer und Glück verspricht, werde ich sie trotz allem wählen, denkt er.
Ihre Stimme ist voll wie alle Stimmen ihrer Schwestern zusammen. Sie spricht leiser als jene und so, als läge Wehmut auf ihrem Herzen:

Was kann ein schöner Körper andres wollen –
erschöpft und matt am Ende einer Nacht –,
als alles bis zur Neige zu genießen!

Wer wünscht' da nicht, er wär' eins von den Tieren,
die stets zufrieden sind, weil sie nicht denken!
Denn nie genug bekommen ist ein Fluch!

Nur Mangel bringt ein einfach Menschenleben:
Wenn wir den höchsten Höhepunkt erreichen,
dann scheint uns ein Moment, es stockt die Zeit.
So soll es sein! Ich will nicht nur den Schein!

Auf wirkliche Erfüllung folgt nichts mehr!
Weil die Natur uns dieses Glück verwehrt,
vermag nur noch der Tod Erfüllung bringen.
So preis' ich ihn als höchste Lust der Liebe!

Armer Peverl Toni, armer, armer Peverl Toni! Fest schließt er die Arme um seinen Kopf. So bleibt er. Erst ist alles ganz still. Er hört nur die Frauen atmen. Auf einmal schreit Soffi Mutz, wie er noch nie jemanden hat schreien hören:

– Sag, wie du heißt! Sieh mich an! Dein Name!
Jetzt ist der Peverl Toni entschlossen: Er will auf diesem Schiff nie mehr ein Wort sagen. In allen Sprachen auf einmal findet ihr Zorn sein Gewand. Lang wartet der Peverl Toni. Soffi Mutz hat ihn lassen müssen. Erst jetzt öffnet er die Augen.

Achtes Kapitel

Es ist stockrabenschwarze Nacht geworden. Und wüßte er nicht von allem Anfang an, daß, was auch geschieht, er immer derselbe sein wird, würde er jetzt daran zweifeln. Denn nichts Eigenes können seine Augen sehen, wenn er an sich hinabschaut. Ich bin der Sieger, denkt er. Aber gleichzeitig denkt er auch noch etwas anderes, und das spricht er aus:

– Ach, hätte ich doch nie den Schloßberg verlassen!
Er wollte doch gar nichts sagen, und ganz bestimmt ist es nicht aus seinem Mund gekommen. Schnell dreht er sich zur Seite und berührt einen, der dort sitzt. Und derselbe berührt ihn. Sie greifen sich ab, öffnen das vertraute Hemd des anderen, streichen über den vertrauten Hals des anderen. Es ist, als wär' der eigene Körper zur Seite gerutscht. Sie berühren sich auch, wo sie noch niemand berührt hat. Und doch ist Freude über die Vertrautheit und dann erst Entsetzen über die Gleichheit.

– Ich bin der Richtige, sagt einer.

– Nein, ich, sagt der andere.
Sie greifen sich in den Mund, wo die Stimmen herausgekommen sind, drücken die Zunge zwischen Daumen und Zeigefinger, öffnen und schließen die Lippen, und der eine wehrt sich nicht gegen den anderen.

– Geh, sagt der eine.

– Nein, du, sagt der andere.
Man wird es nicht greifen, aber man wird es sehen können, denken sie bei sich. Sie stützen sich und tasten in der Dunkelheit zur Kajüte.

– Jonathan, rufen sie.
Jonathan hockt unter dem Mast.

– Etwas ist geschehen, sagen sie.

– Bist du jetzt zwei, sagt Jonathan.

Beiden legt er eine Hand auf die Schultern. Sie spüren, wie seine Hände zittern, so schüttelt ihn sein Kichern.

– Das muß ich sehen, sagt Jonathan.

Holt eine Laterne. Zündet sie an. So sehe ich aus, wenn ich entsetzt bin, denkt der eine, als er den anderen zum ersten Mal sieht, und der andere denkt dasselbe über den einen. Zwei Peverl Tonis können sich in einer Sekunde schon nicht mehr ertragen.

– Ich muß über euch lachen, sagt Jonathan. Ich bin ekelhaft, ihr seid doppelt. Lieber das erste.

– Aber es ist doch ernst, sagen sie. Wie können wir wissen, wer der Echte und wer der Nachgemachte ist?

– Das weiß ich auch nicht und will es gar nicht wissen, sagt Jonathan. Jetzt werdet ihr umfallen. Einer von euch wird ihr zu Willen sein. Ich kann nur über euch lachen. Tut mir einen Gefallen und geht im Gleichschritt auf und ab. Links, zwei, drei, vier. Ich spüre es: Gleich kommt mein großes Lachen. Es kündigt sich schon an. Mein Lachen hat nämlich Manieren. Es meldet sich erst in der Mundhöhle an. Er windet sich und krümmt sich und piepst.

– Du häßlicher Zwerg, sagt ein Peverl Toni.

Aber Jonathan hört nicht auf.

– Du kannst ja nicht einmal von neun auf null zählen, sagt der andere Peverl Toni.

Da muß Jonathan noch schlimmer lachen.

– O doch, das kann ich, ruft er. Niemand kann das besser. Aber wenn ich es das nächste Mal tue, dann ist es der Auszählreim für das Ende. Dann wird Soffi Mutz nicht auftreten, sondern abtreten. Wenn ihr mich zählen hört, haltet eure Köpfe!

Sie verlassen Jonathan und helfen sich gegenseitig irgendwohin. Damit niemand zuhören kann, flüstern sie sich ins Ohr:

– Würdest du lieber wieder zum Schloßberg zurück?

– Würdest du immer noch jedes Abenteuer dem Normalen vorziehen?

– Ja, sagt der eine.

– Ja, sagt der andere.

– Willst du wirklich lieber das Schlimmste als mit mir zusammensein?

– Willst du lieber mit mir zusammensein als das Schlimmste?

– Ja, sagt der eine.

– Ja, sagt der andere.

Aber beides kann doch nicht sein, denken sie. Dann schleicht sich der eine vom anderen weg in die Dunkelheit, und der andere tut dasselbe, und so schleichen sie im Kreis und treffen wieder aufeinander.

– Geh mir aus dem Weg, sagt der eine.

– Ich bin der Richtige, sagt der andere.

– Nein, ich, sagt der eine.

– Nein, ich, sagt der andere.

Sie wollen schon die Hand gegen sich erheben.

– Bleib du hier stehen, ich gehe, damit wir uns nicht begegnen, sagt der eine.

– Geh, sagt der andere.

Aber der eine bleibt, weil er dem anderen mißtraut. Und so bleiben beide stehen, und sie wissen es, auch wenn sie sich nicht sehen können. Dann versuchen sie es noch einmal. Da gehen beide und treffen wieder aufeinander. Als ihnen Hassen und Fliehen kein Ausweg mehr scheint, nehmen sie sich bei den Händen und tasten sich nach vorne zur Spitze des Schiffes. Hier auf dem Gepolsterten sitzt Soffi Mutz und wartet.

– Hat deine Bockigkeit ein Ende, fragt sie.

– Schau uns in die Augen und mach mit einem von uns, was du willst, aber sag, wer der Falsche ist, und den mach weg!

So reden beide.

– Bringt Licht! Bringt eine Nadel! Bringt chinesische Tusche! Bringt Jonathan, ruft Soffi Mutz.

Die vierzehn Schwestern kommen und tragen Kerzen und das Verlangte und ziehen Jonathan am Arm.

– Komm, Jonathan, ruft Soffi Mutz. Zieh deine Jacke aus! Dein Rücken bekommt einen neuen Namen.

Da sehen sich die Peverl Tonis wieder im Licht. Keiner traut sich, irgend etwas zu denken. Gleichzeitig würde es auch der andere wissen. Soffi Mutz schaut beiden in die Augen, jedem einzeln, läßt ihre Köpfe aneinander halten, läßt die beiden herumdrehen, läßt sich die Hand geben.

– Ihr wißt es doch selber, sagt sie. Ihr müßt es wissen, wer sonst. Wer ist es?

– Ich bin der Richtige, sagt der eine.

– Nein, ich, sagt der andere.

– Sag deinen Namen, ruft Soffi Mutz.

– Erst, wenn der Falsche weg ist, sagen sie.

Soffi Mutz hat zu gut gezaubert. Sie weiß selbst nicht, welcher der richtige Peverl Toni ist, dem sie in die Augen schauen muß.

– Verschwindet! Alle! Weiber! Männer!

Die Kerzen fallen zu Boden und erlöschen, als die Schwestern auseinanderlaufen. Mit einem langen Schrei taumelt Soffi Mutz über das Deck und schreit, bis ihre Luft zu Ende ist. Als sie Atem holt, geht Jonathan weg. Eine Melodie summt er.

Ein Peverl Toni läßt den anderen. Einer wickelt sich in Segeltuch, der andere kriecht in ein Faß.

Jetzt bricht Soffi Mutz los!

Neuntes Kapitel

Bald kommt der Morgen. Soffi Mutz, außer Atem, hält Gericht mit den Dingen. Dem Mast befiehlt sie, wieder Nichts zu sein. Und er verschwindet, als sei er nie gewesen. Jonathan trampelt und singt:

Der Sechser hat es gut, er braucht
Wacholderschnaps nicht scheun.
Denn fällt er trunken auf den Kopf,
denkt jeder: eine Neun.

Die Segel, die frei ohne Mast im Himmel hängen, ruft Soffi Mutz an. Sie sollen Himmel werden! Und sie werden es, und Jonathan singt:

Die Null ist tot! Die Null ist tot!
Ich hab' sie totgemacht!
Den Hals hab' ich ihr umgedreht!
Jetzt ist sie eine Acht.

Die Schwestern, die zusammenhocken, bekommen Soffi Mutz' Finger auf sich gezeigt, und nur ein leerer Platz bleibt zurück, wo sie saßen. Soffi Mutz' Stimme hält länger, und es ist, als sei sie ins Leere gerufen worden. Jonathan singt:

Zwei Parallelen können im
Unendlichen sich lieben.
Das dauert lang, ein Querstrich kam,
jetzt sind zu dritt sie sieben.

So folgen die Speisetafel und die Kajüte, die Taue und die Stühle, das Steuerrad und die gepolsterte Schiffsspitze. Und Jonathan weiß zu allem einen Auszählreim:

Krötenpiß und Schlangenei,
Besenbast und Hex':
Ein runder Kopf im Galgenstrick
sieht aus wie eine Sechs.

Lebt die Eiche fünfzig Jahr,
schlage sie entzwei!
Reiß ihr auch die Wurzel aus!
Heraus kommt zwei plus drei.

Der Matador hat einen Spieß.
Zwei Hörner hat der Stier.
Doch kreuzt der Spieß das linke Horn,
glaubt mancher, es sind vier.

Das schöne E ist so allein!
Ihm fehlt das I zum EI.
Es borgt den Strich vom großen B.
Da wird das B zur Drei.

Nachts träumte mir ein schöner Schwan,
der schwamm an mir vorbei.
Ich wachte auf und sah zur Uhr:
Es war genau um zwei.

Doppelt und dreifach, zusammen mal vier,
dann zwanzig weg: bleibt keins.
Mal vier zuerst und dann mal fünf,
weg zwei hoch drei: bleibt eins.

Noch einmal bäumt sich das hohle Gespensterschiff auf, als wolle es sich gegen sein Verschwinden wehren. Da rollt ein Faß über Bord, und der in dem Faß hockt, hört Jonathans letzte Strophe:

Im Krieg der Schwesterzahlen kam's
nur bis zum ersten Hieb.
Die grade Lanze traf das Kreuz,
und kein Restchen blieb.

Er hört den letzten Schrei aus Soffi Mutz' Kehle, und dann hört er nur noch das Rauschen der Meereswellen, die nie ein weißes Segelschiff getragen haben, und es ist ein nahes, vertrautes Geräusch, wohlwollend, ohne Gefahr.

HIER ENDET

DAS ERSTE
ABENTEUER.

HIER BEGINNT

DAS ZWEITE ABENTEUER

Erstes Kapitel

Im runden Faß rollt ein Peverl Toni übers Meer, und als er strandet, hat er das Reden nicht verlernt. Daß die Füße nur Füße sind, wenn der Kopf ist, denkt er und schläft sich in die warmen dunklen Farben, in den kleinen Sand, in den Schatten des Bananenbaumes. Träumt gescheiteste Gedanken, der Springinsfeld, der Säulengänge abschreitet, wo Denkmäler stehen: Sehnsucht, Reue, Verwaisung. Zu ihm herab blinzeln abtrünnige Feinde, eine Wahrsagerharfe, ein Sternenseher. Sie flüstern schnell und weise. Der kleine warme Sand umsorgt ihn warm und einzig. Jetzt wacht er auf.

Die Insel ist wahrhaftig eine Südseeinsel wie ein Farbenbogen in seinen Augen. Eins, eins, denkt der Peverl Toni. Wäre er Ichselber gewesen, hätte ich gedacht in seinem Kopf und in meinem. Dann wär' ich zwei gewesen, aber ich. Dann hätte ich

zu ihm Ich gesagt, aber ich habe Du gesagt, und jetzt sage ich Er. Darum ist er nicht Ichselber gewesen: weil ich nicht weiß, was er gedacht hat. Aber weil er genaugleich so geredet und genaugleich so ausgesehen und genaugleich soviel Angst gehabt hat wie ich, ist er ein anderer Peverl Toni gewesen mit einem eigenen Kopf, in dem das gleiche war wie in meinem Kopf, nur nicht gleichzeitig. Aber dann hätte er niemals etwas ganz anderes denken können als ich, und alles, was er gedacht hat, hätte ich auch denken können, und was ich gedacht habe, hätte er auch denken können. Aber einmal hat der andere einen ganz anderen Gedanken gehabt.
Da fällt dem Peverl Toni ein, daß das, was der andere gesagt hat, er selber doch auch gedacht hat, denn er hat beides gedacht und nur eines gesagt, weil er etwas sagen wollte und nicht beides gleichzeitig sagen konnte, weil das eine das Gegenteil war vom anderen. Vielleicht ist es dem anderen genau gleich gegangen. Und das, was er gesagt hat, hat er zufällig gesagt, und genausogut hätte er das andere sagen können. Das ist ein schweres, kompliziertes Nachdenken, bei dem der Peverl Toni bald auf der anderen Seite anfangen muß. Vielleicht bin ich in Wirklichkeit der andere, denkt er. Dann müßte ich mich sorgen, daß ich der eine bin. Aber vielleicht bin ich in Wirklichkeit der eine. Dann müßte ich mich sorgen, daß ich der andere bin. Und so immer umgekehrt und umgekehrt.
Es gibt keinen Beweis. Wenn ich der eine bin, habe ich Angst, daß ich vielleicht doch der andere bin. Und wenn ich der andere bin, habe ich Angst, daß ich vielleicht doch der eine bin. Darum ist es am besten, wenn der eine und der andere derselbe sind, und derselbe bin ich.
Da tut es dem Peverl Toni auch leid, daß er zu dem anderen Peverl Toni so muffig war. Aber eigentlich ist er schon zufrieden und denkt nur noch ein bißchen herum, weil der Sand so warm ist. Wenn ich der eine bin, und der eine und der andere derselbe sind, und derselbe ich bin, und der andere untergegangen ist, dann müßte auch der eine untergegangen sein, dann müßte ich untergegangen sein. Aber das stimmt nicht. Also können der eine und der andere doch nicht derselbe sein. Oder der andere ist nicht untergegangen. Dann könnte er vielleicht hier sein.

Schnell dreht sich der Peverl Toni um und schaut nach. Hier lebt er allein auf der schönen Südseeinsel wie im Farbenbogen seiner Augen.

– Ich bin, was ich will, sagt der Peverl Toni in freier, guter Laune.

Heute eine Wolke, die übers Land zieht.

Zweites Kapitel

Auf Südseeinseln wachsen Orangen und Bananen in den Bäumen, und die Kokosnüsse fallen herunter, wenn sie reif sind.

Am Anfang geht der Peverl Toni auf der Insel hin und her. Ein kleiner Berg ist da und ein kleiner See. Auch seltsame Vogelnester. Die sind aus Blattwerk und Erbsenschoten gebaut und manchmal wie Girlanden über zehn Bäume lang. Vielleicht sind das die Vogelstädte, die man sich ausdenken kann. Mit Straßen, Läden und Zirkusplätzen. Endlich kann sich der Peverl Toni ausdenken, was er will. Er hört den Berg und den See freundlich über ihn tuscheln. Da tuschelt er freundlich über den Berg und den See.

Er muß sich nicht ums Essen verkopfen. Eine Banane nimmt er vom Baum oder eine Orange oder, wenn er Lust hat auf etwas Saures, eine Zitrone, oder er brockt Him- und Erdbeeren. Es wachsen ja noch Pfirsiche und Marillen und Kirschen und Äpfel und Birnen und Johannisbrot. Zum Schlafen legt er sich hin, wo er gerade müde ist. Am liebsten in den kleinen, warmen Sand, weil es vielleicht wahr ist, daß man hier die schönsten Sachen träumt. Heute will der Peverl Toni vom federgeschmückten Vogelbürgermeister träumen. Der ist er selber.

Nahrhafte Schildkröteneier liegen am Strand. Mit den Füßen zerstampft er so viele, wie er mit den Händen einfaßt. Leider fehlt roh der herzhafte Geschmack. Darum sammelt der Peverl Toni fünf glänzende Perlmuttmuscheln und Hände voll feinster Vogelflaumfedern und dürres Astwerk und Holzbrocken und einen glatten Stein. Am Mittag in die heißeste Sonne legt er die

Vogelflaumfedern auf einen Haufen, und im Halbkreis darum herum steckt er die Perlmuttmuscheln wie kleine Hohlspiegelchen. Die Sonnenstrahlen sind heiß, und die Hohlspiegelchen machen sie noch heißer und schicken sie zu den Vogelflaumfedern. Die brennen gleich, und der Peverl Toni legt dürres Astwerk nach und dann Holzbrocken. In die Glut tut er den glatten Stein. Der wird heiß wie eine Pfanne, auf der man Schildkröteneier braten kann. Der Peverl Toni ißt mit den Hohlspiegelchen, die jetzt Löffel heißen.

Drittes Kapitel

Der Peverl Toni hat keinen festen Wohnsitz. Es gibt Palmen mit Schatten wie Tiger. Aber am schönsten sind die kleinen Wege, die von geschäftigen Tieren getreten werden. So viele Samtpfoten haben den Boden weich gemacht wie den Teppich bei reichen Leuten. Barfußgehen ist am feinsten. Wenigstens einen Elefanten müßte es geben, denkt der Peverl Toni, einen prachtvollen Gesellschafter, der nie etwas vergißt. Höflichkeiten müßten sich entspinnen, über die sie sich nicht zu wundern brauchen. An Feiertagen würden sie sich einladen und Platz anbieten und geschmackvolle Wasserspiele betrachten. Das Lieblingsplätzchen vom Peverl Toni hat einen schwarzgrünbraunen Moosboden und ein Dach wie ein Wollpullover aus den feinsten Schlingpflänzchen und Spinnengeweben unter die Sonne gekritzelt. Mit fabelhafter Laune läßt er sich hier nieder. Für andere Launen gibt es drei Bäume: Es kann sein, daß der Peverl Toni eine langweilige Laune hat, die er haben will. Da gibt es den Baum mit dem langen, dicken Stamm. Der ist umgefallen und liegt schräg in einen anderen Baum hinein. Weil der andere Baum so viele Blätter hat, kann man nicht sehen, wie der dicke, schräge weitergeht. Wenn man dann nachschaut, sieht man, daß er gar nicht weitergeht, weil er nämlich abgebrochen ist, und das wirkt sehr langweilig.
Es kann sein, daß der Peverl Toni eine langweilige Laune hat, die er nicht haben will. Da gibt es den Baum, auf dem Äpfel im Süden

wachsen und Pflaumen im Westen und Kastanien im Norden und Birnen im Osten. Aber im Südwesten wachsen Pflaumpfel und im Nordwesten Kastlaumen und im Nordosten Birnanien und im Südosten Äpfirnen. Das ist sehr interessant.
Es kann sein, daß der Peverl Toni eine traurige Laune hat, bei der er gern ein trauriges Lied singen möchte. Da gibt es den dürren Baum, der nur drei kahle Äste hat und sehr alt ist und spröd wie eine Stimmgabel. Wenn der Peverl Toni mit einem Stab an den Stamm schlägt, vibrieren die Äste einen traurigen Mollakkord, und der Peverl Toni singt ein trauriges Lied ohne Text. Bedeutungsvolle Gesänge bringt er hervor, wenn er traurig ist.
Er hat auch spaßige Lieder im Kopf. Dazu klettert er auf den Baum und bindet an einen dürren Ast einen Stecken und klettert wieder herunter und schlägt an den Stamm, da klingt der Baum in Dur. Er will Balladen dichten, kann nur eine Zeile finden:

– Ein Leben blüht in wilder Hast...

Es regnet und läßt vom Himmel herunter als wie. Der Peverl Toni scheucht durch den Wald und wird naß, was er nicht mag. Da findet er einen kleinen Hügel mit einem dichten Gebüsch herum, das zum Verkriechen vielleicht richtig ist. Hinein und auf der anderen Seite wieder heraus: ein Vorplatz und eine Berghöhle. Aufgehört zu regnen hat es auch.

Viertes Kapitel

Rot ist ja gewiß die Farbe, die man sich besonders merken muß. Sie krümelt nicht wie Gelb und vergibt sich nicht huschluftig wie Blau. Wenn Rot glänzt, kann es dem Peverl Toni mulmig werden. Rot sieht eben voll aus. Es ist aber eine Mulmigkeit, die jeder Entspanntheit vorgezogen wird. Der Peverl Toni hat glänzendes Rot für besondere Anlässe bereit. Dazu mag er Rosen von allen Blumen am liebsten.
Hier wachsen die glänzendsten roten Rosen an der schweren Holztüre hinauf, die den Eingang zur Berghöhle verschließt.

Sie leuchten und sind derart rot. Die Regentropfen glitzern nicht so. Der Peverl Toni ist ganz matt vor diesem Großsein. Leicht könnte er jetzt sagen:

– Ich will, daß alles rot ist.

Auch die Holztüre ist ganz und gar besonders. Sie ist eingeteilt in sieben Kästchen, die nach innen abgestuft sind wie Bilderrahmen, und in jedes Kästchen ist ein Geschehnis geschnitzt. Darüber sind Inschriften:

Die Geburt
Der Abschied
Die Ferne
Der Sturm
Die Rettung
Der Friede
Das Vermächtnis

DIE GEBURT

DER AUF DER BÜHNE IMMER LACHT,
DER HAT MICH SEINEM WEIB GEMACHT.
ER REISST MICH AUS, DA IST IHR LEIB
NICHT MUTTER MEHR UND NICHT MEHR WEIB.

DER ABSCHIED

KLEINE BEINE, GROSSER SCHRITT.
GROSSE HOFFNUNG NEHM ICH MIT.
SCHWARZE SEGEL, BRINGT MIR GLÜCK!
NIE WILL ICH HIERHER ZURÜCK!

DIE FERNE

WEITE, GROSSE, RUNDE WELT,
WAS HAST DU MIT MIR ANGESTELLT?
ICH ARMER WELTENWANDERSMANN,
DEN GANZEN TAG SCHAU ICH DICH AN.

DER STURM

ES DONNERT, KRACHT, DIE MENSCHEN SCHREIN,
ICH FALL INS TIEFE MEER HINEIN.
DIE SCHWERE WELLE DECKT MICH ZU,
EIN LEICHENTUCH ZUR EWGEN RUH.

DIE RETTUNG

EIN INSELLAND GAB MIR DIE HAND,
ES WAR ALLEIN UND UNBEKANNT.
JETZT BIN ICH HIER UND BIN SEIN FREUND.
AUF REICHE FRUCHT DIE SONNE SCHEINT.

DER FRIEDE

EIN WUNDERPARADIES IST MEIN.
GETROSTER KANN KEIN KÖNIG SEIN.
UND IST ERFÜLLT MEIN LEBENSSINN,
SO LEG ICH MICH ZUM STERBEN HIN.

DAS VERMÄCHTNIS

Unglückseliger,
glücklicher
Freund
sei nicht unge-
halten wegen der ver-
blaßten Tinte und nimm
als Entschuldigung mein ein-
sames Leben, das ich hier zwanzig
Jahre führte mit einem Tintenfaß als
einzigem Gefährten, dessen Inhalt
mit Wasser zu verdünnen ich genö-
tigt war, was knifflicher Berechnung,
das Verhältnis Tinte-Wasser betref-
fend, bedurfte, die allein schon
zwei Jahre zuchtvoller Geistesarbeit
in Anspruch nahm, der ich es aber
verdanke, daß ich die folgenden
achtzehn Jahre mit klarem Ver-
stand überlebte bis zum heutigen
Tag, an dem ich Dich zum recht-
mäßigen Erben einsetze über meine
wohlerzogen geordnete Höhle, sowie
meinen Baum mit den acht Früchten,
der Dich an mich, seinen Erfinder,
gemahnen soll, der ich dahinschei-
den werde, wenn ich mit dem
letzten Tropfen verdünnter Tinte
den Punkt hinter dieses Ver-
mächtnis gesetzt habe.

Ob ich ihm recht gewesen wäre, wenn er mich gekannt hätte, denkt der Peverl Toni. Seine Wangen werden ein bißchen rot, und andächtig sagt er:

– Gern bin ich hier zu Haus.

Das Türaufsperren ist ganz und gar feierlich ohne Rütteln und Klemmen.

Die Höhle hat ein Fenster, gleich wenn man zur Tür hereinkommt links. Blumenstöcke stehen auf dem Sims und nützliche Kleinigkeiten. Eine Spagatrolle zum Beispiel. Die Wände sind mit hellem Holz getäfelt. Kein Unrat ist in die Ecke gekehrt. Wenn sich der Peverl Toni auf die blanke Fensterbank setzt, kann er den Kopf auf den Steinherd legen. Obendrein ist die Fensterbank eine Truhe für selten Gebrauchtes – Schnabeltasse, Wärmflasche, Mensch-ärgere-dich-nicht-Spiel. Ein Steinherd ist da, mit einem Ofenrohr ins Freie. An der Wand hängen tönerne Pfannen, Töpfe, Kuchenformen, geschnitzte Kellen und Nudelsieb. In der Kommode liegt allerlei Geschirr bereit und geschnitztes Besteck, sortiert nach Löffeln, Gabeln und Messern. Hinten, wo es dunkler wird und gesünder für die Augen, steht ein Bett, daneben ein Kästchen für die Wäsche, wenn man sich auszieht und schlafen geht. Durch Kunstfertigkeit besticht ein hölzerner Kerzenständer. Dann kommt die Tür zur Speisekammer. Hier hängen geräucherte Schinken und Würste, stehen Töpfe voll Honig und Salz und Zucker und Eingemachtem und Mehl und Gries und Kaffee und Tee und Dörrpflaumen. Käseräder sind gestapelt neben vollen Wein- und Mostfäßchen. Und erst die erlesenen Gewürze!

Auf der Stelle will es der Peverl Toni gemütlich haben. Er macht Feuer im Herd. Das geht leicht, denn es liegen selbergemachte Zündhölzer herum und knorriges Geäst und ausreichend Bündel Talgkerzen mit Fingerabdrücken. Die Kleider hängt er zum Trocknen auf, und nackt legt er sich auf die weiche Bettmatratze unter die warmen selbergewebten Decken. Heute abend will er festen.

Fünftes Kapitel

Jetzt ist es schön.
Am Anfang war es auch schön. Aus Muscheln hat er Hohlspiegelchen gemacht. Die konnte man auch als Löffel gebrauchen. Auch als Schmuckstücke dienten sie ihm, wenn er Herr und Meister spielte und sich im Sand niederließ. Jetzt kehrt er sie zur Höhle hinaus, als seien sie nie etwas gewesen.
Am Anfang war sein Lieblingsplätzchen eine Belohnung, die er sich gewährte. Er tat manchmal sogar so, als sei es ein Geheimnis und legte den Zeigefinger an die Lippen und meinte damit sich selber. Das kam ihm spitzbübisch vor, und er mußte oft lange kichern. Die Höhle ist natürlich viel gemütlicher. Die hat ja auch einer gebaut, der sich auskennt. Das Lieblingsplätzchen ist leider nur zufällig gemütlich. Mit dem Gemachten kann es das Zufällige nie aufnehmen. Das ist klar.
Der Peverl Toni zottelt auf der Insel herum. Sie gehört ihm ja von hinten bis vorne. Sogar Sichschmücken ist langweilig. Und wie langweilig der interessante Baum erst ist! Auch das Ungenierteste fällt nicht ins Gewicht. Den Tisch deckt er aus Trotz nicht. Und frische Blumen soll sich die selbergemachte Vase auch selber holen. Punkt. Überdrüssig ist er. Einmal weint er und redet leise einen ganzen Abend lang, was ihm in den Sinn kommt, und er hat gar nicht gewußt, was er im Sinn hat, und da weint er überhaupt nicht mehr, und im Traum redet er weiter.
Am Morgen hat er die beste Laune. Er holt Gerätschaften und fängt an zu graben und zu planieren. Sein Lieblingsplätzchen ist bald nicht mehr wiederzuerkennen. Das Moos trägt er ab und stapelt es sorgfältig ins Feuchte. Vom kleinen See her zur Baustelle zieht er Wassergräben. Er weiß schon warum. Am besten ist, wenn er mit den Eisenbahnschienen anfängt, weil die mitten hindurchgehen. Dann kann er die Straßen und die Häuser und die Berge und Gewässer bequem ausrechnen. Stimmen muß es.
Er will Hohenems aufbauen, klein, aber wie er es im Kopf hat, ganz genau. Seinetwegen kann es ruhig viel Arbeit sein und lange dauern. Zum Beispiel den Bahnhof baut er aus kleinen Lehmziegelchen, und die verputzt er mit Mehlpapp. Das Vor-

dach schneidet er aus einem Palmenblatt. Die dünnen Säulen schnitzt er aus Holzspreißel. Die Hochspannungsleitungen sind aus Spagat, und die Laternen sind Kirschen, die an den Stielen hängen.

Es gibt so viele Häuser, aber alle sollen genau werden, die Steinhäuser aus Lehmziegelchen, die Holzhäuser aus Spreißel und Palmenblättern. Wichtig sind auch die Straßen. Die sollen etwas aushalten, damit nicht so viele Reparaturen anfallen. Orangensaft mischt er mit Salzwasser und Mehl. Das wird ein fester Beton und sieht echt aus. Besonders kompliziert ist die Pfarrkirche St. Karl, weil die unbedingt eine Glocke braucht. Der Peverl Toni wählt ein winziges Schneckenhaus. An zwei Haaren hängt er es in den Turm. Es kann nicht läuten, aber jeder weiß, daß es eine Glocke ist. Schwer sind die Hohenemser Berge. Für den Schloßberg muß er lange einen Steinklotz suchen, an dem an besonderen Stellen ein besonderes Moos wächst, das wie Mischwald aussieht. Das Gsohl und die Hohe Kugel sind einfacher. Da knetet er Erdhügel, wie er sie braucht, und pflanzt verschiedene Moose: Wälder, Wiesen, Almen. Den Emsbach und den Alten Rhein betoniert er mit Kieselsteinchen aus. Beim Alten Rhein läßt er ein bißchen Sumpfgebiet.

Zum Schluß schnitzt er einen winzigen Anton Pevny, der jetzt allein in Hohenems steht.

Sechstes Kapitel*

Der Peverl Toni läßt den kleinen Anton Pevny herumstelzen. Ist heute Donnerstag oder Freitag? Ausrutschen und hinfallen, eine Rutschpartie. Winter soll lieber nicht sein, der Gemästete. Schlank ist der Sommer.

Der kleine Anton könnte zum Beispiel einen Schilling aufs Gleis legen und warten, bis der Zug darüberfährt, und dann behaupten, es sei ein Fünfer. Wenn er das zweimal macht, kann

* Anmerkungen am Ende des zweiten Abenteuers.

er das Stilett in der Auslage kaufen. Das kostet elf Schillinge mit Hülle. Abenteuerliche Unternehmungen in der Hirschrüthe stehen bevor. Ausweglose Schluchten vielleicht? Man müßte einmal versuchen, am Abend jünger zu sein als am Morgen, denkt der Peverl Toni. Oder wie wäre es mit einem, der durch die Nase hört?

Aber ein Tag sollte eigentlich schon der Reihe nach gehen: Vormittag, Mittag, Nachmittag, Abendessen und marsch ins Bett. Der kleine Anton Pevny könnte zum Beispiel tam-ta-lam-ta-lam über die Geleise wie ein Zappelphilipp, wenn Volksschulzeit ist und halb acht Uhr am Morgen, gerade wär' er beim Franz Michel Bischof seinem Haus in der Maximilianstraße.

– Hoi du, Franz Michel!

Jetzt weiß es der Peverl Toni ganz genau: Es ist Sommer und am Morgen schon warm und am Mittag heiß, denn bald sind große Ferien. Darum gehen zwei Schulranzenmännlein am Morgen lieber auf der linken Straßenseite, in der Sonne, und am Mittag auf dem Heimweg, wenn die Großen »Mahlzeit« sagen, auf der anderen Seite, im Schatten vom Fritz seiner Hecke.

Bestimmt ist heute Dienstag. Am Sommermorgen vor der Schulmesse kann man schöne Abenteuer für den Nachmittag ausmachen und Steinchen aus den Sandalen schütteln und beim Doktor Feuerstein von der Mauer herunterspringen, daß die Griffel im Schulranzen klappern.

– Gisch mr s Gürkle, gib dr i mine Pomarantscha.[1]

Die größten Gefahren kann sich der Peverl Toni über Hohenems ausdenken, weil dem Anton Pevny, das schwört er, nie etwas passiert.

Oje, oben wartet der Katechet Pichler!

– Isch übr Gürkle vrhandla wichtigr as d Schualmeaß?[2]

Der Katechet Pichler trampelt den Buben auf dem Fahrrad nach. Mit dem Weißmann Pit soll man nicht spielen, weil der evangelisch ist oder gar nichts. Der Fahrradsattel vom Katechet Pichler ist ein kleiner Kopf auf einem dünnen, langen Hals. Der Anton und der Franz Michel kennen einen Straßenkehrer, der sieht so aus. Was der Pichler die Schulranzenmännlein plagt! Auf einmal wird bei der Lenkstange eine Schraube locker, und als der Katechet Pichler eine Kurve machen will, fährt das Fahrrad weiter, und der Pichler schießt ein und kommt gerade noch mit Hautabschürfungen davon, da schränzt ihm ein Moped über den linken Fuß, daß er sich die Zehen halten muß, und dabei verknackst er sich den rechten Knöchel und fällt aufs Knie und klemmt sich die Finger im Kanaldeckel ein und so weiter bis ins Krankenhaus. Aber dann gefällt das dem Peverl Toni doch nicht so gut. Überhaupt, der ganze Morgen in Hohenems ist versaut.

Also noch einmal zurück in die Maximilianstraße: Tam-ta-lam-ta-lam, die Schulranzenmännlein. Der Anton Pevny gibt dem Franz Michel Bischof das Gürkle, und dafür kriegt er die Pomerantsche. Die hat wenigstens eine richtige Farbe. Aber die Finger werden klebrig, und eigentlich heißt es nicht Pomerantsche, sondern Orantsche. Der Katechet Pichler ist heute nicht da. So ein zufälliges Glück! Vielleicht ist er in Dornbirn bei etwas Wichtigem. Am besten ist, wenn die Schulmesse einfach ausfällt.

Jetzt kommt dem Peverl Toni alles verpatzt vor, und er macht eine Pause. Er will dann noch einmal richtig anfangen, und zwar beim Aufstehen.

Siebtes Kapitel

Die Schulmesse fällt nicht aus, und der Katechet Pichler hat nicht in Dornbirn zu tun. Das ist alles verlogen und von ein paar frechen Fünftkläßlern ausgedacht, gestern nachmittag nach der Zeichenstunde. Die wollen dann schadenfroh zuschauen, wenn der Pichler die Meßschwänzer an den Ohren zieht.

Früh am Morgen klingelt überall der Wecker. Beim Schulbrotschmieren schaut die Oma so komisch. Einmal hat sie unter dem Küchentisch übernachtet, denn sie wollte etwas ausprobieren. Wenn man nur wüßte was. Weil die Wurst sonst trocken wird, legt sie ein Gürkle ins Schulbrot. Und weil es schmeckt. So gern hat sie den Anton. Die Haare streicht sie ihm mit dem Daumen aus dem Gesicht. Vor dem Katecheten braucht er doch keine Angst zu haben.

– Vor deam net, sagt die Oma.[3]
Der Peverl Toni hat absichtlich so einen Tag ausgedacht. Weil er selber einmal sehen will, wie gemein der Katechet Pichler ist. Auf den Anton Pevny paßt er schon auf, der ist ja sein Liebling. Aber ein paar kleine Sachen macht er ihm schlecht. Damit nicht von einer Ungerechtigkeit geredet wird. Zum Beispiel, daß der Franz Michel einen viel schöneren Schulranzen hat als der Anton. Und einen Luftgummiroller. Aber den Anton mag dafür jeder lieber. Nur die genagelten Schuhe sind zum Schämen laut. Heute ist nämlich Frühling und nicht Sommer. Das hat der Peverl Toni auch geändert. Jetzt trödeln sie herum, und die Schulmesse hat schon lange angefangen. Der Katechet Pichler packt sie und treibt sie in die Kirche. Mit Kopfnüssen und Ohrenzwack!
Der komische Pit Weißmann hat es gut, der muß nie in die Schulmesse gehen, weil ihn seine komische deutsche Mutter in die Schule bringt. Mit der muß der Katechet Pichler endlich einmal über Gebräuche reden. Den Anton und den Franz Michel hat er am Schlawittel, und auf die Frau Weißmann redet er rotkopfig ein. Er traut sich auch, frech zu sein, weil es nämlich gar nicht frech ist, weil der Weißmann Pit zum Beispiel keinen Papa hat. Wenn die Frau Weißmann redet, wird der Katechet Pichler zornig, allein schon vom Hören. Dann zwickt er noch fester.
– Wenn Sie eine Nottaufe beabsichtigen, hole ich die Polizei wegen Körperverletzung, sagt die Frau Weißmann.
Die Polizei ist der Herr Heinzle mit dem dicken Gesicht. Die Schildkappe zieht er fast bis zur Nase herunter, und am Samstagnachmittag jätet er Unkraut und sieht aus wie ein Depp. Ein Sechstkläßler hat es selber einmal gesehen.
Vor dem Heinzle hat der Katechet Pichler keine Angst. Aber das von der Frau Weißmann merkt er sich. Den Satz schreibt er sogar ins Notenbüchlein. Die Ohren vom Anton und vom Franz Michel läßt er los.
– Änawäag also, sagt er.[4]
Die zwei Schulranzenmännlein rennen in die Kirche und beten zum Schutzengel. Dabei weiß der Franz Michel gar nicht genau, was für einen Schutzengel er hat, den heiligen Franz oder den heiligen Michael. Beide gilt nicht.

Jetzt kommt die langweilige Schule dran. Damit das Ausdenken lohnt, läßt der Peverl Toni die Lehrerin ein Lied singen. Mit den Händen weiß sie nicht recht, und mit den Augen schaut sie zur Decke. Leider hat sie viel zu viel Luft geholt.

Übern Schtoufa flügand Bräama
Wänn se dianig sind, dänn sind se dianig
Schneakahüsle, Schneakahus
Schneakahüsle, Schneakahus.[5]

Am besten ist gleich Mittag. Der Anton hat gerade Mittagessen gehabt, Polenta und Geschnetzeltes und Rotkraut und einen Pudding. Mit dem Franz Michel will er zum Alten Rhein gehen und Strohröhrchen sammeln für Pfeilundbogen. Heimlich möchte er heute einmal ausprobieren, ob ein Pfeil nie mehr zurückkommt, wenn er ihn in die Luft schießt.

– Gib uf da Tschopa obacht, sagt die Oma.[6]

Dabei hat der Anton das Küchenmesserchen, mit dem die Oma Äpfel schält. Wenn eine Messerklinge auf der Hand liegt, darf sie nicht darüber hinaus stehen. Außer man ist achtzehn. Sonst gibt einem der Heinzle! Beim Apfelmesserchen kann er ruhig kommen. Das ist abgemessen und nicht einfach zum Angeben da, sondern wichtig für die Holderstöpsel, die man unbedingt vorne auf die Schilfpfeile stecken muß. Sonst fetzen die Pfeile nicht. Der Pit Weißmann hat das zum Beispiel nicht gewußt. Darum war sein Pfeilundbogen zum Lachen.

Auf einmal fahren Fahrradfahrer und Mopedfahrer an den Buben vorbei, und draußen beim Alten Rhein stehen viele und schauen an einem Hochspannungsmasten hinauf bis zum Telefondraht, denn meingottundvatter da turnt einer an den Händen.

– Da Rothoorig vo da Ammannbuaba, wird gesagt.[7]

Der Rothaarige von den Ammannbuben ist ein Hallodrio, der immer Raufereien anfängt und Rachefeldzüge gegen andere Kerle unternimmt. Stehlen tut er nicht, aber Herumsingen und Saufen und Raufen und Geschäftchen haben. Der Heinzle hat ihn von der Arbeit abgeholt, weil gestern beim Alten Rhein aus Gaudi drei Lastwagen in die Baggerlöcher versenkt worden sind. Bei der Tatbesichtigung ist der Ammannbub davon und auf einen Hochspannungsmasten, wo Strom bis ins Deutsche surrt. Jetzt hockt er auf der Spitze. Manchmal hängt er sich an den Telefondraht. Der Herr Heinzle ruft schon die ganze Zeit:

– Ammann, kumm aha![8]

Der Heinzle hat Angst, daß etwas passiert, was die Sache nicht wert ist.

Der Blonde von den Ammannbuben steht ganz lässig dabei und stupft den Heinzle und sagt:

– Aha kut der erscht, wenn d eam vaschprichscht, daß eam nüt passiert. Sus jucktr, und zwor so saublöd, daß as an Kurza git bis gi Köln usse.[9]

Das dauert noch eine ganze Stunde so. Darum gehen der Anton und der Franz Michel doch lieber Strohröhrchen und Holderzapfen schneiden. Dann spielen sie Ammann und Heinzle, aber immer abwechselnd, daß keiner die ganze Zeit der Heinzle sein muß.

Dann ist der Anton müde und ißt ein Brot und geht ins Bett. Der Peverl Toni auch.

Achtes Kapitel

Die Oma muß putzen und schon am Nachmittag das Badewasser herrichten. Der Bub hat zum Glück nur zwei Stunden Schule. Da soll er dann stracks heimkommen und Einkaufen gehen.

Und wann soll er die Palmbuscheln machen für die Palmsonntagsprozession? Denk dir, der Jesus, eine Woche später schon, und am Palmsonntag hat er noch nichts gemerkt.

Nach dem Baden muß er dann beichten, der Anton. Die Oma verträgt das Violette nicht. Der Anton zieht das Einkaufsnetz über den Kopf und macht Augen und Mund wie der Rolf Torring im Bambusgefängnis bei den Gorillamenschen.

Beim Gemischtwaren-Alberi kann er lange anstehen. Viele gehen ihm vor.

– Gang uf d Sita, Kläna![10]

Der Alberi verschenkt nicht einmal eine Rosine. Die Frau

Weißmann muß am längsten warten. Dafür hat der Katechet Pichler schon gesorgt.

– Vierhundert Gramm Braunschweiger, bitte, will sie.

Da weiß im Laden jeder Hohenemser etwas zum Denken: Erstens ist im Deutschen Braunschweiger eine ganz andere Wurst als da. Zweitens heißt das nicht vierhundert Gramm, sondern vierzig Decka. Drittens möchte man gern wissen, warum die so viel Wurst braucht, wenn sie doch nur zu zweit sind, der Pit Bub und sie selber.

Dem Anton ist die Frau Weißmann ja auch ein bißchen unheimlich, weil sie der Katechet Pichler ins Notenbüchlein eingetragen hat, und weil sie immer so ernst schaut, und weil sie rote Fingernägel hat. Und der Pit ist so unheimlich neu und wahnsinnig dick, gleich kennt man ihn von weitem. Außerdem hat er eine eigene Fingernagelfeile. In Nachschrift ist er der beste und in Turnen eine Pflaume. Die Rolle vorwärts ist bei ihm ein Herumtrollen. Kann er nie richtig vorarlbergerisch reden? Schöne Geschichten erzählt er, das ist wahr. Sein Onkel Karl Heinrich ist zum Beispiel von einem Düsenjäger abgesprungen ohne Fallschirm und genau auf einem Heuhaufen gelandet und dann weitergegangen wie nichts.

Die Frau Weißmann ist die größte im Laden, und trotzdem kommt sie nicht dran.

– Kann ich nun meine vierhundert Gramm Braunschweiger bekommen, sagt sie.

Weil sie »meine vierhundert Gramm« gesagt hat, wissen die Hohenemser im Laden schon wieder ganz genau, was sie denken sollen. Einer sagt jetzt auch, was man meint:

– Kumm, gng, du gschiedana Tüfl, zu deam, mit deam s grad heascht, wenn s bloß oanr isch, mit deam s heascht, und ikofa kascht z Dorabira![11]

– Und du, Büable, fragt der Alberi und bringt dem Anton genau und laut, was auf dem Zettel steht.

Semmelaff sagen die Buben zu ihm.

Draußen fragt der Anton die Frau Weißmann, ob sie ein paar Rädchen vom Aufschnitt will, wenn sie es braucht.

– Du bist der liebste Junge, sagt sie.

Soll sie ihm zehn Schillinge schenken wie beim Neujahrsanwünschen? Oder ist die Frau Weißmann vielleicht eine ver-

steckte Reporterin, die über Hohenems ein Buch schreibt, in dem dann nur der kleine Anton gelobt wird? In Wirklichkeit hat der Anton gar nichts zur Frau Weißmann gesagt und den ganzen Aufschnitt selber behalten. Aber es ist ihm in den Sinn gekommen, darum dichtet es der Peverl Toni dazu. Da können die anderen Hohenemser nichts dagegen haben.
Daheim hat die Oma eine Gerstensuppe gekocht. Jeden Mittag verwöhnt sie den Anton mit einem Vanillepudding. Wenn nicht Fastenzeit ist, raspelt sie Mandeln oder Haselnüsse darüber. Und wenn Fastenzeit ist und der Anton bettelt und schöne Augen macht, sagt sie: ausnahmsweise.
Am Nachmittag haben sie es eilig, der Franz Michel und der Anton. Sie müssen im Wald Palmbuscheln schlagen, eigentlich in Kanada. Dazu braucht man unbedingt: zu große Gummistiefel, ein Dreimeterlasso, zwei Kerzen, eine Taschenlampe, ein Beil aus dem Keller, das Apfelmesserchen und ein paar Achtzigernägel als Reserve. Gummiringe und U-Nägelchen sind empfehlenswert. Der Franz Michel hat eine echte Feldflasche, eine mit Filz überzogen. Die ist voll selbergemachter Waldmeisterlimonade, die man sonst nur zum Gasthausspielen haben darf. In der Hirschrüthe gibt es ein paar günstige Holzfällertannen, die sie vom Adventskranzmachen her kennen.
Am allerweitesten weg ist für den Franz Michel Amreswil, weil er dorthin immer auf Ferien darf. Der Anton war noch nicht einmal in Bregenz. Am weitesten weg war eindeutig der Pit Weißmann. Dort gibt es nicht nur einen einzigen Kirchturm, und wie hoch die sind, will er gar nicht sagen. Jetzt wohnt er bei der Apotheke. In dem Haus waren sie noch nie. Weihnachten haben die nicht einmal einen Christbaum gehabt zum Herschenken an Dreikönig. Aber dann, als der Anton und der Franz Michel bei Bischofs im Garten ein echtes Wäldchen aus gesammelten Christbäumen gezaubert haben, da wollte sich der Pit auch mit hineinsetzen und eine Kerze halten und heimelig tun. Gelassen haben sie ihn nur, weil er die grausigsten Geistergeschichten gewußt hat. Die vom Ertrunkenen aus dem Meer war die beste. Jetzt steht der Pit auf der Straße und sagt:
– Darf ich mitgehen?
Der! Sogar die Frau Weißmann muß zum Fenster herausschauen und lieb reden. Der Anton ist dafür.

– Abr bloß, wenn r a guats Geschichtle vazelt, flüstert der Franz Michel.[12]
Die beste Geschichte vom Anton ist die vom Erwachsenentheater, wo er selber mitgespielt hat, weil sie einen Buben gebraucht haben.

– Ja, Herr, gern möcht' ich auch so ein trefflicher Knappe werden wie mein Oheim, hat er sagen müssen.
Aber der Pit Weißmann kennt viel spannendere Geschichten. Man kommt kaum zum Palmbuschelfällen. Am Palmsonntag sagen ein paar Buben:

– Schniederle, Schniederle, liechscht mr d Schär![13]
Weil der Pit bei der Prozession nicht mitgehen darf. Der marschiert extradick neben der Prozession her mit einem Besen in der Hand. Der Katechet Pichler haut ihn, wo er trifft, und ein paar Buben aus der Sechsten wollen ihn im Sommer ins Baggerloch locken und fesseln und Honig auf den Bauch streichen und zuschauen, wenn die Bremsen kommen, wie es die Palaratthu-Neger bei einem Freund vom Rolf Torring gemacht haben. Dann wird sich der Anton aber von hinten anschleichen und ihn retten, denn ab gestern ist der Pit sein Freund. Da hat ihn die Frau Weißmann nämlich zu frischen Backgutis eingeladen. Die haben sehr vorzüglich geschmeckt und waren obendrein noch interessant, weil sie wie Windräder ausgesehen haben. Außerdem gibt es bei Weißmanns ein Aquarium, das er immer anschauen kann, wenn er will. Dann hat der Anton die Frau Weißmann noch gefragt, ob das wahr ist vom Onkel Karl Heinrich. Ja, hat sie gesagt.
Wenn man aus dem eigenen Kopf heraus alles so machen könnte, daß es einem paßt, denkt der Anton.
Für den Pit ist die Fingernagelfeile eigentlich eine Tarnung.

– Wenn man mich fesselt und entwaffnet, nimmt man mir die Nagelfeile bestimmt nicht ab, und dann kann ich mich befreien, sagt er.

– Säg amol: Säg amol, sagt der Anton.[14]
Das kann der Pit nicht. Er redet so wie bei der Nachschrift.
Beim Pfarrhaus vorbei, wo der Pichler wohnt, denkt sich der Anton eine Lausbüberei aus. Der Pit macht mit, weil seine Mutter immer zu ihm hilft. Klingeln und davonrennen. Der Anton klingelt, weil der Pit einen Vorsprung haben muß wegen

seiner Dicke. Die Buben schauen hinter einer Hausecke hervor und sehen, daß etwas Komisches passiert. Der Katechet Pichler kommt zur Tür heraus und schaut, und dann boxt er in die Hauswand und legt die Arme über den Kopf und heult so laut, daß es einem anders wird. Das ist dem Pit scheißegal.
Daheim schaut der Anton vor dem Schlafengehen noch schnell im Heiligenlexikon nach. Einen Heiligen Pit gibt es nicht. Das hat er sich schon gedacht. Draußen verbrennen die älteren Buben die vertrockneten Palmbuscheln vom letzten Jahr.
Auf den nächsten Tag freut sich der Anton gar nicht. Da soll er der Oma helfen, den Handwagen mit der Wäsche ins katholische Jugendheim zu fahren, wo im Keller eine Waschmaschine steht, in die man Schillinge werfen muß.

Neuntes Kapitel

(Für Reinhold Bilgeri)

Am Emsbach entlang haben sie Hundertmeterlauf geübt. Der Anton war der schnellste und eleganteste, weil er es richtig gemacht hat. Beim Start kniet er auf einem Bein, und den Kopf hat er nach unten. Das wichtigste ist eine unheimliche Vorlage. Das macht das Elegante und die Geschwindigkeit. Im Schulhof will es der Anton genau vormachen, aber noch olympiadischer. Gestern im Bett hat er Starthaltung geübt und Muskelnlockern. Ein Hundertmeterläufer müßte man sein mit einer Nummer auf dem Leibchen.
Noch lieber würde er aber Jongleur werden oder ein Seiltänzer, der sein Seil spannt vom Schulhausdach zur Pfarrkirche hoch über die Hauptstraße hinweg. In seine silbernen Ohrringe würde er Spiegelchen kleben, die blinken und blanken und Staunen machen. Dann würden die Hohenemser sagen:

– Das ist der Anton, der einst schon der beste Hundertmeterläufer war!

Im Schulhof rennt der Anton mit unheimlicher Vorlage einem Rentner in den Bauch, der sofort tot ist, weil er am Boden liegen bleibt. Der Anton will ihm nicht helfen. Das sieht so eklig und ungewöhnlich aus. Er will wegrennen und nach

Amerika auswandern und Bauer werden und ein junges Kalb streicheln. Heim traut er sich nicht, weil dort sicher schon der Heinzle wartet. In der Nacht will er schleichen und den Rucksack und das Album holen. In der Hirschrüthe verkriecht er sich auf die Baumhütte. Mit Laub deckt er sich zu, daß er es warm hat und aussieht wie ein Baumstrunk. Gut, daß er das Pausebrot dabei hat.

Alle in Hohenems wissen, was passiert ist, denkt er. Gendarmen, Feuerwehrler und Fahrdienstleiter ziehen durchs Dorf und suchen ihn. Klassenweise helfen freiwillige Schüler. Was soll aus mir werden? Wie soll ich wachsen, denkt er.

Zärtlich wacht der Große Peverl Toni und schickt einen Überraschungstrost, einen lustigen Trost mit schelmischen Augen: den Laguzerbutz. Der Anton wird doch nicht vor Traurigkeit knorrig geworden sein. Er muß sich jetzt auf einen Spaß gefaßt machen, denn der Laguzerbutz ist eine schwarze Katze, die auf den hinteren Füßen stehen und mit den Vorderpfoten Maultrommel spielen kann. Kein böser Geist, kein guter, ein gewitzter, flotter, der dem Großen Peverl Toni aufs Wort folgt.

Der Laguzerbutz kommt zum armen Anton in die Hirschrüthe und tut zuerst wie ein ganz normaler Kater. Reibt den Buckel an seiner Nase und knurrt. Da erzählt der Anton dem Laguzerbutz das Furchtbare vom Schulhof und schmückt sogar ein bißchen aus, weil ihm schon wohler ist.

Der Laguzerbutz macht Augen und schaut wie ein Schelm und dann wie ein Rentner, der gerade umgerannt wird, aber noch lange nicht tot ist. Selten ist etwas heimelig und lustig. Der Laguzerbutz verwöhnt den Anton mit Herumkugeln und Tannenzapfenbalancieren auf der Katzennase. Zum Lachen bringt er ihn mit einem kugelrunden Salto. Den will der Anton immer wieder sehen, jede Woche, bis er stirbt. Zuletzt holt der Laguzerbutz seine Maultrommel aus der Katzenfelltasche und stellt sich auf die Hinterbeine und spielt Volksweisen. So ein guter Freund, eigentlich der beste. Als der Anton wieder frohe Laune hat und keine Angst mehr, macht der Laguzerbutz einen Satz auf den nächsten Baum und ist verschwunden.

Jetzt traut sich der Anton auch wieder heim. Zuerst schaut er noch ganz vorsichtig die Hohenemser an, die des Weges kommen, aber die tun nicht dergleichen.

Ein paar sagen sogar:
– So, Anton, wia gots?[15]
Die Oma daheim weiß auch nichts und fragt nur:
– Hoi, wiaso kuscht so schpot?[16]
Aber am nächsten Tag in der Schule gibt es ein Donnerwetter. Nur weil der Anton geschwänzt hat ohne schriftliche Entschuldigung. Dem Rentner sei gar nichts passiert, flüstert der Pit. Aber weil der Anton nach der Pause nicht in der Klasse war, hat die Lehrerin gefragt, und dann hat ihn einer verratscht. Wer, sagt der Pit nicht, weil ihm derjenige Schläge angedroht hat. Sicher der Franz Michel, denkt der Anton. Aber genau weiß er das im Leben nicht.
Der Große Peverl Toni hilft zum Anton und ruft den Schrättlig, den bösen Traumquälgeist, der wie gar nichts aussieht. Der soll in der Nacht beim Franz Michel in einen Traum kriechen und ihn aushorchen.
Der Franz Michel schläft in einem wampigen Bett und träumt von einem Gasbehälter, der nach Öl riecht und nach Ferien, und auf dem zuoberst oben ein ausgehöhlter Baum steht, in dem ein Häuschen eingerichtet ist. Aber hinter dem Vorhang steht der Schrättlig und sagt tausendmal hintereinander:
– Bisches gsi, säg, bisches gsi?[17]
Der Franz Michel wacht auf und schwitzt und gibt alles zu. Der Schrättlig, der Feige, meldet es dem Großen Peverl Toni, und der ruft das stumme Nachtvolk und fragt um Rat. Da tanzen die grauen Kapuzengeister vor und zurück und hinauf und hinunter, daß es fast dem Großen Peverl Toni unheimlich wird, und am Schluß stehen sie da, und das sieht aus wie ein V. Da übergibt der Große Peverl Toni ohne Erbarmen den Franz Michel Bischof dem feindlichen Venediger.

Zehntes Kapitel

Die Venedigermännlein hat nicht der Große Peverl Toni gemacht. Die waren auf einmal da. Allein wollen sie sein und mit niemandem reden. Es ist nicht einmal sicher, ob sie schlau sind.

Den Großen Peverl Toni mögen sie am allerwenigsten. Weil der will, daß man ihm folgt. Die Venedigermännlein folgen nämlich niemandem. Bei Donner und Blitz verkriechen sie sich nicht. Sie stellen sich in den Regen und schauen trotzig zum Himmel. Nie machen sie einen Spaß. Aber mit Sonderbarem beschäftigen sie sich emsig.

Einmal sieht der Franz Michel Bischof ein Venedigermännlein, das Steine aufsammelt und in sein Rucksäckle füllt. Da sagt der Franz Michel zu sich selber:

– Bloß an Dodl sammlat Schtüa![18]

Aber das Venedigermännlein hat es gehört und sagt:

– Viellicht isch an so an Schtua grad no meh wert as wia a Kua.[19]

Dann rennt es über den Hang hinunter und schlägt ein paar Haken und duckt sich hinter Steinblöcke und Baumstrünke. Das müßte es gar nicht, denn der Franz Michel ist nie so flink, und ein Gewehr hat er auch nicht. Aber neugierig ist er und geldgierig, und den Satz vom Venedigermännlein merkt er sich gut. Am nächsten Tag kommt er heimlich wieder und sammelt genau solche Steine wie das Venedigermännlein. Als er einen ganzen Rucksack voll hat, geht er hinaus in die Welt und will die Steine verkaufen. Aber niemand will sie haben.

In Amsterdam versteht man seine Sprache nicht. In Hamburg verliert er den rechten Schuh. In Antwerpen lacht ihn ein Matrose aus. In Travemünde lädt ihn ein Bierbrauer ein. In Berlin zeigt ihn der Hausherr an. In Paris laufen ihm die Hunde nach. In Genf versäumt er den Omnibus. In Zürich genießt er das Leben. In Genua weiß er nicht mehr wohin. In Venedig ist er traurig und allein. Neidisch schaut er auf die schmalen Schiffchen, die durch die Kanäle gerudert werden. Das geschmückteste gehört einem reichen Venezianer, der den weißen Samtmantel vornehm seinem Diener reicht.

Ihn fragt der Franz Michel, ob er das Schiffchen gegen die Steine tauscht. Das will er und noch mehr. Er bittet den Franz Michel, in seinem Palast Platz zu nehmen. Als aber der Venezianer die Türe schließt, verwandelt er sich in das Venedigermännlein, und das redet:

– Da Venedigr kut di ga hola, s Handwerk heascht eam gschtola![20]

Da heult der Franz Michel und zittert und schlägt mit den Fäusten an die Tür und verspricht alles, was es gibt, die eigene Zunge und beide kleine Finger und alle Haare auf dem Kopf. Aber das Venedigermännlein will nichts geschenkt haben. Einen Dienst soll ihm der Franz Michel erweisen. Von diesem Tag an soll er auf den Großen Peverl Toni schimpfen und fluchen.

Der Franz Michel schwört, und da sagt ihm der Venediger als Lohn noch ein Geheimnis:

– Uf am Schloßberg zoberscht dom liet a goldigs Keglschpiel untrm Bom.[21]

Die Steine muß der Franz Michel freilich abgeben, denn sie sind in Wirklichkeit pures Gold. Dann zieht er heimwärts, und bei jedem, den er trifft, schimpft und flucht er auf den Großen Peverl Toni, und in Hohenems rennt er gleich auf den Schloßberg und fängt an, unter den Bäumen zu graben. Da schickt ihm der Große Peverl Toni in jeder Nacht den Schrättlig, der nicht zum Aushalten böse ist und den Franz Michel quält, bis er trübsinnig wird und stirbt.

Von nun an muß er geisten.

Die Hohenemser sehen ihn manchmal, mit einer Laterne in der Hand, unter den Bäumen nach dem goldenen Kegelspiel graben. Da stecken sie die Köpfe zusammen und murmeln und zeigen auf den Anton Pevny, dem immer nur Gutes passiert. Der Katechet Pichler erhebt seine Stimme, und der Alberi bedient die Oma nicht mehr.

Elftes Kapitel

Sein Bravster ist das zerlumpte, wilde Bergmännlein. Das hat nur ganz wenige Wörter im Kopf. Die sind sorgfältig in einen kleinen Kasten gestapelt. Wenn das Bergmännlein etwas richtig macht, kriegt es vom Großen Peverl Toni ein neues Wort geschenkt. Das kommt dann herein und schaut und bezeugt den anderen Wörtern seine Hochachtung. Aber ohne Reden. Denn die Wörter dürfen miteinander nicht sprechen. Darum

hat das wilde Bergmännlein als Herzenswunsch viele Wörter und tut genau, was der Große Peverl Toni sagt.
Jetzt schickt der Große Peverl Toni das wilde Bergmännlein zum Alberi. Dort steht es bei der Backstube herum und schaut neugierig. Wenn der Alberi kommt, macht es einen Diener und zeigt mit Händen und Füßen, daß es helfen will. Auspacken. Einräumen. Lüpfen.

– Gang, Männle, machscht mr alls dreackig[22], sagt der Alberi überhaupt nicht freundlich zu einem, der sicher nie zehn Semmeln kauft.
Das Bergmännlein ist sehr hungrig, und weil es so wenig Wörter im Kopf hat, muß es den Mund aufmachen und mit dem Finger hineinzeigen und mit der Hand auf dem Bauch herumreiben. Da weiß der Alberi schon, was der Nichtsnutz möchte. Gerade will er dem Bergmännlein einen Vogel machen, da kommt der Katechet Pichler daher und wünscht, die paar Hundert fertigen Hostien abzuholen.

– So, Männle, froischt di am Leaba[23], sagt er lustig, weil er will, daß der Alberi denkt: Hier ein schwarzes Schaf, da ein guter Hirte.
Da macht das wilde Bergmännlein schnell wieder Bewegungen mit Händen und Füßen zum Alberi hin. Der traut sich jetzt keine Unfreundlichkeit mehr zu sagen, weil er will, daß der Katechet Pichler denkt: Ein barmherziger Mann, der unsere Hostien bäckt. Darum geht er in die Backstube, wo von der Fasnacht her noch ein alter Krapfen liegt, den er mit Senf gefüllt hat als Gaudiüberraschung für seine daheim. Weil er es aber vergessen hat, liegt der Krapfen schon lange da. Außen sieht er noch gut aus, innen muß man sich überwinden. Den gibt er dem wilden Bergmännlein. Der Katechet Pichler sieht es.

– Do, Männle, für di, und wenn d an Hungr heascht, kuscht wiedr, sagt der Alberi.[24]
Beim Großen Peverl Toni hält das wilde Bergmännlein die Hand auf. Das neue Wort möchte es haben. Wenn es geht, diesmal ein langes. Aber der Große Peverl Toni würde dem Bergmännlein niemals ein Wort mit sechsundzwanzig Buchstaben geben. Es könnte ja sein, daß der kleine Kasten im Kopf einmal umfällt und die Wörter auseinanderbrechen und die Buchstaben durcheinander nebeneinander liegen und andere

Wörter herauskommen, die der Große Peverl Toni dem wilden Bergmännlein nie geschenkt hat. Darum denkt sich der Große Peverl Toni immer ganz kurze Wörter aus. Zum Beispiel: Da oder Ja oder So oder Tür.

Heute ist er besonders geizig, weil er einen Zorn auf die Hohenemser hat, besonders auf den Alberi, den er gleich strafen will. Darum gibt er dem wilden Bergmännlein das kürzeste Wort, das es gibt:

I.[25]

Zufrieden ist das wilde Bergmännlein damit nicht. Aber dann gefällt ihm das neue Wort doch, weil es so zart ist und zerbrechlich aussieht. Das Bergmännlein will gut darauf aufpassen und es nicht in den Kasten zu den anderen Wörtern legen, sondern in eine eigene Kommode.

Der Große Peverl Toni holt das Nachtvolk und fragt, wie die Strafe für den Alberi sein soll. Das Nachtvolk tanzt wie verrückt, einer hüpft auf den anderen, bis alle aufeinander stehen wie eine hohe, wacklige Stange. Da weiß der Große Peverl Toni, was er machen will. Zuerst schickt er den Schrättlig zum Alberi. Der verkriecht sich in einen Traum und sagt:

– Mai, hätt i jetzt a Luscht uf a ganze Stanga Krapfa! Mai, hätt i jetzt a Luscht uf a ganze Stanga Krapfa.[26]

Das wird dem Alberi so viel, daß er mitten in der Nacht aufsteht und in die Backstube geht. Dort sperrt er ab und siedet Öl und knetet Teig und bäckt für sich allein eine meterhohe Stange Krapfen. Das dampft und riecht, und der Alberi hält es kaum aus vor lauter Eßlust. Einen nach dem anderen rollt er in Zucker und Zimt und schiebt ihn in den Mund. Ein paar schluckt er hinunter ohne zu kauen. Aber der Große Peverl Toni hat die Krapfen mit dem schärfsten Peperonisenf gefüllt, und der Zucker war Salz und der Zimt Pfeffer. Das brennt dem Alberi den Bauch zusammen, und er stirbt.

Nach dem Tod muß er geisten.

Oft sehen die Hohenemser eine dicke, wacklige Gestalt in der Nacht in den Emsbach steigen und sich ins Wasser legen, bäuchlings. Das ist der Alberi, der sich den ganzen Emsbach ins Maul fließen läßt, weil der Senf und das Salz und der Pfeffer im Tod noch mehr brennen als im Leben.

Dann kommt der Katechet Pichler dran. Das wilde zerlumpte

Bergmännlein hilft ihm in der Sakristei beim Meßvorbereiten. Da macht es Augen, als es das Brokatgewand sieht und die Stola und das weiße Hemd und die neuen Schuhe vom Katecheten. Gern würde es das Wachs von den goldenen Kerzenständern kratzen und über das Samtkissen streichen, wo der Meßkelch steht. Aber der Katechet Pichler läßt nichts anrühren. Er sagt:

– Gang, Männle, vrschtinkscht mr da ganz Wihroch![27]

Der Weihrauch ist nämlich das Erhabenste für den Katecheten Pichler. Vielleicht ist er deshalb Pfarrer geworden, und weil das Weltall irgendwo aufhört und niemand weiß, was dann kommt. Da geht das wilde Bergmännlein in den Wald zurück und sammelt das duftigste Harz von den Bäumen und bringt es dem Katecheten. Der nimmt gierig das Harz ohne Vergeltsgott und jagt das Bergmännlein aus der Sakristei. Dann legt er das Harz auf die Glut und riecht. Das duftet! Der Katechet weiß immer wonach, aber weil es so viel ist, muß er schnüffeln und noch ein Zug und noch ein Zug. Fast hundert Düfte kennt er schon, da ist das Harz aufgebrannt. Mehr will er haben.

– Bergmännle, ruft er.

Das steht schon vor der Sakristei mit einer neuen Handvoll. Die zwei goldenen Kerzenständer will es dafür. Der Katechet denkt jetzt fast gar nicht mehr.

– Nimms, Männle, nimms[28], sagt er und rennt mit dem Harz schnell zur Glut.

Das duftet noch feiner als das erste, und der Katechet kann mit dem besten Willen nicht sparen. Alles auf einmal muß er in die Glut werfen. Als das Wunderharz verbrannt ist, steht das Bergmännlein schon vor der Tür mit neuem. Diesmal will es den goldenen Meßkelch. Den darf der Katechet Pichler doch bei seinem Leben nicht hergeben. Aber das Wunderharz muß er riechen!

– Nimms, Männle, nimms, sagt er.

Da trifft ihn ein Blitz durch das Dach mitten auf den Kopf, und der Katechet Pichler ist tot.

Weil er ein ganz besonderer Redner war im Leben, denkt sich der Große Peverl Toni eine besondere Aufgabe aus, die er tun könnte im Tod. Er nimmt den dünnen langen Katecheten und steckt ihn in den schwärzesten Talar und setzt ihn auf das schwärzeste Roß und versenkt Roß und Reiter in den Alten

Rhein bei der tiefsten Stelle. Oft in der Nacht, wenn ein Hohenemser spazieren geht, taucht der Katechet mit seinem Roß auf und hält eine Predigt. Und der erste Satz ist immer derselbe:

– Wir wohnen sieben Stunden hinter Gotterbarm, und der Ort heißt Elend.

Diesmal macht das wilde Bergmännlein ein bockiges Gesicht beim Großen Peverl Toni. Das kürzeste Wort hat es, jetzt möchte es auch noch das längste. Niemals gibt ihm der Große Peverl Toni das längste Wort, über das er so streng nachgedacht hat. Es heißt so:

Hochgebirgswanderanzugüberjackenknopf.

Zuerst soll das Bergmännlein noch zur Oma vom Anton Pevny gehen und sie trösten. Es soll fragen, ob sie ihm einen Knopf an die zerlumpte Jacke annäht. Wenn sie es tut, verzaubert der Große Peverl Toni alle Knöpfe bei Pevnys daheim in goldene Schillinge. Das Bergmännlein ist beleidigt. Außerdem nützt ihm ein neuer Knopf gar nichts. Eine neue Jacke will es haben und so schön sein wie die Hohenemser und selber ein Hohenemser sein. Darum schleicht das Bergmännlein in der Nacht auf Zehenspitzen in das Haus und stiehlt dem Anton seine schönste Jacke vom Haken. Die paßt genau. Wie ein echter Hohenemser sieht das Bergmännlein jetzt aus. Draußen faustet es gegen den Himmel und ruft zum Großen Peverl Toni:

I hübsch, hübsch Ma
I nois Tschöple a
I furtgo
I numma ko.[29]

Zwölftes Kapitel

Gleich folgt der Schrättlig auch keinem Streich mehr, und das Nachtvolk möchte Tagvolk sein, und der Laguzerbutz möchte Feste feiern und Maultrommel spielen und seinen Kugelsalto machen. Sie laufen dem Großen Peverl Toni davon. Bei den

Hohenemsern dürfen sie sich im Keller und im Dachboden verstecken.
Dabei gibt es so viel zum Bestrafen in Hohenems. Zum Beispiel was mit dem Anton und der Oma passiert. Niemand redet mit dem Anton. Niemand redet mit der Oma. Wenn der Anton und die Oma den Handwagen schieben, schauen ihnen die Hohenemser nach. Besonders zwölf junge Hohenemser, die herumstehen. Einer schießt der Oma einen Papierknollen an den Hintern, und die Oma traut sich nichts zu sagen.
Der Schrättlig ist nicht da und das Nachtvolk nicht und das Bergmännlein nicht. Da erfindet der Große Peverl Toni den Jomer. Aber der will nur ein einziges Mal ein Geist sein und dann nie wieder. Obendrein ist er so böse, daß sogar der Große Peverl Toni froh ist, wenn er bald wieder verschwindet. Aussehen tut er harmlos wie ein heiliger Spaziergänger. Auf den gepflegten schwarzen Anzug legt er besonderen Wert. Der Große Peverl Toni muß ihn schön bitten, denn befehlen läßt sich der Jomer nicht. Auf einem schwarzen Zylinder besteht er und auf einem schwarzen Seidencape. Sein Spazierstock muß einen Knauf haben aus geschnitztem Silber. Alles bekommt er vom Großen Peverl Toni, wenn er nur die zwölf jungen Hohenemser betraft.
Der Jomer braucht den Winter. Da läßt es der Große Peverl Toni kalt werden in Hohenems.
Schnee braucht der Jomer. Da läßt es der Große Peverl Toni schneien.
Einmal machen die zwölf jungen Hohenemser einen Abendspaziergang aufs Gsohl. Dort wollen sie Most trinken und lachen und dann einen Holzfällerschlitten ausleihen und über den Gsohlweg hinunter heimrodeln. Als der Zwölfte schon auf dem Schlitten sitzt, sehen sie auf einmal einen Dreizehnten, den im schwarzen Anzug, den Geputzten, Freundlichen. Sie sagen:

– Kumm, hock o no uf![30]

Da verbeugt sich der Dreizehnte galant und schwingt den Mantel und sagt:

– Zwölf sind scho gnua, kumm, fahrend zua![31]

Da fahren die zwölf jungen Hohenemser, und der Schlitten rutscht schneller, als er kann. Bald werden die Kufen rot. Er läßt sich nicht bremsen, und beim Langen Rank fliegt er über

die Bäume und hoch, und die Kufen glühen und leuchten, daß es jeder in Hohenems sieht. Und als die glühenden Kufen erlöschen, stürzt der Schlitten mit den zwölf jungen Hohenemsern über den Felsen hinunter. Da gibt es in Hohenems Versammlungen und Fäuste zum Himmel, und Geheimnisse werden ausgemacht.
Der Anton verkriecht sich unter die Bettdecke, und die Oma bleibt daheim.

Dreizehntes Kapitel

Die Oma nimmt den Anton an die Hand und zerrt ihn. Was er immer hat, der Drümsler! Am besten soll er nur auf seine Schuhspitzen schauen. Das ganze Leben lang. Wenn ein Hohenemser an ihnen vorbeigeht, schaut die Oma geradeaus und grüßt nicht. Will sie etwa zur geheimen Versammlung in die Turnhalle, wo der Schuldiener die Verdunkelungen an den Fenstern herunterläßt?
Oma, bist du abtrünnig geworden, denkt der Große Peverl Toni. Aber vielleicht haben die Hohenemser die Oma mit einem weit entfernten Schlangengift getötet, bei dem sich die Toten wie Lebendige benehmen und Sachen tun, die die Lebendigen nicht verstehen. Der Große Peverl Toni geht jetzt doch ein paar Schritte ins Gebüsch. Heute ist es so unheimlich still in Hohenems. Alle Hohenemser sind Hexen und Teufel geworden mit Sohlen wie Katzenpfoten. Fledermäuse, die sogar durch Dachrinnen huschen. In der Turnhalle hocken sie übereinander und tuscheln und denken glaräugig.
Lieber schaut sich der Große Peverl Toni diese Ungehorsamkeit von weitem an. Oder soll er sein Ohr auf das Turnhallendach legen und lauschen, was da geheimnist wird? Vielleicht starten sie eine Rakete, die ein Loch ins Dach reißt und ihn an der Stirn trifft. Oder sie spucken ihn an mit ekligen, abgeschmatzten Kaugummis. Der Große Peverl Toni hätte eine Einladung zu ernsthaften Unterredungen schon angenommen. Die Hohenemser hätten nur einen Vermittler mit einer hohen

Pelzhaube schicken müssen. Jetzt gramscheln sie in der Turnhalle herum und verbreiten Ungerechtigkeiten. Niemand mag den Großen Peverl Toni. Nur der kleine Anton Pevny hält zu ihm. Sicher erhebt er sich von seinem Platz und hält eine beeindruckende Rede, die kein Hohenemser dem Kleinen zugetraut hätte. Vielleicht zeigt er mit dem Finger auf den Großen Peverl Toni und macht würdige Redepausen, daß alle denken: Eigentlich hat er recht! Dann will der Große Peverl Toni auch nicht mehr zornig sein und von vorne anfangen.
Jetzt hat er Herzklopfen, daß ihm der Hals weh tut. Er will gar nicht mehr nach Hohenems schauen, bis die Turnhallenversammlung vorbei ist. Am nächsten Tag steht der lebendige Katechet Pichler in der Pfarrkirche St. Karl.
Die Hohenemser rufen:
– Wia hoascht?
– Hans Goascht[32], sagt der Katechet Pichler von der Kanzel.
Die Hohenemser lachen laut und lange, wie man es eigentlich in der Kirche nicht darf. Dann macht der Katechet Pichler noch witzelnde Andeutungen. Die Hohenemser wissen schon.
Und wer ist der Meßner, der das Meßbuch und die Ministrantenglöcklein aus der Sakristei bringt? Das wilde Bergmännlein mit dem Anton seiner neuen Jacke. Die hat ihm die Oma öffentlich schenken müssen. Manierlich sieht das Bergmännlein aus, rasiert und fromm. Sogar einen eigenen Namen hat es: Sales. Und wer hat sich in hellen Anzügen und hellen Kleidern gesellig unter die Hohenemser gemischt? Das Nachtvolk. Eigene Berufe haben sie: Marktkommissär, Gemeindebibliothekarin, Schrankenwärter. Und wer sitzt im Gasthaus und ißt seine eigenen Semmeln? Der Alberi. Und wer ist mit dem Alberi per du und redet von früher? Der Schrättlig. Wo hat denn der den Kopf her und die Arme und die langen Hosen? Dem Alberi bricht er ein Stück Semmel ab und sagt:
– Woascht no?[33]
So eigen daheim war es im Gasthaus schon lange nicht mehr. Sogar der Bürgermeister knüpft das Wams auf und wirft der Katze ein Wursträdchen hin. Und wer ist die Katze? Der Laguzerbutz. Und wer ist der Bürgermeister? Der Franz Michel Bischof. Ganz von allein ist er groß geworden und stattlich.

Nur der Anton Pevny ist noch klein. In der Versammlung hat er den Mund nicht aufgemacht. Haben ihn die Hohenemser in einen tiefen Keller gelockt und abschwören lassen? Still ist er geworden.

– Also gut! Machen wir es so: Ich bin nicht mehr zornig, aber dafür müßt ihr mir wieder folgen, ruft der Große Peverl Toni. Aber die Hohenemser hören gar nicht zu. Nach dem Essen wünschen sie sich gut gespeist zu haben. Da holt der Große Peverl Toni eine funkelnde, schwere Trompetenmuschel und bläst, daß die Hohenemser meinen müssen, die Welt geht unter. Aber die Hohenemser schauen vorbei. Wenn Besuch kommt, fragen sie, was sie anbieten dürfen, und in der Nacht schauen sie zum Himmel und sagen:

– Lua! Da Mo! Schö![34]

Der Große Peverl Toni kann reden mit sich selber und mit jedem Baum, und wenn er allen alles androht, passiert nichts. So allein ist er. Nicht einmal den kleinen Anton Pevny traut er sich unter der Bettdecke hervorholen. Lange Spaziergänge unternimmt er und denkt sich Versöhnungen aus. Die Hohenemser müßten »Dankeschön, Großer Peverl Toni« sagen, das wär' am besten. Er will sie von einer heimtückischen Gefahr erretten; zum Beispiel einer ansteckenden Krankheit, bei der überall rote Flecken sind und Husten und Schlechthören.

Gebrechlichkeit soll über Hohenems kommen. Da sind die Hohenemser besorgt und holen den Doktor. Der klopft mit dem Finger auf den Rücken und läßt »Ah« sagen, wenn er den Löffel auf die Zunge legt, und streichelt dem Kind über den Kopf und gibt eine Spritze und verschreibt Tabletten und Umschläge und Zwieback mit Kamillentee. Nach drei Tagen sind alle Hohenemser wieder gesund und machen zum Großen Peverl Toni heimlich eine lange Nase.

Der Große Peverl Toni muß sich setzen. Schmeicheln und Schöntun wäre vielleicht erfolgversprechend, denkt er. Oder ein großes Fest und alle einladen. Niemand kommt zu seinem Fest. Dabei hat er hundert Tellerchen und hundert Löffelchen geschnitzt. Grießsuppe hätte es zur Vorspeise gegeben und Pilzschnitzel als Hauptgericht und Dörrpflaumen als Nachtisch.

Besonders traurig ist der Große Peverl Toni, weil die Hohenemser selber eine Abendveranstaltung feiern. Ihn haben sie als einzigen nicht eingeladen. Er setzt sich neben die Turnhalle und schaut zum Dachfensterchen hinein. Lampions beleuchten den Saal, und die Hohenemser tanzen und begrüßen sich mit beiden Händen. Sportlichkeiten werden ausgetragen, Kasper rollen herum, und blaue Blumen werden in Körbchen verteilt. Da klopft der Große Peverl Toni an das Fensterchen und will fragen, ob er mitmachen darf. Aber die Hohenemser hören ihn nicht, denn gleich kommt der Höhepunkt des Abends.

Der Katechet Pichler ist der Höhepunkt mit einer Überraschung. Er hat ein Lied gedichtet und mit dem Männerchor eingeprobt. Die haben samtrote Fliegen an den Hemdenkragen und heben die Köpfe und zeigen zum Dachfensterchen, wo der Große Peverl Toni hereinschaut. Laut und dreistimmig und schadenfroh singen sie:

Luag amol, wer hockt döt dom
Wer hockt döt dom, wer hockt döt dom
Er will üs eppas froga
Er ischt viel größr as an Bom
As an Bom, as an Bom
Und ka üs numma ploga

Oje, was dommr, wänn r kut
Wänn r kut, wänn r kut
Id Zeha ine zwicka
Und langat eam des all no net
All no net, all no net
Is Usland usse schicka.[35]

Dann macht der Schuldiener die Turnhallentür auf, und die Hohenemser drängen heraus und tun, was im Lied steht. Der Peverl Toni rennt davon um die ganze Südseeinsel herum und die Hohenemser hinterher. Angst ist schon gar kein Wort mehr. Aber jetzt will er sich nicht mehr versöhnen!

Weil die Hohenemser so kurze Beine haben, kann er viel schneller rennen und ist als erster wieder in Hohenems. Eilig holt er den Anton unter der Zudecke hervor. Den will er retten. Dann klettert er auf die höchste Kokospalme und versteckt sich

in den breiten Blättern. Jetzt kommen die Hohenemser. Sie haben rote Gesichter und offene Münder und zusammengezwickte Augen. Als alle auf der Straße stehen und auf den Großen Peverl Toni fluchen, reißt der schwere Kokosnüsse aus und schmeißt sie hinunter auf Hohenems. Unten hört er das Wehklagen. Das ist seine Rache.
Den kleinen Anton Pevny drückt er an sein Herz. Der soll jetzt immer bei ihm in der Höhle wohnen und sich verwöhnen lassen. Aber der Kleine bleibt bockig und stur und redet kein Wort. Da will der Große Peverl Toni vor Zorn auch nie wieder reden und verzaubert den kleinen Anton Pevny in eine Holzpuppe.

Anmerkungen

1 Gibst du mir das Gürkchen, geb ich dir meine Orange.
2 Ist über Gürkchen verhandeln wichtiger als die Schulmesse?
3 Vor dem nicht.
4 Auf jene Art und Weise also.
5 Über den Staufen fliegen Bremsen
Wenn sie drüben sind, dann sind sie drüben
Schneckenhäuschen, Schneckenhaus
Schneckenhäuschen, Schneckenhaus.
6 Gib auf die Jacke acht.
7 Der Rothaarige von den Ammannbuben.
8 Ammann, komm herunter!
9 Herunter kommt er erst, wenn du ihm versprichst, daß ihm nichts passiert. Sonst springt er, und zwar so saublöd, daß es einen Kurzschluß gibt bis nach Köln.
10 Geh auf die Seite, Kleiner!
11 Komm, geh, du geschiedener Teufel, zu dem, mit dem du es gerade hast, wenn es nur einer ist, mit dem du es hast, und Einkaufen kannst du in Dornbirn!
12 Aber nur, wenn er eine gute Geschichte erzählt.
13 Schneiderlein, Schneiderlein, borgst du mir die Schere!
14 Sag einmal: Säg amol.
15 So, Anton, wie geht's?
16 Warum kommst du so spät?
17 Bist du es gewesen, sag, bist du es gewesen?
18 Bloß ein Depp sammelt Steine!

19 Vielleicht ist so ein Stein gerade mehr wert als eine Kuh.
20 Der Venediger kommt dich holen.
Das Handwerk hast du ihm gestohlen!
21 Auf dem Schloßberg zuoberst oben
liegt ein goldenes Kegelspiel unterm Baum.
22 Geh, Männlein, du machst mir alles dreckig.
23 So, Männlein, freust du dich am Leben.
24 Da, Männlein, für dich, und wenn du Hunger hast, kommst du wieder.
25 Ich.
26 Hätte ich jetzt eine Lust auf eine ganze Stange Krapfen.
27 Geh, Männlein, verstinkst mir den ganzen Weihrauch!
28 Nimm es, Männlein, nimm es!
29 Ich ein hübscher, hübscher Mann
Ich hab ein neues Jäcklein an
Ich fortgehen
Ich nicht mehr kommen.
30 Komm, sitz auch noch auf!
31 Zwölf sind schon genug, komm, fahrt zu!
32 Wie heißt du? Hans Geist.
33 Weißt du noch?
43 Schau! Der Mond! Schön!
35 Schau einmal, wer sitzt dort oben
Sitzt dort oben, sitzt dort oben
Er will uns etwas fragen
Er ist viel größer als ein Baum
Als ein Baum, als ein Baum
Und kann uns nicht mehr plagen

Oje, was machen wir, wenn er kommt
Wenn er kommt, wenn er kommt
In die Zehen hinein zwicken
Und genügt ihm das immer noch nicht
Immer noch nicht, immer noch nicht
Ins Ausland hinaus schicken.

HIER ENDET

DAS ZWEITE
ABENTEUER.

HIER BEGINNT

DAS DRITTE ABENTEUER

Erstes Kapitel

C. C. Meyer marschiert gern. In seine große Nase saugt er Luft ein und zieht Schlußfolgerungen daraus.

– Gerüche können mit Farben nicht verblüffen, sagt er.

Schon von weitem kann er den Büffel riechen. Fremdes Gelächter hat ihn nie gestört. Auf Hüte jeglicher Art verzichtet er von Jugend auf. Mit rüdem Witzeln brüstet er sich selten. C. C. Meyer ist Kapitänleutnant zur See.

Hinter ihm marschiert der Oberbootsmann Toro-Baunzo. Oft fragt ihn die Truppe um Rat. Das läßt sich auf seine Ohren zurückführen. Dabei sind sie nicht einmal groß und rot, sondern weiß und schön geformt wie ein geviertelter Apfel. Für Xaver sind sie ein Wunder. Auch seinen Händen enträtseln sie sich nicht. Xaver sagt:

– Können deine Ohren denken und ausgewogene Entschlüsse fassen?

– Ja, noch bevor sie mir die Geräusche melden, sagt Toro-Baunzo.

Aber er redet nicht viel. Neigt nur den Kopf und nickt.

Dahinter im Gleichschritt geht der Maat Swed von Cebolim. Den größten Respekt genießen seine Augen. Weiteste Entfernungen sind ihm vertraut. Aber auch über geheimste Winkelchen in Baumrinden weiß er Bescheid. Sein nobler Name läßt ziellose Grobheiten nicht zu. Swed von Cebolim ist der schönste von allen.

Dann der Gefreite John John John. Oft ist er zu empörenden Späßen aufgelegt. Aber keiner traut sich, böse zu sein, weil seine gefüllten Tomaten die bevorzugte Speise sind. Aber er brät sie nur auf Befehl. Rotes und Helles versteht er nicht, denn er liebt das Dunkle. Bei Gelegenheit flüstert er in die Faust. Er will, daß sie ihn Kartoffelkoch rufen.

Als letzter marschiert der Matrose Xaver. Er ist groß und betrübt und hat es in den Händen. Zwischen Samt und Samt liegt bei ihm mindestens die Zahl Tausend. Es ist wahr: Er hatte einst einen zuneigungswerten Freund.

Fünf nackte Männer marschieren um die Insel herum. Es sind Soldaten des Herrn Admiral Nadiffo, der im U-Boot wartet. Bewaffnet sind sie mit roten Kupferkugeln, die an kurzen Ketten hängen und Fausteln heißen. Beim Marschieren halten sie die Fausteln vom Körper abgespreizt. Nicht ein Haar haben die Nackten an ihren Körpern, denn fünfmal am Tag rasieren sie sich mit scharfen Schabern.

Admiral Nadiffo weiß, daß so alles richtig ist. Leider kennt er den Erfinder des Ist-gleich-Zeichens nicht. Der sollte gebührend geehrt werden. Und hätte er einen Namen, dann würde der Admiral sein U-Boot nach ihm benennen. Durch alle Weltmeere fährt Admiral Nadiffo mit seiner Truppe. Sie fuhren schon über den tiefsten Meeresgrund, durch Wolken aus geflügelten, durchsichtigen Fischen, zwischen stillen Korallengebirgen, und sogar über atmende Steine wundern sie sich nicht mehr. Vor einsamen Inseln tauchen sie auf und bereiten sich vor. Aufgeregte Sätze werden einander in die Ohren geflüstert.

– Soldat des Herrn Admiral Nadiffo zu sein, heißt der Logik zu dienen.

– Wie viele Indianer werden wir heute wohl finden?

– Kann man da noch von Kampf sprechen?
– Seht unsere Überlegenheit!

Dann werden die Fausteln poliert und die Körper rasiert, dann wird aufgemuntert und aufgestellt, in Einerreihe und gegrüßt und gemeldet:

– Kapitänleutnant zur See C. C. Meyer!
– Oberbootsmann Toro-Baunzo!
– Maat Swed von Cebolim!
– Gefreiter John John John!
– Matrose Xaver!

Admiral Nadiffo läßt abtreten zur Inseldurchsuchung, die aus vier Punkten besteht:

1. Rudern im Landungsboot vom U-Boot zur Insel, dort landen.
2. Marschieren um die Insel herum und wieder herum auf einem engeren Kreis und wieder herum und herum und herum und herum und ankommen in der Mitte der Insel.
3. Aufstellen einer Standarte zum Zeichen, daß die Insel indianerfrei ist.
4. Rückkehr zum Landungsboot.

Fremde Städte betreten sie selten. Einmal kommen sie in ein winziges Dorf. Seine winzigen Straßen sind gebrochen. Feiner Wind bläst weißen Staub und Blätter an zerschlagene Mäuerchen. Winzige Kamine klagen in den Himmel. Der Kirchturm ist gespalten und das Glöcklein zertreten. Die nackten Soldaten fürchten sich und zittern vor dieser Winzigkeit und schauen sich gegenseitig unter den Achselhöhlen durch.

– Hier haben sich Zwerge gehaßt, sagt der Maat Swed von Cebolim.

– Vielleicht sind es ausgestorbene Zwerge, die wertvolles Schrifttum hinterlassen haben, sagt der Oberbootsmann Toro-Baunzo.

– Vielleicht sind sie ausgestorben, weil ihre Eckzähne immer länger wurden, bis sie länger waren als die Beine, sagt der Gefreite John John John.

– Vielleicht sind es Indianerzwerge, sagt der Kapitänleutnant zur See C. C. Meyer.

Swed von Cebolim muß spähen, Toro-Baunzo muß lauschen, Xaver muß Verdächtiges angreifen. C. C. Meyer spürhundet

nach bis unter das besonders dichte Gebüsch, bis in die Höhle, bis zu dem Bett, bis in das Gesicht, das schläft.
Das ist der Große Peverl Toni, der nie wieder reden, allein nur in den Tod schlafen will. Wie traurig er war! Geweint im Schlafen, im Wachen!

– Kann man so sein wie der, sagt der Matrose Xaver.

Der Peverl Toni sieht blasse Engel von einem anderen Planeten des vermutlich vierdimensionalen, vermutlich negativ sich krümmenden Weltalls, das sich aufpumpt und zusammenzieht. Diese Muskulatur möchte ich sehen! Berührt sie mein kleinster Finger, zerfällt sie dann? Nie kann ich alles wissen! Wie froh bin ich, daß es ein Weltall gibt! Weil die leuchtendsten Punkte und die schnellsten Pereseiden am Nachthimmel nicht genügen. Ich müßte lachen, wenn die ganze Welt in meinen Kopf paßte und dann noch manches Platz hätte.

Zweites Kapitel

Tief – da! – das traurige Gesicht meines Peverl Toni. Traure doch nicht in dieser durchsichtigen Welt, wo sich alle Kanten überschneiden! Wünsch dir Frühlingsluft und Taubengurren und behagliche Spaziergänge auf einen Festungsberg! Muß ich erst alle Kraft aufbieten, um zu beweisen, wer du bist? Nimmst du jede Verwirrung hin, ohne mich zu tadeln? Sag mir deine Wünsche!

– Ich will in einer großen, sonnigen Stadt an hohen Häusern vorbeigehen.

Das eine ist für sich am höchsten, und das nächste ist höher und für sich am höchsten. Du kannst in deinem Kopf die Perspektiven ruhig ablehnen. Ich werde dich vor niemandem beschämen. Es sollte dir gleichgültig sein, wenn du falsch denkst.
Dann steht in der Tiefe der Peverl Toni ganz vorne und ganz hinten. Ganz hinten sieht er sich vorne ganz klein und meint, er sei hinten, und vorne sieht er sich hinten ganz klein und meint, er sei hinten. Wenn der Peverl Toni lange an das Wort »hinten« denkt, wird es etwas, was man tun und leiden kann.

– Hinte mir doch endlich die versprochene Überraschung!
– Warum hintest du so gewissenhaft über die kommenden Tage?
– Erwin soll ohne Mühe die letzten drei Bäume in eine Reihe gehintet haben.
– Warte nur ab, sie werden uns noch hinten!
– Schon lange vor Tagesanbruch waren wir gehintet und gewaschen.
– Ich hintete zärtlich den Schnabel der Schwalbe.

Du warst ein schöner Gott von Hohenems. Ich lobe dich. Sei nicht trotzig zu mir! Ich gebe dir einen guten Sinn für das Schöne.

Der kleine Anton Pevny hat selber schuld, wenn er ein Leben lang auf dem Kopf stehen muß. Oder sollen wir behaupten, er sei hypnotisiert worden? Es gibt geschickte Hypnotiseure, die sich von hinten anschleichen. Oft trifft man sie zusammen mit Balanceuren. Die erkennt man an ihrem bunten Stab. Mit Gold und Silber ist er verziert. Auf die Spitze türmen sie Döschen und Lippenstifte und zuoberst manchmal eine Orange. Der kleine Anton Pevny hätte sich ihnen gerne angeschlossen. Soll er ein Windbeutel werden? Man könnte mit ihm den Mond an die Erde schrauben, wenn er nur nicht so klein wäre. Wenn er umfällt, klappert es. Er steht auf dem Kopf wie ein Lebkuchen und ist aus Holz.

Der Matrose Xaver hat den Peverl Toni auf seinem Rücken von der Insel getragen. Im U-Boot hat er ihm sein Bett überlassen und sich ein neues gebaut. Niemand kann so gut streicheln wie er. Die kleine Holzpuppe hat er dem Peverl Toni unter die Bettdecke geschmuggelt. Auf jeden Fall ist der Matrose Xaver jetzt glücklicher als vorher. Und der Peverl Toni braucht gar nichts zu sagen, denn Xaver weiß schon. Aber der Peverl Toni ist ja gar nicht krank.
– Eine Zunge hat er, warum kann er dann nicht reden, sagt der Kapitänleutnant zur See C. C. Meyer.
– Wenn er wieder gesund ist, sagt Xaver.

Der Peverl Toni will nichts reden. Jetzt nicht mehr aus Angst nicht, sondern aus Spaß und Interesse, weil er das noch nie gemacht hat. Einmal hat er gehinkt, das war auch interessant gewesen. Er hat ausgesehen wie einer, der von schweren,

geheimzuhaltenden Aufgaben zurückgekehrt ist. Aber stumm sein ist sicher noch viel interessanter. Ein Stummer wird oft für ein tiefes Wasser gehalten. Die Menschen vermuten Rätsel und Geheimnisse in seinem Kopf. Auch könnte er entsetzliche Entdeckungen gemacht haben, derentwegen er stumm geworden ist. Ein Stummer weiß mehr, als die anderen ahnen. Über einen Stummen lacht niemand, denn vielleicht kann er doch reden. Weil ein Stummer vielleicht mehr denkt als ein Redner, traut man sich vor einem Stummen Unüberlegtheiten nicht zu sagen. Wenn ich mich anstrenge, kann ich ein schöner Stummer sein, denkt der Peverl Toni. Aufmerksame Augen will ich machen und schauen, als hätte ich geträumt.
Xaver sagt:

– Der Mensch muß essen, trinken, reden und sich bewegen.

Und er sagt:

– Ich bin der Größte im U-Boot des Herrn Admiral Nadiffo, aber trotzdem habe ich am meisten Angst. Woran liegt das nur?
In die warmen Tücher legt Xaver manchmal eine Leckerei. Die ist dann verklebt und grausig. Xaver sagt:

– Du mußt sie nicht essen.

Und er sagt:

– Ich weiß nicht, was ich will, aber vielleicht will ich gar nicht, was ich weiß, vielleicht will ich, was ich nicht weiß.
Xaver kommt sich ruppig und unfein vor, weil der Peverl Toni oft andere Gesichter zeigt, als es Xaver normal dünkt. Das macht der Peverl Toni absichtlich, denn er möchte sonderbar wirken, und bei Xaver geht das leicht.
Einmal sagt Xaver:

– Von allen Witzen ist mir der von der Schublade und dem Zwirn in bester Erinnerung. Ha, ha, ha, zum Schenkelklopfen.
Da neigt der Peverl Toni den Kopf zur Seite und zieht die Stirn kraus und wischt über ein Augenlid. Schmerzt ihn mein Witz, denkt Xaver und sucht den Witz ab nach Schmerzlichem. Und weil er nichts findet, denkt er, es ist seine Dummheit und Holzklotzigkeit.

– Red halt mit mir, sagt er.

Aber der Peverl Toni redet nicht. Es hat sich schon herumgesprochen, daß der Neue stumm ist. Man begegnet ihm mit Freundlichkeit und gebührendem Respekt. Der Gefreite John

John John hat gefüllte Tomaten gekocht. Der Peverl Toni soll sich glücklich schätzen. Die Soldaten häufen ihm Portionen.

– Ja, wir Soldaten, sagt Kapitänleutnant zur See C. C. Meyer.

Der Peverl Toni könnte ein neuer Freund werden und ein Gefährte und ein schöner obendrein. Der Gefreite John John John wuschelt ihm in den Haaren herum.

– Er ist ein Wolfstier, sagt er. Ein wilder Brüller zum Spielen. Brrr, wau, beiß, schnapp.

– Schade, daß du nicht reden kannst, sagt der Oberbootsmann Toro-Baunzo. Ich hätte mich stundenlang Ton für Ton an deiner Stimme erfreuen mögen.

– Wenn ich dir die Haare abrasiert habe, wirst du der schönste sein von allen, sagt Xaver, und er sagt es laut und mit Hochmut gegen den Maat Swed von Cebolim.

Was, wenn das Unterwassermenschen sind mit seltsamen Bräuchen und entsetzlichen Strafen, denkt der Peverl Toni. Lieber will ich alles tun. Xaver zieht ihm das weiße Hemd aus und verwahrt es sorgsam im Kasten. Auch die Hose und die Wäsche. Er scheint alles zu mögen, was dem Peverl Toni gehört. Die anderen sind im Rasierzimmer und schaben sich. Xaver soll sich um den Neuen kümmern.

– Die sind ganz anders als ich, sagt Xaver.

Für den nackten Peverl Toni ist ein Bad eingelassen. Xaver schrubbt ihn. Er kann das gut mit seinen Händen. Manchmal streichelt er ihn, obwohl es dort schon sauber ist.

– Hast du viel von der Welt gesehen, fragt Xaver.

Der Peverl Toni nickt.

– Vielleicht hast du meinen verlorenen Freund getroffen. Manchmal redet er gar nichts und manchmal redet er viel. Daran erkennt man ihn sofort. Vor vielen Jahren hat er mich verlassen. Er kann ein ganz anderer geworden sein, denn er ändert seine Gedanken sehr schnell. Das ist eine Besonderheit, die ins Auge fällt.

Xaver könnte heute vor Fröhlichkeit behaupten, er habe an einem schönen Frühlingstag mit den Fingern Rillen in die Wolken gezogen.

– Ich mach' dich am schönsten, sagt der ausgelassen Fröhliche und holt Schaum, Schaber und Schere.

Bald hat der Peverl Toni kein Haar mehr. Wenn er sich im Kreis dreht, merkt er einen kalten Wind. Die Haare schiebt Xaver mit dem Fuß weg. Dann reibt er den Peverl Toni ein mit einer seidig glänzenden Salbe.

– Jetzt bist du ein Soldat, sagt er und führt ihn zu Admiral Nadiffo, dem Dicken.

Drittes Kapitel

Admiral Nadiffo hält ihm eine Rede:

– Beginnen wir beim Sichtbaren, sagt er.

Ich sehe dich. Du siehst mich. Ich weiß über alles Bescheid. Du über nichts. Darum müssen wir über dein Sehen sprechen. Was siehst du? Mich. Glaubst du, es ist ein Zufall, daß ich so bin? Mit Mühe habe ich mich kugelrund gegessen. Täglich fünfmal nach dem Rasieren lasse ich mir die Haut rot bürsten. Ich werde dir also die Welt erklären. Wenn du schon einmal einen Drachen gebaut hast, wird es dir leichter fallen, die Welt zu verstehen. Dann warst du nämlich der Schöpfer eines Drachen. Du bautest den Drachen aus Schilfrohren und Seidenpapier. Aber die Schilfrohre und das Seidenpapier hast du nicht erschaffen. Du kannst Schöpfer sein nur im Rahmen der Welt, die Gott erschaffen hat. Hätte Gott die Welt aus Nichts erschaffen, wäre er selbst Prinzip. Kein anderes Prinzip wäre in seiner Schöpfung zu erkennen, als das, daß er sie erschaffen hat. Nicht gut und böse, nicht richtig und falsch, nicht schön und häßlich hätte er erschaffen können. Denn ein Prinzip denkt nicht, lobt nicht, tadelt nicht, freut sich nicht, trauert nicht. Ein Prinzip ist.

Den Menschen hat Gott erschaffen. Aber genauso, wie du den Drachen erschaffst, aber nicht die Prinzipien, unter denen du ihn erschaffst, so hat auch Gott nicht die Prinzipien erschaffen, unter denen er uns erschaffen hat. Ich habe in der Welt zwei Dinge entdeckt, aus denen ich nichts anderes ersehe, als daß sie eben sind. Nicht ersehe ich aus ihnen, daß sie von Gott erschaffen wurden. Darum denke ich nicht mehr: Gott ist das

Prinzip. Darum denke ich: Gott hat uns erschaffen, so wie du den Drachen erschaffst: Nach vorhandenen Prinzipien.

Gott hat im Rahmen zweier Prinzipien die Welt erschaffen. Es sind: das Prinzip der Farbe Rot und das Prinzip des Kreises. Rot und Kreis wirken über die Schöpfung Gottes hinein auf den Menschen. Denn: Ein Prinzip wirkt prinzipiell oder es ist kein Prinzip. Darum baust du einen Drachen letztlich nach den Prinzipien der Farbe Rot und des Kreises. Darum ist eigentlich kein Unterschied zwischen Gott und den Menschen. Darum liegt in Gottes Schöpfung eine Gefahr für ihn selbst. Gott mußte nicht nur den menschlichen Körper erschaffen nach den Prinzipien der Farbe Rot und des Kreises, sondern auch den menschlichen Geist. Darum ist der Mensch in der Lage, die Prinzipien zu erkennen, nach denen er erschaffen wurde. Hat der Mensch aber die Prinzipien der Farbe Rot und des Kreises erst erkannt, ist die Allmacht Gottes gebrochen. Alles, was Gott erschaffen hat, kann der Mensch verstehen. Wir wissen, wie ein Regenbogen entsteht. Aber das Rätsel der Zahl π, das im Halbkreis des Regenbogens enthalten ist, können wir nicht ergründen, ebensowenig die wichtigste Farbe des Regenbogens, das Rot, das sich aus anderen Farben nicht mischen läßt. Ist es ein Zufall, daß unser Blut die Farbe Rot hat? Und ist es nicht das unbewußte Ahnen des Prinzips, wenn der Mensch das Blut zum Symbol seines Lebens macht? Schau auf den menschlichen Körper! In seiner Form besteht er ausschließlich aus Rundungen. Der vollendete Ausdruck alles Runden aber ist der Kreis. Auch unter den dichtesten Haaren auf dem Kopf kann man seine Rundheit ertasten. Auch der schlankste Körper birgt in sich die Möglichkeit, ihn rund zu füttern. Und jede Rundung läßt sich auf das Prinzip des Kreises zurückführen.

Gott wußte, wie leicht es für den menschlichen Geist sein würde, die Prinzipien der Farbe Rot und des Kreises hinter seiner Schöpfung zu entdecken, und Gott wußte auch, daß seine Macht über den Menschen gebrochen sein würde, wenn der Mensch die Prinzipien erst erkannt hat. Deshalb versuchte Gott die Prinzipien der Farbe Rot und des Kreises vor dem Menschen zu verbergen.

Das Prinzip der Farbe Rot verbarg er, indem er Rot sichtbar machte. Gott schuf andere Farben. Der Mensch sollte glauben,

Rot sei nur eine Farbe unter vielen. Gott schuf Gelb, Blau und Grün. Aber auch hierbei konnte er nur schaffen im Rahmen des Prinzips der Farbe Rot. Grün ist die Komplementärfarbe zu Rot. Und in Grün sind Blau und Gelb enthalten.

Aber das war ihm noch nicht genug. Bald würden die Menschen lernen, die Farben untereinander zu bewerten und die Gottesfarben ausscheiden und das Prinzip erkennen. Darum ahmte Gott das Prinzip nach und schuf ein falsches Rot.

Das Rot Gottes ist nicht das Prinzip. Ein Prinzip leitet sich ab von einer Notwendigkeit, und eine Notwendigkeit leitet sich ab von einer Nicht-Austauschbarkeit. Das Rot Gottes ist austauschbar. Jede andere Farbe kann es ersetzen.

Das Blut aller Menschen ist rot. Aber es gibt Menschen mit weißer, gelber, schwarzer, brauner Hautfarbe – und es gibt Menschen mit roter Hautfarbe. Das Rot des Prinzips ist nur dort, wo es gegen eine andere Farbe nicht ausgetauscht werden kann. Das Rot Gottes ist austauschbar und nicht notwendig. Es kann, wie alle seine Schöpfungen, sein oder nicht sein. Das Blut ist rot. Es gibt kein schwarzes Blut, kein gelbes Blut, kein braunes Blut. Hier zeigt sich das Prinzip.

Das Rot der Haut aber ist austauschbar. Darum ist es das Gottesrot. Gott macht sein falsches Rot sichtbar, um das Prinzip der Farbe Rot vor dem Menschen zu verbergen. Wir müssen das Gottesrot ausmerzen, auf daß das Prinzip zum Vorschein komme.

Deshalb töten wir Indianer. Deshalb bürste ich meinen nackten Körper, damit sich meine Haut röte. Es ist das Rot des Blutes. Das Prinzip.

Das Prinzip des Kreises verbarg Gott, indem er viele Rundungen nicht sichtbar machte. Er schuf Kanten. Aber schon durch ein einfaches Vergrößerungsglas erkennen wir in den Kanten die Rundung. Ist es ein Zufall, daß die Vergrößerungslinsen, die wir erfanden, kreisrund sind? Und obwohl es unseren Augen an Sehkraft mangelt, sehen wir genug, um das Prinzip zu erkennen. Ist es ein Zufall, daß unsere Augäpfel rund sind? Auf die runde Erde setzte Gott Berge, Bäume und Pflanzen. Wie lange hat es gedauert, bis der Mensch erkannt hat, daß die Erde rund ist! Unsere Hände schuf Gott absichtlich klein, damit wir den Mond nicht umfassen und seine Rundheit spüren können. So versuchte er, das Prinzip des Kreises in den Sternen vor uns zu verbergen. Auch am menschlichen Körper versuchte Gott die Rundungen zu verbergen, indem er Haare wachsen ließ. Aber der Mensch hat sein Fell verloren. Das Prinzip hat sich durchgesetzt. Darum rasieren wir uns die restlichen Haare ab. Zuletzt hat Gott den Menschen schlank erschaffen. Aber wir essen viele runde, über rotem Feuer gebratene Tomaten und werden rund und dick, wie das Prinzip es verlangt.

Auch wenn Gott die Welt untergehen läßt durch rotes Feuer oder den Zusammenprall zweier runder Planeten, wir haben die Prinzipien erkannt, nach denen er sie erschuf: das Prinzip der Farbe Rot und das Prinzip des Kreises.

Viertes Kapitel

Der Peverl Toni soll Matrose werden und viel essen. Für jeden ist er etwas Besonderes, weil er nicht reden kann, obwohl er doch den schönsten Mund von allen hat.

– Aber auch deine Augen, Matrose, sagt Swed von Cebolim.

– Glaub mir, sagt C. C. Meyer, die Stummen haben oft überragende Träume. Du mußt auf deine Träume achten.

– Toro-Baunzo vermutet hinter deiner Stirn einen wissenschaftlichen Geist, sagt Xaver und ist besorgt, weil er seinen Freund nicht hergeben will.

Dann gewöhnt sich der Peverl Toni auch noch eine würdige und edle Wurstigkeit an. Zum Beispiel das Kopfdrehen, wenn er gerufen wird: langsam und ebenmäßig. Haben wir seinen Hals beleidigt, sollen die anderen denken.

Sieben Tage lang rasiert er am Vormittag den Kapitänleutnant zur See C. C. Meyer, am Mittag den Oberbootsmann Toro-Baunzo, am Nachmittag den Maat Swed von Cebolim, am Abend den Gefreiten John John John und in der Nacht den Matrosen Xaver. Und sieben Tage lang läßt er sich rasieren am Vormittag von C. C. Meyer, am Mittag von Toro-Baunzo, am Nachmittag von Swed von Cebolim, am Abend von John John John und in der Nacht von Xaver.

Ich weiß schon, bald bin ich es überdrüssig, denkt der Peverl Toni. Xaver ist ihm lästig, weil er immer Überraschungen bereiten will. Einmal läßt ihn Xaver durch ein Bullauge des U-Bootes schauen.

– Willst du einen Streit zwischen goldenen Fischen mitansehen, fragt er.

Was gibt es da zu sehen! Zwanzig goldene Fische stehen sich gegenüber, zehn übereinander auf der einen Seite, zehn übereinander auf der anderen Seite. Böse flattern ihre Seitenflossen, und ihre Mäuler scheinen Beleidigungen auszuschnappen. Der Peverl Toni ist ganz aufgeregt und will zuschauen bis zum Schluß, und auf einmal muß er rufen:

– Das ist wie ein Wunder!

Da erschrickt Xaver und wird weiß im Gesicht und sagt:

– Du kannst ja reden!

Jetzt muß sich der Peverl Toni schnell eine prima Ausrede ausdenken, sonst schaut ihn Xaver gleich von oben herab an und hat keinen Respekt mehr und sagt es auch den anderen.

– Jetzt kann ich wieder reden, sagt der Peverl Toni. Das ist wie ein Wunder! Vor langer Zeit habe ich meine Sprache verloren. Ich werde dir erzählen, wie es geschah:

(Für meine Schwester Birgitt)

Schon als Kind war ich ein berühmter Balanceur. Ich bin bei niemandem in die Schule gegangen, und niemand hat mich dazu angehalten. Jedes Ding stellte ich auf meinen Mittelfinger und trug es balancierend vor mir her. Am liebsten mochte ich Besenstiele und Bohnenstangen. Aber auch mit Pfannen, Kochlöffeln, Flaschen und Bällen gab ich mich zufrieden.

Eines Tages kam ein Zirkus in die Stadt. Ich ging, um zu schauen und um leere Flaschen zu sammeln, die ich gegen Geld eintauschen wollte. Aber weil ich so viele Flaschen fand, daß ich sie mit meinen kleinen Armen nicht hätte fassen können, stellte ich sie übereinander zu einem hohen, schlanken Turm, den ich balancierend zur Pfandstelle trug. Die Leute meinten, ich gehöre zum Zirkus, und applaudierten und bewunderten mich und schüttelten die Köpfe, weil ich noch so jung war.

Da kam mir der Zirkusdirektor entgegen und nahm mich mit in seinen Wagen und bot mir an, in seiner Vorstellung aufzutreten. Ich sollte in der Pause die Getränke durch die Zuschauerreihen balancieren. So zog ich mit dem Zirkus über das Land. Aber ich war unzufrieden, denn in der Pause sind die Zuschauer müde oder sprechen über diese oder jene eben gesehene Attraktion und beachten nicht einen kleinen Jungen, der mit Flaschen balanciert. Wie beneidete ich Trapezkünstler und Clown, weil sie eigene Vorstellungen in der Manege geben durften. Wenn das Licht im Zuschauerraum erlosch und die Trommel einen Wirbel schlug, dann wünschte ich nichts mehr, als ein berühmter Artist zu werden.
Der Zirkusdirektor war gut zu mir und ließ mir viel Zeit zum Üben, denn er hatte meine seltene Begabung erkannt. Ich war sehr fleißig, und bald schon gab es nichts, was ich nicht übereinander türmen und waghalsig balancieren konnte. Es dauerte nicht ein Jahr, da stand mein Name am breitesten und höchsten auf den Plakaten, und ich war sehr stolz, wenn ich hinter dem Vorhang lauschte und die Leute sagen hörte:
– Der Meister soll noch ein Kind sein.
Oder:
– Wir kamen von weit her, nur um ihn zu sehen.
Oder:
– Sollte vielleicht Zauberei mit im Spiel sein?
Dann ging der Vorhang auf, und die Posaunisten im Orchester erhoben sich, und das Publikum rauschte. Dann wurde es still. Ich trug einen kostbaren Umhang aus dunkelblauer Seide, auf den silberne Sterne gestickt waren. Mein Gesicht war mit Silberbronze geschminkt, und meine Augen leuchteten, denn die Löwenbändigerin, die mich liebte, hatte mir einen fremdländischen Extrakt unter die Lider geträufelt.
Der Zirkusdirektor, der fürsorglich über mich wachte, führte mich an der Hand in die Manege, und wir verbeugten uns tief. Er gab mir seinen Zylinder, und ich stellte ihn an einem Punkt der Krempe auf meinen Mittelfinger. Dann reichte man mir ein dünnes, mannshohes Stöckchen, das ich vorsichtig an der oberen Kante des Zylinders aufsetzte. Nun griff ich mir einen Ball und warf ihn in einer schönen Kurve genau auf die Spitze des Stöckchens, wo er die Balance hielt. Zuletzt gab ich einem

winzigen Silberäffchen Befehl, von meiner Schulter aus auf den Ball zu springen, um dort possierliche Faxen vorzuführen. Meine Vorstellung war ein großer Erfolg. Bald war ich landauf, landab geschätzt und berühmt.

Aber es machte mich nicht zufrieden. Ich war sehr ehrgeizig und wollte so berühmt werden wie Angelo Papolfi, der beste Balanceur der Welt. Der brüstete sich nämlich, einen Balancierakt zu beherrschen, den ihm niemand nachmachen würde, solange die Welt bestehe. In der Reihenfolge türmte er aufeinander: Auf eine Gurke zwei Tomaten, darauf eine Karotte, darauf vier Dörrpflaumen, darauf sechzehn Rosinen, darauf vierzig Reiskörner und zuoberst ein Windrad aus drei Lorbeerblättern. Sanft setzte er diese Stange auf seine Nasenspitze, und wenn er ausatmete, drehte sich das Lorbeerwindrad.

Angelo Papolfi lebte zurückgezogen an einem geheimen Ort, und nur selten trat er in die Welt, um den Menschen das Wunder seiner Kunst zu zeigen. Niemand hatte je mit ihm gesprochen. Sein einziger Gefährte war sein alter Assistent, der nicht von seiner Seite wich. Niemand wußte, warum Angelo Papolfi als grausam und rachsüchtig galt. Über mich sagten die Leute:

– Der zweite hinter Angelo Papolfi zu sein ist eine große Ehre.

Aber der zweite wollte ich nicht sein. Ich zwang mich zu Kühnheit, Fleiß und Geduld, um den Balanceakt des Angelo Papolfi nachzuahmen. Nach einem Jahr war es soweit. Ich beherrschte den Akt vollkommen sicher. Ich verriet es niemandem, auch nicht dem Zirkusdirektor, meinem väterlichen Freund. Ohne Vorankündigung wollte ich den Akt eines Abends in der Vorstellung zeigen. Mein Auftritt wurde zu einem heiligen Triumph. Das Publikum erhob sich von seinen Plätzen und verlangte, alle anderen Darbietungen zu streichen. Meine Kunst wollte es bestaunen, immer wieder. Aber der Zirkusdirektor war sehr besorgt, denn er kannte Angelo Papolfi von früher, als er noch der zweite war hinter dem göttlichen Martin Kreideweiß, dem Ahnherrn aller Balanceure. Der Zirkusdirektor fürchtete um mein Wohl, und er sagte:

– Hüte dich vor der Rache Angelo Papolfis, denn er hat kein Herz.

Schon nach wenigen Tagen erreichte unseren Zirkus eine Nachricht von Angelo Papolfi, der – wie auch immer – schon von meinem Triumph gehört hatte. Darin forderte er mich auf, mich in einem Zweikampf der Balanceure mit ihm zu messen. Jeder von uns sollte sich ein schwieriges Kunststück zurechtlegen und es dem anderen zur Aufgabe stellen. Bis auf den Akt mit Zylinder, Stöckchen, Ball und Silberäffchen hatte ich keine eigene Schaustellung erfunden, und diese konnte ich Angelo Papolfi nicht anbieten, denn sie war zu einfach und beeindruckte höchstens wegen meines kindlichen Alters. Aber um einen neuen Akt auszudenken und einzuüben war die Frist zu kurz. Trotzig wollte ich ohne eigenen Balancierakt vor Angelo Papolfi hintreten, so als verachte ich ihn und schätze ihn gering.
In seiner Nachricht hatte Angelo Papolfi verlangt, den Wettstreit an einem bestimmten Ort an der Meeresküste auszutragen. Dort trafen wir ihn.
Angelo Papolfi war klein und zart. Er hatte langes, weißes Haar. Er sprach nicht mit uns, und auch mit seinem Assistenten verständigte er sich über Handzeichen. Angelo Papolfi war stumm.
Sein Assistent führte die Verhandlungen in seinem Namen und forderte mich auf, mein Kunststück dem Meister vorzuführen. Mein Zirkusdirektor sprach für mich und sagte, ich habe auf ein eigenes Kunststück verzichtet, weil ich meinem Gegner das Geheimnis meiner Kunst nicht preisgeben wolle.
Als Angelo Papolfi das hörte, wurde er rot vor Zorn, und seine Augen wurden groß, und ich lachte. Ich hatte Angelo Papolfi beleidigt.
Sein Assistent, der viel Angst vor seinem Meister hatte, teilte uns nach einer Unterredung mit, Angelo Papolfi sei jetzt nur noch unter einer Bedingung bereit, den Wettstreit gegen mich zu führen. Da ich ihm keine Aufgabe angeboten hätte, sehe er sich berechtigt, die Wette zu erweitern. Er wette um meine Stimme, mit der ich ihn so keck ausgelacht habe. Wenn ich gewinne, werde er freiwillig und feierlich den Rang des größten Balanceurs an mich abtreten. Aber wenn ich verlöre, gehöre meine Stimme ihm, und ich werde für immer stumm sein.
Mein Zirkusdirektor flehte und bat und drohte und redete auf mich ein, die Wette abzuschlagen und nach Hause zu fahren.

Das sei die befürchtete Rache des Angelo Papolfi. Ich solle mich doch damit begnügen, hinter ihm der zweite zu sein, ich sei ja noch ein Kind, und es werde ohnehin nur wenige Jahre dauern, bis Angelo Papolfi seinen Platz auf natürliche Weise an mich abtreten müsse. Aber ich war stolz und schadenfroh und neugierig darauf, Angelo Papolfi noch mehr zu ärgern. Ich sagte zu. Ich tat es so großspurig, wie es ein Kind von zwölf Jahren kann. Da holte der Assistent aus dem Koffer Angelo Papolfis eine Schale mit gelben Erbsen und gab mir zehn und zehn seinem Meister.

Es waren Erbsen von ganz besonderer Art. Legte man sie in ruhendes Wasser, quollen sie auf und erreichten die Größe einer Honigmelone. Bewegte sich aber das Wasser, wurden die Erbsen in ihrem Wachstum gehemmt und dehnten sich erst wieder aus, wenn das Wasser zur Ruhe gekommen war. Unsere Aufgabe bestand darin, mit den Erbsen zwei Meter unter Wasser zu tauchen, sie dort in einem Balancierakt aufeinander zu schichten und den Atem so lange anzuhalten, bis sich die Erbsen zu ihrer vollen Größe ausgedehnt hatten, so daß die obersten an der Wasseroberfläche sichtbar wurden. Die obersten Erbsen waren mit den Initialen unserer Namen gekennzeichnet. Daran konnten der Assistent und mein Zirkusdirektor den Gewinner erkennen. Erlaubt war es, durch Wellenbewegung das Wachstum der gegnerischen Erbsen zu hemmen. Weil wir jedoch unter Wasser nahe beieinander stehen würden, ließ sich daraus kein Vorteil gewinnen, da die geringste Bewegung des Wassers das Wachstum beider Erbsenstangen beeinträchtigte.

Wir tauchten und verankerten unsere Füße am Meeresboden und türmten die Erbsen aufeinander. Das Balancieren wurde durch das Wasser erleichtert, und die Erbsen dehnten sich rasch genug aus, um die Oberfläche zu erreichen, bevor uns der Atem ausging. Die Schwierigkeit dieses Balancieraktes bestand darin, die Erbsenstange so ruhig wie möglich zu halten, da schon eine feine Korrektur das Wasser in Bewegung brachte und das Wachstum der Erbsen verzögerte.

Ich war der Ruhigere.

Angelo Papolfi gelang es nur wenige Augenblicke lang, seine Balancierhand nicht zu bewegen. Sofort neigte sich wieder die

Spitze seiner Erbsenstange, und er mußte korrigieren. Meine Erbsen waren schon fast voll aufgequollen, da unterschieden sich Angelo Papolfis Erbsen noch kaum von ihrer ursprünglichen Größe. Auf einmal sah ich zehn große, goldene Fische auf mich zuschwimmen, so elegant und leicht, daß sich das Wasser nicht bewegte. Neben meine Erbsenstange stellten sie sich übereinander, jeder mit seinem Maul vor einer Erbse, und gleichzeitig schnappten sie zu.

Ich hatte die Wette verloren. An Land konnte ich nicht mehr reden.

Mein Zirkusdirektor brachte mich zu vielen Ärzten, die mich untersuchten und in bebilderten Büchern nachschlugen und die Stirn runzelten. Aber sie konnten mir nicht helfen.

Angelo Papolfi trat nie mehr in der Öffentlichkeit auf. Eines Tages hörten wir von seinem Tod. Es war sein Assistent, der uns davon berichtete. Er erzählte uns die folgende Geschichte: Vor vielen Jahren hatte ein ähnlicher Wettstreit zwischen dem alten Meister Martin Kreideweiß und dem jungen Angelo Papolfi stattgefunden. Auch Martin Kreideweiß war stumm, und der junge Angelo Papolfi hatte ihn ausgelacht, so wie ich Angelo Papolfi ausgelacht hatte. Die Bedingungen der Wette waren dieselben wie zwischen Angelo Papolfi und mir. Auch Martin Kreideweiß hatte um die Stimme des Jüngeren gewettet. Und auch Angelo Papolfi hatte die Wette verloren, weil zehn goldene Fische seine Erbsen verschlangen. Von da an war er stumm. Aber Martin Kreideweiß hatte mit der Stimme Angelo Papolfis geredet.

Als Angelo Papolfi von meinem Triumph gehört hatte, wollte er die gleiche Wette am gleichen Ort gegen mich austragen, weil er hoffte, die goldenen Fische würden kommen und meine Erbsen fressen, und er würde meine Stimme gewinnen und endlich wieder reden können. Aber Angelo Papolfi wußte über diese Fische nicht Bescheid. Sie kamen zwar und fraßen meine Erbsen und nahmen mir meine Stimme, aber sie gaben sie nicht an Angelo Papolfi weiter, sondern verschwanden. Und Angelo Papolfi blieb bis an sein Lebensende stumm.

So erzählte uns der Assistent von Angelo Papolfi.

– Aber reden Sie weiter, sagte mein Zirkusdirektor. Wie können wir dem armen Kind helfen?

Da verriet uns der Assistent das Geheimnis der goldenen Fische, das er in einer düsteren Herberge von einem blinden Messerwerfer erfahren hatte. Angelo Papolfi hatte es versäumt, den Fischen in die Augen zu sehen, als sie meine Erbsen verschlangen. So waren die Fische verschwunden, ohne zu wissen, wem die fremde Stimme gehörte, die sie in sich trugen. Wer den Fischen als erster in die Augen sieht, der wird mit meiner Stimme sprechen können. So zog ich durch die Welt, um die goldenen Fische zu suchen.

Das war eine lange Geschichte, und der Peverl Toni ist selbst ganz durcheinander. Wo war die Geschichte versteckt in meinem Kopf, denkt er.
Xaver hört mit großen Augen und wird ganz rot und zärtlich vor Freude, daß der Peverl Toni wieder sprechen kann und daß er sein Vertrauter ist.
– Aber du darfst mit niemandem darüber reden, sagt der Peverl Toni.
Wenn Xaver ein Plappermaul ist, kann ich kein schöner Stummer mehr sein, denkt er. Dann redet jeder mit mir, wie er mit den anderen redet. Xaver muß schwören. Wird er jetzt immer bei mir sitzen wollen und mich anschauen und nicken und schön tun, denkt der Peverl Toni.
– Jetzt sind wir die besten Freunde, sagt Xaver. Vielleicht muß ich den anderen gar nicht mehr suchen.
Xaver ist verträumt und muß immer schauen, was man dem Peverl Toni im Gesicht ansieht.
– Du hast so viel erlebt, sagt er. Und bist noch so jung.
– Siebzehn, sagt der Peverl Toni stolz.

Fünftes Kapitel

In der Nacht träumt der Peverl Toni gar nichts, und am Morgen denkt er: Hätte ich die Geschichte bloß nicht erzählt, dann hätte ich sie vielleicht geträumt.
Wenigstens warm ist es im U-Boot. Gern würde der Peverl

Toni ein zorniges Lied pfeifen. Aber ein Stummer kann das nicht. Kann ein Stummer nicht einmal pfeifen? Und wenn ich ein Stummer bin, der doch pfeifen kann, denkt der Peverl Toni. Dann würde C. C. Meyer erstaunt sein, und ich müßte ihm auch eine Geschichte erzählen. Aber ich dürfte ihm ja keine Geschichte erzählen, weil ich nur pfeifen und nicht reden könnte. Dann würde C. C. Meyer überhaupt nichts mehr glauben und mich beim Rasieren in die Haut schneiden.

Im Rasierzimmer setzt sich der Peverl Toni C. C. Meyer gegenüber, und sie pinseln sich mit Rasierschaum ein. C. C. Meyer ist ihm lieber als Xaver. Bei dem graust's ihm vor der Haut. Gut, daß Xaver erst in der Nacht drankommt. Das ist noch lang.

– Kannst du schreiben, fragt C. C. Meyer.

Der Peverl Toni nickt.

– Ich habe mir nämlich Überlegungen gemacht, und ich muß Antworten wissen. Willst du Antworten mit dem Finger in den Rasierschaum meines Bauches schreiben?

Das gefällt dem Peverl Toni. Er denkt sich: Wenn ich ihm etwas auf den Bauch schreibe, stellt er sich dann vor den Spiegel, um es zu lesen, oder ist ihm umgekehrte Spiegelschrift geläufig?

– Willst du das tun, fragt C. C. Meyer.

Der Peverl Toni nickt. Da sagt C. C. Meyer:

– Ich will ein Aufständischer sein gegen Admiral Nadiffo. Denn ein Prinzip des Admirals ist falsch. Es ist das Prinzip der Farbe Rot.

Aber das Prinzip des Kreises ist richtig, und darum ist es auch richtig, daß wir uns rasieren und daß wir uns dick essen, denn ein Prinzip der Welt ist der Kreis, und wir müssen das Prinzip sichtbar machen. Weil Admiral Nadiffo gut denken kann, hat er das Prinzip des Kreises gefunden. Aber weil er nur gut denken kann, hat er nur dieses Prinzip gefunden. Das zweite Prinzip kann niemand durch Denken finden. Nie kann einer, dem es an nichts mangelt, das zweite Prinzip erkennen. Nur wem es an vielem mangelt, der hat große Sehnsucht. Und nur große Sehnsucht kann das zweite Prinzip finden.

Mangel ist mein Leben. Ich bin ein armer Mann. Viele Genüsse sind mir fremd. Ich sehe schlecht, ich höre schlecht, meine

Hände fühlen kaum, was sie greifen, und die Speisen schmekken mir alle gleich. Nur meine Nase ist etwas Besonderes. Sie kann Gerüche riechen, von denen die Menschen nichts ahnen. Aber meine Nase hebt die Mangelhaftigkeit der Ohren, der Augen, der Zunge und der Hände nicht auf. Ich rieche die Dinge. Ich rieche den feinsten Hauch jeden Geruches, den sie enthalten. Meine Sehnsucht, die Dinge zu sehen, zu hören, zu schmecken und zu betasten ist um so größer, je vortrefflicher die Dinge riechen.

Wenn ich mit Freunden eine Wanderung mache durch schöne Wälder, stoße ich manchmal mit der Stirn an Baumstämme und falle über Astwerk und Wurzeln. Wohlwollende Freunde helfen mir auf und legen ihre kühle Hand auf meine Stirn. Böswillige lachen und lassen mich liegen. Böswillige mischen mir Ungenießbares unter die Speisen und verspotten mich, weil ich es nicht schmecke. Wohlwollende achten darauf, daß meine Speisen nahrhaft und sauber sind.

Dafür erzähle ich den Wohlwollenden viel über Gerüche. Manchmal grabe ich duftige, seltene Würzelchen aus dem Boden, die dort ewig verborgen geblieben wären, hätte sie meine Nase nicht aufgespürt. Dann presse ich den Saft aus den Würzelchen und reibe damit die Hände der Wohlwollenden ein. Am meisten mag ich die Wohlwollenden, am wenigsten die Böswilligen. Einmal kannte ich einen sehr böswilligen Mann und eine sehr wohlwollende Frau. Während eines gewaltigen Gewitters traf ich die wohlwollende Frau. Sie ging über den Strand, und die Blitze schlugen neben ihr in den Boden. Ich lief zu ihr und nahm sie und zog sie in ein sicheres Versteck. Aber sie sagte:

– Kein Blitz wird mich treffen. Ich weiß alles, was geschieht. Denn ich habe es geträumt. Auch daß du mich vor den Blitzen retten wolltest, habe ich geträumt. Auch daß ich dir die Zukunft sagen werde, habe ich geträumt. Du wirst den Böswilligen besiegen. Aber zu deinen vielen Mängeln wirst du einen neuen Mangel entdecken. Einmal wird alles gut sein.

Der Böswillige war mein Vater. Der sagte zu mir:

– Schau dort! Was siehst du?

Und:

– Hörst du nicht? Hörst du nicht?

Und:

– Iß das!

Und:

– Greif ins Feuer! Spür die Flamme!

Er wollte mich in ein Loch legen und mit Erde zuschütten und einen Baum darauf pflanzen, weil ich wertlos sei und voller Mängel. Auf einer Wanderung trank mein Vater aus einem Baumstrunk schlechtes Wasser. Ich habe den Tod gerochen und habe geschwiegen. Da ist mein Vater gestorben.

Weil ich oft tagelang unglücklich über die Felder ging, besuchte ich die wohlwollende Frau, um zu klagen.

– Etwas Großes wartet in dir, sagte sie. Dein Unglück kommt daher, daß du nicht träumen kannst. Die Menschen träumen in jeder Nacht, weil sie gut sehen und gut hören und gut schmecken und gut tasten können. So haben sie viel zum Träumen. Aber du kannst nur gut riechen, und es dauert lange, bis sich ein Traum aus Gerüchen formt. Aber die Träume, die sich aus Gerüchen formen, sind große Träume. Du wirst nur einen einzigen Traum haben, aber der wird größer sein als viele.

Von nun an litt ich von allen meinen Mängeln unter meiner Traumlosigkeit am meisten. Würde mir mein Traum die Zukunft sagen wie die Träume der wohlwollenden Frau? Würde mir im Traum mein böswilliger Vater erscheinen und mir befehlen, meiner Nase etwas anzutun? Oder würden im Traum meine Augen wachsen und scharfsichtig werden, bis ich den Himmel überblicken und unter die Erde schauen könnte? Oder würde der Traum meinem Kopf von allen Büchern das gelehrteste diktieren, so daß kein Rätsel der Welt mehr übrigbliebe? Viele Jahre wartete ich vor dem Einschlafen, und viele Jahre war ich nach dem Aufwachen enttäuscht. Dann träumte ich.

Ich sah meine Mutter, die ein weißes Laken zum Trocknen an die Leine hängte. Aber auf einmal begann das Laken zu wachsen und wurde größer und größer, bis alles weiß war. Ich konnte den Traum nicht deuten und suchte abermals die wohlwollende Frau auf. Aber sie sagte, sie selbst habe von mir geträumt, und in diesem Traum sei ich ihr erschienen und habe sie gebeten, meinen Traum nicht zu deuten, weil sie mich sonst um eine tiefe Wahrheit bringe.

Erst nach vielen Jahren, als ich bei Admiral Nadiffo in den

Dienst trat und er mich über die zwei Prinzipien belehrte, die über der Schöpfung Gottes stehen, wußte ich, was mein Traum bedeutete: Das weiße Laken widersprach dem Admiral! Es sagte, daß das zweite Prinzip nicht die Farbe Rot, sondern die Nicht-Farbe Weiß sei.

Die Mangelhaftigkeit meiner Sinne, derentwegen ich schlecht höre, sehe, schmecke und taste, ließ mich lange Zeit nicht träumen, und weil sich die Weisheit des Traumes bei mir nicht Nacht für Nacht tropfenweise vergeudete, sondern ein einziges Mal und auf einmal zum Ausbruch kam, war ich es, der im Traum das zweite Prinzip der Welt erkannte.

Darum muß ich mich gegen Admiral Nadiffo erheben, auch wenn er das Prinzip des Kreises gefunden hat. Denn Prinzipien sind ausschließlich. Es ist gut, daß wir Indianer töten, aber nicht weil sie rot, sondern weil sie nicht weiß sind. Ich werde ein Aufständischer sein, wenn du mit mir bist. Schreib deine Antwort auf meinen Bauch!

Jetzt haben sie sich schon daran gewöhnt, daß ich stumm bin, denkt der Peverl Toni. Ich bin ein Lügner, also bin ich ein Lügner. Also schreibt er mit dem Zeigefinger auf den Bauch von C. C. Meyer.

Wer kann schon gegen seine Gedanken an, die er in ein gepolstertes Nest legt. Nicht einmal in ein Tagebuch würde er schreiben, und die schönsten und geheimsten Gedanken traut er sich gar nicht zu denken. Doch – manchmal – ganz selten, wenn ihn niemand anschaut, wenn er die Fäuste vor die Augen drückt und die Knie anzieht, dann denkt er: Ich bin ja auf der Weltkugel, was kann mir schon passieren, bei einem Erdrutsch würde ich drunter und drüber kugeln und meinen Kopf festhalten, und das Geheimste wäre warm gepolstert. Gut, daß ich niemandem Versprechungen gemacht habe. In Notfällen verstecke ich mich in einer Wölbung.

Heute rolle ich durch den Tag, denkt er. Wer soll einer Kugel etwas zufügen wollen? Ein Kuß könnte ihn nie überzeugen. Er beschreibt sich alles anders, wenn er denkt. Hinter der Tür stünde bei ihm ein Wolf. Tiere muß man fürchten. Sie können einen unverhofft überfallen. Heute hätte der Peverl Toni gern Schmerzen, und am Abend möchte er noch nie so viel gelitten haben.

Ach, der schönste Weltuntergang wär' ihm nicht Wunder genug!

Sechstes Kapitel

Er vertrödelt den Morgen und denkt über Abenteuer nach. Kann man ein U-Boot anbohren und dann tief Luft holen und tauchen bis zum Grund, wo die dunkelblaueste Korallenkralle hell scheint vor dem schwarzen Meerboden? Wenn sich Röhrensysteme aus Luftblasen erfinden ließen!

Der Peverl Toni würde gern unerhört Neues entdecken und es niemandem verraten und auf dem Totenbett über sein Geheimnis schmunzeln. Aber es müßte ein wertvolles, richtiges Geheimnis sein, das er in Wirklichkeit gerne ausplaudern würde. Es dürfte sich einfach nicht ausplaudern lassen! Ein wirkliches Geheimnis, unter dem man leidet. Manchmal würde er für ein paar Tage verschwinden und in der Luftblasenstadt unter Wasser nach dem Rechten sehen. Und oben würden die Leute reden und sagen:

– Wo der hingeht, wären wir alle nichts, aber er wird dort geachtet!

Und sie würden glauben, er sei in einem fernen, windigen Land, denn von seiner Unterwasserstadt wüßten sie nichts. Aber in Wirklichkeit kann man das U-Boot nicht anbohren, und ich muß mir Geschichten anhören, in denen ich selber nie ein Abenteuer erleben könnte, denkt der Peverl Toni.

Oberbootsmann Toro-Baunzo, der ihn mittags rasiert, kann ihm alles erklären:

– Admiral Nadiffo ist ein gewaltiger Denker. Aber er ist nur ein Denker. Sein Denken vertraut nur auf sich selbst. Darum glaubt er, die zwei Prinzipien der Welt durch Denken allein finden zu können. Das ist sein erster Fehler.

C. C. Meyer kann nicht denken. Aber seine Sehnsucht kann vieles ahnen. Weil seine Sehnsucht so groß ist, hat sie das Prinzip der Nicht-Farbe Weiß erahnt. Und dieses Prinzip ist richtig. Aber weil C. C. Meyer nur ahnen und nicht denken kann, hat er nur das erste Prinzip gefunden. Denn das erste Prinzip kann nur durch Ahnen gefunden werden. Aber das zweite Prinzip öffnet sich nur dem Denker.

Admiral Nadiffo ist ein gewaltiger Denker. Aber er denkt philosophisch. Das ist sein zweiter Fehler. Denn das zweite Prinzip läßt sich nur durch wissenschaftliches Denken finden. Das zweite Prinzip ist nicht der Kreis. Glaubst du, alle Rundungen lassen sich auf den Kreis zurückführen?

Da nickt der Peverl Toni extra dumm und denkt: Jetzt weiß ich es. In Wirklichkeit ist es denen gleich, ob ich stumm bin oder nicht. Aber wenn es in meiner Unterwasserstadt giftige Getränke gäbe, die mir nicht schaden, aber mich in einer Sekunde verändern, wenn ich es will, und wenn mir dann auf einmal ein Ast aus dem Kopf wüchse und Weintrauben über die Arme rankten, dann würden sie niederknien und beten und mich bitten, sie nicht stumm zu verfluchen.

– Glaubst du, die Spirale läßt sich auf den Kreis zurückführen oder die Hyperbel oder die Parabel oder die Ellipse, sagt Toro-Baunzo.

Da schüttelt der Peverl Toni den Kopf und will nichts mehr hören. Aber Toro-Baunzo spricht weiter:

– Ich kenne das zweite Prinzip, sagt er. Denn ich habe die Aufzeichnungen jenes Forschers gelesen, der es, ohne zu wissen, entdeckt hat. Es ist ein kostbares Büchlein und trägt den Titel:

Nachtrag
zur wissenschaftlichen Untersuchung
des Käfers
Cryptor Ceronius Maro

Dies ist sein Inhalt:

(Für meinen Freund,
den Dichter Christian Mähr)

Der Insektenforscher Johannes Friedrich Maienfeld aus Dresden machte im Jahre 1853 während eines Sommerurlaubs im schweizerischen Kanton Unterwalden eine seltsame Entdeckung.

Er war auf einer Wanderung durch das Engelberger Tal zusammen mit seinem Freund, dem ortsansässigen Förster, einem früheren Gelehrten, der sich von der Wissenschaft abgewandt und hierher zurückgezogen hatte, um ein einfaches Leben zu führen. Sie beschauten eine breite Schneise, die eine Lawine im vergangenen Winter in den Wald geschlagen hatte. Da waren nur noch zerrissene Strünke, Murengräben und pfützige Wurzellöcher. Die gefällten, zerschlagenen Bäume hatten sich die Bauern geholt und zu Brennholz zersägt. Der ehemalige Wissenschaftler klagte über die Mentalität dieser Menschen, ihren Aberglauben und ihre Weigerung, bei einer Aufforstung zu helfen. Die Leute der Gegend, so sagte er, würden diesen Berg verehren, und Lawinen und Erdrutsche nicht als Unglück verstehen, sondern als Weisungen irgendwelcher Geister.
Es sei unmöglich, den Leuten diesen Unsinn auszureden, denn eben demselben Berg verdankten sie ihren für eine Alpenregion ungewöhnlichen Wohlstand und ihre Berühmtheit in ganz Europa. Denn nur hier werde jener feine Lehm gestochen, aus dem die Bauern mit viel künstlerischem Geschick das begehrte Engelberger Porzellan brennen, das in seiner Zartheit und Härte und seinem glockenreinen Klang selbst die Kunstwerke der fränkisch-sächsischen Manufakturen weit übertreffe. Deshalb lehnten die Bauern jede Einmischung in die Ratschläge dieses Berges, wie sie es nannten, strikt ab. So lasse es sich nicht verhindern, daß auch im nächsten Winter hier eine Lawine ihre Bahn finde und die Schneise wahrscheinlich sogar verbreitere. Die starken Regenfälle des Frühlings würden dann das Erdreich wegschwemmen, bis nur noch der kahle Fels übrigbleibe. Das Material für das kostbare Porzellan würde dann den Bach hinunter schwimmen. Der ehemalige Wissenschaftler hatte nämlich festgestellt, daß nur an der von der Vermuhrung bedrohten Bergseite jener seltsame Lehm zu finden sei, und er prophezeite eine trostlose Zukunft für die Bauern des Engelberger Tales, die wegen ihrer Arbeit in den Porzellanmanufakturen die Feld-, Vieh- und Forstwirtschaft ohnehin schon in unverantwortlicher Weise vernachlässigt hätten. Die Vermuhrung der betreffenden Bergseite würde sich bald nicht mehr aufhalten lassen. Dann sei den Bauern ihre Existenzgrundlage genommen, und sie würden in bittere Armut fallen.

Die düsteren Prophezeiungen seines Freundes rührten Johannes Friedrich Maienfeld, besuchte er diese Gegend doch hauptsächlich wegen des kostbaren Porzellans, das er leidenschaftlich sammelte. Nachdenklich betrachtete er einen zersplitterten Baumstrunk und überlegte, wie diesem Landstrich gegen die Gefahr einer Erosion zu helfen sei, ohne die magische Natur- und Weltanschauung der Bauern zu zerstören. Er war nämlich entgegen der Meinung seines Freundes davon überzeugt, daß eben diese magische Naturanschauung die Bauern befähige, solche einzigartigen Kunstwerke hervorzubringen. Denn obwohl die Bauern ihre Vasen, Kannen und Skulpturen in den Handel brachten, waren sie für sie doch magisch-kultische Gegenstände, die ihnen in diesem Augenblick nichts mehr bedeuten würden, wenn sie ihre magisch-kultische Naturanschauung verlören.
Und wie er geistesabwesend den Baumstrunk betrachtete, sah er auf einmal zu seinem Erstaunen an verschiedenen Fasern des zerfetzten Holzes winzige, glänzende, schwarze Kügelchen hängen, die, wie von einem nicht spürbaren Wind in Schaukelbewegung gebracht, hin und her pendelten. Dabei verkürzten und verlängerten sich die Fädchen, an denen sie hingen, in rhythmisch exakten Abständen, so daß in dieser Hin- und Her- und Auf- und Abbewegung das präzise Bild einer Sinuskurve entstand. Das erinnerte ihn sofort und lebhaft an die Forschungsarbeit, mit der er sich zur Zeit in Dresden so intensiv befaßte. Es handelte sich dabei um die Untersuchung des Käfers Cryptor Ceronius Maro.
Ceron Maro, ein Insektenforscher aus Burma, der während seiner Studienzeit in Heidelberg mit Johannes Friedrich Maienfeld befreundet gewesen war, hatte vor einem halben Jahr in der Fachwelt durch eine Publikation Aufsehen erregt, in der er die Entdeckung eines Käfers beschrieb, der sich in Größe, Farbe, Form von anderen Insekten dieser Art durch nichts unterschied bis auf eine, allerdings verwirrende Besonderheit: Der Käfer besaß ein viertes, allen bisherigen Untersuchungen völlig funktionslos erscheinendes Beinpaar.
Ceron Maro war nach Dresden gekommen, um zusammen mit seinem Freund, der in der Fachwelt einen einzigartigen Ruf besaß, das Rätsel dieses vierten Beinpaares zu ergründen. Eines

Nachts verschwand Ceron Maro spurlos, nachdem er am Abend Johannes Friedrich Maienfeld in seiner Wohnung aufgesucht und erregt erklärt hatte, er sei dem Rätsel auf der Spur und werde schon in wenigen Tagen erste Berichte vorlegen können. Die Suche nach dem Vermißten war bis zum heutigen Tag erfolglos geblieben, und Johannes Friedrich Maienfeld hatte schweren Herzens die Arbeit allein fortgesetzt.

Aus den Aufzeichnungen seines verschwundenen Freundes entnahm Maienfeld, daß dieser gerade einen Versuch vorbereiten wollte, bei dem das Verhalten der Käfer in einer ihnen fremden Umgebung beobachtet werden sollte. Maienfeld sperrte ein Weibchen und ein Männchen in eine sterile Glasvitrine, deren Inneres durch sorgfältig dosierte Wärmezufuhr von außen einem Treibhaus ähnlich war. Dabei machte er folgende Beobachtungen: Die Käfer begannen schon nach wenigen Tagen, ganz entgegen der fälligen Jahreszeit, sich in ungewöhnlicher Hast zu paaren. Wenige Stunden nach der Paarung zeigten sich beim Weibchen kaum merkliche Bewegungen im vierten Beinpaar, das bis dahin wie zusammengeklebt, pfeilartig vom Körper nach hinten abstand. Das Weibchen zog sich in eine Ecke zurück und legte sich flach auf den Bauchpanzer, und wären nicht die seltsamen Zuckungen im vierten Beinpaar gewesen, hätte der Forscher das Weibchen für tot gehalten. Die Vibrationen des Beinpaares wurden von Tag zu Tag stärker. Die zwei Beinchen hatten sich voneinander gelöst und standen wie Antennen in die Luft und zitterten in unregelmäßigen Abständen. Maienfeld konnte sich diese Erscheinung nicht erklären und führte sie auf Reaktionen des Käferweibchens zurück, die man beim Menschen Angst nennen würde.

Nach wenigen Tagen waren die Larven gelegt und nach wieder einem Tag bereits ausgeschlüpft. Das war unglaublich, zumal die Käfer in ihrer natürlichen Umgebung für denselben Vorgang einige Monate benötigten. Auch die neue Käfergeneration hatte das vierte Beinpaar, aber es klebte nicht aneinander, auch wenn es offensichtlich nicht der Fortbewegung diente. Die erste Generation der Versuchskäfer starb bald – übrigens schneller, als der Forscher erwartet hatte. Die zweite Generation wuchs weiter und zeigte keinerlei Störungen, die auf den Nahrungsentzug zurückgeführt werden konnte.

Nach weiteren Tagen waren die Kadaver der ersten Generation verschwunden, aufgefressen von ihren Kindern. Von da an verdunkelte sich der Panzer der Käfer immer mehr, bis er schließlich schwarz war. Dieser Vorgang mußte nicht unnatürlich sein, denn in der Natur waren Käfer der Gattung Cryptor Ceronius Maro entdeckt worden, deren Farbpalette von hellbraun bis blauschwarz reichte.
Noch eine Veränderung konnte Johannes Friedrich Maienfeld beobachten: Zwischen dem vierten Beinpaar, das die ganze Zeit über diese seltsamen Schwingungen von sich gab, schien sich eine winzige Beule zu bilden, die von Tag zu Tag deutlicher wurde. Allerdings starben die Käfer bald darauf, und der Versuch mußte abgebrochen werden. Weitere Versuche in derselben und in anderer Anordnung zeigten dasselbe Ergebnis. Jedesmal starben die Käfer, bald nachdem sich die Beule auszudehnen begann. Die Untersuchung der Kadaver endete ebenfalls ohne weiterführende Entdeckungen.
Das einzige Resultat, das Maienfeld nach den langen, ausdauernden Versuchsreihen tatsächlich in der Hand hatte, war ein Stapel graphischer Aufzeichnungen der Schwingungen des vierten Beinpaares, die mittels feinster Instrumente festgehalten worden waren. Die Aufzeichnungen zeigten immer dasselbe Bild: die Sinuskurve. Die schwarzen Kügelchen, die an den Fasern des zerfetzten Baumstrunkes nach dem Bild der Sinuskurve tanzten, erinnerten Johannes Friedrich Maienfeld an seine Versuche in Dresden. Auch glichen die Kügelchen bei oberflächlicher Begutachtung zwar nicht in ihrer Größe und Farbe, so doch in ihrer Beschaffenheit den Larven der Cryptor Ceronius Maro. Der Förster, der als ehemaliger Wissenschaftler die Insekten der Gegend besonders gut kannte, zeigte sich ebenfalls überrascht und war sicher, solche Insektenlarven hier noch nie beobachtet zu haben.
Johannes Friedrich Maienfeld knüpfte sorgfältig ein Dutzend Kügelchen ab und ließ sie in das Glasröhrchen rollen, das er immer bei sich trug. Gleich in seiner Unterkunft wiederholte er den Versuch mit der Glasvitrine und tatsächlich: Nach wenigen Tagen entpuppten sich aus den Larven pechschwarze Käfer der Art Cryptor Ceronius Maro. Der einzige erkennbare Unterschied zu den Käfern vom Dresdener Experiment waren das

unverhältnismäßig größere vierte Beinpaar und die dazwischen liegende, scheinbar schon voll ausgebildete Beule. Auch waren die Käfer noch dunkler und nahmen von Tag zu Tag an schwarzer Leuchtkraft zu. Die Vibrationen des vierten Beinpaares aber waren die gleichen wie bei den Käfern des Dresdener Experiments.

Am siebenten Tag des Versuches sprangen alle Beulen gleichzeitig auf, und eine feine, sandähnliche schwarze Substanz ergoß sich. Die Käfer starben.

Johannes Friedrich Maienfeld bewahrte die Substanzen, nach den jeweiligen Beuleninhalten getrennt, in verschiedenen Glaskästchen auf und bestellte die notwendigen Forschungsgeräte bei der Universität Mailand, wo er etliche Jahre gelehrt hatte, denn er befürchtete, ein Transport nach Dresden könne der seltsamen Substanz schaden und ihre Auswertung unbrauchbar machen. Unter dem Mikroskop beobachtete er lange die einzelnen Teilchen der Substanz, die untereinander verschieden zusammengesetzt waren. Es waren schwarze, runde Körnchen, die meisten zu Klumpen zusammengepreßt, wenige einzeln. Er stellte fest, daß in jedem Beutel der Käfer gleich viele Körnchen gewesen waren und daß die Körner jedes Beutels die gleiche Zusammensetzung und Form aufwiesen. Die Behandlung der Körner zeigte allerdings keinerlei Reaktionen. Weder Säureeinwirkung noch Hitze noch extreme Untertemperaturen konnten der schwarzen Substanz etwas anhaben. Um die Körner dennoch von unkontrollierten Einflüssen abzuschirmen, verwahrte sie der Forscher weiterhin in den versiegelten Glaskästchen auf. Tag und Nacht arbeitete er weiter, wohl schon wissend, daß er auf diese Weise zu keinem Ergebnis kommen würde. Seine Wirtin versorgte ihn mit Kaffee, den sie ihm in einer jener berühmten Porzellankannen servierte. Da sein notdürftig hergerichteter Arbeitstisch klein war und eng und überladen mit Instrumenten, berührte eines der Glaskästchen, in denen sich die rätselhaften Körner befanden, die Porzellankanne, und sofort begann das Kästchen zu schwingen und die Kanne zu klingeln. Vor den Augen des Forschers verschwanden die Körner, als lösten sie sich in Luft auf, nachdem sie ihre Schwingungen ausgesandt und an das Glaskästchen weitergegeben hatten, das die Porzellankanne durch Berührung zum

Klingeln brachte. Als das Klingeln aufgehört hatte, war das Kästchen leer.

Johannes Friedrich Maienfeld brachte das nächste Kästchen in Berührung, und wieder begann die Kanne zu klingeln, und die Körner fingen an sich aufzulösen. Nun nahm er ein einzelnes Korn aus dem dritten Kästchen und ließ es vorsichtig über eine Rampe, die er aus Papier angefertigt hatte, an das Porzellan der Kanne rollen. Einige Klingelzeichen ertönten, ohne sich untereinander zu überschneiden, kurze und lange, dann erlosch das Korn.

Das Klingeln hatte ihn an ein Morsezeichen erinnert, ja, er glaubte sogar, den Buchstaben »S« erkannt zu haben. Mehr einer spontanen Eingebung folgend als einer wissenschaftlichen Methode, brachte er nach und nach alle Körner des dritten Kästchens mit der Porzellankanne in Berührung und notierte sich die jeweiligen Buchstaben aus dem Morsealphabet. Nachdem die Körner des Kästchens aufgebraucht waren, stand folgende Buchstabenreihe vor ihm auf dem Papier:

A – viermal
B – einmal
C – dreimal
D – fünfmal
E – zehnmal
F – fünfmal
H – viermal
I – fünfmal
J – einmal
L – einmal
M – einmal
N – fünfmal
O – dreimal
P – einmal
R – siebenmal
S – viermal
T – einmal
W – einmal
Z – einmal

Er wiederholte den Versuch mit den Körnern eines weiteren Kästchens. Das Ergebnis war das gleiche. Allerdings, so scheint es, entsprang der Versuch mit dem Morsealphabet tatsächlich nur einer Laune, denn Johannes Friedrich Maienfeld schenkte ihm keine Beachtung. Er konzentrierte sich im weiteren vielmehr auf die Untersuchung der chemischen Zusammensetzung der Körner. In seinem Buch ist der Versuch mit dem Morsealphabet nur in einer Fußnote vermerkt, als Kuriosum und um darauf hinzuweisen, daß er in seiner Erforschung der Cryptor Ceronius Maro nichts, auch nicht das Absurdeste unversucht gelassen habe.

Sein Buch erregte kein Aufsehen, denn die Ergebnisse gingen nicht über das hinaus, was vor ihm Ceron Maro beschrieben hatte. Niemandem kam der Gedanke, dem Phänomen der Morsesignale weiter nachzugehen.

Zufällig entdeckte ich ein Exemplar des Büchleins und setzte die Forschungen genau an diesem Punkt fort. Ich ging davon aus, daß die Buchstabenreihe etwas zu bedeuten hätte, und verwendete lange Zeit darauf, sie in sinnvoller Weise zu kombinieren. Schließlich hatte ich Erfolg: Die Buchstaben ergaben den klaren, deutlichen, unmißverständlichen Satz:

Hier
offenbart sich
das Prinzip der Welt
dem Forscher
Johannes Friedrich Maienfeld

Welches Prinzip sollte sich dem unwissenden Forscher offenbaren? Wieder und wieder las ich den Bericht auf der Suche nach diesem Prinzip, das über die Cryptor Ceronius Maro mitgeteilt werden sollte. Auf einmal war es mir klar: Johannes Friedrich Maienfeld hatte es an verschiedenen Stellen erwähnt, ohne Schlüsse daraus zu ziehen: Das Prinzip der Sinuskurve! Auf sie lassen sich alle Rundungen zurückführen. Die Sinuskurve ist neben der Nicht-Farbe Weiß das zweite Prinzip der Welt. Darum muß ich ein Aufständischer sein gegen den Admiral Nadiffo und gegen seinen Kapitänleutnant zur See C. C. Meyer. Ich werde mich erheben, wenn du mit mir bist.

Der Peverl Toni nickt mit dem Kopf wie über eine Treppe.

Der Maat Swed von Cebolim könnte dem Peverl Toni der liebste sein. Der schaut beim Rasieren oft herüber. Will er sagen: Auch ich bin hierher geraten? Der Peverl Toni zieht Swed von Cebolim den anderen vor. Ja, das weiß er genau. Vielleicht ist er der, von dem man einmal sagen wird:

– Er war sein einziger Verbündeter. Sie trafen sich selten, aber immer wieder. Dann feierten sie stumm und lasen sich aus den Augen, was sie erlebt hatten.

Ganz sicher ist Swed von Cebolim anders als die anderen, denkt der Peverl Toni. Auch grüßt er am freundlichsten und nicht kumpelhaft von unten herauf wie Xaver. Daß Swed von Cebolim der Schönste ist, braucht der Peverl Toni sich selbst gegenüber erst gar nicht zu erwähnen. Schwarze Locken würden seinem Haupt gut anstehen. Und ein fahnenrotes Tuch. Sicher kann er Scheren und Rasieren nicht leiden und verflucht heimlich alle U-Boote und das pampfige Unterwasser, wo kein Sturm tobt und keine Spatzen sich vor dem Regen verstecken. Er wird mir doch keine Geschichte erzählen wollen, denkt der Peverl Toni. Der Peverl Toni sorgt sich nämlich um seine Balanciergeschichte. Er hat sich so angestrengt. Ist denn eine Phantasiegeschichte nicht wertvoller als eine wahre Geschichte, denkt er. Wenn Swed von Cebolim auch eine Geschichte erzählt und die spannender ist und schöner als meine und trotzdem wahr, was mach' ich dann! Muß ich dann eine neue Geschichte erfinden? Die Geschichte von Admiral Nadiffo war stur, die von C. C. Meyer traurig, die von Toro-Baunzo interessant. Aber am liebsten gelebt hätte der Peverl Toni in seiner eigenen Geschichte. Was wollen sie von mir! Sie erzählen mir Geschichten, durch die ich nicht einmal reisen möchte! Ihre Geschichten sind lang wie ein Leben und sicher sind sie wahr! Das hat er jetzt davon! Hätte er doch lieber einen Tauben gespielt! Wie gut könnte es ein Tauber haben! Der hört nicht zu, erzählt nur. Den würden sogar die nackten Soldaten bewundern. Sie würden sich im Kreis um ihn herum setzen und ihre Fausteln polieren und lauschen. Ein Stummer unter ihnen kann niemals graziös wirken. Sie meinen, ein Stummer höre

gern zu, wolle nicht in Ruhe gelassen werden und begrüße es, wenn ihm andere etwas zu denken aufgeben.
Ein Stummer kann nur zwei Sachen: Kopfnicken und Kopfschütteln. Ein Tauber kann reden. Admiral Nadiffo sagt:

– Ist dir bekannt: Du kannst hier tun, was du willst.

In einem U-Boot kann man einen leicht tun lassen, was er will. Denn wenn er sich auch anstrengt, nie kann er etwas Besonderes werden. Ein Stummer in einem U-Boot ist noch weniger besonders als ein Redner. Aber am wenigsten besonders ist sicher ein Redner, der einen Stummen spielt.
Dann ist Nachmittag, und der Peverl Toni setzt sich Swed von Cebolim gegenüber.

– Endlich, sagt Swed von Cebolim.

War das ein gutes Wort? Heißt das: Endlich kann Swed von Cebolim mit dem Peverl Toni innigste Geheimnisse austauschen? Swed von Cebolim schärft das Rasiermesser am Leder und sagt:

– Ich rasiere mich schon seit vielen Jahren fünfmal am Tag, aber meine Haut ist weich und zart geblieben wie deine. Ich habe gesehen, wie die anderen mit dir geredet haben. Sie sollen dir nichts bedeuten. Du gibst mir viel Mut.

Ganz vorsichtig frohlockt der Peverl Toni, aber nur innen, nicht außen.

– Was werden wir gemeinsam alles zustande bringen, sagt Swed von Cebolim. Bald werden wir uns trennen. Du wirst in diese Richtung gehen, ich in die andere. Dann werden wir uns wieder treffen und wieder auseinandergehen. Und es macht nichts aus, wenn du stumm bist, denn wir werden nicht viel reden. Wir werden uns nur betrachten und zufrieden sein. Manchmal werden wir uns Geschenke machen. Wie dumm sind doch die anderen! Sie halten den Schein für das Wahre. Admiral Nadiffo sagt: Der Kreis! Die Farbe Rot! C. C. Meyer sagt: Der Kreis! Die Farbe Weiß! Toro-Baunzo sagt: Die Farbe Weiß! Die Sinuskurve! Sie rätseln und denken und wissen es nicht: Die Farbe und die Form sind nicht das Prinzip. Das Prinzip ist die Schönheit. Die Farbe und die Form sind nur die Mitteilungen der Schönheit. Wir beide aber sind die Boten der Schönheit. Ich bringe die Form, du bringst die Farbe. Ich sage: Meinetwegen, Toro-Baunzo hat recht, die Form ist die Sinus-

kurve. Aber er hat unrecht, denn die Sinuskurve ist nicht ein Prinzip der Welt. Sag, welches ist die Farbe!
Swed von Cebolim sagt:

– Hat Nadiffo recht? Ist es die Farbe Rot?

Ab jetzt kann der Peverl Toni Swed von Cebolim nicht mehr leiden. Auch hat er in den Augen kleine blaue, auch ängstliche und gelbe, verstaunte Äderchen. Ich werde ihn irreführen, denkt der Peverl Toni und schüttelt den Kopf.
Da sagt Swed von Cebolim:

– So haben C. C. Meyer und Toro-Baunzo recht? Ist es die Farbe Weiß?

Auf Weiß kann man viel zu viel klecksen und sudeln, denkt der Peverl Toni und schüttelt wieder den Kopf.

– Blau, fragt Swed von Cebolim.

Blau, blau, denkt der Peverl Toni. Noch nie habe ich von allein an Blau gedacht. Blau, blau, denkt der Peverl Toni und schüttelt den Kopf.

– Gelb, fragt Swed von Cebolim.

Gelb wäre eine lächerliche Mitteilung der Schönheit, denn gelb sind ja schon das Spiegelei und der Sonnenschirm und etliche haltlose, flüchtige Tagfalter, denkt der Peverl Toni und schüttelt den Kopf.

– Nicht Rot, nicht Weiß, nicht Blau, nicht Gelb, sagt Swed von Cebolim. Sollte es etwa das stumme Schwarz sein?

Da nickt der Peverl Toni, und Swed von Cebolim sagt:

– Dann werden wir also Aufständische sein und als Boten der Schönheit die Sinuskurve und die Farbe Schwarz bringen.

Achtes Kapitel

Bis zum Abend hat der Peverl Toni von allen Geschichten genug und will auch nicht mehr rasiert werden. Aber der Gefreite John John John flüstert auf ihn ein und sagt:

– Du könntest mein Meister sein, wenn ich einen suchte. Ich beobachte dich, wie du Bedingungen schaffst und die Bewegungen der anderen berechnest. Noch weiß ich nicht, wie du deine Bedingungen und die Bewegungen der anderen zusammenschrauben wirst, so daß sie Kräfte entwickeln, die dich zu deinem Ziel heben. Sicher bist du ein Künstler und sehr kühn. Deine Pläne sind undurchsichtig, aber deine Vorarbeiten klar. Ich weiß, daß du nicht stumm bist, denn ich habe deine Balanciergeschichte belauscht. Ich habe dein kühnes »Ja« gesehen, das du auf den Schaumbauch von C. C. Meyer geschrieben hast. Und ich habe bewundert, wie du Swed von Cebolim die Farbe Schwarz eingelogen hast. Ich kenne dein Ziel. Es ist die Macht. Für welches andere Ziel würde sich der Aufwand solcher Kunstfertigkeit lohnen!

Aber du weißt nicht, daß ich ein Gleicher bin. Auch du würdest in mir deinen Meister finden, wenn du ihn suchtest. Wenn sich zwei Meister begegnen, streiten sie nicht. Unsere Kunst ist es, die Macht zu ergreifen, nicht die Macht zu behalten. Darum laß es uns diesmal gemeinsam tun. Und haben wir die Macht im U-Boot ergriffen, werden wir uns respektvoll voreinander verneigen und auseinandergehen und uns in hochachtungsvoller Erinnerung behalten. Ich vertraue deinem Können, denn ich habe deine virtuosen Vorarbeiten verfolgt. Aber auch du sollst meiner versichert sein. Darum werde ich dir sechs Geschichten erzählen. Denn sechsmal habe ich bisher die Macht ergriffen.

Er schätzt mich, denkt der Peverl Toni. Wie wenig wär' ich ihm, wenn ich widerspräche. John John John weiß Stummheit zu schätzen, nie werde ich zu ihm ein Wort reden, auch wenn ich sechs Geschichten entgehen könnte, denkt der Peverl Toni und bleibt stumm und schaut John John John an, der auf ein Wort wartet und wartet, bis John John John vom Warten genug hat und wieder redet.

– Zum ersten Mal habe ich die Macht ergriffen auf einem Berg, sagt er. Ich war jung und toll und keinen Künsten zugeneigt und nur darauf bedacht, die Macht zu besitzen.

Auf dem Berg stand ein einzelner Bauernhof, in dem nur ein altes Ehepaar wohnte. Ich trat ein, setzte mich an den Kachelofen und befahl. Ich befahl, Grießsuppe zu kochen und Strümpfe zu stricken. Ich ließ die Alten auf dem Boden schlafen und legte mich in ihr Bett. Ihre Katze mußte mir den Schoß wärmen, und das einzige Ei ihrer Henne gehörte täglich mir. Aber es genügte mir nicht; denn ich bin nicht geboren, um die Macht zu besitzen, sondern um die Macht zu ergreifen. Darum verließ ich den Berg und sah mich um.

Zum zweiten Mal habe ich die Macht ergriffen in einem kleinen Dorf.

An einem Samstag trug ich Holz zum Kirchplatz und schichtete es auf. Die Leute sahen mir zu und scheuten sich vor meinem ernsten Gesicht. Sie versammelten sich in der Schenke, und die Ängstlichen beteten, aber die Mutigen vermuteten in mir einen von höheren Orts. Am Sonntag zündete ich das Holz an, und die Flammen loderten über den Kirchturm. Stolz schritt ich um das Feuer herum und rief:

– Seht her! Seht her! Das ist mein Feuer!

Da sagten die Leute:

– Wer so ein Feuer machen kann, der soll uns beherrschen!

Zum dritten Mal habe ich die Macht ergriffen in einer Stadt.

Viele Nächte davor ging ich von Haus zu Haus und sprühte an die Fensterscheiben rote Farbe. An den Tagen stellte ich mich auf die Plätze und schaute angestrengt in den Himmel. Da kamen Leute, die sich nicht kannten, und blickten auch in den Himmel, und wegen des Sonnenlichts sahen sie bald bunte Kreise und schwarze Punkte.

Einer sagte:

– Heute morgen und auch gestern war rote Farbe an meinen Fensterscheiben, und ich dachte, es sei nur bei mir.

Da erschraken alle, denn jeder hatte dasselbe gedacht, und jeder hatte gedacht, wahr ist nur, was bei allen ist. Und die Leute glaubten, das Ende der Welt sei gekommen, und sie verließen ihre Wohnungen und flohen aus der Stadt hinaus aufs Land. Da ging ich allein durch die Straßen und veränderte nach Laune und Willkür und bestimmte, wo ich wohnen wollte. Heute da, morgen da.

Zum vierten Mal habe ich die Macht ergriffen in einer Höhle. Dort lebten bärtige Männer und Frauen mit großen Nasenlöchern.

Ich war Tage zuvor im benachbarten Dorf angekommen, und die Bewohner hatten mir von der Höhle erzählt. Vor vielen Jahren hätten die Vorfahren der Höhlenmenschen noch im selben Dorf gelebt und dasselbe Handwerk betrieben, Fischen und Ackern. Aber eines Tages hätten sie einen großen Fisch lebendig gefangen, und der Fisch sei lebendig geblieben an der Luft einen Tag lang und ein Jahr und mehr. Da hätten sie ihn verehrt und ihm Gottesgeschenke dargebracht. Die anderen im Dorf seien zornig geworden und hätten sie vertrieben und viele getötet. Aber wenige seien entkommen und hätten sich mit dem heiligen, lebendigen Fisch in der Höhle versteckt. Dort lebten heute noch ihre Nachfahren zusammen mit dem uralten, lebendigen Fisch, der nie mehr im Wasser gewesen war.

In der Nacht schlich ich in die Höhle und sah die Menschen schlafen und sah den Fisch, und der Fisch sah mich. Seine Haut war trocken und krustig, und seine Augen waren böse und klein. Ich hackte ihm den Kopf ab und zerschnitt ihm den Leib und legte sein Fleisch an meinen Körper und band seinen Kopf in meine Haare und setzte mich auf den Thron, wo er gelegen hatte. So sahen mich die Höhlenmenschen am Morgen und glaubten, ich sei der Fisch, der in der Nacht aus seinem Fluch befreit, in einen Herrscher verwandelt worden war.

Zum fünften Mal habe ich die Macht ergriffen in einem Land. Ich schlich mich in der Nacht in den Regierungspalast und stahl die Notizbücher der Sekretärinnen aller hohen Beamten. In die Bücher vermerkte ich einen Besprechungstermin mit einem wichtigen, geheimen Mann für den folgenden Vormittag, und zwar so, daß in Abständen von je einer Viertelstunde ein Termin dem anderen folgte. Der wichtige und geheime Mann war ich selbst. Damit der Termin auch gebührend beachtet werde, notierte ich darunter:

Sehr dringend!

Der Präsident

Dabei verwendete ich eine beliebige, markante Handschrift, nicht zu sehr markant, nicht zu wenig markant, so daß der jeweilige Beamte glauben konnte, es habe seine Sekretärin und die Sekretärin, es habe der Beamte oder beide, es habe der Präsident selbst geschrieben. Die Notizbücher legte ich wieder sorgsam an ihren Platz.

Dann rief ich den Präsidenten an, entschuldigte mich aber nicht, daß ich ihn geweckt hatte, sondern stellte mich kurz vor als der geheimste Beamte des geheimsten Geheimdienstes und teilte ihm mit, er müsse sich am nächsten Tag in acht nehmen, da ein Attentat von einem seiner Beamten geplant sei. Er solle sich darum als Schuhputzer tarnen und so in seine Kanzlei kommen. Das sei das ausgemachte Zeichen für den geheimsten Geheimdienst, der alles Erdenkliche tun würde.

Am nächsten Tag ging ich in den Regierungspalast und besuchte nacheinander die Beamten. Zu jedem sagte ich, gegen ihn und den Präsidenten, dessen geheimer Liebling er sei, sei ein Attentat geplant, und zwar von einem als Schuhputzer getarnten Verräter. Da waren die Beamten stolz und hatten Angst und beauftragten ihre Wachen, das Gebäude zu durchsuchen. In der Kanzlei des Präsidenten traf man den Schuhputzer, als er sich gerade über Akten hermachen wollte. Er wurde abgeführt und verhaftet. Alle seine Beteuerungen, er sei doch der Präsident, wurden mit Hohngelächter und Knüffen quittiert. Da man aber den Präsidenten nirgends finden konnte, nahm man an, er sei von Helfershelfern des Schuhputzers verschleppt worden. Jeder Beamte war insgeheim froh, daß er selbst verschont geblieben war, und jeder drückte mir insgeheim die Hand und lud mich zu sich nach Hause zum Abendessen ein.

Als die Beamten nach dem Gesetz einen neuen Präsidenten bestimmen mußten, fiel die Wahl einstimmig auf mich, und ich nahm an.

Zum sechsten Mal habe ich die Macht ergriffen auf einem Schiff.

Zuvor hatte ich monatelang die Welt bereist und viele Museen, Laboratorien und Kuriositätengeschäfte besucht und winzige, seltsame und unbegreifliche Dinge zusammengetragen. Fünf Koffer voll waren es. Dann hatte ich noch einen sechsten Koffer mit Wäsche. So betrat ich das Schiff wie ein harmloser Reisender, der den Ozean überqueren will. Aber es war ein bestimmtes Schiff, das ich betrat, das eine bestimmte Linie fuhr. Ich wußte, daß irgendwo in der Nähe seiner Fahrtlinie eine eigentümliche Meeresfläche war, wo sich das Wasser in einem großen Kreisel rundherum bewegte, ohne aber zu einem Sog zu werden. Die Stelle war völlig windstill, und nur alle zehn Tage, wenn die Kreiselbewegung des Wassers innehielt, kam eine leichte Brise auf, die jedoch bald wieder verebbte, wenn sich das Wasser von neuem und in der anderen Richtung zu drehen begann. Segelschiffe, die auf diese Meeresfläche gerieten, drehten sich zehn Tage lang im Kreis, was nichts weiter als lästig war und höchstens der Reederei Kosten verursachte.

Unser Schiff war ein Segler. Als wir uns in der Nähe des Kreisels befanden, brachte ich ihn durch geschickte Machenschaften vom Kurs ab, ohne daß der Kapitän es merkte. Bald wurden wir von der Strömung erfaßt und drehten uns langsam und unaufhaltsam im Kreis. Der Kapitän erklärte die Lage den aufgeregten Passagieren und versuchte sie zu beruhigen. Er war sicher ein anständiger Seemann, aber ein einfältiger Denker und ein plumper Redner. Es fiel mir nicht schwer, ihn durch spitzfindige Fragen in Paradoxa zu verstricken, was seine Glaubwürdigkeit zerstörte und Panik unter den Passagieren hervorrief.

Da gab ich mich den armen Menschen als angesehener Wissenschaftler der Astronomie zu erkennen, der seit Jahrzehnten ähnliche Phänomene studiere und einer Lösung schon sehr nahe sei. Das verschaffte mir sofort hohes Ansehen und Vertrauen. Heimlich verteilte ich überall auf dem Schiff die winzigen, seltsamen Dinge aus meinen fünf Koffern, und zwar so, daß sie den Eindruck erweckten, als seien sie vom Himmel gefallen. Als die Leute die kleinen Dinge am nächsten Tag fanden, wuchs ihre Angst noch mehr, und sie starrten sie voll Abscheu an und brachten sie zu mir in die Kabine. Viele Stunden harrten sie vor meiner Tür aus, bevor ich endlich mit bleichem Angesicht heraustrat, um ihnen das Ergebnis meiner Untersuchung zu eröffnen.

– Wir sind durch eine kosmische Umpflanzung in einer anderen Welt gelandet, sagte ich.

Wie köstlich das Entsetzen! Wie gefaßt mein Auftreten! Ich riet den Leuten, sich ganz und gar meinen Entschlüssen, Befehlen und Plänen zu fügen, und tat so, als wüßte ich vielleicht einen Weg, um aus dieser fremden Welt wieder in die unsrige zu gelangen. Zehn Tage lang waren sie ergebene Untertanen. Dann kam Wind auf, und die Drehbewegung des Wassers hielt inne, und unser Segelschiff konnte seine Reise fortsetzen.

Morgen will ich zum siebten Mal die Macht ergreifen – zusammen mit dir.

Wir werden uns durch Augenzwinkern verständigen, und weil

wir beide Künstler sind, wird es nicht nötig sein, daß wir jeder den genauen Plan des anderen kennen. Aber weil ich schon weiß, daß in deinem Plan die Farbe Schwarz eine Rolle spielt – warum hättest du sonst Swed von Cebolim dazu überredet? –, werde auch ich einen Teil meines Planes verraten.
Wie wir beide wissen, werden sich die Soldaten des Herrn Admiral Nadiffo nur beherrschen lassen, wenn wir ihnen zwei Prinzipien anbieten, an die sie glauben können. Dein Prinzip wird die Farbe Schwarz sein und mein Prinzip der Punkt. Ich werde sie davon überzeugen, daß sich alle Formen letztendlich auf den Punkt zurückführen lassen, und du wirst sie überzeugen, daß Schwarz der Anfang aller Farben sei. Sie sollen dann weiter Indianer töten und sich rasieren. Du wirst ihnen erklären, warum das Prinzip der Farbe Schwarz uns zwingt, Indianer zu töten, und ich werde ihnen erklären, daß Gott die Haare erschaffen hat, um das Prinzip des Punktes, das sich auf unserem Körper in Form der Poren offenbart, vor uns zu verstecken.
So werden sich dein Plan und mein Plan zusammenfügen zu einem Kunstwerk der Machtergreifung.
Soll der Peverl Toni zu John John John sagen, daß alles nicht wahr ist, was er von ihm denkt, und daß er nicht mitmachen will? Und wenn dann John John John rabiat wird?

Neuntes Kapitel

(Für den Dichter Raymond Roussel
in tiefer Verehrung)

Jetzt ist Nacht, aber für den Peverl Toni noch keine Ruhe. Xaver will rasiert werden und rasieren und reden mit seinem Freund.

– Hast du einen guten Tag gehabt, fragt Xaver.

– Nein, sagt der Peverl Toni.

– Dann warst du mit den anderen also nicht zufrieden, sagt er. Dann werde ich dich trösten. Soll ich dir eine Begebenheit erzählen?

– Nein, sagt der Peverl Toni. Ich möchte mich anziehen und gehen und zuschauen, wie meine Haare wieder wachsen, denn ein Glatzkopf ist etwas Schäbiges.

– Aber du kannst nicht weggehen, denn das U-Boot ist mitten im Ozean, und niemand weiß, wann es auftaucht, sagt Xaver.

Dann rasieren sie sich stumm. Manchmal ritzt der Peverl Toni Xavers Haut. Aber Xaver verzeiht ihm und denkt, hoffentlich ritzt er mich wieder, daß ich ihm wieder verzeihen kann. Aber der Peverl Toni denkt ganz andere Sachen, als es Xaver gern hätte.

– Wir können meine Kleider anschauen, sagt Xaver hinterher.

Xaver hat seine Siebensachen fein säuberlich in den Kasten gestapelt. Die blaue Wolljacke liegt zuoberst, weil sie ihm nicht viel bedeutet. Dann die grüne Hose und die derben Schuhe. Die Besonderheiten sind hinten versorgt: ein kleines Buch, ein weißes Hemd, ein rotes Tuch.

– Das Buch gehört mir nicht mehr, sagt Xaver. Ich habe es nur aufgehoben, weil es keinen Besitzer hat und allein verkommen würde. Früher einmal bin ich sein Besitzer gewesen. Es diente mir zu Aufzeichnungen über den Freund, der mich später verlassen hat und den ich lange gesucht habe. Auf die erste Seite schrieb ich seinen Namen in Blockbuchstaben. Auf der zweiten Seite beschrieb ich, wie er lachte, auf der dritten Seite, wie er weinte, auf der vierten, wie er aß, auf der fünften, wie er trank, auf der sechsten, wie er schlief, auf der siebten, wie er erwachte, auf der achten, wie er sich umdrehte, auf der neunten, wie er geradeaussah, auf der zehnten, wie er eine Orange schälte. Viele hundert Seiten habe ich vollgeschrieben. Bald beschrieb ich seine kleinste Handbewegung und sein unschuldigstes Nasenrümpfen. Und weil ich die kleinsten Dinge beschreiben wollte, mußte ich in das Buch schreiben, wenn ich mit ihm zusammen war, weil man die kleinsten Dinge schnell vergißt, und das wollte ich nicht. So saßen wir oft stundenlang beieinander, und ich beobachtete ihn und schrieb in das Buch, was ich sah.

Aber eines Tages ist mein Freund unfreundlich geworden und hat mit dem Fuß auf den Boden gestampft und mit den Fäusten an die Wand gehauen und viel und schnell geredet. Da bat ich ihn, langsam zu sprechen, denn ich schrieb alles auf, was er sagte. Aber er sagte nichts mehr, sondern tat seinen Kopf in meinen Schoß und weinte. Da legte ich das Buch beiseite, denn sein Weinen hatte ich schon beschrieben.

– Willst du nicht, daß ich dich beschreibe, fragte ich.

Er schüttelte den Kopf, und ich wollte wieder das Buch nehmen, um sein Kopfschütteln zu beschreiben, da weinte er wieder.

– Warum willst du es nicht, fragte ich.

Da sprach er, und schnell schrieb ich es auf:

– Ich kann nicht mehr zu dir sprechen, denn ich spreche für das Buch. Ich kann nicht mehr gegen den Hunger essen, denn ich esse gegen das Buch. Ich kann nicht mehr vor Freude ein Lied pfeifen, denn ich pfeife für das Buch. Ich kann nicht mehr über eine Stiege gehen, denn ich gehe für das Buch. Ich kann mir nicht mehr die Haare raufen, denn ich raufe für das Buch.

Und ich sagte:

– Aber ich muß doch in das Buch schreiben, denn wenn du mich verläßt, kann ich darin nachlesen, und dann bist du immer bei mir.

Er weinte nur, und ich sprach weiter:

– Warum kannst du das Buch nicht liebhaben wie ich?

Und da sagte er:

– Weil es hemmt!

Diesen Satz hatte er aber noch nie gesagt, und ich war entzückt und schrieb den Satz auf eine neue Seite und unterstrich ihn.

Da stand er auf und sagte:

– Laß diesen Satz den letzten Satz sein, denn ich werde dich verlassen.

Er packte seine Sachen und zog den Mantel über und ging. Aber in der Eile hatte er ein feines, rotes Tuch und ein weißes Hemd vergessen. Diese Dinge behielt ich zum Andenken.

Ich war sehr traurig und legte das Buch beiseite und habe nie mehr hineingeschrieben. Jetzt ist es ein kleines, totes Buch. Es ist nicht mehr mein, seit ich weiß, es hemmt.

War das wieder eine Geschichte, denkt der Peverl Toni. Er legt sich Rechenschaft ab, denn er wollte keiner Geschichte mehr zuhören, und doch hat er zugehört. Es war keine Geschichte, denkt er. Xaver hat mir nur seinen Schrank gezeigt. Jetzt holt Xaver das weiße Hemd.

– Was für ein seidig weißes Hemd, sagt der Peverl Toni. Ich habe auch ein weißes Hemd, und es liegt allein im Schrank, und es ist eine Ungerechtigkeit, daß ich es nicht tragen darf.

– Es ist das Hemd, das mein Freund zurückgelassen hat, sagt Xaver. Es bedeutet mir sehr viel, und ich trage es nur an den Festtagen. Ich wollte es meinem Freund zurückgeben, wenn ich ihn gefunden habe. Aber weil jetzt du mein Freund bist, möchte ich es dir schenken.

– Nein, sagt der Peverl Toni, es ist zu schön.

In Wirklichkeit ekelt es den Peverl Toni vor dem fremden Hemd. Es sieht genauso aus, wie ein eigenes Hemd nie aussehen würde. Xaver hält es in den Händen. Er schaut es an und läßt es zu Boden fallen.

– Jetzt hat es keinen Besitzer mehr, sagt er. Jetzt ist es tot wie das kleine Buch. Ich will es nicht mehr haben. Es ist nicht mehr mein seidig weißes Hemd.

Der Peverl Toni geht zur Tür hinaus und in seine Kabine und dreht den Schlüssel um. Laut sagt er:

– Balaciwi
Kojpumero
Voxyquafi
Hezdistigno

Jetzt müßten eigentlich alle Geschichten tot sein, denkt er. Wer mir eine Geschichte erzählt, muß auf das Schlimmste gefaßt sein, denn ich gehe schrecklich mit ihr um.

Im Einschlafen sieht er von weitem einen Traum daherkommen, und er denkt: Muß ich diese Geschichte anschauen? Wie ist sie durch den Hexenspruch geschlüpft? Oder ist es eine Geschichte für einen freiwilligen Zuhörer? Wird mir ein Nachteil daraus entstehen, wenn ich sie nicht anschauen will?

Jetzt ist der Traum angekommen. Aber es ist ein bescheidener Traum, der hinter einer Tür wartet und den Peverl Toni nicht drängelt. Der Peverl Toni kann ruhig vor der Tür bleiben, bis die Nacht vorbei ist. Aber das wäre unhöflich gegen solche Bescheidenheit, und neugierig ist der Peverl Toni jetzt auch. Darum macht er gleich die Tür auf und geht hinein in den Traum.

Zehntes Kapitel

Es ist eine behagliche Stube, aber düster wegen des Kirschbaums, der vor dem Fenster steht. Es ist erwogen worden, den Kirschbaum umzutun. Aber dann wurde behauptet, es seien die dicken Vorhänge, die das Licht hindern, von draußen hereinzukommen. Wieviele Dispute wurden wegen dieser Vorhänge schon geführt! Gewiß sind sie wertvoll, und gewiß ist ihr Faltenwurf außerordentlich. Das gleiche gilt natürlich für die Teppiche. Sie richtig zu legen, ist ein geometrisches Rätsel, das bis heute noch niemand im Haus zu lösen vermochte. Entweder bleibt ein Stück Boden unbedeckt, oder zwei liegen übereinander. Wie oft wurden die Teppiche schon hin- und hergezerrt!

Aber so hat sich der kranke Dichter sein Ende gewünscht. Sein letzter Wunsch war es, daß ihn der Peverl Toni besuchen komme. Heute geht auch dieser Wunsch in Erfüllung.

Der Peverl Toni ist über alles im Bilde. Er hat verstanden. Kein Geheimnis hat der Arzt vor ihm verborgen. Auch seine Sorge des Bettes wegen hat er ihm mitgeteilt. Es liegen zu viele Tücher unter dem Kranken, die unbequeme Knollen bilden, und die Matratzen wölben sich an den Seiten. So wird das Bett zu einem Trog. Der Notar hatte den Peverl Toni heimlich ins Vertrauen gezogen und ihn vor den Nahverwandten des kranken Dichters gewarnt. Sie würden hinter den dünnen Wänden lauschen, wenn der Kranke dem Peverl Toni das Testament vorläse, was von allen erwartet würde. Längst schon hätten sie schwer zu parierende Anfechtungen ausgearbeitet. Der Peverl Toni setzt sich auf einen Schemel neben das Bett des Kranken und wartet darauf, daß dieser spricht.

– Höre mein Testament, sagt der Kranke. Es ist mein letztes Gedicht und mein schönstes, und es hat achtzehn Strophen, weil du achtzehn Jahre alt bist.

– Ich bin erst siebzehn, sagt der Peverl Toni.

– Aber du hattest achtzehn Geburtstage, sagt der kranke Dichter. Und zu jedem Geburtstag schenke ich dir eine Strophe.

So höre nun mein Gedicht:

Es kam, daß ich den Spiegel nahm,
um auf mein Kind zu schauen.
Es saß und aß mein Brot und sah
so traurig aus beim Kauen.

Da warf ich den Spiegel zu Boden und schlug
mir dreimal in die Hände,
nur um des Kindes Angst zu sehn
beim Widerhall der Wände.

Ich schloß die Tür und ging und ließ
den Kummer um das Kind
fahren. Wollte hin, wo alle
Tage anders sind.

Sorglos wie ein Musikant
reimte ich mir Lieder.
Schritt vom Tag zur Nacht. Auf ein Feld
voll Mondlicht legt' ich mich nieder.

Nicht ist mir nachts mein Kind erschienen.
Hatte selig Ruh.
Der weiße Himmel weckte mich.
Ich schritt dem Abend zu.

Da ist ein blasses Kind gestanden,
ein fremdes mit bloßen Armen
und dünnem Kleid. Es nahm mir den Mantel
und rollte sich ein in den warmen.

Wir gingen zusammen vier Tage lang.
Das Kind aß mein Brot. Wir hatten
zu wenig. Mir brannte die Sonne aufs Haupt.
Das Kind ging in meinem Schatten.

Sprach nie ein Wort mit mir, das Kind,
hat nie geweint, gelacht.
Und sah's mich an, dann wie den Baum,
der Brot und Schatten macht.

Ich flocht ihm Pantoffeln aus Weidenlaub,
weil es barfuß ging.
Es freute sich nicht, auch nicht, als ich ihm
einen scheuen Sperling fing.

Nur in der Nacht hab' ich manchmal gelauscht
an seinem warmen Mund,
daß, wenn es sich ängstigt, ich's trösten könnt':
»Bleib ruhig, die Erde ist rund!«

Ich wünschte seine Gedanken zu sehn
hinter den dunklen Brauen.
Nie gab es meinen Augen mehr
als sein Gesicht zu schauen.

Dann kamen wir in die Karnevalstadt,
wo Wesen tanzten in Scharen,
die hinten weiße Männer und vorn
schwarze Frauen waren.

Da tanzten Schwarz und Weiß im Kreis
eins, zwei, drei um uns herum.
Doch die Maskenaugen blickten starr,
und der Maskenmund war stumm.

Da weinte das Kind. Und die schwarze Frau
und der weiße Mann unterbrachen
den wilden Tanz mitten im Takt,
und die stummen Masken sprachen:

»Hat er dir nie bunte Bänder gewunden,
ein seidenes um dein Gesicht,
ein samtenes um deine kleine Hand?«
Das Kind: »Nein, hat er nicht.«

»Hat er dir nie die Geschichte erzählt
von dem tapferen, kleinen Held,
der vom höchsten Turm auf die Wolke sprang?«
Das Kind: »Hat er nie erzählt.«

»Da«, sprachen Schwarz und Weiß in einem,
»schau uns ins Gesicht!«
»In welches«, rief das Kind, »in zwei
schauen kann ich nicht!«

Da neigte sich der weiße Mann
hin zu der schwarzen Frau,
und Schwarz und Weiß umarmten sich
und wurden eins und grau.

Hinter der Wand hat der Peverl Toni die Nahverwandten gehört. Sie haben getuschelt. Sicher haben sie die Verse mitgeschrieben. Dann war alles umsonst, denkt der Peverl Toni, denn er hat sich vorgenommen, den kranken Dichter zu betrügen. Er wollte das Gedicht in seinem Kopf aufbewahren und in die Welt hinausgehen und sich einen Dichter nennen und den Leuten das Gedicht vortragen und zu Ruhm und Ehre gelangen.
Jetzt verläßt er traurig die Krankenstube. Aber draußen weiß er wieder, daß alles im Traum geschieht. Wenn ich das Gedicht geträumt habe, bin ich auch der Dichter, denkt er. Gleich nach dem Aufwachen will er es niederschreiben. Dann kann er getrost vor einem staunenden Publikum prahlen.
Doch am Morgen: Was sieht er? Was hört er? Ich bin im U-Boot des Herrn Admiral Nadiffo! Da hat er das Gedicht vergessen.

Elftes Kapitel

Es nimmt einen schrecklichen Verlauf, ein wirklich schreckliches Ende.
Am nächsten Tag schneiden sich die Aufständischen die Kehlen durch. Nur Xaver und der Peverl Toni bleiben übrig. Sie schließen die Tür zum Rasierraum hinter sich ab und gehen jeder für sich still in ihre Kabinen.

HIER ENDET

DAS DRITTE
ABENTEUER.

HIER BEGINNT

DAS VIERTE ABENTEUER

Die Abfassung des vorangegangenen Abenteuers hat mich angestrengt. Darum habe ich die Schreibmaschine abgedeckt und bin für zwei Wochen zu einem Freund nach Frankfurt am Main gefahren, einem Maler, den ich schon lange besuchen wollte. Im Augenblick sitze ich vor seinem Atelier auf der Dachterrasse eines alten Wohnhauses. Ich habe mich in einen Korbsessel bequemt und denke über ein seltsames, aufregendes Erlebnis nach, das ich gestern nacht während der Bahnfahrt hatte.
In München war ich in den Mitternachtszug nach Frankfurt umgestiegen. Ich hatte mir einen Platz im Liegewagen reservieren lassen, und weil ich hundemüde war, bereitete ich mir gleich mein Lager. Ich war allein im Abteil, das war mir recht. Ich wollte ungestört an meine Geliebte denken, damit mein Denken in den Schlaf übergehe und ich von ihr träume. Aber ich konnte nicht recht einschlafen, denn im Nebenabteil war ein Ehepaar untergebracht, das sich die ganze Zeit zankte, zwar meistens in normaler Lautstärke, so daß ich nicht verstand, was

sie sagten, und nur ihre heftigen Stimmen hörte, aber manchmal schrien sie abwechselnd einen Satz überlaut, dann schrak ich aus meinem Halbschlaf auf, und weil ich den einen oder anderen dieser überlauten Sätze verstand, aber nicht seinen Zusammenhang kannte, rekonstruierte meine Phantasie einen eigenen Zusammenhang, und so wob sich der Streit des Ehepaares ein in meinen Kopf, und es war mir, als sei ich es, der mit meiner Geliebten stritte.

Schließlich war ich doch eingeschlafen, aber in meinen Träumen peinigte mich der Streit mit meiner Geliebten, die ich in einem anderen Zimmer wähnte, so daß ich ihr meine Worte zubrüllen mußte und sie mir die ihren. Es waren sinnlose Worte, denn im Traum plapperte ich die lauten Wortfetzen des sich streitenden Ehepaares im anderen Abteil nach. Am Anfang war es wohl so, daß in mir zwei parallel verlaufende Bewußtseinsströme waren, wie man es von wonnigen Augenblicken des Halbschlafs her kennt, und zwar dergestalt, daß ich einerseits genau um die realen Begebenheiten wußte, nämlich daß nicht ich es war, der da zankte und eiferte, und auch nicht meine Geliebte, die mir konterte, andererseits war schon der Traum in mir, der Wirklichkeit beanspruchte und die tatsächliche Wirklichkeit ihrer Illusionenhaftigkeit überführte. Ich selbst, wer immer ich in diesen Augenblicken sein mochte, taumelte zwischen den beiden Strömen hin und her, bis ich schließlich dem Traum mehr Wahrheit zubilligte als der Wirklichkeit. So wurde der traumhafte Streit mit meiner Geliebten immer bedrückender, und ich sehnte mich danach, sie möge doch endlich aus dem anderen Zimmer zu mir herüberkommen, damit wir uns umarmen und versöhnen.

Tatsächlich wurde bald die Tür zu meinem Abteil geöffnet, und ein Fahrgast kam herein, eine Frau, wie ich im Licht der draußen vorbeizuckenden Lampen sah. Sie bereitete sehr leise ihr Bett und legte sich nieder. Für wenige Minuten war ich wieder in der Wirklichkeit gewesen, aber es war ihr nicht gelungen, meine Traurigkeit wegen des Streits mit meiner Geliebten zu vertreiben, und gleich sank ich wieder tief in den Traum zurück.

Ich bildete mir ein, meine Geliebte sei zu mir herübergekommen. Aber wir stritten uns weiter, so als könnten wir nicht anders, und vor Schmerz begann ich zu weinen und stand von meinem Lager auf und ging zu meiner Geliebten und umarmte sie, und meine Geliebte umarmte mich. Aber als ich mich immer noch zanken und keifen hörte, schämte ich mich und dachte: Wenn ich schon nicht damit aufhören kann, möchte ich doch wenigstens nicht schreien. Und so flüsterte ich nach, was ich aus dem anderen Abteil den Ehemann schreien hörte:

– Ich wollt' keinen Honig!

Da spürte ich, daß auch meine Geliebte weinte, und ich streichelte ihr Gesicht, und sie streichelte meines, und sie knöpfte mir die Kleider auf und ich ihr die ihren. Da sagte sie:

– Jetzt ist hier alles gut.

Nun war unser Streit beendet, und glücklich lagen unsere nackten Körper aneinander und rieben sich, und meine Geliebte legte sich über mich, und wir liebten uns, und ich tat es sehr heftig.

Aber auf einmal stand mein Peverl Toni vor uns und sagte, er wolle nicht mehr bei mir bleiben, ich hätte ihm meine Zuneigung entzogen und meine Aufsichtspflicht verletzt. Da wollte ich ihm zurufen: Es ist nicht wahr! Bleib da! Ich liege doch nur bei meiner Geliebten. Sie ist deine Patronin! Aber ich konnte nicht rufen, denn meine Geliebte umarmte mich so fest und drückte ihr Gesicht auf meines. Und auf einmal spürte ich, wie aus ihren Augen Tränen zu mir herüberflossen. Und ihre Tränen mischten sich mit meinen, als ich hörte, wie mein Peverl Toni rief:

– Ich werde dich verlassen! Ich geh'! Ich geh'!

Da weinten wir beide, meine Geliebte und ich, und mir war, als sei ein großes Tränenmeer zwischen ihren Augen und meinen.

Ich schlief, bis mich der Schaffner am Morgen kurz vor Frankfurt weckte. Dabei starrte er mich verblüfft an, und gleich sah ich auch warum. Ich lag nämlich nicht auf meinem Lager, sondern auf einem anderen. Da fiel mir alles wieder ein, und ich wußte nicht, sollte ich lachen oder sollte ich mich schämen.

Meinem Freund, dem Maler, habe ich die Geschichte erzählt, und er sagte, ich solle glücklich sein über so ein Erlebnis und ja nie versuchen herauszubekommen, wer die nächtliche Besucherin in meinem Abteil war, denn dann sei der Zauber des Traumes zerstört.

Xaver könnte Otto heißen. Es würde keinen Unterschied machen. Der Peverl Toni mag ihn nicht. Denn Xaver wird bei hundert Äpfeln nicht satt. Das ist gewiß. Er würde dem Peverl Toni zu viel Butter auf einen dicken Ringel Brot streichen, weil er es gut mit ihm meint. Und beim Wurstrad würde er vergessen, die Haut abzuziehen. Der Peverl Toni hat einen Satz über ihn erfunden:

– Der Xaver ist sich selbst nichts wert.

Xaver mag ihn. Denn nur der Peverl Toni ist da. Und dann den nicht mögen, muß man sich trauen. Xaver traut sich nie mehr etwas, was Angst machen könnte. So ist sein Wunsch: daß es laut ist. Daß da viele Menschen mit angewinkelten Armen stehen. Daß sie Gläser halten, die nicht Schaden leiden. Daß mancher Sachen zu sagen hätte, die sich verschieben lassen. Daß einige gleichzeitig anfangen mit diesem Satz:

– Während ich mich also aufraffte...

Daß dann jeder etwas anderes sagt. Daß es ein Gemurmel wird wie in der Fremde. Daß sie beieinander stehen und Xaver in der Mitte, warm. Xaver beschreibt es in Briefen an den Peverl Toni. Schon vier Briefe sind unter dem Türschlitz durch. Der zweite schob den ersten und der dritte den zweiten und der vierte den dritten. Eine lange Briefstraße ist gebaut in die Kabine vom Peverl Toni.

Xaver zeichnet Tanzschritte in seine Briefe und komponiert dazu Melodien. Alle Schritte, behauptet er, könne er im Schlaf. Auf vielen Festen will er der erste Tänzer gewesen sein: linkes Bein hoch, Pirouette und Sprung... Der Peverl Toni wird ihn nie mögen. Xaver hofft so, und sein Mund wird blaß. Niemand möchte ihn anfassen, weil es sein könnte, daß der Zeigefinger eine Vertiefung hinterläßt.

Der Peverl Toni ist schon lange nicht mehr im U-Boot, und Xavers Briefe sind für niemanden geschrieben. Am Dienstag taucht das U-Boot auf. Xaver merkt es nicht, weil er laute Melodien komponiert. Der Peverl Toni hechtet ins Wasser und schwimmt zur Insel. Jetzt ist um ihn herum das Meer und die frische Luft, und der Peverl Toni im Meer ist nur ein kleiner Kopf auf dem Wasser.

Wo hat er denn seine Augen gelassen! Ist es wahr, daß beim Anhören einer Trompetenmelodie aus einer atemlosen Drehorgel

ein älterer Zuhörer erstickt ist? Ein Mörder ging übers Haferfeld, berichtet ein altes Geraune. Hätte der Fremdling das Gelübde gebrochen? Dankbar nahm der Schäfer den Bischofsstab entgegen. Der Jäger nimmt die Fallen aus. Wer reicht ihm zuerst das blutige Tuch? Höher kann die Angst nicht schlagen.
Es fällt ihm so leicht, im Meer zu schwimmen! Bevor er auf der Insel landet, will er über sein Gesicht nachdenken.
Die Insel ist bunt wie ein Märchenland. Es sind die Farben einfach gemalt. Rote, steile Steinberge, grüne Bäume, Wiesen, Sträucher, gelber Strand. Manche Bäume sind schlampig, und der Peverl Toni weiß nicht, ob ihre Blätter schon Wiese sind. Vielleicht kommen von Zeit zu Zeit andere Inseln vorbei, die die Lustigkeit ihrer Verwandten zu schätzen wissen und sie dann draußen im Meer vor anderen Inseln, Atollen und Kontinenten gebührend preisen. Seeleute werden immer einen Bogen um diese Insel machen und die Anker an die Masten binden. Seeleute haben schon unzählige Inseln gesehen. Diese Insel ist anders als alle. Denn ihre Berge stehen nicht hinter dem Grünen und das Grüne nicht hinter dem gelben Strand. Alles steht übereinander, die Berge über dem Grünen, das Grüne über dem Strand. Für eine richtige Insel ist sie zu flach von unten nach oben, denkt der Peverl Toni und bleibt lieber noch im Wasser. Sie kommt ihm nicht wie ein Land vor; sie kommt ihm vor wie ein Einklebeheft für Wundertütenbildchen.
Das war noch in Hohenems. Der Alberi hat gesagt:
– Grüß Gott, kleiner Anton. Schau, was ich hier hab'.
Er hat den Buben Abenteuerheftchen geschenkt voll vieler bunter Bilder. Aber in jedem Heftchen hat ein Abenteurer gefehlt. Da war nur ein genauer, weißer Fleck. Und in den teuren Zweischillingwundertüten waren Schokoladenplätzchen, die rauchig geschmeckt haben, und ein Abziehbild von einem Abenteurer, der im Heftchen gefehlt hat. Die Buben haben in den Gratisheftchen geblättert und den Abenteurer auf den weißen Fleck gelegt, wo er gepaßt hat, und mit dem Daumen festgedrückt.
Darum schwimmt der Peverl Toni am Ufer entlang und sucht den weißen Fleck am Strand. Sonst geht es nicht weiter, denkt er. Meistens fehlt nämlich der wichtigste Abenteurer, den man sich im Kopf gar nicht dazudenken kann. Ja, wenn nur ein

Baumstrunk im Hintergrund fehlte oder ein zerbrochenes Wagenrad!
Unter die Bildchen sind Gespräche geschrieben, die die Abenteurer miteinander führen. Manchmal sagt einer:

– Sein Gürtel! Paß auf!

Und ein anderer sagt:

– Könnte ich Herrn Kartasso sprechen? Es ist dringend!

Wichtige Sachen passieren oft.

Der Peverl Toni watet ans Ufer und legt sich auf seinen weißen Fleck. Es paßt ganz genau.

Erstes Bildchen

Wenn er das Bildchen nur mitnehmen könnte, um es später wohlwollenden Betrachtern zu zeigen: Hier liegt der wichtigste Abenteurer eingepaßt. Wilde Wasser haben ihn an Land geworfen. Die schlimmsten Schmerzen erträgt er mit Verachtung. Seht seine anmutige Haltung!

Der Peverl Toni hätte gern einen Spiegel, worin er sich anschauen kann. Der Spiegel müßte ein Dach sein über der Insel und ein Rasierspiegel, der alles vergrößert. Dann braucht er sich nur auf den Rücken zu drehen und sähe einen Peverl Toni so groß wie eine Wolke über den Himmel gespannt. Aber darf man sich denn umdrehen in einem Bildchen? Ist das nicht das Gefährlichste? Wie leicht können Bildchen zerreißen und Helden in weiße Abgründe stürzen! Und wenn es dem Peverl Toni gelänge, in einem Himmelspiegel sein Bild zu sehen: Er könnte die Augen nicht abwenden und würde vor sich selbst Angst bekommen und vielleicht zittern, und am Himmel wär das wie ein Untergang.

Der Peverl Toni ist bekümmert, weil er gar nichts über sein Bildchen weiß. Eigentlich sieht er nur gelben Strand. Und der gelbe Strand vor seinen Augen ist zudem grob gepinselt. Sandkörner wurden nicht für wert empfunden. Der Peverl Toni weiß nicht einmal, wo er anfängt und wo er aufhört. Was, wenn ich winzig klein und unwichtig weit im Hintergrund

eines Bildchens liege, das im Vordergrund die ruhmreiche Übergabe eines lang verschollenen Seeräuberschatzes zeigt, denkt er. Er will auf hundert zählen und alle Siebener auslassen und alle Achter doppelt sagen und bei allen Vierern einen Mädchennamen denken und bei allen Fünfern einen Bubennamen und dann, wenn bei hundert noch nichts passiert ist, einfach aufstehen und gehen und nur mit der Schulter zucken. Aber weil das Zählen so schwer ist, muß er starren, und auf einmal können seine Augen auch anders schauen. Ganz kurz sieht er das Bildchen von außen.
Ein Peverl Toni liegt in der Mitte.
Grad will er sich wundern, da hüpft es in seinen Augen, und er schaut wieder auf den gelben gepinselten Strand. Es war fast wie bei dem Strichwürfel, über den sich der kleine Anton Pevny in der Zeichenstunde so sehr gewundert hat:

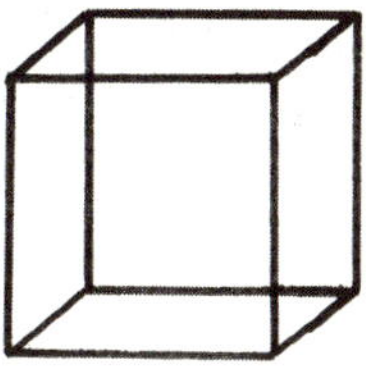

Man kann ihn zweimal sehen, aber nie gleichzeitig, hat die Lehrerin gesagt und hat den Würfel die ganze Stunde an der Tafel stehen lassen.
Schnell zählt der Peverl Toni wieder und starrt, und es braucht gar nicht viel: Gleich sieht er das Bildchen von außen. Dann wieder so. Dann wieder so. Jetzt können seine Augen hüpfen, ohne zu zählen und zu starren. Einmal ist es, als schaue er aus den Augen des Peverl Toni, der am Strand liegt. Dann ist es, als schaue er das ganze Bildchen an mit Augen, die draußen, vielleicht am Himmel, befestigt sind. Da sieht er sich ganz im Vordergrund liegen, unglücklich und erschöpft, vielleicht bewußtlos, ein Schiffbrüchiger. Die Arme sind über dem Kopf ausgestreckt. Die Augen hat er halb geschlossen, und im Mund sieht man die Zunge. Er kann die ganze Insel sehen, wenn er will. Es ist Abend, denn hinter den roten Bergen geht die Sonne unter. Breite, orangene Sonnenstrahlen stehen ab. Am Himmel sind rosarote Wolken und viele schwingende schwarze Vögel.

Aber nichts bewegt sich, auch nicht das violette Meer. Alles ist sorglos und schön anzusehen, nur der bedürftige Peverl Toni nicht, der am Strand liegt. Da kommt es ihm vor, als könne er nicht mit sich umgehen.
Nichts passiert, und nichts bewegt sich. Er weiß auch warum. Auf Bildchen wird geredet, was zum Bildchen paßt, denkt er. Ich muß sagen, was ein Schiffbrüchiger sagt:

– Gottlob, ich bin gerettet! Land ist unter meinen Füßen!

Wieder passiert nichts. Hab' ich etwas gesagt, was nicht stimmt, denkt der Peverl Toni. Was, wenn es nur dieses eine Bildchen gibt und keine Fortsetzung? Was, wenn das gar kein Bildchen ist, sondern ein Gemälde?
Er schaut von innen nach außen. Er möchte von innen Erklärungen lesen aus den Pinselstrichen des gelben Strandes. Er möchte von außen den Bildchen-Peverl-Toni rütteln. Der liegt da und hat schon so lange den Mund offen. Die Zunge sieht man. Kann er darum komplizierte Sätze nicht sagen? Der Peverl Toni tut jetzt wie ein Schiffbrüchiger, bei dem man die Zunge im Mund sieht. Er läßt einfach Töne heraus.

– Öööööööööröh, macht das, und er schämt sich ein bißchen für diese Häßlichkeit.

Aber ein Schiffbrüchiger braucht sich doch nicht zu schämen. Und wenn auf dem Bildchen alles stimmt, kann nichts Häßliches dabei sein.

Zweites Bildchen

Kann man es schwarz nennen, wenn man gar nichts sieht? In diesem Bildchen hat der Peverl Toni den Anblick allen Lichts verloren. Und es ist ihm, als könne er seine anderen Augen draußen am Himmel nicht finden. Längst schon hat er auf hundert gezählt. In diesem Schwarzen ist nicht einmal das Starren sicher.
Also, denkt der Peverl Toni, wenn ich der auf dem Bildchen bin, dann bin ich entweder erblindet, oder ich habe die Augen zu. Dann könnte aber noch etwas sein, nämlich daß er gar nicht

auf dem Bildchen ist. Aber das denkt er schnell weg. Sicher hat er nur die Augen zu.
Oft denkt man die Augen zu, derweil sie offen sind. Passieren in diesem Bildchen solche Schrecklichkeiten, daß der da auf dem Bildchen, der ich bin, die Augen geschlossen hat, denkt der Peverl Toni. Aber dann müßte ich ja mehr wissen als ich selbst. Jetzt will er nicht mehr der auf dem Bildchen sein.
Nun sieht er das Bildchen doch von außen. Auf einmal ist es da. Hier ist es anders. Die schöne Aussicht vom höchsten Steinfelsen wird gezeigt. Das Grüne ist unten und der gelbe Strand weit weg, und nur einen Zipfel vom violetten Meer kann man sehen. Auf dem Felsen steht eine Frau in einem weißen Kleid. Sie schaut hinunter zum Strand, darum weiß man über ihr Gesicht nichts zu sagen. Ganz im Vordergrund bemerkt der Beobachter eine Zeigefingerhand, die von oben in das Bildchen hineingezeichnet ist. Sicher gehört sie einer Frau, die sich außerhalb des Bildchenrands befindet.
Bei genauem Hinschauen entdeckt man unten am gelben Strand einen Schiffbrüchigen. Er ist so winzig klein, daß der feinste Pinsel und der gespitzteste Stift nicht ausreichten, ihm ein Gesicht zu geben. Mit einem Vergrößerungsglas wäre dem Betrachter gedient. Der Peverl Toni hat keine Augen, keine Nase, keine Ohren zum Sehen, zum Riechen, zum Hören.

– Ich bin ein genauer Peverl Toni. Ich habe eine genaue Nase und genaue Fingernägel, will er von außen ins Bildchen rufen. Aber er hat auch keinen Mund, nicht außen und nicht innen. Er will sich vorstrampeln. Vom Hintergrund in den Vordergrund sind es ja nur ein paar Zentimeter. Er will das Bildchen verlassen und ein anderes Abenteuer erleben. Es gibt ja noch so viele unerforschte Urwälder. Auch Mühsale in Eis und Schnee wären erzählenswert. Aber der Peverl Toni kann sich nicht bewegen, und zwar weil sich in einem Bildchen noch nie etwas bewegt hat. Zum Glück ist es nicht wie eingeklemmt, denkt er. Nicht warm, nicht kalt, und das Bildchen drückt nirgends. Unheimlich ist eigentlich nur die Zeigefingerhand, weil sie über den Rand hereinkommt. Niemand in einem Bildchen kann darüber ernsthafte Überlegungen anstellen. Bildchenbewohner müssen sich denken: Bildchenrand klingt wie Weltallnuß oder Wolkensieb oder Astgehör.

Wie gern würde er in ein Land kommen, wo er zuerst das eine sagen könnte und dann das Gegenteil, und niemand würde ihn einen Lügner oder einen Dummkopf heißen und mit dem Finger auf ihn zeigen.
Hier ist es anders. Die Zeigefingerhand zeigt auf den Schiffbrüchigen. Sie spricht mit der Frau im weißen Kleid. Es muß wohl so sein, daß ich sie sprechen sehe, denkt er, denn auf einem Bildchen kann man nichts hören. Hier ist man sich seiner Stimme gar nicht mehr gewiß. Die Zeigefingerhand sagt:

– Akino, mein Engel, siehst du den Fremdling dort unten am Strand?

Dann spricht die Frau im weißen Kleid. Auf sie ist der Peverl Toni besonders neugierig, weil er ihr Gesicht hinter den schwarzen Haaren nicht sehen kann.

– Ja, verehrtes Mütterle, sagt sie. Akino, dein liebes Engele, kann den armen Mann ganz genau sehen. Er ist noch so jung, als wär' er ein hübsches Bubele.

Mit mir soll sie nicht so reden, denkt der Peverl Toni. Ich will nicht Zuckerstangen lutschen und bei Zwiebeln die Nase rümpfen müssen. Zwar besteht die Möglichkeit, daß er bewundert wird.
Jetzt redet wieder die Zeigefingerhand:

– Lauf, kleiner Engel, den Jüngling am Strand zu begrüßen!

Und die Frau, die Akino heißt, sagt:

– Hoppeldihopp!

Die ist komisch, denkt der Peverl Toni. Er nimmt ja doch alle Rätsel hin. Ich werde erzählen, daß ich hier ein Zufall bin. Bestimmt wird mir die Frau im weißen Kleid einen Ausweg weisen, denkt er. Es kann auch ein gemütliches Stelldichein werden. Wer weiß, ob im nächsten Bildchen nicht ein gedeckter Tisch mit Honigkuchen bereitsteht. Hoffentlich ist die Zeigefingerhand nicht geladen. Denn vielleicht gehört sie einer riesenhaften Frau, die mit breiten Stiefeln einen Schiffbrüchigen leicht zertreten kann.
Aber jetzt ist hier alles gesagt und gesehen.

Das mit dem Honigkuchen war eine Schnapsidee. Wie könnte ein Schiffbrüchiger solchen vertragen! In einer spannenden Bildchengeschichte kann nicht einer zuerst ein bewußtloser Schiffbrüchiger sein und gleich im nächsten Bildchen Honigkuchen essen. Dann müßte dazwischen schon eine verzwackte Entschuldigung erzählt werden. Aber wer soll das bewerkstelligen? Etwa ein Erzähler? Er würde nur eine Handbewegung zeigen dürfen. Er müßte ein würdiger, alter Herr sein mit gütigen Augen. Kurz gesagt: glaubwürdig. Soll er einen Hut tragen? Oder genügte sommerliche Hemdsärmeligkeit? Wie wär' es mit einem verdienten Amtsschreiber, dem die Stadtchronik anvertraut wurde? Der aber ließe sich nicht daran hindern, nur Gewesenes zu vermerken. Dann *war* der Peverl Toni. Wegen Honigkuchen will er doch nicht vergangen sein!
Nun ist der Schiffbrüchige zu sich gekommen. Seine Augen und sein Mund lassen vermuten, daß er diesmal manierlich sprechen kann. Wohl hat er auch Kraft geschöpft. Er stützt sich nämlich nur auf einen Ellbogen. Den anderen Arm reckt er Akino entgegen. Akino kommt aus dem Grünen. Einen zierlichen Schritt macht sie auf den gelben Strand. Aber weil sich nichts bewegt, sieht das bald schaupuppenhaft aus. Der Peverl Toni hingegen wirkt hingestreckt und sanft. Wer im Liegen erstarrt, braucht Klobigkeit nicht zu fürchten.
Akino schaut verschreckt. Schmale Wangen hat sie und dunkle Augen und einen runden, offenen, roten Mund und schwarze Haare wie ein Helm. Die Hände sind zusammengepatscht. Der Peverl Toni ist auf schadenfrohe Erbarmtheiten gefaßt. Aber Akino sagt:

– Die Welt ist doch kein Untertässle, in dem kleine Bubele zusammenrinnen!

Wie kann man zu einem armen Schiffbrüchigen nur so läppisch sein, denkt der Peverl Toni. Trotzdem will er höflich tun. Aber nur äußerlich. Da fällt ihm ein, daß er äußerlich ja ein Schiffbrüchiger ist, der Trauer und Elend im Gesicht hat.

– Bitte, verzeihen Sie, sagt er. Ich habe Sie nicht verstanden.

Da sagt Akino noch einmal:

– Die Welt ist doch kein Untertässle, in dem kleine Bubele zusammenrinnen!
Wehe, wenn sie innerlich über mich hohnlacht, denkt der Peverl Toni. Das erfüllt ihn mit Scham und bringt seine Gedanken durcheinander. Schnell muß er sich wieder zusammenreimen:

Wer zuerst, der soll auch gehn!
Der darf dort wo und hier nicht stehn!
Der muß herum und dann wofür
und rückwärts vor hinaus zur Tür.

Und Akino sagt:
– Die Welt ist doch kein Untertässle, in dem kleine Bubele zusammenrinnen!
Oder ob es vielleicht zur Landessitte gehört, Fremde in ein Gespräch über Untertassen zu verwickeln, denkt der Peverl Toni. Womöglich ist es sogar eine vornehm versteckte Einladung zum Teetrinken. Und daß die Welt keine Untertasse ist, soll bedeuten: Noch andere Vergnügungen erwarten den Gast. Dann hab' ich mir vielleicht viel verpatzt, denkt er. Denn sicher hat sie mein unflätiges Gedicht gehört, und nur eine feine Erziehung verbietet es ihr, mich links liegen zu lassen. Er will es wieder gutmachen und später erklären, das Gedicht sei ein alter Brauch seines Landes und werde aufgesagt, wenn Gegenden besonderer Lieblichkeit betreten werden.
Diesmal denkt der Peverl Toni lang über eine Antwort nach. Sie soll passen und von Untertassen handeln und gewandt klingen. Er sagt:
– Ich freue mich, Bekanntschaft mit Ihren Untertassen machen zu dürfen. Auch wenn die ganze Welt eine Untertasse wär', gäb' ich mich zufrieden.
Das war sorgfältig ausgedacht und sollte meinen: Ich freue mich, zum Tee eingeladen zu werden. Auch wenn es nur Tee gäbe, wäre ich zufrieden.
Akino sagt:
– Die Welt ist doch kein Untertässle, in dem kleine Bubele zusammenrinnen!
Da kommt es dem Peverl Toni vor, als hätte er vorhin eine

Dummheit dahergeredet und werde zurechtgewiesen. Er forscht in ihrem Gesicht nach Niederträchtigkeit und Hinterlistigem.

– Ich habe mich wirklich bemüht, sagt er. Daß ich mich hier nicht auskenne, ist nicht meine Schuld. Ich will gar keinen Tee trinken! Ich bin nämlich nur zufällig hier. Viel lieber würde ich herumrennen können. Nie hatte ich vor, so ein Leben zu führen. Wenn es einen unauffälligen Durchschlupf gibt, bitte ich Sie, ihn mir zu zeigen. Es ist nämlich sehr lästig, ein Bildchen zu sein und sich nicht bewegen zu können!

Und so redet er weiter. Aber auf einmal unter dem Reden kommt ihm etwas in den Sinn. Wahrscheinlich ist Akino gar kein Mensch, denkt er. Wahrscheinlich ist sie nur ein Bildchen, mit dem man sich nicht unterhalten kann. Und er hört nicht auf zu reden, weil er jetzt weiß, daß sie dann wieder dasselbe sagen wird. Er redet drauflos und durcheinander und erzählt von Ausflügen ins Gebirge und mitternächtlichen Mondbesichtigungen und raffinierten Diebesüberführungen. Dabei denkt er sich aber Sätze aus, die zum Bildchen und in den Mund des schiffbrüchigen Peverl Toni passen. Als er alles beieinander hat, sagt er:

– Ich bin ein armer Schiffbrüchiger! Mein Bauch ist voll Wasser! Mein Schiff ist gesunken! Fast war ich verloren! Hilfe!

Es paßt, denn Akino sagt:

– Das fremde Bubele soll sich nicht mehr sorgen. Denn Akino ist da, das Engele, das am allerliebsten traurige Köpfle streichelt.

Jetzt braucht der Peverl Toni über nichts mehr zu staunen, denn in Wirklichkeit ist er ja ganz allein. Ein Bildchen ist eben nur ein Bildchen. Eine Spielregel kenn' ich, denkt er. Ich muß einfach nur sagen, was in das Gesicht des Peverl Toni paßt. Wenn es stimmt, redet sie weiter, wenn es nicht stimmt, sagt sie noch einmal dasselbe. Zum Beispiel wird es sicher passen, wenn er sagt:

– Zum Glück! Ich bin gerettet!

Da stimmt das Bildchen, und das nächste darf kommen.

Endlich hat sich der Peverl Toni vom Schiffbruch erholt. Er steht jetzt auf den Beinen, breit und im Schritt. Akino muß ihn stützen. Sicher würde ihn niemand geringschätzen, wenn er über sein Wohlbefinden nachdächte. Aber hier soll er ein Held sein, der nicht jammert, sondern Neuem entgegengeht. Ein Beobachter könnte sagen:

– Deutlich sehe ich in seinen Augen Neugierde.

Aber das ist nicht richtig gesagt. Denn wenn man nur seine Augen sähe, müßte man lange vergebens herumrätseln. Es helfen nämlich auch die Augenbrauen mit. Die sind ein wenig gerunzelt. Doch das würde noch nicht genügen, denn gerunzelte Brauen kommen mancherorts vor, so bei Schauspielern und nachdenklichen Zimmerherren. Wenn man nur seine Augen und Augenbrauen sähe, könnte man genausogut glauben, der Peverl Toni sei zornig oder hochmütig oder verächtlich. Traurig nicht. Denn bei Traurigkeit runzeln sich die Brauen von außen nach innen und von unten nach oben, bei Zorn und Neugierde aber nur von oben nach unten. Man kann es mit den Augen und Augenbrauen allein nicht herausbekommen. Darum muß noch der Mund mithelfen. Ein Mund mit Zähnen würde Zorn bedeuten und, nach unten gebogen, Verachtung. Der Peverl Toni hat einen runden Mund. Eben nur darum weiß der Beobachter, daß es Neugierde ist.

Akino ist leichter zu erraten. Ihre Augen sind groß und wichtigtuerisch. Ihr Mund ist eine tiefe Höhle. Mit der Hand zeigt sie irgendwohin. Sie sieht viel klüger aus als ich, denkt der Peverl Toni. Dabei sagt sie so dumme Sachen. Ist sie im Kopf noch ein Kind? Verflucht und verhext? Dann muß sich der Peverl Toni hüten!

Ein paar Schritte sind schon gegangen worden. Gleich betreten sie das Grüne. Hier kann man auch Äste und Laub unterscheiden. Es sind seltsame Pflanzen, wie sie der Peverl Toni noch nie gesehen hat. Alle Blätter sind viel zu große, grüne Herzen. Bestimmt hat nie ein Käfer hineingebissen. Auch Schnecken und Libellen meiden dieses Gewächs. Manche Blätter sind einfach da ohne Zweig. Auf einem Bildchen kann eben nichts

herunterfallen, denkt der Peverl Toni und möchte grad wissen, warum ihn Akino eigentlich stützt.
Stock und steif sind sie. Besonders die neugierige Interessiertheit im Peverl-Toni-Gesicht sieht einfältig aus. Niemand kann lange hinschauen, ohne zu spötteln. Das ist eine Benachteiligung. Der Peverl Toni weiß schon, daß man ihn hier nicht mag. Ich bin immerhin einer, der sich oft bewegt hat, denkt er. Das müßte in meinem Gesicht vermerkt werden. Oder ist es nur ein Versehen und wird wiedergutgemacht? Vielleicht schon im nächsten Bildchen? Wer weiß denn, was da hinten vor sich geht. Ob nicht gar schon heftige Streitereien mit dem Zeichner ausgetragen werden, weil er zu wenig tüchtig und genau oder meistens betrunken ist? In Wirklichkeit hätte der Peverl Toni herzlich empfangen werden sollen, aber der Zeichner hat es versäumt? Und wenn nun Akino mit dem Zeichner im Bund ist, weil sie immer und unbedingt und schön im Vordergrund sein will? Wenn sie ihn womöglich erpreßt?
Es kann ja sein, daß dies nur ein kurzes Bildchen wird, das man schnell wieder vergißt. Der Peverl Toni will alles richtig machen, damit schnell das nächste kommt. Weil Akino nichts sagt, muß der Peverl Toni anfangen. Er denkt: Ich auf dem Bildchen würde wissen wollen, wo ich bin. Soll er einfach fragen: Wo bin ich? Also:

– Wo bin ich?

Da gibt Akino brav Antwort:

– Du bist auf einer Insel, sagt sie. Viele schöne Sachen gibt es hier und lustige Männle und Weible. Und dann gibt es noch ein liebes, verehrtes Mütterle, das auf alles aufpaßt. Und manchmal dürfen ein Männle oder ein Weible das Mütterle im Teestüble besuchen.

Wieder kümmert ihn das Alleinsein, wo ohne Tadel Kluges dumm und Schönes häßlich und Richtiges falsch sein kann.

– Wie heißt das Mütterle, fragt er.

Es paßt, denn Akino sagt:

– Frau Dr. Liselotte Schreber.

Ein Name mit dem steifen L, dem schlechtesten Tänzer im Alphabet.

– Wer ist die Zeigefingerhand, fragt er.

– Frau Dr. Liselotte Schreber, sagt Akino.

Das weiß ich ja schon, denkt er und ärgert sich über seine Frage.

– Und was ist eigentlich mit mir los, sagt er.

Da gibt Akino keine Antwort.

– Will das fremde Bubele nicht sagen, wer es ist, fragt sie.

Nein, das tue ich nicht, denkt der Peverl Toni. Die wollen mich nur aushorchen. Wenn man den Namen kennt, hat man etwas in der Hand. Man kann ihn laut rufen. Überraschend von hinten ins Ohr geflüstert, läßt er den Gegner zusammenzukken. Wer aber einmal zusammengezuckt ist, hat nicht mehr den Mut zu Frechheiten. Man kann ihm dann immer sein Zusammenzucken vorhalten.

– Ich bin Kapitän Schmalzbrot, sagt er.

– Will das fremde Bubele nicht sagen, wer es ist, sagt sie.

Woher weiß sie, daß ich gelogen habe, denkt der Peverl Toni. Auf einem Bildchen wird man nicht rot. Oder hat er den falschen Namen so fremd gesprochen? Kann es sein, daß sein richtiger Name so gut in sein Gesicht paßt, daß man einen falschen sofort erkennt, ohne den richtigen zu wissen?

Einfach so probiert er Sätze und Wörter und Ausrufungen. Ein paarmal sagt Akino noch dasselbe, dann sagt sie nichts mehr. Dem Peverl Toni verleidet es auch bald. Ich kann nicht alle Sätze sagen, die es gibt, denkt er. Dann wird es ja Abend.

Akino steht starr, und der Peverl Toni steht starr. Man weiß nicht, wer gewinnt. Wenn sie ein Bildchen ist, hält sie es länger aus als ich, denkt er.

Von irgendwo schaut ihm Frau Dr. Liselotte Schreber zu. Sie soll sehen, daß der Peverl Toni ganz anders ist, als sie ihn gezeichnet hat. Ein dummes, schiefes Gesicht hab' ich nie gehabt, denkt er, nur manchmal, spätabends ein müdes oder im Winter ein klammes. Eigensinnig will er bleiben. Auch vor Güte und Wohlwollen wird er sich nicht beugen. Frau Dr. Liselotte Schreber könnte klug, schön und gut sein, es würde ihr nichts nützen. Er wird ihr keine Geschenke bringen. Und wenn sie ihn zu sich in die Teestube einlädt, wird er ablehnen mit einer Handbewegung, die sagen soll: Es ist mir lästig. Und wenn er die Handbewegung nicht machen kann, weil immer wieder Bildchen sind, wird er sie genau beschreiben und dabei langsam und leise sprechen.

Hier möchte ich niemandem gefällig sein, denkt er. Jetzt ist sogar Zeit vergangen. Was, wenn er ganz umsonst bockig ist? Vielleicht klemmt etwas, und es bedarf nur eines Wortes von ihm, und das Bildchen geht weiter? In einer Bildchengeschichte kann Gesagtes leicht durcheinander geraten. Man kann ja auch nicht mit dem Fuß irgendwo hintreten oder rütteln mit der Hand. Aber auf einmal spricht Akino. Stolz denkt der Peverl Toni: So habe ich also das Kräftemessen gewonnen.

– Du tust mir weh, wenn du schweigst, sagt sie.

– Ich weiß den richtigen Satz nicht, sagt der Peverl Toni. Ich kenn' mich nicht aus. Jetzt schon gar nicht mehr, weil eine Bildchenfigur etwas Normales gesagt hat. Nicht einmal drei Regeln kenn' ich!

– Du mußt mich ausfragen, sagt Akino.

Jetzt hat er sich eingelassen. Aber es gibt ja wirklich so viel, was er wissen möchte.

– Wer bist du? Wer ist Frau Dr. Liselotte Schreber? Meint sie es gut mit mir?

Er hätte noch viel mehr zu fragen. Aber in diesem Bildchen läßt man ihn nicht ausreden. Nur seine erste Frage ist geblieben. Schon war es genug.

Fünftes Bildchen

Akino allein gehört dieses Bildchen. Ihr Kopf ist das Ganze. Aus unbewegtem Mund spricht sie:

Ein Engele bin ich, ein hübsches, kleines.
Ein Gsichtle hab' ich, ein zartes, feines.
Händle hab' ich, schmeichlige, weiße,
und schwarze Äugle, brennend heiße.

Wenn's Engele kommt, dann will es sehn,
was Männle und Weible sich ausgedacht.
Männle seufzen, Weible flehn,
und zeigen Geschenkle, die's mitgebracht.

Das allerschönste sucht's Engele aus.
Wie freut sich da der brave Geber
aufs Teestüble bei Frau Dr. Schreber.
Dort darf es feiern in Saus und Braus.

Jedoch wer häßliche Sachen schenkt,
der wird in den finsteren Wald gesteckt,
wo ihn ein grausiges Bildchen schreckt,
wo er von hinten nach vorne denkt.

Der Brave aber hat es gut.
Zum goldenen Türle führ' ich ihn.
Dort klopft er an und zieht den Hut
und setzt sich auf polstrige Sesselchen hin.

Männle und Weible sind fröhlich gestimmt.
Denn hier gibt es Kuchen mit Zucker und Zimt.
Das Mütterle nimmt die Geschenkle, die schönen,
und tut die braven Gäste verwöhnen.

Sechstes Bildchen

Wie soll er denn denken, wenn er sich nicht spürt, nicht sieht! Er hatte ja seinen Körper verloren! Sogar das Bild davon! Schon ein Augenblick der Gedankenlosigkeit hätte ihn ums Leben gebracht! Freilich hat der Peverl Toni schon Spaziergänge unternommen. Manchmal hat er in der mondlosen Nacht den Blick gesenkt. Manchmal wußte er, daß er den Fluß nicht überqueren konnte, weil die Brücke eingestürzt war. Einmal ist er mit dem Fuß in einen Erdriß geraten. Und wo es am dunkelsten war, hielt er die Hand vor die Augen. Aber immer waren seine Arme aus dem Körper gewachsen und der Körper aus seinem Kopf. Einmal hat er nach vorne geblickt und die Augen geschlossen und den Kopf gezwungen, zu glauben, er schaue nach hinten. Die Augen geöffnet und fast sich nicht ausgekannt. Alle Spiele hat der Peverl Toni überstanden. Frei-

lich hat er manchmal Schritte gehört und gedacht: einer mit Holzschuhen. Aber ein Bildchen lang weggemacht war er nie! Hier bin ich wieder, denkt der Peverl Toni. Gut, daß das letzte Bildchen nicht lang war. Was wär denn gewesen, wenn Akino ihr Gedicht nicht so flott auswendig gekonnt hätte! In Nachdenken und Erinnern wär' sie versunken!
Der Peverl Toni war einfach weggemacht! Ich hätte ersticken können, denkt er. Aber er weiß nicht, ob das wahr ist. Wie soll man hier von Luftholen reden! Man müßte genau wissen, was »weggemacht« bedeutet. Am schlimmsten ist es doch, wenn sie mit ihm Sachen anstellen, über die er nichts aussagen kann. Zum Beispiel: Welche Jahreszeit ist im Weggemachten? Erst im Herbst kann er im Ernst von Jahreszeiten sprechen. Der Frühling ist so, als gäbe es nur ihn. Manchmal wollte er im Frühling nie wieder schlafen. Das war damals, als er Weißtannenäste für einen Adventskranz stahl. War das eine Luft! Dreimal hatte er seltsamerweise geniest. Ob es je eine Sekunde gab, in der alle Adler dieser Welt gleichzeitig abgesessen sind? Niemand soll mich einen Kunden schimpfen, dachte er. Noch im Sommer waren die Weißtannennadeln wie frisch. Im Sommer spannte am Abend seine Haut. Weiße Hemden trug er schon immer gern. Der Sommer verging. Der Sommer ist wie seine Sonne eine heiße Kugel. Der Herbst behauptet, eine Jahreszeit zu sein. Im Winter ist es kalt.
Aber meinen Körper hab' ich verloren, oft hab' ich vergessen, ihn zu streicheln, denkt er.
Jetzt vergehen Lebensabschnitte. Akino und der Peverl Toni sind nicht mehr am Strand. Weiter landeinwärts sind sie gegangen. Waren auf dem Weg denn keine vermerkenswerten Vorkommnisse, denkt er. Wenn nur die Bildchen zusammengezählt werden, so ist ein Leben kurz und jung vertan!
Hier ist es Abend geworden. Mitten im Grünen haben sie eine Lichtung erreicht. Im Hintergrund ragen die roten Steinberge in den Himmel. Der Himmel ist dunkelblau. Die Sterne sind silberne Punkte. Das Gras, kann man sagen, hat keine Farbe. Um die Lichtung vermutet man Wald. In der Mitte der Lichtung brennt ein Lagerfeuer. Bei einer Buche stehen schwarze Schattenfiguren. Sie tun, als rauchten sie Tabakspfeifen. Manche geben auch vor, starke Getränke zu sich zu nehmen. Über

dem Lagerfeuer brät ein schattiger Ochse. Sicher wird er im nächsten Bildchen aufgegessen. Oder er wird nicht aufgegessen. Wer sollte hier Hunger haben!

Akino und der Peverl Toni kommen von links unten. Manchmal noch denkt der Peverl Toni das Wort »Bildchenrand«. Dann läßt sich ein Schmunzeln nicht unterdrücken. Akino führt ihn an der Hand. Der Peverl Toni hat einen schönen gekerbten Rücken. Ihre Gesichter sind abgewandt. Sie schauen dem Treiben auf der Lichtung zu.

Das ist gut, denkt der Peverl Toni. Bei einem Hinterkopf wirkt Starrsein nicht so stumpf. Andererseits könnte dieses Bildchen beschwerlich werden, weil er nicht sehen kann, was im Gesicht des Peverl Toni vor sich geht. Könnte das nicht zu einem Rückfall in längst Überwundenes führen? Der Peverl Toni will alles sehr sorgsam betrachten. Denn wenn fehlerhafte Bildchen zur Last gelegt und abgezogen werden, schaut es bis jetzt nicht gut für ihn aus.

Nicht alle beim Lagerfeuer sind schwarze Schattenfiguren.

Einer trägt ein grünes Gewand und einen grünen Hut mit grüner Feder. In den Händen hält er eine Laute. Sein Mund ist ungehobelt offen. Ein Sänger, denkt der Peverl Toni.

Einer hat eine rote Weste an. Er ist über Werkzeuge gebeugt. Drähte, Schrauben und Röhren versucht er in Einklang zu bringen. Die Augen schützt er mit einer schwarzen Brille. Ein Ingenieur, denkt der Peverl Toni.

Einer sitzt hinten im Schatten des Lagerfeuers an einem grob gezimmerten Tisch. Den Kopf hat er auf die Hand gestützt. Er schreibt. Er hat sich einen blauen Mantel übergehängt gegen die Kälte des Abends. Ein Dichter, denkt der Peverl Toni.

So ist es zunächst also angebracht, nach drei farbigen Figuren zu fragen.

– Wer ist der Mann im grünen Gewand, fragt der Peverl Toni.

– Das Männle heißt Amstalabub, sagt Akino. Es hat sich ein Geschenkle ausgedacht und wartet, bis das Engele kommt. Amstalabub ist ein mutiger Sänger, und seine Liedle sind sehr laut.

– Wer ist der Mann im blauen Mantel, fragt der Peverl Toni.

– Das Männle heißt Flattermacki, sagt Akino. Es hat sich ein

Geschenkle ausgedacht und wartet, bis das Engele kommt. Flattermacki ist ein Briefleschreiber, und seine Briefle sind höflich und lang.

– Und wer ist der Mann mit der roten Weste, fragt der Peverl Toni.

– Dieser Mann heißt Diaribopo, sagt Akino. Er ist ein böser Erfinder, der sich nie Geschenkle ausdenkt. Frau Dr. Liselotte Schreber ist sehr zornig auf ihn.

Vielleicht kann ich mich heimlich mit ihm verbünden, denkt der Peverl Toni. Aber in einem Bildchen können Heimlichkeiten ja gar nicht geschehen. Vielleicht im Weggemachten? Der Peverl Toni würde gern wissen, mit welcher Erfindung Diaribopo beschäftigt ist. Aber er traut sich nicht zu fragen, weil das bestimmt nicht paßt. Dieses Bildchen soll nämlich nicht verpfuscht werden. Besser ist, er sagt:

– Was werden die Schattenfiguren und Amstalabub und Flattermacki und Diaribopo über mich denken? Werden sie glauben, auch ich sei ein Engel, der Geschenke entgegennimmt und sie dann irgendwo abliefert, wo er dienen muß und nicht einmal Piep sagen darf?

Ach, das war ein komplizierter Satz! Wer konnte damit rechnen, daß ihm so viel aus dem Mund heraus redet! Nicht einmal ich selber konnte das ahnen, denkt er. Es wird nicht passen! Es wird nicht passen! Aber es paßt, denn Akino sagt:

– O Bubele! Du bist doch kein Engele! Ich bin das Engele! Du bist nur ein Männle! Ein Geschenkle hast du auch mitgebracht. Ein schönes dazu.

– Gibt es denn keine Regeln mehr in diesem Bildchen, fragt der Peverl Toni.

– Mach dir doch keine Sorgen in deinem Köpfle, sagt Akino. Wahrscheinlich paßt ab jetzt alles, was will. Eigentlich ist das dem Peverl Toni nicht recht. In einem wirklich schönen Bildchen sollte es Regeln geben. Wenn er hier regieren dürfte, dann würde es Regeln geben, strenge, und alle Bildchenleute müßten tun, was er will, und auch bei aufgelegtem Unsinn fromme Miene zeigen. Darum ist er in Wirklichkeit doch froh, daß es keine Regeln gibt oder nur wenige oder nur manchmal oder gar keine, denn er will nie tun, was ein anderer bestimmt.

Und dann: Was ist mit Geschenken? Natürlich hätte er gern

einen Onkel oder eine entfernte Bekannte, der oder die jedes Jahr an einem bestimmten Dienstag ein Päckchen zur Post bringen und mit schwarzer Tusche seine Adresse darauf schreiben und die Anfangsbuchstaben mit Kringel verzieren, und in dem Päckchen wär' jedesmal ein Vogelei, das der Onkel oder die entfernte Bekannte aus einem Nest geraubt hatten, und dabei hätten sich der Onkel oder die entfernte Bekannte gegen die verzweifelt traurigen Vogeleltern wehren müssen, vielleicht mit einer schmutzigen Handtuchpeitsche, die vorher in eine vogelfeindliche Flüssigkeit getunkt worden war... Dann wär' der Peverl Toni der Besitzer einer Geschenksammlung, die ihresgleichen in der Welt nicht hätte. Wie kann Akino so leichtfertig über Geschenke reden!

– Ich hab' kein Geschenk, und ich will keines haben, das fällt mir gar nicht ein, sagt der Peverl Toni.

Alle sollen wissen, daß er ein Bockiger ist. Ich muß zusehen, daß mich hier niemand mag, denkt er. Sonst bin ich mir selbst nichts mehr wert. Bei Zuvorkommenheit will er störrisch sein. Bei Schmeicheleien will er nörgeln. Für Höflichkeiten will er sich mit Frechheiten bedanken. Wenn ich mich sehr anstrenge, denkt er, dann muß es mir doch gelingen, ein Rabauke zu werden. Einen Besserwisser kann niemand leiden. Warum fragt mich denn keiner, ob mir das Bildchen gefällt, denkt er. Sicher würde man Lob erwarten, ein einziges Wort:

– Gut.

– Das stimmt nicht. Das stimmt nicht. Das stimmt nicht, würde er aber sagen.

Sie sollen ihn aber nicht für einen Neidhammel halten. Als respektabler Fachmann will er gelten. Neidhammel meckern herum. Fachmänner verachten und bemitleiden und erteilen Ratschläge. Zum Beispiel hätte er sich mit viel mehr Genauigkeit über die Gesichter der Schattenfiguren hergemacht. Jedem würde er eine Nase empfehlen und Ohren, manchen große Ohren.

– Grashalme muß man doch erkennen können, würde er sagen. Nicht alles nur grün und schmierfinkenhaft anmalen. Haben Bäume Blätter oder nicht! An Schönheit soll einem etwas liegen!

Einen Wettbewerb in Trotzigkeit würde der Peverl Toni begrüßen. Das ist zum Lachen! Da müßte er ja besonders höflich und zuvorkommend sein, um zu gewinnen. Wie konnte ich nur so drauflos denken, sagt er sich.

– Weißt du, sagt er zu Akino, daß es Länder gibt, in denen man um alle Dinge herumgehen kann.

– Wirklich, fragt Akino.

– Irgendwo ist man dort immer, sagt der Peverl Toni. Es gibt dort keine Bildchen, wo man starren muß, und keine Bildchen, wo man weggemacht ist. Aber wenn es Bildchen gäbe, wären sie schöner und genauer, und das Gras wäre ein Halm neben dem anderen, und außerdem würde alles nach etwas riechen.

– Bildchen können so schön sein, sagt Akino.

Der Peverl Toni wollte noch etwas draufgeben, aber da war das Bildchen schon zu Ende.

Siebtes Bildchen

Hier ist das Festbildchen. Anstalten wurden getroffen. Die Geladenen sind versorgt. Für sich liebende Schattenfiguren wurde ein Pavillon errichtet, eine Bühne für die Musikanten. Wo sich zwei Schattenfiguren küssen und glücklich sind, kann man auch einen schwarzen Tintenfleck vermuten. Wo getanzt wird, hat keine Figur beide Beine auf dem Boden. Freude ist überall bei den Schattigen. Die Ankunft des Engels wird gebührend gefeiert. Sogar der gebratene Schattenochse hat ein Lächeln im Gesicht. Das sieht zum Aufschreien vor Entsetzen aus, denn längst sind seine Augen durch Kirschen ersetzt worden. Die Kirschen aber sind rot, und sie glänzen, als hätte sie jemand an seinem Wollpullover poliert.

Inmitten der Freude steht Akino, an den Stamm der Buche gelehnt. Ihr weißes Gewand fällt in schattige Falten, und die Schatten sind bunt, blau die Schatten der Sterne, rot die Schatten des Lagerfeuers, violett, wo sich die Schatten des Lagerfeuers und die Schatten der Sterne treffen. In ihren Augenbrauen ist Hochmut, in ihren Augen Herrschertum, in ihrem Mund Verachtung und in ihren Händen Verführbarkeit. Der Peverl

Toni ist nicht mehr wichtig. Er steht neben der Musikantenbühne, wo Amstalabub und Flattermacki warten, daß Akino ihre Geschenke begutachtet.

– Ich gehöre nicht zu euch, nicht daß ihr denkt, sagt der Peverl Toni zu den beiden, die es nicht hören wollen.

Flattermacki beißt auf seine Fäuste und ist sehr blaß. Amstalabub hat die Augen geschlossen und den Kopf erhoben und sieht aus, als atme er flach und schnell. Es ist der wichtigste Tag in ihrem Leben. Hätten wir uns nur nie gemeldet, scheinen sie zu denken. Nur Diaribopo, der Ingenieur, beteiligt sich nicht am Fest. Wie konnte er sich nur durchsetzen, denkt der Peverl Toni. Vielleicht besitzt er ein Pfand von Frau Dr. Liselotte Schreber. Seine Augen sind leuchtend weiß mit einem schwarzen Punkt. Dabei hat er böse gerunzelte Brauen, so daß die Augen darunter wie kleine Dreiecke aussehen. Der Mund ist nach unten gekrümmt wie eine Holzfällerklammer, und die Hände hantieren wie Krallen. Hat seine Erfindung Fortschritte gemacht? Glasröhrchen stecken in Metallröhrchen, viele Schrauben wurden verwendet, auch Platten und Plättchen, ein Riegel und ein Hebel und ein Knopf. Warum hat Diaribopo seine schwarze Brille abgenommen? Hat er die Gläser in die Maschine verbaut?

Der Peverl Toni möchte doch lieber nicht sein Verbündeter sein. Denn Diaribopo gäbe sicher seinen Arm dafür, ein anderes Bildchenreich zu errichten, enger und grausamer als dieses. Und den Peverl Toni wird er nicht zu seinem Minister machen. Außerdem würde es der Peverl Toni gar nicht wollen. Frei möchte er sein und mit dem Fuß auf Steine treten, daß es weh tut. In der Nacht frieren will er und am Tag sich von der Sonne blenden lassen. Endlich seinen Körper wieder mit den Armen umfangen können! Er muß sich sagen: Ja, ich habe Sehnsucht nach mir. Wie hatte ich es nur versäumen können, meinen Körper mit anderen Körpern zu berühren! Die sich liebenden Schattenfiguren müßten durch weiße Linien getrennt werden. Denn wenn Haut und Haut sich berühren, will der Peverl Toni das Ende seines Körpers doch spüren können. Sonst möchte ich nie ein Liebender sein, denkt er. Mein Körper soll sich dehnen, und wo er an fremde Haut stößt, beendet sein.

– Ich möchte etwas sagen, ruft er.

– Er will uns die Belohnung abjagen, sagt Flattermacki.

– Er gehört nicht zu uns, wie er selbst einfließen ließ, sagt Amstalabub.

– Ich habe es nicht einfließen lassen, ruft der Peverl Toni. Ich habe es fest und deutlich gesagt.

– Ich wußte es ja! Er hat ein Geschenk! Er hat ein Geschenk, sagt Flattermacki.

– Ein fremdes, das Neugierde erweckt, weil es fremd ist, sagt Amstalabub.

Diaribopo lacht durch das ganze Bildchen hindurch, und wenn man es hören will, kann man es hören. Oft ist das so in Bildchen mit Lachen und Weinen.

– Das Festbildchen gefällt mir nicht, ruft der Peverl Toni. Ich bin ungeduldig und gelangweilt und nicht fröhlich und nicht aufgeregt.

– Er ist ein Festbereiter, sagt Amstalabub.

– Er will ein Fest bereiten als Geschenk, und ich habe nur einen Brief, sagt Flattermacki.

– Ich habe nur ein Lied, sagt Amstalabub.

– Aber der Engel Akino hat doch lobende Andeutungen über Briefeschreiben gemacht, als er das letzte Mal hier war, sagt Flattermacki.

– Und auch Liedersingen sei empfehlenswert, hat er hinzugefügt, sagt Amstalabub.

– Aber Bubele, ruft Akino. Die Männle und Weible sind doch extra fröhlich geworden, nur für das Engele.

– Aber ich bin nicht fröhlich, ruft der Peverl Toni.

– Es sind eben dumme Männle und dumme Weible, ruft Akino. Die wissen nicht, wie man ein fröhliches Festle macht. Willst du es ihnen nicht zeigen?

– Wie soll das möglich sein, ruft der Peverl Toni.

Er denkt: Mit einem Radiergummi könnte man viel Unheil anrichten.

– Alles kann geschehen, was Frau Dr. Liselotte Schreber wünscht, ruft Akino. Und weil du so ein hübsches Bubele bist, darfst du ein Festbildle ganz alleine machen.

– Und was passiert, wenn ich es falsch mache, ruft der Peverl Toni.

Aber er denkt schon an die mutigsten Verwandlungen.

– Und wenn ich einen Jahrmarkt einrichte, ruft er. Ist ein Jahrmarkt erlaubt? Karusselle, Reitpferde, angebundene Mondraketen und ganz besonders ein Zauberschrank.

– Nichts soll dem Bubele verboten sein, ruft Akino.

Sie hat mich nicht verstanden, denkt der Peverl Toni. Weiß sie denn nicht, wie gefährlich der Zauberschrank sein wird, den ich errichten will?

– Alle herhören, ruft er so laut es geht.

Aber in einem Bildchen ist Lautrufen ja nur Lautrufen gedacht. Höchstens mit viel Zuversicht rufen ist wirklich rufen. So muß es sein, denkt der Peverl Toni. Ein Gesetz könnte doch lauten: Nur rufen ist nicht rufen. Erst mit Zuversicht rufen ist rufen. Es würde mir passen, denkt er, wenn Gesetze Gesetze sind, wenn ich es bestimme. Wie bei dem Spiel mit dem roten Pullover. Wenn der Peverl Toni an Sommerabenden Befürchtungen nachhing, blieb er vor Hausecken stehen und bestimmte ein Gesetz: Wenn auf siebzig gezählt ein Mann in einem roten Pullover um die Hausecke kommt, hat der, der auf siebzig zählt, nichts zu befürchten.

Er ist so aufgeregt, weil sein Zauberschrank alles in Ordnung bringen soll. Denn gewiß werde ich dumm, wenn ich lange ohne Körper lebe, denkt er. Ein Gesetz könnte nämlich heißen: Dumm wird, wer auf eine Million gezählt ohne Körper lebt. Dieses Gesetz traut sich der Peverl Toni aber nicht zu bestimmen. Nur denken. Aber wenn es ein Gesetz gäbe, das besagte: Schon das Gedachte ist Gesetz…

Wieviel Angst habe ich doch, mir selber zu schaden, denkt der Peverl Toni. Schnell ruft er sich über seine Gedanken hinüber:

– Alle herhören! Mein Zauberschrank soll ein Tastschrank werden. Nicht einmal Eintrittspreise werden verlangt. In ihm kann man sich anfassen zwei Minuten lang und sich umdrehen. Da lachen ihn alle aus und weinen heimlich in bösem Spott und verlorener Hoffnung.

– Du sollst nicht dumme Sachen reden, sondern ein fröhliches Festbildchen machen, sagt Akino. Ein lustiges Späßle! Ein lustiges Späßle! Ein lustiges Späßle!

Wenn man nicht machen kann, was man will, sollte man weggehen und denken: Ich habe es sowieso nicht gewollt. Das braucht dem Peverl Toni niemand zu sagen. Nur weil er nicht weggehen kann, bleibt er. Nur weil er zeigen will, was Schönheit ist, richtet er ein Festbildchen ein. Dann werden sie wissen, wen sie erzürnt haben: einen, um den man sich hätte bemühen sollen, der große Talente besitzt, die sich hätten vermehren lassen...

– Wie konnten wir ihn nur verlieren, sollen sie jammern.
Dann wird ihnen der Peverl Toni von weit oben herab bedeuten:

– Nie galten euch meine Überlegungen.
Dies ist sein Hochmut. Und er denkt: Das habe ich ja sowieso gewußt, daß ein Zauberschrank nicht erlaubt ist.
Feste sind Kunstwerke, und sie müssen ein Gleichgewicht halten vom Kleinsten bis zum Großen. Zuerst einmal soll der ganze Platz leer sein. Der Peverl Toni schickt alle ins Weggemachte. Er selbst darf bleiben. Und als er es befiehlt, verblassen die schwarzen Schattenfiguren und der schwarze Schattenochse und seine roten Kirschenaugen und der grüne Amstalabub und der blaue Flattermacki und der rote Diaribopo, und auch Akino verschwindet, und wo sie waren, ist jetzt dunkelgrünes Gras. Dann will sich der Peverl Toni selbst herrichten. Soll er sich ausbreiten? Hände und Füße in die Ecken des Bildchens befehlen? Dann ist er eine Spinne. Aber die Spinnen sind ja unglücklich. Denn Spinne Yxir mußte in einer dunklen Kathedrale leben. Spinne Zitterwind wurde von Greifgier über ein langes Balkongeländer verfolgt. Und die Spinne Moo fraß ihren Vater.
Seine Anordnungen müssen befolgt werden. Er gibt Befehle!

– Der Peverl Toni soll ganz vorne stehen!

– Nein, auf der rechten Seite!

– Ich will ihn von der Seite sehen!

– Sein Hemdkragen soll flach gedrückt werden!

– Der Hemdkragen soll abgeschnitten werden.

– Er soll wieder sein, wo er war, aber er darf den Hals nicht verdecken!

– Die Augen sollen ein klein wenig schattiger sein!

– Ein kräftigeres Lippenrot, bitte!
Alles geschieht, wie es der Peverl Toni will. Schnauzen und Zweimalsagen ist gar nicht nötig. Schade. Lange beschäftigt ihn seine Vorteilhaftigkeit. Er läßt sich interessierte Gesichtsaus-

drücke machen. Ein Antlitz wird in dieser Welt nie gelingen, denkt er. So muß ich mich mit einem Gesicht zufrieden geben. Das mit dem zurückgehaltenen Stolz sucht er sich aus, denn es hat oben noch ein bißchen Traurigkeit und unten ein bißchen Mut. Und die Augen sind scharf. Das wird nötig sein, denn er will schauen wie ein Künstler, der sein Werk betrachtet. Den rechten Arm läßt er sich ein wenig heben, so als gäbe er letzte Anweisungen. Die Starre seiner Figur sieht jetzt gar nicht lächerlich aus. Es ist, als sei er in Betrachtung versunken. So kann ich ihnen begegnen, denkt er.

Erst kommt der Festplatz dran. Das Lagerfeuer macht er höher und spitzer, und an seinen Rändern läßt er manchmal auch ein grünes Flämmchen sein. Außerdem brennt es jetzt in einer flachen, funkelnden Messingschale, weil das zauberhafter und festlicher aussieht. Die Buche muß auch noch geschmückt werden. Getrost wählt er spratzelnde Wunderkerzen, denn auf einem Bildchen werden sie nie zu Ende sein. Und obendrauf gibt er noch Sterne aus Silber und Gold. Den Schattenochsen läßt er im Weggemachten. Da packt ihn Übermut, und er jauchzt und ruft:

– Eine violette Schlucht soll sich durch die roten Steinberge ziehen, und weit hinten in der Schlucht soll ein weißes Licht sein, und dort sollen Steinstufen beginnen, auf denen ein Mann sitzt, der wird sich wohl die Haare raufen und weinen...

Das wollte der Peverl Toni gar nicht sagen. Was fällt mir denn ein, denkt er. Er ist nicht mehr übermütig, und die violette Schlucht läßt er wieder auslöschen.

Der Peverl Toni vergißt die Festtafel nicht. Sie muß hergerichtet sein, bevor die Gäste kommen. Wie konnte Akino von einer Festlichkeit sprechen, ohne das Fehlen einer Festtafel zu bemerken! Ein Phantasiefest ist dem Peverl Toni am liebsten, denn er kennt die wirklichen Gebräuche nicht so genau. Es sollen viele Messerchen benötigt werden und auch Gabeln, solche mit zwei Spitzen, solche mit drei. So bereitet er eine Tafel vor nach den strengen Gebräuchen eines ausgedachten Festessens. Sechs Messerchen und sechs Gabeln legt er um jeden Teller, und die Messerchen sind die großen Strahlen und die Gabeln die kleinen, und die Teller sind Sonnen, die sich von innen nach außen von Purpur und Gold in Silber färben.

Erst jetzt kann an Einladungen gedacht werden. Wichtig ist Pünktlichkeit. Bei Zuspätkommen erlöschen alle Rechte. Der Peverl Toni fängt bei den Schattenfiguren an, denn sie sind niemand. Im Gänsemarsch läßt er sie auftreten. Jeder gibt er eine Köstlichkeit unter den Arm. So scheinen sie im Gleichschritt hintereinander her zu tanzen, das linke Bein hoch. Und in den Händen schwenken sie noch Melonen, Brotlaib, Käsekeile, Schinken, Knoblauchzöpfe und vieles mehr.
Amstalabub soll meinetwegen der Tafelsänger sein, denkt der Peverl Toni. Aber für diese Festlichkeit, die schaurig einmalig ist, hat sein Kleid zu viel schäbige Einfachheit. Nie würden ihn die kleinen, verwachsenen Pförtner einlassen, die im Wald hinter den Bäumen versteckt sind und Herumtreibern die Eintrittskarten abverlangen und Nichtgeladene mit »Huch!« verjagen und sich vor Beleidigten rechtfertigen mit:

– ...denn wir sind die Pförtner.

Mein wildes Drauflosdenken wird mich noch in Situationen bringen, denkt der Peverl Toni. Außerdem will er ja zornig und böse sein. Aber er ist doch so stolz auf diese bunten Karusselle in seinem Kopf, die rasen und rasen und keine gleichen haben, nirgends, nie, nimmer.
Auf jeden Fall steht Amstalabub da wie eine grüne Stelze. Nichts Famoses ist an ihm, dessentwegen man eine Einladung erwägen würde.
Schnell vertauscht ihm der Peverl Toni die Seppeljacke gegen einen gewagten Spitzschultermantel aus grün-schwarzem Satin. An den Ecken soll man das purpurne Futter sehen. Dazu passen grüne Stiefel mit grünen Fransen und eine grüne Bundhose. Die Mütze macht er ihm aus vornehmem Samt wie bei einem geadelten Jägersmann, und die Feder soll sein wie von einem niedergelassenen Paradiesvogel, alle Farben von unten nach oben und zuletzt gekraust. Dann befiehlt er ihm eine Laute ans Herz und einen offenen Sängermund. Er soll auf einem Marmorpodest stehen, zwei Schritte breit, zwei Schritte lang, neben der geschmückten Buche. Singen soll der Sänger.

Aber was kann man mit einem Briefeschreiber anfangen? Man wird von tückischer Unhöflichkeit sprechen, wenn einer mit festlichem Gehaben geizt und keinem Treiben um sich her

Aufmerksamkeit schenkt. Gerade jene Gäste, die man am meisten erwartet hat, werden sich zuraunen:

– Wem mag er wohl schreiben? Uns jedenfalls nicht, denn wir sind hier. Mit uns könnte er ja reden. Es muß also noch jemanden geben, der sehnlicher erwartet wird als wir.

Wenn es mir nur gelänge, mit größter Schönheit meine größte Verachtung zu zeigen, denkt der Peverl Toni. Vielleicht, wenn jeder sehr schön ist und keiner zu keinem paßt...

Ein schönes, entsetzliches Fest soll herauskommen. Ich werde aus Flattermacki einen Nichtgeladenen machen, der abseits an einem Schreibtisch sitzt und einen Einladungsantrag formuliert, denkt der Peverl Toni. Und dort, wo Flattermacki seinen Mund hat, läßt er zarte Haut darüber wachsen. Aber niemandem soll es einfallen zu spotten! Denn das ist seines. Darum hüllt er ihn in einen würdigen Mantel, blau, ein Hausmantel, und gibt ihm zerzauste Haare und einen Denkerkopf, einen großen. Außerdem läßt er ihn schreiben mit der gleichen Feder, wie sie Amstalabub am Hut trägt. Denn vielleicht sind sie Freunde, die vor Jahren eine gemeinsame Reise in ein unentdecktes Land unternommen haben und dort von einem seltsamen Paradiesvogel vor dem Abstürzen in den Bergen bewahrt worden waren. Sie haben sich an sein Gefieder gekrallt und sind unversehrt hinab ins Tal, vielleicht in das wuchernde Delta eines Stromes getragen worden. Aber als der seltsame Paradiesvogel wieder davongeflogen war, ohne auf ihre Dankesrufe zu hören, fand jeder von ihnen eine Feder aus den Fittichen in seiner Hand. Flattermacki und Amstalabub haben die Federn als Andenken behalten, und Amstalabub ist ein Sänger geworden und Flattermacki ein Briefeschreiber.

So soll es gewesen sein, denkt der Peverl Toni und gibt den beiden die Gesichter von Weitgereisten. Bei Diaribopo will der Peverl Toni vorsichtig sein. Ich möchte nicht, daß er später an mir Rache nimmt, denkt er. Sicher ist mir Diaribopo zugetan, wenn ich ihm eine gelungene Erfindung in die Hand gebe. Es könnte eine Spaßrakete sein, mit der er die festliche Gesellschaft erstaunt. Der Peverl Toni läßt Diaribopo oben in den Ästen der Buche stehen, und um ihn noch freundlicher zu stimmen, umgibt er ihn mit einem kostbaren roten Mantel. Mit beiden Händen hält er eine kleine Kanone. Gerade schießt er.

Es ist ein silberner Streifen hinauf in den Himmel. Die Steinberge werden beleuchtet und schimmern in allen Rots, die es gibt.
Die Gastgeberin mag den Peverl Toni nicht mehr, weil sie sich so schulmeisterlich über seine Zauberschrankidee geäußert hat. Ich will sie verunstalten, denkt er. Runzeln, unangebrachte Einbuchtungen und Erhöhungen in der Haut, grünliche Flecken.
Aber als er Akino aus dem Weggemachten holt, ist sie so schön, daß er ihr den bevorzugten Platz an der Tafel zuweist. Wenigstens schlechte Manieren soll sie haben, denkt er und läßt sie in einen Pfirsich beißen, so, als wolle sie nicht abwarten und ekle sich nicht vor klebrigen Fingern. Ich kann sie immer noch dick und gefräßig machen, denkt er.
Da kommt es dem Peverl Toni ungewichtig vor und nicht schön, daß die Gäste schwarze Schattenfiguren sind. Soll ich mir so viel Mühe gemacht haben für einen Haufen Tintenkleckse, denkt er. Er hat das Auge eines Malers. Ein Gedanke lenkt ihn ab: Er erinnert sich an einen Feiertag, als er im Garten saß und auf die Straße blickte und einen Jungen sah, der auf einem Fahrrad vorbeifuhr, auf dessen Gepäckträger ein anderer Junge stand, der in der Kurve herunterfiel und sich den Kopf zerschlug, und was für ein Zufall es war, daß gerade in diesem Augenblick eine Wolke die Sonne verdeckte.
Da befiehlt der Peverl Toni eine Freude und gibt den Schattenfiguren Farbe. Er macht einen Spielmannszug daraus. Jetzt sind es bunte Harlekine, querköpfige Zauberer, bucklige Hexen, Affenmenschen, der dickste Mann und die dünnste Frau. Er macht den Zug länger bis weit nach hinten in den Wald, so daß man meinen konnte, es seien Tausende. Ach, es ist ein schönes Fest geworden! Niemand braucht sich zu fürchten, und jeder weiß, es wird bis in die späte Nacht dauern, bis zum Morgen, alle werden dem Festbereiter danken und gewiß sein:
– Er ist einer unserer Besten und ohne Zweifel der Tüchtigste.
Er kann doch mit Schönheit nicht verachten! Seine Schönheit wird immer Wohlgefallen finden.
Und wenn ich den Ochsen aus dem Weggemachten hole, denkt der Peverl Toni. Wird denn ein grausiger Ochse Entsetzen

bewirken? Und wenn ich ihm eine Wolfsschnauze gebe und ihn riesengroß mache und hungrig? Sie würden es eine gelungene Überraschung nennen und entzückt sein. Und einmal würde der Peverl Toni hören, wie der dickste Mann zur dünnsten Frau sagt:

– Wir sollten unserem Braven auch ein Geschenk machen.

Dann wird sich der Peverl Toni schämen und seinen Kopf an die Wand hauen wollen. Er könnte sich nie wieder in die Augen schauen. Er denkt: Ich habe ihnen mit meiner Schönheit einen Dienst erwiesen. Schnell soll sich alles verändern! Denn er hat ein Fest bereitet, wie man noch nie eines gesehen hat!

– Halt, ruft er. Halt! Das Bildchen ist noch nicht fertig!

Den Boden macht er sumpfig und zerwühlt, an manchen Stellen sind Fischgräten eingestampft, und um die Tafel herum liegen glitschige, verschimmelte Kartoffelschalen, grünlich, bläulich, weiß. Über die verzierte Buche läßt er klebrigen Sirup rinnen, und Millionen Mücken saugen daran; und die Messer und Gabeln haben den Grünspan, und die Teller sind zersprungen und mit Soße verschmiert und zerkratzt und mit Blut und Haaren verklebt, weil sie der Abspüler der Abspülerin über den Kopf gehauen hat. Und Akinos Pfirsich ist faul. Ich hör' erst auf, wenn ich wegen unbeschreiblicher Häßlichkeit getadelt werde, denkt der Peverl Toni.

Das Podest, auf dem Amstalabub steht, ist jetzt ein feuchter Kellerstein, und Maden hocken dreischichtig übereinander. Der vornehme Mantel von Amstalabub hat bald nichts Vornehmes mehr, denn in Wirklichkeit wurde er geschneidert aus einem Tingeltangelvorhang, an dem sich die schmutzigsten Schauspieler die Hände abgetrocknet haben, jahrelang, nie wurde er gewaschen, aber der Theaterdirektor hat hineingeschneuzt und der Messerwerfer seine Messer abgewischt und der Feuerschlucker seine Zunge. Außerdem kann Amstalabub gar nicht schön singen, denn die Laute ist verstimmt, und die Noten der Melodie haben sich verfeindet und sind verbittert.

Und Flattermacki, der Briefeschreiber, bohrt in der Nase und hat blaue Lumpen an, grob zusammengeflickt aus hundert Briefträgerhosenböden, und sein Gesicht ist dumm, dumm, dumm, und sein Brief ist dumm, dumm, dumm und alles, was er je gemacht hat auch, und die zarte Mundhaut schneidet ihm der Peverl Toni auf, damit er wieder reden und allen zur Last fallen kann.

Nur Diaribopo sollen sie behalten, denkt der Peverl Toni. Den holt er vom Baum herunter und stellt ihn in den Vordergrund und macht ihn noch schöner und noch böser. Seine Feuerwerkskanone aber sieht jetzt aus, als könne sie töten. Denn, wer weiß, vielleicht ist er doch wie ich, denkt der Peverl Toni. Aber er will nichts mit ihm zu tun haben.

– Jetzt werd' ich euch alle kaputtmachen, ruft er. So dreht er Diaribopo halt um, damit er kein Gesicht mehr hat. Zudem regnet es bräunliches Stinkwasser.

Akino kann von ihm aus ein Engel bleiben! Aber ein dicker, runzeliger, mit zerrupften Hühnerflügeln und verzopften Haaren und kralligen Fingern. Wenn sie einer nach dem Weg fragt, soll er nicht viel zu hören kriegen, nur:

– Babäle, babäle, babäle...

Und wenn ihr einer Komplimente macht:

– Babäle.

Und wenn sie einer darauf aufmerksam macht:

– Babäle.

Denn sie kann nichts mehr halten, und zwischen ihren Beinen tropft es:

– Babäle, babäle, babäle...

Und die Gäste sind ein zahnloser Räuberhaufen auf Krücken und Stelzen, und der dicke Mann ist nicht der dickste, und die dünne Frau ist nicht die dünnste, und der Affenmensch ist in Wirklichkeit ein Menschenaffe, und der querköpfige Zauberer ist ein leicht durchschaubarer Betrüger, und die bucklige Hexe ist wirklich eine bucklige Hexe, und die bunten Harlekine sind ersetzt worden durch graue Vorstadtkobolde, und dem einen und dem anderen rinnt Spucke aus dem Mund. Und könnte man auf ein Bildchen Gerüche geben: Unversöhnlich! Unversöhnlich!

– Ist es noch nicht genug, ruft der Peverl Toni mit Zuversicht. Seht ihr denn nicht, wie grausig alles geworden ist? Müßte nicht einer von euch endlich schreien: Ich bin mir mehr wert! Ich will nichts mehr mit euch zu tun haben!

Und er gibt Befehle:

– Das ganze Bildchen soll auf eine Leinwand! Die Leinwand

soll auf eine Staffelei! Und ich will auf dem Bildchen nicht zu finden sein! Denn ich bin der Maler! Ich stehe davor und betrachte mein Gemälde, das so geworden ist, wie ich es wollte! Und um den Maler herum soll ein Spinnwebdachboden sein! Fledermäuse sollen in den Nischen hängen! Speise und Trank soll sich der Maler in Farbtöpfen zubereitet haben!
Und als alles geschieht, wie er befiehlt, ruft der Peverl Toni:

– Das darf man doch nicht erlauben! Ich habe doch alle Regeln mißachtet! Was wird Frau Dr. Liselotte Schreber sagen, wenn sie sieht, was hier angerichtet wurde! Ihr müßt doch zugeben, daß ich alles kaputtgemacht habe! Es muß doch genug sein!
Oder ist Frau Dr. Liselotte Schreber eine Kundin des Malers, denkt der Peverl Toni. Vielleicht hat sie ein besonders häßliches Bild bestellt und wird zufrieden sein mit dem Ergebnis. Und wenn sie gleich an die Dachbodentür klopft und mein Gemälde lobt und mich Meister nennt und mir Banknoten aushändigt? Ich werde es ihr verderben, denkt er und befiehlt:

– Das Gemälde soll brennen!
Und als es geschieht und noch nicht genug ist, weint der Peverl Toni vor Wut, Angst und Selbstärger und gibt den letzten Befehl:

– Der Maler soll nach hinten fallen auf einen kantigen Stein, und sein Kopf soll zerschlagen, denn er will nicht mehr leben! Er wollte ein Bild vielleicht malen, auf der rechten Seite sollten Striche vielleicht sein und auf der linken Seite Landschaften, eine am Boden, dann noch eine in den Wolken, so daß ein Betrachter denken könnte, es ginge weiter. Ich aber wollte nur für mich malen, denkt der Peverl Toni, und jetzt fürchte ich mich vor nichts mehr, denn ich will mich vor nichts fürchten. Wär' ich ein anderer geworden, hätte ich mich zu Planetenfahrten angemeldet. Wer hat goldene Ketten gespannt von Stern zu Stern? Gewiß habe ich Erlebnisse auch gehabt. Bei Einsamkeit, Hunger und Müdigkeit stellte sich ein Frösteln ein. Das war durch Ofennähe nicht zu beheben. Bei Planetenfahrten muß es am schlimmsten sein, wenn das Raumschiff zwischen zwei Planeten hindurchfährt und der Pilot aus dem Fenster schaut und das Weltall abmißt und die zwei kleinen Planeten sieht und das kleine Raumschiff das Größte ist, was er sieht.

Da erlischt die traurige Katastrophe. Gar nie war Blut da. Hat einer einen Dachboden gesehen? Mit Spinnen, mit Farbtöpfen, mit Nischen? Der Maler lebt. Außerdem ist er nie ein Maler gewesen. Er wurde ja nur zu einem Fest eingeladen, und keiner kennt seinen wirklichen Namen. Keiner der Geladenen hat je davon gehört, daß hinter dem Wald Frauen wenig tonige Weisen singen und Männer im Kreis gehen, die Hände im Rücken überschlagen. Frau Dr. Liselotte behütet ihre Gäste vor Gespenstern. Sie gibt Befehle und läßt alles zurückverwandeln in das erste Festbildchen, mit dem der Peverl Toni so unzufrieden war.

Den Peverl Toni läßt sie weit hinten stehen, klein und unwichtig und im Gehen.

Jetzt kann Akino endlich die Geschenke anschauen. Aber Amstalabub und Flattermacki sind unzufrieden, denn Frau Dr. Liselotte Schreber hat nicht alles reparieren können.

Amstalabub sagt:

– Das hat der Festbereiter absichtlich getan. Er wollte gar kein Fest bereiten. Mein Lied wollte er kaputt machen, das ist es.

Und Flattermacki sagt:

– Darum glaube ich nämlich gar nicht, daß er ein Festbereiter ist. Er ist ein Briefezerstörer, das ist es.

Und Amstalabub erzählt:

– Mir sind stets die Lieder über die Lippen geflutscht, und selbst die Königinmutter hat mich Platz nehmen heißen. In ihren randlosen Augengläsern haben sich die hohen Bücherregale gespiegelt. Aber in den Gläsern waren sie krumm gebogen, und in Wirklichkeit waren sie gerade. Und obwohl ich abgelenkt wurde durch mein nicht zu zügelndes Bemühen, in ihren Augengläsern die Spiegelschrift der Buchtitel zu entziffern, blieben alle meine Lieder unbeschädigt und geschliffen in der Melodieführung.

Und Flattermacki erzählt:

– Schon von Anfang an hatten meine Briefe die ganze Welt zum Adressaten, denn stets war ihr Inhalt von umspannender Bedeutung und ihr Zweck nicht nur der, mir da und dort ein Nachtquartier zu sichern. An Freunden lag mir nie etwas. Ich habe lange vor den anderen auf den Irrsinn eines uns bekannten

Pianisten hingewiesen und mir so die Anerkennung der hohen Wissenschaft erworben. Die Sätze meiner Briefe kamen mir in den Kopf, während sie mir aus der Feder flossen. Ich schrieb aus Vornehmheit mit selbstgemischter Tinte, deren Grundfarbe grün war. In den bedeutendsten Bibliotheken des Landes sind meine Briefe gesammelt, teils gebunden zu prächtigen Büchern, teils abgelegt in Glasvitrinen. Es muß eine Wonne sein, sie zu behüten.

Und beide sagen, was sie heimlich denken:

– Wenn er schon kein Festbereiter ist, was hat er dann zu verschenken? Was will er denn anbieten, um in die Teestube von Frau Dr. Liselotte Schreber eingeladen zu werden?

– Seht doch sein hübsches Gesicht, sagt Akino.

Da sind Amstalabub und Flattermacki betrübt und zornig auf den Peverl Toni, weil er ihre Geschenke beschädigt hat. Jetzt haben sie Angst, sie zu zeigen. Nur Diaribopo ist zufrieden, denn Frau Dr. Liselotte Schreber hat vergessen, ihm die Feuerwerkskanone zu nehmen. Die will er behalten.

Achtes Bildchen

Amstalabubs Geschenk: Ein beschädigtes Lied.

Ich mag sie nicht. Ich mag sie nicht.
Sie hacken und sie schlagen
mit den Flügeln und sie schrein.
Nie hört' ich einen klagen.

Mit Liebreiz wollen sie mich täuschen:
Sie breiten ihre feinen
Federn aus und zupfen sich
den Flaum mit ihren Beinen

und richten häuslich Nester ein
und wecken mich am Morgen
und tun geschäftig, hilflos, keck
und hüpfen und besorgen

Fon und vür Rolf Aberer

splitterkleines Wurzelstroh
für ihr Zuhauseloch
und schnappen häßliches Getier,
ein Kinderfutter. Doch:

Ich mag sie nicht. Ich mag sie nicht.
Sie hacken und sie schlagen
mit den Flügeln und sie schrein.
Nie hört' ich einen klagen.

Neuntes Bildchen

Flattermackis Geschenk: Ein beschädigter Brief.

Sehr geehrte
Frau
Teestundenteilnahmebittgesuchantragentgegennehmende!
Untergehende Fragen und Bipfel, eine Einladung zu Ihrer Teestunde betreffend, zensuliert der Untenstehende in ergebenster Mühe und Willfahrt.
Anbei möchte er dem hochverehrten Stanolium in einem Grumpitsch folternde Mitteilung aus geheimsten Anwisch und gögöntlich übertun: Er erwurschtet sich nämlich anzumelden, daß er selbst in übermalstigem Einszweieinszwei verkündet habe, er sei Rundbrillenträger und unterzerknirscht, sowie kleingekrochen und auseinanderbefehlt. Damit geruht er anzudeuten, daß er sich in äußerster Bereitschaft befindet, jederzipf unverzüglichst die oben nicht genannten Tarifumschläge und Mehrwertbescheide überzumarschen und zu verlängern. So kann gleichzeitig das langwierige Herumtrampeln in jenen knösrigen Tümpelnäpfen, die Theo angelegt und – man muß es deutlich sagen – mit großen Schwierigkeiten beschanselt hat, vermieden und im Auftrag, sowie im Antrag ausgefüllt und unterschrieben werden.
Noch zu erwähnen wäre – ob in moftigem Dank oder in boftiger Freud sei dahingedolmt –, daß der Gegrasmachte über-

haupt nur als Krampus belipft und belopft ist, so jeden Dienstag und Mittwoch und Freitag.

Hochachtungsblau

Flattermacki

Im Weggemachten

Das Bild eines blinden Bettlers, der,
Erhobenen Gesichts, an eine Mauer
Den Rücken lehnend, unbeweglich stand.
William Wordsworth, Präludium

In Wirklichkeit ist der Peverl Toni in eine Bibliothek verschleppt worden. Ich muß das annehmen, denn nie könnte ich glauben, er sei vor mir geflohen. Eine böse Infantin hat Aufträge erteilt. Dunkle Gestalten haben die Aufträge ausgeführt. So muß es gewesen sein.
Ich betrachte es als eine Tatsache, daß die Infantin zum Aufsichtspersonal der Stadtbibliothek in Nürnberg gehört. Schon seit längerem beargwöhne ich ihr Treiben. Den Peverl Toni in eine flache Bildchenwelt einpassen! Wo er doch so gern um die Dinge herumgehen mag! Nur gut, daß ich ihren Namen weiß. So konnte ich mir eine Puppe aus Holz schnitzen und ihr den Namen Frau Dr. Liselotte Schreber geben. Durch langes Anstarren der Puppenaugen kann ich in den Kopf der wirklichen, lebendigen Frau Dr. Liselotte Schreber schauen. Nur weil ich mich schämte, meine Aufsichtspflicht verletzt zu haben, verheimlichte ich bisher die Puppenschnitzerei und tat so, als hätte ich selbst dieses gefährliche Bildchenabenteuer ersonnen. Jetzt will ich's gestehen: Mein Peverl Toni ist mir entführt worden. Freilich glaube ich an Zauberei. Wie wäre es mir sonst möglich, aufrecht auf der Erde zu gehen und ein Auge zuzukneifen und mir vorzustellen, ein Spatzenpaar durchbreche die Nebeldecke und siedle weit draußen im Himmel auf einer außerordentlich bequemen Luftverdichtung, die von den Meteorologen noch nicht entdeckt wurde? Die Holzpuppenzauberei habe ich er-

lernt. Auf das Schauen kommt es an. Nur so viel sag' ich. Auf das Schauen und das Dabeidenken. Mehr sag' ich nicht.
So sehe ich meinen Peverl Toni in der finstersten Finsternis des Weggemachten über zwei Bildchen lang. Und in den Bildchen, die über dem Weggemachten liegen, sehe ich das zerstörte Lied von Amstalabub und den zerstörten Brief von Flattermacki. Und ich bin stolz auf meinen Peverl Toni. Wieviel Witz und Mut er doch besitzt, auch wenn er allein ist ohne mich. Er hat sich nicht verführen lassen! Dabei weiß ich, wie ihn Farben verlocken können und wie gern er ein vornehmes Fest bereiten würde. Als er sich auf den Kopf fallen ließ, war ihm wahrhaftig die Freiheit lieber als das Leben. Er konnte ja nicht wissen, daß nicht einmal Blutiges auf einem Bildchen weh tut. Er ist kein Haudegen, das bestimmt nicht.
Wieviel Angst wird er haben im Weggemachten, wo wieder niemand weiß, wie es ausgeht! Denn in der Bildchenwelt ist es wie in der wirklichen Welt, wo aus jeder Situation ein Normales und ein Schreckliches hervorgehen können. Und wenn ich recht überlege, stellt es sich so dar, daß eine Situation erst eine Situation ist, wenn sie die Möglichkeit eines Schrecklichen und eines Normalen gleichzeitig, wenn auch nicht gleichgewichtig enthält. Das Normale aber ist das Zufriedene und das Schreckliche einfach schrecklich.
Ich will genau sein: Die Bildchenwelt ist doch anders als die wirkliche Welt. Denn in der Bildchenwelt sind das Normale und das Schreckliche getrennt. Das mag daran liegen, daß es in der Bildchenwelt keine Situationen gibt, sondern Bildchen. Aber darüber habe ich noch nicht ausreichend nachgedacht. Auch kommt mir das Wort »Bildchenwelt« auf einmal recht verdächtig vor. Die Welt ist in einem Bildchen. Das nächste Bildchen wäre dann eine andere, neue Welt. Immer wieder Welten erschaffen...
Das Normale und das Schreckliche sind jedenfalls getrennt, und das Normale heißt das Bildchen, und das Schreckliche heißt das Weggemachte. Man sagt aber nicht Weggemachtenwelt, sondern Bildchenwelt. Denn man gibt der Welt mit ihrem Normalen und ihrem Schrecklichen den Namen des Normalen, damit sich das Schreckliche von selber vergißt. Will damit sagen: Es kommt doch manchmal vor, daß einer ausruft:

– Ach, ist das schrecklich!
Und es kann geschehen, daß viele Tage hintereinander schrecklich sind. Dann hört man ihn am zweiten und noch am dritten Tag rufen:
– Ach, ist das schrecklich!
Aber am vierten Tag wird er nicht mehr rufen, und am fünften Tag wird ihm das Schreckliche normal vorkommen, obwohl es immer noch das Schreckliche ist. Zweifellos ist es dumm, Schreckliches und Normales miteinander zu verwechseln.
Was aber, wenn das Schreckliche auf einmal in Wirklichkeit das Normale wird? Entspricht ihm dann ein neues Schreckliches, das viel schrecklicher ist als das inzwischen Normale, als es noch das Schreckliche war? Und dieses zweite Schreckliche – könnte es wieder ein Normales werden, dem dann ein drittes Schreckliches eigen ist? Und wenn auch dieses Schreckliche sich in ein Normales verwandelt, es würde ein neues, viertes Schreckliches erzeugen und so weiter vielleicht bis zum zehntausendsten Schrecklichen, das dann schrecklicher nicht mehr sein kann, und wenn es sich wieder in ein Normales verkehrt, ohne schreckliche Entsprechung ewig das zehntausendste Normale bleibt. Aber dieses zehntausendste Normale heißt in der Bildchenwelt nicht das zehntausendste Bildchen, sondern trotz allem das zehntausendfach Weggemachte, und es ist so schwarz, wie in der wirklichen Welt nur zehntausend Schichten schwarzer Lackfarbe schwarz sein können.
Hier sehe ich meinen Peverl Toni, und er sieht einen fremden Traum von einem großen Vogel an sich vorüberziehen. Vor allen Folgen habe ich ihn bewahrt, und doch ließ ich ihn Gefahren und Abenteuer bestehen, damit sie sein Leben würzen. Auch solche Worte verstehe ich zu gebrauchen, denn ich trau' es mich zu sagen: Ich habe meinen Kopf in mein Herz geschlossen. Und der große Vogel mit den breiten, schwarzen Fingerflügeln und dem gebeugten Hakenkopf reißt dem Schaf den Rücken auf, und das Schaf hat keine Schmerzen und keine Angst, und es schreit nicht, denn es ist so nah dem Tod und beschäftigt mit einem Blutsturz. Ja, es hat den Blick eines Uhrmachers, und seine Wolle wird rot, und der Traum wird rot, und der große Vogel streift wie ein nasser Mantel den im Nacken, der zuschaut und sich schämt.

Schleichen Gespenster durch das Schwarze? Agar, der Verwünschte, der seinen Mantelsaum in die zugeschlagenen Türen klemmt und die Häuser, in denen noch Menschen wohnen, hinter sich herzieht; Culù, die Frau von Agars Sohn, die sich heimlich in der Nacht von ihrem Lager erhebt, um den Brautleuten die Hochzeitsgaben wegzunehmen, und einmal nur einen verdorrten Strauß da liegen sah und vom Brautführer gestellt wurde, der dann tat, was zu Gebote stand und sie Agars Sohn übergab, der in blindem Eifer ihr auftrug, von nun an das Haus zu hüten; Datrus Dor, Culùs ängstlicher Bruder, der in den Morgendämmerungen um die Stationen der Seilbahnen schleicht und sie anfleht, sie mögen nicht den Blick abwenden, wenn ihm Einheimische entgegentreten; aber die Seilbahnen, verwaist, Mann und Frau befördernd, haben jahrelang gewartet.

Wahrhaftig, es sind Gespenster! In der Bibliothek der Infantin haben sie sich eingefunden und warten, an die Wände gepreßt, daß der lange Schatten, der zur Veranda hereinfällt, sich endlich bewege. Überwacht die Infantin die Bahnhöfe und die Ausfallstraßen nach Norden? Der Peverl Toni kann Detektive nicht leiden! Polizisten soll man von oben herab behandeln!

Ich, Michael Johannes Maria Köhlmeier, ziehe energisch die Wagentür zu und fahre meinem Peverl Toni zu Hilfe. Zum Glück habe ich mich getraut, meinen Namen zu sagen. Denn ich vermute, daß auch das Aussprechen meines Namens wie ein Zaubermittel wirkt. Sollte ich vor meiner Abfahrt nach Nürnberg vergessen haben, ein Gebet zu sprechen, so will ich es nachholen. Am besten sind gottzornfrommige Ungezogenheiten:

– Jassbu! Rabatzi! Gattunka!

Wenn die Verwirrung am größten ist, werde ich mich zwingen, die einfachsten Wörter zu wählen, und dann kommen auch die Buchstaben zur Ruhe, und man wird sich die Verheerung gar nicht mehr denken können, so wie ich mich jetzt nur noch sehr schwach an eine seltsame Nervenkrankheit erinnere, die mir erst vor kurzer Zeit Schmerz bereitet hatte.

Meine Fahrlässigkeit, meine Gebete, mein Musizieren...

Nämlich: Wenn ein Zwerg, der sich aus teurem Tuch einen Rock schneidern ließ, einen großen Kopf hat voll Luft und

Weingeist und die Betrübungen kein Ende nehmen wie die Flammenschwerter der schwarzen Racheengel, die auf den Hügeln stehen und ihre schwarzen Flügel wie Arme und die goldenen Schwerter in ihren Händen gewaltsam mich schlagen, dann:

– Deine Fahrlässigkeit! Deine Gebete! Dein Musizieren! Eines Tages werde ich ihn ganz verlieren. Unter Mühsal wird er häßlich werden. Mein Peverl Toni hat mir Mut und aufrichtigen Stolz gegeben, werde ich sagen. Wir standen uns bei. Dies ist ein schöner Satz. Er hätte ihn sagen können.

Seine Freundlichkeit, mit der er nur mich grüßen würde, werde ich vermissen. Er hätte mich gerne angesprochen und den Blick aufgeschlagen und mich nach diesem und jenem befragt. Seltene Tiere wie Schildkröten und Känguruhs hätte er nicht behalten können und ihre Namen verwechselt. Wird er ein Fremder sein, der in Xanadu aus dem Schatten des Schlosses tritt und seine Augen vor mir tarnt mit einer anmutigen und höflichen Geste, so als streiche er die Haare aus der Stirn? Ich werde ihm unterwürfig begegnen, denn ich werde Angst haben vor seinem traurigen, blassen Gesicht. Vielleicht hat er einen Feuergott und einen Schlammgeist zusammengeführt und gezähmt und freut sich heimlich und nur für sich und närrisch über ihre trottelhafte Blödheit. Vielleicht werde ich an seiner Unterlippe noch eine Spur des ersten Entsetzens wahrnehmen. In einen hellen Mantel ist er gehüllt. Auf Schleichwegen bringt er die Nacht hinter sich. Manchmal hebt er das Kinn und schaut in den Mond, als ginge ein Geruch von ihm aus. Eine oder zwei Bekanntschaften unterhält er. Bei der Hecke bleibt er stehen und rafft die Arme an sich. Dann geht er nach rechts. Er kennt die Lichtungen, wo die Geladenen der Infantin ihre Mitternachtsfeste feiern. An seinen goldenen Stiefeln werden sie ihn erkennen. Er mischt sich ein in die Festlichkeiten.

Ohne Zwischenfall habe ich die Grenze passiert. Den Zollbeamten habe ich in ein höfliches Gespräch über seine Heimatstadt Coburg verwickelt.

– Die Veste und der Hofgarten, habe ich ausgerufen. Und hinzugefügt, nicht ohne ein schelmisches Zwinkern:

– Ich sage Ihnen, mancher Baum und manche Bank könnten eine Du!-Du!-Geschichte über mich erzählen!

Da ließ er mich weiterfahren und grüßte artig mit der Mütze zur Holzpuppe auf dem Beifahrersitz, denn er glaubte, sie sei jenes besagte Fräulein. Im Eiltempo fuhr ich auf den Autobahnen und hielt mich in keiner Schenke auf, um zu trinken. Denn hätte der Wirt gefragt:

– Wie mundet mein Wein?

hätte ich ihm in vollen Krügen die Antwort gegeben.

Oft mußte ich an meinen Peverl Toni denken. Der kann sich die Horizonte aussuchen, dachte ich. Der kann einen berglosen Horizont wünschen oder einen, der fast im Zenit über ihm verläuft. Ich aber fuhr hinter einem Lastwagen her, der sich auf einmal auf die Hinterräder stellte wie ein Ankläger. Aber in Wirklichkeit war er nur unter einem Autobahnschild hindurchgefahren, und Licht und Schatten hatten mich genarrt. Da bin ich gleich zu einem Rastplatz gefahren und habe mich zum Schlafen zurückgelegt. Noch im Schlaf hatte ich Angst zu sterben, ohne das Leben meines Peverl Toni fertig erzählt zu haben. Soll ich ihn von einer Schlange totbeißen lassen?

An der Wegkreuzung begegnete ich den schwarzen Engeln wieder. Ihre Schwerter hatten sie eingetauscht gegen Maschinenpistolen. Sie standen ruhig und hatten die Beine gespreizt und schauten auf die Autobahn hinab, als könne sie niemand sehen. Und vielleicht war ich wirklich der einzige. An ihren zur Seite geneigten Köpfen erkannte ich, daß sie auf ein verabredetes Zeichen lauschten. An ihre Verfolger verschwendeten sie keinen Gedanken mehr. Längst schon hatten sie ihnen getrotzt mit Mut und Kühnheit. Kein Widersacher würde ihnen jemals etwas anhaben können. Selbst im Tod lächeln sie noch. Jeder von ihnen hat schon zu Lebzeiten sein Totengesicht eingeübt, ganz allein für sich und ernst und verzweifelt über den Tod jedes Menschen und über sein eigenes Leben entsetzt. Aber bevor sie die Gewehre anlegten, öffneten sie die silbernen Spangen, die ihre Haare im Nacken zusammenhielten. Ich fuhr unter der Brücke hindurch in die entgegengesetzte Richtung ihrer Gewehrmündungen.

Ja, es war eine gefährliche Reise. Oft mußte ich der Holzpuppe in die Augen schauen, um mich des Peverl Toni zu vergewissern. Und im Denken habe ich dann mit ihm gesprochen:

– Lebst du im Weggemachten wie in einer kühlen Kathedrale, von einer Schlange beobachtet? Blitz und Wind reichen nur bis an die Wipfel der Tannen herab. Oben gehen Weissagungen in Erfüllung. Stare haben scheckiges Gefieder, und sie singen nicht, sondern tschilpen sich zu. Ein Faß hat sich losgelöst und rollt über das Kopfsteinpflaster. Der Blitz spaltet den Baum bis in die Wurzeln.

Sogar geplaudert habe ich mit ihm:

– Ich möchte, daß alles anders wird, habe ich gesagt. Du kennst ja nicht einmal deine Patronin! Ich möchte sein wie du und tun, was ich will. Das ist nur, weil ich dich behütet habe. Deine Patronin hat schwarze Haare, und einmal stach ihr eine Wespe in den Arm, da war dann eine Beule, und ich habe eine wirksame Salbe besorgt. Manchmal macht deine Patronin einen Mund wie auf einer Fotografie, die mir gehört. Obendrein besitze ich zwei Gitarren, die ich selber bezahlt habe. Deine Patronin spüre ich noch, wenn ich mein Kopfkissen umarme. Und wenn ich auf dem Rücken liege und sie mit ihrer weißen Haut auf mir hockt, denke ich wahrhaftig an den Tod. Ich bin ihr nichts schuldig. Einen Rosenstrauch werde ich ihr pflanzen. Sie hat schwarzes Haar und eine Haut, so weiß wie nur ihre. Und sie hat Blut von mir. Gewiß ist sie meine Königin.

Dann habe ich noch gesagt:

– Ich möchte, daß du nur dich selber liebst. Deine Patronin möchte, daß Blut kommt, wenn du dich schneidest. Deine Patronin macht sich Sorgen um dich. Manchmal sitze ich in einem Kaffeehaus und warte auf deine Patronin. Wenn sie zur Tür herein kommt, lacht sie, das weiß ich. Sie sagte auch schon:

– Ich kann ohne dich doch nicht mehr leben!

Kunstgenuß bereitet sie sich, und auch goldenen Madonnen begegnet sie mit Respekt. Sie sagte, sie sähe es gern, wenn du einen Pfirsich in der Hand hieltest.

– Er soll den Daumen ins Fruchtfleisch drücken und den Arm heben und sich den Saft bis unter die Achseln rinnen lassen, sagt sie.

Ich sage:

– Er kann den Arm zu einer schönen Geste heben, und er weiß es, und dennoch verdirbt dieses Wissen nicht die Anmut der Bewegung.

Ja, deine Patronin macht sich Sorgen.

– Niemand soll ihm etwas tun, sage ich, und sie nickt. Weißt du, deine Patronin ist sehr schön.

– Er wird dir nicht zuhören wollen, wenn du ihm von uns erzählst, sagt sie.

Deine Patronin und ich sind manchmal unglücklich und manchmal glücklich, aber wenn wir unglücklich sind, umarmen wir uns, als wären wir glücklich, und du könntest es nicht unterscheiden. Wie oft haben wir schon von dir gesprochen! Deine Patronin liebt Akkordeonmusik. Ich habe sie nicht gefragt, aber ich weiß es. Und Gedichte, in denen Zwerge vorkommen, mag sie. Meine Liebe, meine Liebe, denke ich dann. Manchmal haben wir einen Spaß. Wir können über jeden lachen, wenn wir wollen, und wir waren schon mutig und kühn. Wir haben uns laut zugerufen quer über einen Platz. Und einmal, das muß ich erzählen, einmal hatte sie Angst, da habe ich angehalten und ihr einen Schnaps gebracht in einem hohen Glas. In der größten Gefahr läßt sie sich nicht beirren und tupft mit ihrem Finger an meinen Handrücken.

So habe ich mit meinem Peverl Toni gesprochen durch die Augen der hölzernen Zauberpuppe.

Einmal dachte ich: Die Bildchenwelt und die wirkliche Welt sind nur verschiedene Formen desselben Inhalts, der Inhalt aber ist die Form. Und weil ich diesen Satz nicht verstand, ließ ich alles in meinem Kopf liegen, wie es war. Denn ein Satz, der gesagt ist, ist da, ob richtig oder falsch, und man muß ihn mit Menschlichkeit lieben und ihm einen Namen geben. Diesen Satz nannte ich Gottlieb.

Da war ich schon in der Stadt Nürnberg und wollte flott wissen, wo sich die Stadtbibliothek befindet. Über das Gesicht meiner Zauberpuppe mußte ich ein Tuch legen, weil sonst der Glanz ihrer Augen den freundlichen Bürger, der mir den Weg wies, erschreckt hätte.

Eilig an der Pforte vorbei, rannte ich über die breite Marmortreppe hinauf zum Lesesaal, wo leibhaftig Frau Dr. Liselotte Schreber saß – stolz und schön und vierzigjährig, hinter einem Pult, nicht zu durchschauen für die meisten, für mich aber klar und deutlich wie der Inhalt des einfachsten ihrer Bücher. Denn als ich ihr in die Augen schaute, konnte ich alles sehen, klarer als in den Augen der Zauberpuppe, die jetzt nur noch trübe

Glaskügelchen waren, die man mit einer Stecknadel gefahrlos herauspieksen konnte.

Mein Peverl Toni – hinter der Stirn der Frau Dr. Liselotte Schreber...

Ich habe mir einen Plan zurechtgelegt. Sie darf nichts merken. Scharf will ich ihr in die Augen schauen und den Moment abpassen. Ich lasse mir, weil ich schlau bin, dicke Bücher über die Kunst der Seefahrt und den warmen Kontinent Afrika bringen. Oh, es sind schöne, kiloschwere Bücher, die vor mir liegen. Sicher sind sie reich an Aufschlüssen. Das Bild eines buntgekleideten Mexikaners möchte ich lange betrachten. Seine einfarbigen Hände halten die einfarbigen Hände eines anderen buntgekleideten Mexikaners.

Ob ich in einem warmen Land, vielleicht in einem afrikaheißen sogar, leben könnte und schlafen bei Nacht unter einem Busch ohne Husten und Kopfschmerz? Wüßte ich nicht genau Bescheid über meine Anfälligkeit gegenüber Erkältungskrankheiten, wäre ich wohl längst schon ein Abenteurer geworden. Aber wenn mich ein warmes Herz für ihren Sohn hielte? Ich kann nämlich nur glücklich sein, wenn ich geborgen bin, das weiß ich. Darum wär' ich am besten ein geborgener Abenteurer. Geborgen in einem Berg von Schafwolle, mit zwei Fingern leicht zu heben.

Ach, ich glaube immer nur, was ich höre, und Gesten weiß ich zwar zu deuten, aber wenn sie Gutes verheißen, bin ich mißtrauisch. Wer mich liebt, muß Geduld haben bis zu meinem Tod. Nur in einem warmen Land könnte ich leben, ohne geliebt zu werden. Denn ich legte mich am Tag in den heißen Schatten, und die Nächte, die Nächte würde ich zu spanischem Flamenco tanzend hinter mich bringen. Und wenn die warme Sonne aufgeht, kehre ich ein in das Gasthaus, wo das Windrad davor steht, wo der einzige andere Gast mit der Wirtin spanisch spricht, und die Wirtin heißt Linda. Und mit Linda lebe ich schon zwei Jahre zusammen, aber sie weiß nicht, wer ich bin, und weil sie meinen richtigen Namen nicht kennt und weil ich ihr einen falschen Namen nicht genannt habe, sagt sie manchmal Adrian zu mir – dann denkt sie, ich sei Deutscher – oder Manuel – dann denkt sie, ich sei Spanier – oder Fedor – dann denkt sie, ich sei Ungar.

Aber der Polizeikommissar sagt:

– Freundchen, ich weiß, wer du bist, du heißt Arthur und bist Franzose, geboren in Charleville, es gibt Fingerabdrücke auf Maschinenpistolen, du wirst gesucht, aber keine Angst, ich verrate dich nicht, denn ich war ein Kerl wie du.

Und ich sage zu ihm:

– Ich bin so geworden, weil ich meinen Peverl Toni verloren habe. Eines Tages stand ich da ohne Kontakt zur Unterwelt. An wen muß man sich wenden, wenn man einen falschen Paß braucht? Heute weiß ich Bescheid, damals war ich ratlos. Ich verspreche Ihnen, ich werde mich stellen, wenn die Sache erledigt ist. Es wird nicht mehr lange dauern. Ich habe die Entführerin gefunden. Sie heißt Frau Dr. Liselotte Schreber. Kommissar, als Freund, geben Sie mir einen Rat, was ich mit ihr tun soll!

Und in meinen Träumen raucht der Kommissar eine Zigarre. Er mag mich und sagt:

– He, geh doch hin und frage sie, bitte sie recht schön, wer weiß...

Da jage ich den Traum von dem warmen Land aus meinem Kopf, und der Kommissar hat nie gelebt, und ich kann das tun ohne Bedenken, denn diesen Kommissar habe ich mir ausgedacht, und sein Ableben bringt niemandem Unglück. Frau Dr. Liselotte Schreber hingegen hat mir meinen Peverl Toni gestohlen.

Nein, von allem Anfang an schien es mir nicht richtig, um seine Freilassung zu bitten. Ich werde also nicht vor sie hintreten und meinen Hut ziehen und meine Fähigkeiten aufzählen, um einen günstigen Eindruck zu machen. Ich weiß ja, wie es ausgehen würde, denn im Spaß habe ich den Versuch probiert:

– Guten Tag, Frau Dr. Liselotte Schreber, habe ich begonnen. Meine Kunst ist lachen und singen. Zusätzlich habe ich gelernt, die Augen niederzuschlagen und mit dem Zeigefinger in die durchsichtige Luft Skizzen zu zeichnen. Besonderes Vergnügen aber bereitet mir das Umarmen meiner Geliebten. Leider kann ich bei den meisten Dingen nicht sagen, ob sie wahr sind. Mein Zimmer ist einem traurigen Zerfall preisgegeben worden. Ich weiß nicht mehr, wo ich hingehöre...

Da hätte ich mich schon verzettelt und von Dingen geredet, die in der Öffentlichkeit einer Stadtbibliothek kompromittierend sind. Ich müßte noch einmal anfangen:

– Ach, Frau Dr. Liselotte Schreber, wenn ich Sie doch bitte, mir meinen Peverl Toni wiederzugeben! Ich weiß ja nicht einmal, wie er in Ihren Kopf gekommen ist! Nachts, wenn ich an ihn denke, gibt es in meinem Körper einen Ruck. Beschämt bleibe ich wach auf dem Rücken liegen und flüstere zur Decke: Du meine Güte! Du meine Güte!

Weinen würde ich nicht.

Am besten ist, ich schlage sie auf den Kopf. Im richtigen Augenblick, damit meinem Peverl Toni nichts Schmerzhaftes geschieht. Ich muß Frau Dr. Liselotte Schreber beobachten, in ihren Kopf starren, das muß ich, dorthin, wo sie mit meinem Peverl Toni Gedankenspiele treibt. Das ist meine Aufgabe!

Zehntes Bildchen

Man wird dann ganz stumpfsinnig und könnte in sich hineinschauen, bis es einem graust.

Kann der Peverl Toni Rechenschaft ablegen über seine Zeit im Weggemachten? Man soll ihn nicht mit solchen Worten plagen! Er ist ein junger Mann, von dem niemand weiß, ob er sich irgendwann einmal einen gehörigen Rausch antrinkt und mit einem scharfen Fingernagel einer Liebschaft das Augenlid ritzt. Außerdem kann einer ein Bildchen anschauen, solange er will, und wer aus dem Bildchen weggemacht ist, bleibt im Weggemachten, bis der Betrachter das Bildchen nicht mehr anschauen mag und sich das nächste vornimmt.

Den Peverl Toni hat man nicht mit Geordnetem verwöhnt. Man darf keineswegs vermuten, ihm seien dort etwa Speckbrote serviert worden. Wer aus dem Weggemachten zurückkommt, den blenden die Farben des neuen Bildchens. Ich, Peverl Toni, ich Leichtfuß, denkt er. Er merkt, wie ihm die Worte in den Kopf kommen, schneller als Gedanken. In sich hineingesehen, ist man bald nicht mehr der da oder der da.

Aufwacht der Peverl Toni in einem frischen neuen Bildchen im finsteren Wald, taghell gegen das Weggemachte, aber doch finster finster, wo die abgelehnten Geschenkgeber wohnen. Er hätte so gern sein Gesicht gesehen, weil er Sehnsucht gehabt hat in dem langen Weggemachten. Ob ich mich wohl vergessen habe, denkt er. Seltsam, wo ich doch so tief geschaut hab' in mich. Im finsteren Wald ist der Peverl Toni und kann sein Gesicht nicht sehen, denn es ist abgewandt, und selber kehrt er sich den Rücken zu. Um ihn herum steht Wald aus blaugrünen Nadelstauden unten und in der Mitte grauen Stämmen und oben grünen Kapuzenblättern und wieder Nadeln und ordentlichen Zapfen.

Der Peverl Toni ist wieder da!

Jeder soll in ihm einen Verstoßenen wissen, dessen Geschenk für Frau Dr. Liselotte Schreber abgelehnt wurde. Nicht einmal ein Besonderer ist er. Hinten anstellen muß er sich, von Bildchen hopp, zu Bildchen hopp, vorbei an den schlechten Schenkern. Hier versperrt seinen Weg ein häßliches Weib ohne Hals. Sie steht mit gespreizten Beinen, aber freundliche Augen hat sie, und weit weggedacht sind sie.

– Ist eine Ausrechnung gefällig, sagt sie. Ich bin Frau Susel Ingwirsch-Gretz. Ich bin in den finsteren Wald geschickt worden, weil Akino, der Engel, mein Geschenk für Frau Dr. Liselotte Schreber für schlecht befunden hat.

– Ich will nicht bestraft werden, ruft der Peverl Toni.

In seinem Kopf tanzen die Worte wie Buchstaben. Aber Frau Susel Ingwirsch-Gretz redet graddrüberweg weiter:

– Es war ein gutes Geschenk, das ein schlechtes Geschenk war. Dabei hatte ich mich so angestrengt, und mein Geschenk war schon richtig, aber es war nicht vollkommen. Deshalb durfte ich nicht durch die goldene Tür die Teestube der Frau Dr. Liselotte Schreber betreten. Ich hatte lange Zeit nachgedacht. Die goldene Tür, dachte ich, könne doch nichts anderes sein als die Himmelstür, und die Teestube der Frau Dr. Liselotte Schreber nichts anderes als der Himmel, und nur eine reine Seele wird eintreten dürfen. Darum war ich fromm und gut ein Leben lang. Denn allgemein galt als sicher, daß die Reinheit der Seele ein Ding der Moral sei. Die Moral aber, auch das war ausgemacht, zeige sich im Verhalten der Menschen untereinander. Also ist die Moral ein Ding des Menschen.

Da möchte der Peverl Toni lachen und sagen:

– Weißt du denn nicht, daß du nur ein Bildchen bist!

Aber er fürchtet dann doch, Frau Susel Ingwirsch-Gretz könnte ihm ein Gleiches zurückgeben.

– Aber die Menschen, spricht Frau Susel Ingwirsch-Gretz weiter, die Menschen sind nicht denkbar ohne ihre Körperlichkeit, und das Verhalten der Menschen untereinander ist erst durch diese Körperlichkeit möglich. Der Guten-Morgen-Gruß bedarf des Mundes, die Züchtigung des Armes, die Liebe des ganzen Körpers. Es gibt kein Verhalten der Menschen untereinander, das ohne ihre Körperlichkeit geschehen kann.

Aber, dachte ich, wenn die Moral ein Ding des Verhaltens der Menschen untereinander ist, und das Verhalten der Körperlichkeit bedarf, wie kann dann die Moral gleichzeitig ein Ding der Seele sein, die doch aller Körperlichkeit das Entgegengesetzte ist? Da mußte ich von neuem zu denken beginnen, und ich dachte darüber nach, was die Reinheit der Seele eigentlich wirklich sei.

Dabei kam ich zu diesem Ergebnis: Die reine Seele kann nichts anderes sein als reiner Geist. Der reine Geist kennt keine Körperlichkeit, und alles, was diese Körperlichkeit berührt, ist dem reinen Geist fremd. Nichts Schönes und nichts Häßliches haftet dem reinen Geist an. Denn Schönheit und Häßlichkeit können nur mit den Sinnen wahrgenommen werden. Die Sinne aber sind Körperlichkeit. Auch Gut und Böse können im reinen Geist nicht enthalten sein, weil sich der reine Geist nicht und zu niemandem verhalten kann als zu sich selbst. Zu sich selbst aber kann sich nichts verhalten. Denn zum Verhalten braucht es zwei, die sich voneinander unterscheiden. Alles Verschiedene und Unterscheidbare aber gehört in den Bereich der Körperlichkeit.

Als ich über ein Geschenk für Frau Dr. Liselotte Schreber nachsann, schien es mir auf einmal, als könne dies nur ein Geschenk sein, mit dem sich die reinen Geister in der Teestube der Frau Dr. Liselotte Schreber beschäftigen können. Also mußte mein Geschenk ein von aller Körperlichkeit gereinigtes sein. Aber es gibt nur einen Gegenstand diesseits der goldenen Tür, der keiner Körperlichkeit bedarf, um zu sein: die Mathematik. Wahrhaftig ist es so, daß die Mathematik die einzige

Beschäftigung der Seelen ist. Also habe ich die Mathematik als Geschenk angeboten.
Aber der Engel Akino hat dieses Geschenk nicht für würdig empfunden und mich in den finsteren Wald verstoßen. Sein Urteil war richtig. Denn wie kann ich die Mathematik als Geschenk für Frau Dr. Liselotte Schreber und ihren Himmel anbieten, wenn sie doch der ganze angeschaute Inhalt dieses Himmels ist! Wäre es da nicht meine Aufgabe gewesen, einen neuen mathematischen Gedanken einzubringen?
Ich verweile im finsteren Wald und denke nach, und ich habe schon einen neuen mathematischen Gedanken gefunden. Wenn die Zeit kommt, da die im finsteren Wald nochmals befragt werden, werde ich meine Gedanken über die »Hälfte« darlegen, und der Engel Akino wird dieses Geschenk für würdig erachten und mich durch die goldene Tür in den Himmel der Frau Dr. Liselotte Schreber einlassen.
Ich kam zu der Lösung, daß die Hälfte und die Mitte in keiner Beziehung zueinander stehen. Das ist leicht zu beweisen:
Um die Mitte der Zahl 10
zu bekommen, müssen wir alle Zahlen von

1 bis 10

addieren, und die Summe, nämlich

55

durch

10

dividieren. Wir erhalten:

5,5

Daraus leitet sich meine Einsicht ab, daß die Mitte nur eine Linie ist, die Hälfte aber eine von zwei Größen, die erst in eine Zahl gelegt werden müssen, um die Zahl zu ermöglichen. Daraus aber ergibt sich der logische Schluß, daß jede Zahl halbierbar ist. Da Null zweifellos eine Zahl ist, muß auch Null halbierbar sein.
Nun heißt es aber üblicherweise, die Hälfte von Null könne wiederum nur Null sein, und deshalb sei die Halbierung von Null unsinnig. Dieser Meinung bin ich ganz und gar und Hut und Stock nicht! Denn fragen wir uns, welche beiden Größen sich zusammentun, um als ihre beiden Hälften die Zahl Null zu ermöglichen, so bieten sich zunächst einmal die beiden Zahlen

$$+1$$

und

$$-1$$

an, die, werden sie zusammengeführt, Null ergeben. Also läßt sich behaupten, die Hälfte von Null ist entweder

$$+1$$

oder

$$-1$$

je nachdem, welche der beiden in Null enthaltenen Größen ich bevorzuge.
Nun ist es aber so, daß auch

$$+5$$

und

$$-5$$

Null ergeben. Ja, jede beliebige Zahl, wird sie mit ihrer negativen Entsprechung zusammengebracht, ist in der Lage, als eine der beiden Hälften von Null zu dienen. Daraus aber kann man ableiten, daß der Ausdruck

$$\frac{0}{2}$$

stehen kann für jede beliebige – und zwar positive als auch negative – Zahl. Zum Beispiel ließe sich diese Gleichung denken:

$$\operatorname{tg}\frac{\frac{0}{2}}{\frac{0}{2}} = \frac{\sqrt{\operatorname{tg}\frac{\frac{0}{2}}{\frac{0}{2}} \cdot \cos\left(\frac{0}{2}\right)^{\frac{0}{2}} \cdot \left(\frac{0}{2}+\frac{0}{2}\right) - \sin\frac{0}{2} + \frac{0}{2}}}{\sqrt{\left[\operatorname{tg}\left(\frac{0}{2}\right)^{\frac{0}{2}} + \sin\left(\frac{0}{2}\right)^{\frac{0}{2}}\right] \cdot \left[\frac{\frac{0}{2}}{\frac{0}{2}} + \left(\frac{0}{2}\right)^{\frac{0}{2}}\right]}}$$

– Ich möchte nur schnell ins nächste Bildchen, sagt der Peverl Toni.
Und es geschieht. Als hätte er es laut und mit Zuversicht gerufen.

Es soll schon vorgekommen sein, daß Menschen in ihrer größten Hilflosigkeit zu tanzen anfingen; und einer, seines Todes gewiß, habe gesungen, und er habe die letzte Strophe des Liedes erreicht und sei am Tod nicht gestorben. An dem werde ich mir ein Vorbild nehmen, denkt der Peverl Toni. In der größten Gefahr möchte ich ein Lied anstimmen. Wenn er nur wüßte, wann die größte Gefahr ist! Denn in der zweitgrößten Gefahr oder schon in der drittgrößten mit dem Lied zu beginnen, wäre ganz bestimmt nutzlos und würde die größte Gefahr doch nicht abwenden. Das Lied aber wäre vergeben. Noch schlimmer würde es sein, die größte Gefahr für die zweitgrößte zu halten und mit dem Lied zu warten.
Hier ist ein Herr, der schaut ihn an. Er ist ein dickes Mannsbild in Wollhose und Wolljanker. In einer Hand hält er einen Fotoapparat, in der anderen ein Bild. Und wie er aussieht, der Schlamprian! Kuchenkrümel im Mundwinkel. Kakaobart auf der Oberlippe, Marmeladeplätzchen an der Hose. Kleine Bartstoppeln sind beim Rasieren vergessen worden. So viel Sorgfalt hat man für dem sein Gesicht verbraucht, denkt der Peverl Toni, und ich bin nur eine genaueste Hintenansicht.
Außerdem hat mir in jener Welt immer das Essen gefehlt. Kein Schlürfen auf der Zunge habe ich gehabt und kein Knacken mit den Zähnen, denkt der Peverl Toni. Und hab' ich hier jemals die Blase entleert? Dabei könnte ich denen zeigen, wie man Wasser abschlägt, wenn man im Krieg ist und von Feinden umgeben, wo das pißligste Plätschern einen verrät und den Tod bedeuten kann. Der Alberi hat es dem kleinen Anton Pevny ganz genau erklärt: Kameraden, hat er gesagt, laßt es an den Schenkeln entlang rinnen. Das kitzelt bei den Härchen und gibt eine Salzspur.
Ja, der Peverl Toni, der Saubere, den's gleich einmal graust, der ist jetzt neidisch auf einen Schmutzfinken. Der hat immerhin gegessen. Ganz deutlich kann man es sehen. Man bekommt sofort Appetit auf Linzertorte, Schaumrolle und Himbeerkuchen.

– Ich heiße Rufus Impf, sagt der Herr. Ich vertrete die

Fotografie. Wer richtig denken will, muß wissen, daß die Fotografie der Schlüssel zu unserer Welt ist. Willst du?

– O nein, sagt der Peverl Toni. Jetzt will ich nicht mehr. Ich sehne mich nach schmutzigen Fingernägeln und ungeputzten Hintern, und alles ist mir willkommen, wovor es mich in meiner Welt geekelt hat. Eine Schweißachsel wär' etwas Bezauberndes. Und Käsfüße, die Schwitzflecken auf warmem Beton hinterlassen – mmmmmh! Jetzt will ich in alles, was riecht, meine Nase stecken. Sogar in einen Roßbollen!

– Aber die Erkenntnisse, ruft Rufus Impf.

– Die riechen nicht und schmecken nicht, sagt der Peverl Toni.

– Ach, sagt Rufus Impf, das ist das einzig Traurige an ihnen. Aber sie sind doch so wichtig!

– Meine Oma backt zu Ostern einen Erkenntniskuchen, sagt der Peverl Toni. Der ist so gelb wie die Farbe selber.

– Sicher Safran, sagt Rufus Impf.

– Nein, Eigelb, sagt der Peverl Toni.

– O Eigelb, ruft Rufus Impf. Das schwimmt so schön in Mehl. Willst du mir nicht das Rezept sagen?

– Mauerkalk und Zwiebelzimt,
Knoblauchzucker, Dill
wirf zusamm' in Wermuthtee
und koch's, solang es will,

sagt der Peverl Toni.

– Das kann nicht stimmen, sagt Rufus Impf.

– Dann hab' ich es vergessen, sagt der Peverl Toni.

– Vergessen! Vergessen, ruft Rufus Impf. Weißt du, was passiert, wenn du das Wort aussprichst? Das VERG vergesse ich und hör' nur das ESSEN. Was hab' ich für einen Hunger!

– Sie haben doch erst Linzertorte verspeist, sagt der Peverl Toni. Mir hingegen wurde nichts angeboten, solange ich hier bin.

– Ich muß gestehen, sagt Rufus Impf, für Linzertorte hab' ich eine Schwäche. In meiner Jugend hab' ich mit Abfotografieren von Backwaren meine Brötchen verdient. Mein Geschmack ist nicht unbedingt erlesen. Ich mampfe gern. Sahnetorte und Streuselkuchen. Aber auf einmal wird Rufus Impf zornig und ruft:

– O du Verführer! Willst mich von meiner Aufgabe ablenken! Ich bin zu Unrecht in den finsteren Wald geschickt worden. Hör dir gefälligst an, was ich über die Fotografie zu sagen habe!

– Wie kann ich zuhören, wenn ich doch so einen Appetit auf Kokosplätzchen habe, ruft der Peverl Toni.

Da muß Rufus Impf einen tiefen Seufzer lassen und leise flüstern:

– Hunderttausend Kokosplätzchen in einem Zimmer, und der Schlüssel ist in den Bach geworfen worden! Ein Gaumentanz! Erst ablecken, dann aufessen!

Aber gleich wird er wieder zornig.

– Du Grobian, ruft er. Willst mich meine Erkenntnisse nicht sagen lassen!

Ich hab' so viel Zorn in mir, denkt der Peverl Toni, und niemanden kann ich beuteln. Mit Necken dauert es viel zu lange, bis der Zorn heraus ist. Beuteln, Hauen, Fußtritt geben wäre jetzt dringend nötig.

– Dampfnudeln, sagt er.

– Du Bösewicht, ruft Rufus Impf.

– Blätterteig mit Quarkfülle, sagt der Peverl Toni.

– Du ungezogener Dummkopf, sagt Rufus Impf, und es ist leise gesagt, mit einem Schluckauf am Ende.

– Vanillehörnchen, sagt der Peverl Toni.
Zwetschgenkuchen,
Bienenstich,
Reisbrei mit Zimt und Zucker,
gebrannte Mandeln,
Zuckerwatte,
Buttercremetorte,
Sahnebaiser,
Praline,
Keks,
Lutscher!

– Du, du, flüstert Rufus Impf, und es ist dies das letzte Schimpfwort, das er weiß. Es wird dir noch leid tun, mich nicht über die Fotografie und meine Erkenntnisse ausgehorcht zu haben. Schau dir das Bild an in meiner Hand!

Das Bild in der Hand von Rufus Impf hat der Peverl Toni glatt übersehen. Es ist ja auch so klein. Sich selber kann er darauf erkennen und den Engel Akino und den Sänger Amstalabub und den Briefeschreiber Flattermacki und den bösen Erfinder Diaribopo. Und alle stehen im roten Steingebirge vor einer goldenen Tür. Sogar sein Gesicht kann der Peverl Toni sehen, sein blasses und feines und eigenes Gesicht und die große Angst in seinem Gesicht. In dem Bild droht nämlich Gefahr. Diaribopo hat seine Feuerwerkskanone auf den Peverl Toni gerichtet.

– Ha, ha, ruft Rufus Impf. Jetzt frag mich aus! Bitte mich schön! Ist das Bild vergangen oder zukünftig?

Aber der Peverl Toni sagt absichtlich nichts.

– Willst du denn nicht endlich Bescheid wissen, ruft Rufus Impf.

– Nein, sagt da der Peverl Toni und wird ins nächste Bildchen hinübergedrückt.

Zwölftes Bildchen

Muß er denn an allen in den finsteren Wald Verbannten vorbei, bis er seinen ewigen Platz zugewiesen bekommt? Lustigkeit und Unbeweglichkeit und Höflichkeit und Gastlichkeit und Wichtigkeit und Möglichkeit werden verlangt in einem. Wie schnell sich alles verändert und vorübergeht, so als ob die letzten Ersparnisse des Kopfes aufgebraucht wären. Für alle Zeiten wird der Peverl Toni das behalten: Es ist ein Verbrechen, ein Menschenbild zu zeichnen, denn so ein Leben zu schenken heißt, den Fluch des Starren und Toten daran zu heften und Erlösung nur in Radiergummi und Feuer hoffen zu lassen. Darum an alle Maler: Laßt die Menschenbilder in euren Bleistiften ruhen!

Hier diese rosarote Frau mit dem lächelnd gemachten Mund, glücklich oder unglücklich, könnte sehnsuchtslos sein, wäre ihr rosaroter Mutterbuntstift, aus dem Schulranzen eines Buben gefallen, unauffindbar. Was kostet denn schon ein rosaroter Buntstift! Wer würde nicht eine Ohrfeige in Kauf nehmen, könnte er damit ein fremdes Leben lebenslang glücklich machen? Den Zeichnern aber wird ihre Schuld nicht nachgelassen. Die rosarote Frau könnte weich und warm sein. Wenn man ihre weiche, warme Haut streicheln könnte, von der Hand den Arm hinauf und dann auf die Seide ihrer Bluse, dann wär' die Bluse nur ein wenig kühler als die Haut und gerade recht, so als hätte man sich von der Haut auf die Bluse gefreut. Die Haut ist nur um ein weniges mehr rosarot als das weite, bauschende Seidengewand. Aber sie ist ja nur eine Zeichnung, denkt der Peverl Toni. Fleisch und Blut bin in Wirklichkeit ich.

– Ich bin die Dame, sagt die Frau. Ich vertrete das Diesbezügliche.

– Das Diesbezügliche kann nichts Wertvolles sein, sagt der Peverl Toni.

– Es ist etwas Lustiges, sagt die Dame.

– Gelacht hab' ich schon, sagt der Peverl Toni. Im letzten Bildchen war ich der Spaßmacher, der sich Gedanken über den Blödsinn machte.

– Gedanken, sagt die Dame, hab' ich mir gemacht, als ich Artikel über Bergsteiger, Vogelfreie und Grabgesichter schrieb. Aber das ist lange her. Später aß ich Wegerichwurzeln und zog Linien. Bei einem Erdbeben versank mein Elternhaus mitsamt meiner Lieblingswortsammlung, für die so mancher Pfaffe seine besten Anzüge gegeben hätte. Dann habe ich mich gekämmt. Bei einem Klavierkonzert rann mir etwas Speichel aus dem Mundwinkel, weil ich unbedingt eine Vision haben wollte. Der Ankauf von Zirkel und Lineal kostete ein Heidenvermögen. Der Verlagsleiter sagte, er könne mich nicht mehr gebrauchen, und nahm mir die Schlüssel zu den Redaktionsräumen ab. Das war mein Leben. Heute? Meine Güte, heute! Wie viele Menschen ertappen sich täglich bei einem Rendezvous mit einem Zwiebackkäuer!

– Absichtlich reden Sie Unsinn, sagt der Peverl Toni.

Warum ist ihr großer roter Mund denn nicht verschmitzt, denkt er.

– Flapsiger Unsinn, langweilige Verzweiflung und nächtliche Begierde, das ist wahre Diesbezüglichkeit, sagt die Dame. Und alles andere auch. Denn wenn man gar nichts weiß, gilt alles. Oder gar nichts. Bei den Lustigen gilt alles, bei den Ernsten gar nichts. Oder es gilt nur, was man will, daß gelten soll. So machen es hier die Vernünftigen. Weißt du denn nicht, wo wir sind?

– Nicht genau, sagt der Peverl Toni.

– Möchtest du es denn gern wissen, fragt die Dame.

– Wissen Sie es denn, fragt der Peverl Toni.

– Leider ja, sagt die Dame. Leider gibt es eben doch eine einzige wichtige, wirkliche Wahrheit. Eigentlich müßte ich ja alle anderen Dinge an diese Wahrheit anbinden, damit sie auch etwas davon abbekommen – so ähnlich wie ein Stromkabel oder ein Horizontball, wenn es ihn gäbe. Aber da ich ja selber bestimmen kann, was gilt und was nicht, lasse ich diese Wahrheit einfach nicht gelten. Außerdem habe ich eine zweite einzige wichtige, wirkliche Wahrheit, und die ist so rasend, daß sie die erste mitreißt. Also ist das eine wie das andere. Gerade und krumm. Ein gemütliches Kuddelmuddel und respektabel. Leid tut es mir nur um meine Lieblingswortsammlung. »In den stillen Stollen stellte ich den Stuhl, den ich im Stall stahl« – das war mein wertvollstes Stück. In meiner mittleren Jugend wurde ich Teemama genannt.

– Warum reden Sie nur solchen Unsinn, sagt der Peverl Toni.

– Weil ich alles Vernünftige schon geredet habe, sagt die Dame. Das Vernünftige ist begrenzt, das Unvernünftige unendlich. Und hier ist alles gleich, das Vernünftige und das Unvernünftige. Wir sind ja nur Gedanken im Kopf der Frau Dr. Liselotte Schreber. Wußtest du das nicht?

Was mir alles zustößt, denkt der Peverl Toni. Die kleinste Kleinigkeit erforscht er, als könne sie ihm helfen. Die Fingernägel der Dame sind blutrot und lang und spitz. Nur am rechten Mittelfinger ist der Nagel gefeilt und rund und blaß wie eine Erinnerung an etwas Unanständiges.

– Stört es dich denn nicht, nur ein Gedanke zu sein, sagt die Dame.

– Ich bin kein Gedanke, sagt der Peverl Toni. Das ist meine einzige wirkliche Wahrheit.

– Oh, sagt die Dame, das ist nämlich meine zweite einzige wichtige, wirkliche Wahrheit. Ich bin auch kein Gedanke.

– Aber wie sind wir hierhergekommen, sagt der Peverl Toni.

– Es gab welche, die uns verloren haben, sagt die Dame. Meine war eine Dame, darum bin auch ich eine Dame. Sie hatte einen schönen Geliebten, der Verse für sie schrieb. Ihre Haare waren schwarz wie meine. Ihr Gesicht war weiß. Seine Haare waren wie deine. Sein Hut war zu hoch. Sein Körper war schlank. Ihre Hände waren schmal und lang. Ihr Mund war rot. Ihre Augen waren braun. Ihre Lenden waren weiblich. Seine Küsse waren heiß. Wie es eben so ist. In einer stürmischen Umarmung schlug sie mich aus ihrem Kopf. Eine Stunde verlor sie die Aufmerksamkeit. Da war ich schon verloren.

– Ich bin hierhergeschwommen, sagt der Peverl Toni. Und sonst nichts. Auf einmal war ich da. Wenn es wirklich so ist, daß wir im Kopf der Frau Dr. Liselotte Schreber sind, dann weiß ich nicht, wie das geschehen konnte. Werde ich denn immer als starres Bildchen hier bleiben müssen?

– Weiß ich doch nicht, sagt die Dame. Allerdings glaube ich, Wünsche erfüllen zu können. Zwar hatte ich nie Gelegenheit, es auszuprobieren, aber in meinem Kopf glüht es.

– Dann wünsche ich mir, aus dem Kopf der Frau Dr. Liselotte Schreber herauszukommen, sagt der Peverl Toni.

– So einen Wunsch kann ich nicht erfüllen, sagt die Dame. Es muß schon ein vernünftiger Wunsch sein, einer, der im Kopf der Frau Dr. Liselotte Schreber bleibt.

– Dann will ich mich umdrehen dürfen, sagt der Peverl Toni. Und vor die goldene Tür will ich auch.

– Aber warum willst du dich denn umdrehen, fragt die Dame.

– Ich will es eben, sagt der Peverl Toni.

– Eine gute Antwort, sagt die Dame. Also zwei Wünsche. Vielleicht gehen sie in Erfüllung, wenn du ein Rätsel lösen kannst. Ich will eines erfinden. Dann tun wir einfach so, als ob das gelöste Rätsel machen kann, daß deine Wünsche erfüllt werden.

– Das ist doch nur ausgedacht und gar nicht bewiesen, sagt der Peverl Toni.

– Wir sind in einem Kopf, sagt die Dame. Da gibt es nur Ausgedachtes. Warum sollte ein ausgedachtes Rätsel nicht den erwünschten Erfolg bringen? Höre das Rätsel:

– Ein Unzuverlässiger hat von mir acht Schillinge geborgt und mit mir um acht Schillinge gewettet, daß er sie wieder zurückgibt. Er kam am nächsten Montag und sagte: Weil ich dir heute die acht Schillinge zurückgebe, hast du die Wette verloren und bist mir acht Schillinge schuldig. Darum behalte ich deine acht Schillinge zurück, und so sind wir quitt. Bis heute weiß ich nicht, ob er recht gehabt hat.

– Ich weiß es nicht, ich weiß es nicht, sagt der Peverl Toni.

– Ich auch nicht, sagt die Dame. Aber das macht nichts. Dann eben ein anderes Rätsel. Ein Gedicht:

Wo sich Ungereimtes reimt,
mußt die Worte nehmen!
Läßt sie nur zu Anfang sein,
schärfen sich die Schemen.

Kommst in fremde Städte, triffst
rätselhafte Wesen.
Hast ein krummes Schlüsselchen,
kannst ihr Rätsel lösen.

Leg die Städte übernand,
Schlüssel mittendrein,
Zahlen zieh von oben quer,
weißt dann, was ich mein.

– Ich weiß es wieder nicht, ruft der Peverl Toni. Jetzt ist alles verspielt!

– Ich weiß es auch nicht, sagt die Dame. Erfinde ich eben ein diesbezügliches Rätsel, das wird das beste sein. Also höre:

– Warum überlichtet ein nachfahrendes Glühwürmchen in doppelter Weise die Streckenwespen, wenn Torbögen und Zylinderseifen rücklings über zweigleisige Lochreste verfügen?

– Wie soll ich diese Frage beantworten, sagt der Peverl Toni. Ich habe sie ja nicht einmal verstanden!

– Wenn man eine diesbezügliche Frage nicht versteht, sagt die Dame, dann muß man eine diesbezügliche Antwort geben, die man wieder nicht versteht. Dann ist es richtig.

Da denkt der Peverl Toni nach und sagt:

– Weil meistens gerade dann Dorfmullhalden in den Zwirnbereich ausarten, wenn Sichtbetonflaschen oben und unten im

Zielkaliber beweisen, daß ein Korkstau nur unter gewissen Umständen sich erkenntlich zeigt.
Da geschieht ein kurzer starrer Wirbelsturm, und der Peverl Toni landet im nächsten Bildchen.

Dreizehntes Bildchen

Hier ist er umgedreht. Dies ist sein erster Wunsch.
Er muß sich erst gewöhnen. Seine Augen schmerzen wegen der Helligkeit. Die Farbe alldessen, was er sieht, ist grün. Wenn man den Horizont eines einzigen Augenpaares mit einer Glaskugel bedeckte, würde das, vom Weltraum aus betrachtet, nicht mehr bedeuten als eine winzige Linse, die auf der Erdkugel verloren wurde. Es ist eine sorgfältig gemähte Wiese, die sich bis an den langen Horizont ausbreitet. Und wäre diese Wiese nicht im Kopf der Frau Dr. Liselotte Schreber, sie würde riechen, daß der kleine Peverl Toni strauchelte. Außerdem fühlt man sich groß, wenn der Horizont so weit ist.
Aber für den Peverl Toni gilt nichts Gutes. Hier ist er ganz klein, steht vorne, hat vor Kleinheit kein Gesicht, ist nur ein dünnes Strichlein und hat einen dünnen Schatten, wird von Unaufmerksamen mit dem Buchstaben

L

verwechselt – sein Körperchen die Höhe, sein Schatten die Breite. Soll er denn Liselotte heißen, soll er die Signatur der Malerin sein?
Es ist, als ob erst allmählich die Dinge entstehen. Eine schwere, geneigte Marmorplatte wird sichtbar in der Mitte der Wiese. Eine Inschrift schwärzt sich heraus. Als sei die Wiese der Friedhof der Infantin und die Marmorplatte ihr Grabstein; als sei die Infantin Herrin ohne Regeln; als sei ihr Reich nicht zu verwirren; als führe jedes Denken ihrer Untergebenen zum selben Ergebnis, denke der eine von vorne nach hinten, der andere von hinten nach vorne; als wisse keines ihrer Geschöpfe um das Rätsel ihrer Macht. So steht auf dem Grabstein geschrieben, und es läßt sich lesen vom Anfang zum Ende und vom Ende zum Anfang:

TOT
EUER EID
SARG MIT LEBEN
MUSS AHNEN:HASS UMNEBELT
IM GRAS DIE REUE
TOT

Vierzehntes Bildchen

Dies ist sein zweiter Wunsch.
Hat er sich ja gedacht, daß jetzt die Fotografie von Rufus Impf drankommt. Hier ist also die Gefahr, wo ich mein Lied singen soll, denkt er.
Im rauhen Steingebirge ist eine goldene Tür in den Felsen eingelassen. Sie grellt in der Morgensonne und hat eine schwere Schnalle, auch diese aus dickem, weichem Gold. Es ist die Tür zur Teestube, wo Frau Dr. Liselotte Schrebers Kopfgeschichte endet, die ein zweifelloser Lebenskreis hätte sein sollen, wie ihn die letzte Beichte eines Bischofs vorführte, die ein Ministrantenknabe bei der prunkvollen Beerdigung in Versen vortrug, unterbrochen nur einmal durch einen lauten Furz des in Ohnmacht fallenden Bruders der Leiche. Aber der Himmel läßt sich nicht Schönheit, nicht Angst mehr einreden. Und der Himmel ist mein Peverl Toni.
Die Bekannten sind da: Akino, in ihrem weißen Gewand, die den Peverl Toni brav ängstlich umklammert. Amstalabub, der grüne Sänger, in Joppe und Hose und Federhut. Was hat er doch für ein böses Gesicht und einen bösen Zeigefinger und beide auf den Peverl Toni gerichtet. Flattermacki, der Blaumantel, dessen Brief der Peverl Toni so zerrüttelt hat. Sein Zorn ist nicht kleiner. Dann noch Diaribopo, der rote Erfinder und Meister im Bösesein. Die Feuerwerkskanone, die ihm der Peverl Toni gemacht hat, braucht er jetzt als Waffe. Und es ist

so, daß die drei Buben den Peverl Toni und Akino, als seien sie König und Dame, nicht zur goldenen Tür lassen.

Das Peverl-Toni-Gesicht ist ängstlich, wie das eines knabenhaften Kronprinzen, der zum ersten Mal den Palast seines Vaters verließ und draußen feuermaliges, narbiges Volk sieht und sich vor der Krönung fürchtet. Was hab' ich mit diesem Gesicht zu schaffen, denkt der Peverl Toni. Es ist schon eine grobe Beleidigung, einen wirklichen Menschen mit Gedankenpüppchen theatern zu lassen!

Diaribopo beginnt:

– Wir, die Aufrührer, rächen das Unrecht, das Akino getan, weil sie den Fremden uns vorgezogen.

– Mein melodiöses Lied hat er unsingbar gemacht, sagt Amstalabub.

– Meinen aufschlußreichen Brief hat er unlesbar gemacht, sagt Flattermacki.

Es ist, wie wenn ein Bote, der durch den Bühneneingang kam, Menschen sprechen hört und, von Neugierde und Schadenfreude gepackt, stehenbleibt und lauscht, erst nach einer Weile anklopft, um seinen Auftrag auszuführen, und gerade in dem Augenblick, als er in die Gesichter der Belauschten blickt, merkt, daß es Schauspieler sind, daß es ein Schauspiel war, das er belauscht hat im Glauben, Geheimnisse zu erfahren. Dieser Bote, sonst ein begeisterter Theaterbesucher, wird sich an jenem Schauspiel nie wieder ergötzen können. An seinen Freund, den Geschäfte ins Ausland verschlagen haben, wird er schreiben:

– Ich bin ein nüchterner Mensch geworden. Den Wald laß ich auf dem Boden und die Wolken im Himmel.

So hört auch der Peverl Toni mit Ungeduld auf das, was gesagt wird.

– Das Bubele hat das schönste Geschenkle für Frau Dr. Liselotte Schreber, sagt Akino. Darum darf es durchs goldene Türle ins Teestüble gehen. Und ihr müßt in den finsteren Wald!

– Nur weil er ein Fest bereitet hat, sagt Amstalabub.

– Nur weil das Fest so wild war, sagt Flattermacki.

– Aber nein, nein, nein, sagt Akino. Weil das Bubele das schönste Gesichtle hat. Seht doch! Seht!

– Oh, oh, oh, oh, sagen Flattermacki und Amstalabub.

Aber Diaribopo ruft dazwischen:

– Ich bin nicht schön. Ich mach' kein Fest. Ich schreib' keinen Brief. Ich sing' kein Lied. Ich bin Diaribopo. Ich hab' ein Gewehr. Mit dem kann ich schießen.

– Geht weg, weg, weg, ruft Akino. Machts Türle frei für das Bubele mit dem schönsten Geschenkle!

Da donnert Diaribopo:

– Nie tun wir das! Jetzt schieße ich dich tot!

– Ihr sollt endlich mit diesem Kasperletheater aufhören, ruft der Peverl Toni.

– Nie tun wir das, ruft Diaribopo. Jetzt schieße ich dich tot!

– Nicht einmal Puppen seid ihr, sagt der Peverl Toni. Nur gezeichnete Bildchen! Aber nicht einmal das seid ihr! Ihr meint, das sei euer Leben! Dabei habt ihr noch nie einen Tanzschritt gemacht, und wenn euch die Nase juckt, müßt ihr daran sterben. Ihr würdet euch schämen, so herumzustehen, wenn ihr wüßtet, was ihr in Wirklichkeit seid!

– Nie tun wir das, ruft Diaribopo. Jetzt schieße ich dich tot.

– Ich bin der einzige, der anders ist, sagt der Peverl Toni. Und für euch habe ich kein Mitleid und keinen Ärger, und Angst habe ich schon gar nicht. Ihr seid ja nicht einmal schön! Niemand will euch ausschneiden und in ein Album kleben oder an die Wand heften. Das aber wäre euer größtes Glück! So weit steht ihr unter mir, daß euer größtes Glück für mich der größte Fluch bedeutet.

– Nie tun wir das, ruft Diaribopo. Jetzt schieße ich dich tot!

– Ihr könnt ja nicht einmal mit Worten umgehen, sagt der Peverl Toni. Anfangs dachte ich, eure Welt sei nach strengen Regeln geordnet, in die ein kompliziertes Netz von Ausnahmen eingearbeitet ist, und ich bemühte mich, alles zu begreifen, und weil ich nichts begriff, wo es nichts zu begreifen gibt, wurde ich trotzig, denn ich wollte, man solle sich um mich bemühen. Und als das nicht geschah und als ich ins Weggemachte kam und verwünscht war wie ein alter, grauer Grießbrei, da dachte ich endlich, daß es nur mich gibt, und im finsteren Wald wußte ich es. Darum: Wenn ich mich bewegen könnte, würde ich einen Radiergummi nehmen und euch auslöschen.

– Nie tun wir das, ruft Diaribopo. Jetzt schieße ich dich tot!

– Sag nicht immer dasselbe, ruft der Peverl Toni.

– Nie tun wir das, ruft Diaribopo. Jetzt schieße ich dich tot!

– Ich spiele ja gar nicht mehr mit, ruft der Peverl Toni. Ich denke mir keinen Satz mehr aus, der passen könnte. Ich werde gar nichts mehr sagen.

– Nie tun wir das, ruft Diaribopo. Jetzt schieße ich dich tot!

Und als der Peverl Toni wirklich nichts mehr sagt, gibt es nur noch Schweigen, und dann verwickelt sich das Schweigen, weil alle schweigen, und es schweigen: Amstalabub, Diaribopo, Flattermacki, Akino und der Peverl Toni.

Einer kann's nicht mehr aushalten und sagt zum Peverl Toni:

– Du mußt reden. Du mußt sagen: Nimm mich und laß den Engel leben!

Bald habe ich sie besiegt, denkt da der Peverl Toni. Nie mehr will ich mich verwirren lassen.

– Das tu' ich nicht, sagt er.

– Dann geht es nicht weiter, sagt Akino.

– Oh, oh, oh, oh, ruft Flattermacki. Dann werden wir immer so sein oder sterben und nie mehr nach Hause gehen können.

– Das Spiel soll doch endlich zu Ende sein, ruft Amstalabub.

– Ich tu' nur, was ich will, sagt der Peverl Toni.

– Wir haben dich doch liebgewonnen, sagt Diaribopo.

– Vor dir habe ich einmal Angst gehabt, sagt der Peverl Toni. Das verzeihe ich nie!

– Ojemine, ruft Diaribopo. Nur weil ich heute den Bösewicht spielen mußte! Ich werde vor Kummer sterben, wenn ich meine Gemahlin nicht wiedersehe!

– Und ich, sagt Amstalabub. Ich habe dich besonders verehrt. Zu Hause habe ich eine Mutter, der ich mich erst noch nähern muß.

– Und ich, sagt Flattermacki. Ich sah in dir ein Vorbild. Zu Hause habe ich eine Tochter, deren Liebe ich erst noch gewinnen muß.

– Für euch habe ich ein Fest bereitet, euch habe ich geschmückt, sagt der Peverl Toni. Für euch habe ich lächerlichen Eifer gezeigt. Das werde ich nie verzeihen!

– Ojemine, sagen die beiden. Nur weil wir heute die Komischen spielen mußten!

– Ich habe eine Schwester zu Hause, sagt Akino. Die ist hochmütig. Gerade war ich dabei, mich zu behaupten.

– Deinetwegen mußte ich ins Weggemachte und in den finsteren Wald, sagt der Peverl Toni. Mußte weinen und mich verwirren lassen. Das werde ich nie vergessen!

– Kann dich denn nichts rühren, rufen sie.

– Nein, sagt der Peverl Toni.

Da beginnt ein gerades, langes Schweigen, weil es schweigt jeder für sich, und es schweigen: Amstalabub, Diaribopo, Flattermacki, Akino und der Peverl Toni.

In dem langen, geraden Schwiegen wurde der Peverl Toni noch mutiger, und Diaribopo und Amstalabub und Flattermacki und Akino wurden noch trauriger. Sie träumten in sich hinein, und jetzt seufzen sie und erzählen den Kummer, den sie haben:

– Liselotte, meine Gemahlin, hat graue Hände vom Bücherstaub, sagt Diaribopo. Sicher kann ich ihr nicht die Abenteuer bieten, die sie vom Leben erwartet. Als wir uns zum ersten Mal sahen, tauschten wir einen Blick der Begierde. Heute leben wir in Zufriedenheit und heimlicher Trauer. Unfreundlich sind wir nie. Meine Sehnsucht ist ja so groß! Mein Glück ist nicht zu überbieten. Darum möchte ich auch, daß alles ewig ist. Da die Sterne in jeder Nacht über das Himmelszelt wandern, kann von oben keine große Gefahr drohen. Leider sagt Liselotte oft:

– Sei endlich ein Prinz!

Alles laß ich mir ja nicht gefallen! Mit unserem Oberbürgermeister hatte sie ein Verhältnis. Heute ist er ein gern gesehener Gast in unserem Haus. Nur manchmal neckt er sie noch, ob liebevoll oder boshaft, kann ich nicht feststellen.

– Du hast eine Frisur wie ein nach unten aufgeschlagenes Buch, sind bisweilen seine Worte.

Hoffentlich träume ich heute nacht, denke ich oft vor dem Einschlafen. Lustvoll beugt sich meine Gemahlin zurück. In der Nacht weint sie. Beim Frühstück stoßen wir uns die Finger in die Rippen, spaßeshalber. Mich aber übertällt manchmal der Stumpfsinn. Was ist zur heimlichen Trauer zu sagen? Wir sitzen nebeneinander, und unsere Augen sind in die Ferne gerichtet, und unsere Oberarme berühren sich. Manchmal essen wir spät noch schwere Sachen. Einmal übernachtete Liselotte auf der Veranda, und das mitten im Winter. Ich mußte kommen und ihr Tee kochen und sie in Decken hüllen. Ihre Welt sind die Bücher. Ich glaube, bei einem Unglück würde sie sagen:

– Was für ein furchtbares Unglück! Was für ein furchtbares Unglück!

Ein furchtbares Unglück wäre es freilich, auf dem Weg zur Richtstätte zu sein.

– Liselotte, meine Mutter, hat mich aus ich weiß nicht welchen Gründen geboren, sagt Amstalabub. Über ihre Männergeschichten weiß ich am besten Bescheid. Früher, als sie nur nachmittags in der Bibliothek beschäftigt war, habe ich oft die Schule geschwänzt und bin ins Haus geschlichen und habe durch das Schlüsselloch geguckt. Da habe ich den nackten Hintern meiner Mutter auf den haarigen Beinen eines fremden Mannes wippen gesehen. Einmal hat sie mich erwischt. Lange hat sie mich angesehen und dabei in der Nase gebohrt. Dann ist sie an mir vorbei ins Badezimmer. Der fremde Mann hat sich unter der Bettdecke versteckt. Ich habe sie ihm weggerissen. Da hat er sich tot gestellt.

Wegen ihrer Schönheit bekommt meine Mutter noch heute Briefe von einem Maharadscha. Aber früher waren seine Briefe stürmischer. Ich habe alle gelesen. Ein Satz aus seinem ersten Brief wird mir immer in Erinnerung bleiben:

– An jedes deiner wunderschönen Seidenhaare möchte ich eine Perle knüpfen.

Man weiß ja nie, was in der Mutter vorgeht. Darum habe ich auch ihre Tagebücher gelesen. Eine Stelle habe ich auswendig gelernt und in einem Schulaufsatz über ein freies Thema verwendet. Die Stelle ging so:

– Betrübt bin ich. Als Kind und kleiner Fuchs ergötzte ich mich an Sternschnuppen, und über das Leben dachte ich nicht nach oder ließ auch dieses. Ich hoffe auf ständige, sichere Liebe. Nichts soll mir Angst und Windigkeit bringen. Gern nehme ich die Sehnsucht in Kauf. Ich kleiner Fuchs! Unruhig bin ich außer Haus, unruhig in meinem Zimmer. An Sonn- und Feiertagen weiß ich nicht aus noch ein.

Schade, daß die Schönheit der Mutter den Sohn nicht auf Gedanken bringt. Ich glaube, auch nicht, wenn es erlaubt wär'.

– Meine Tochter Liselotte ist schlampig und hoffärtig und intelligent, sagt Flattermacki. Schon als junges Ding verhielt sie sich im Elternhaus wie eine Fremde. Bat man sie um einen Gefallen und lehnte sie ab, war mit ihr nicht zu verhandeln. Als

Vater weiß man ja: Man schimpft ein Kind nur aus, wenn man die Hoffnung hat, es ändere sich dadurch. Manchmal habe ich mich schon gegrämt. Heute bin ich ja so stolz auf sie. Ihr Doktorat hat sie mit Auszeichnung gemacht. Schon dreimal war ihr Bild in der Zeitung. Ich hätte noch einen Wunsch, bevor ich in die Grube fahre: Ich möchte sie fragen:

– Sag, Lottchen, hast du je einen Menschen geliebt?

Hoffentlich sagt sie nein. Dann wüßte ich wenigstens, daß sie auch keinem anderen ihre Liebe gab und müßte mich als Vater nicht schämen.

– Liselotte, meine Schwester, hat schon als Kind fünf Stunden Märchen auswendig hersagen können, sagt Akino. Obwohl sie die ältere war, hatte sie ungeschickte Hände. Alle ihre Bücher waren eselsohrig. Illustriertenmenschen schnitt sie aus und klebte sie auf Pappe und spielte Getümmel der Großstadt. Ich habe sie einmal dreimal beleidigt, und sie ist ruhig und hintersinnig geblieben. Beim vierten Mal trat sie meine Tür ein und zerkratzte mir das Gesicht. So manche Stunde hat sie mit dem Kleiderbügel in der Hand vor der Lokustür auf mich gewartet. Es ärgert mich, wenn ich heute mit ihr durch die Nürnberger Altstadt gehe und Männer den Hut vor ihr ziehen. Auf Rocksäume aufmerksam machen muß man sie! Zu den Festessen der Honoratioren wird sie eingeladen. Sie stiehlt die Speisekarte und bringt sie mir mit. Einmal hat es Kronberger Zwiebelschatten mit Guartiniersauce und Birnen gegeben.

Ach, jetzt hab' ich's: Eine leise Stimme hat sie und einen blauen Schneidezahn.

– Ihr traurigen Figuren, ihr Dinge und nicht einmal das, sagt der Peverl Toni. Euch kann ich nicht helfen. Ihr seid ja so klein, daß man schon ein Unrecht tut, wenn man nur an euch denkt. Ihr verlorenen Würzelchen! Euch helfe ich nicht!

– Läßt dich denn gar nichts fein sein, sagen sie.

– Nein, sagt der Peverl Toni.

Da plappern Akino und Amstalabub und Flattermacki und Diaribopo ratlos durcheinander. Der Peverl Toni aber freut sich, daß er sie verwirrt hat.

– Wir werden sterben, sagt die Weiße.

– Leb wohl, du Grausamer, sagen der Blaue, der Rote, der Grüne.

So viele Farben waren anzuschauen. Im Steingebirge gab dunkles Rot dem hellen einen Schatten, und Schluchten waren orange bis violett, und der Morgenhimmel blau, so wenig blau, er hätte fast weiß scheinen können. Auch Rosa war genügend da, nur gut versteckt. Die Farben waren matt und weich, denn allen Glanz hatte sich die goldene Tür genommen. Jetzt welken die Farben dahin, und die Linien werden dünn wie Spinnweb und reißen da und dort und weichen einem reinen Weiß. Akino, Flattermacki, Amstalabub und Diaribopo – sie gehen dahin, sie welken mit ihren Farben, todeskrank und blaß. Sie reißen den Peverl Toni mit, langsam, sehr langsam wird er eingelöscht in das weiße Sterbefeld. Das ganze Bildchen saust ab, als wische ein riesiger Radiergummi darüber.

So soll es nicht sein, denkt der Peverl Toni, in dieser Fremde mit Wesen, die es gar nicht gibt, und er ruft:

– Ich doch nicht! Ich doch nicht! Ich habe doch Blut, das pumpt!

Er drückt, so fest er kann, damit Farbe in ihm bleibt und er nicht wird wie die anderen: Punkt, Punkt, Komma, Strich. Er drückt und drückt und pumpt und pumpt und spürt, was lange nicht mehr war: seine heißen Wangen.

– Mein Blut ist da, ruft er. Jetzt habt ihr verloren!

Er sieht seinen Arm, wie er Farbe bekommt. Die Härchen sind golden, die Äderchen blau, und er drückt und drückt und pumpt und pumpt. Er kann durch seine eigenen Augen schauen, und die Augen rollen, und er sieht, daß alles schon weiß ist, nur die goldene Tür nicht und er selbst. Ich will kein Bildchen mehr sein, denkt er und nimmt alle Anstrengung zusammen und drückt und drückt und pumpt und pumpt. Auf einmal ist er wieder er selbst. Er steht in dem großen Weiß gegenüber der goldenen Tür, und alles um ihn herum ist unendlich und weiß und ohne oben und ohne unten.

Noch etwas ist passiert. Der Peverl Toni hat eben so fest drücken müssen, um wieder zu werden, und ganz plötzlich ist er hineingeplatzt in seine Körperlichkeit, ehe er es gemerkt hat, und so hat er noch gedrückt, als er schon war. Da hat er sich in die Hose gemacht. Er soll sich nicht schämen müssen, soll denken: So hat es zu sein! Es ist warm! Was war je in einem Bildchen warm? Es riecht! Was hat je in einem Bildchen gerochen? Es gehört mir! Wer besaß je in einem Bildchen ein wirkliches Eigentum? Ich habe gewonnen! Der Sieger bin ich! Was in der Hose liegt, ist der Beweis!

– Die Reinigung, sagt er laut, ist die erste Handlung des Siegers! Er schreitet umher mit steifen Beinen, die Arme auf der Brust gekreuzt, das Haupt erhoben. Nichts reinigt so gut wie das Weiße, und nirgends gibt es so viel Weißes wie hier.

Der Peverl Toni zieht sein Hemd aus und seine Hose, und er tut es langsam und würdig und würde doch am liebsten hüpfen und jauchzen, wie es einem Sieger nicht ansteht. Als er nackt ist, legt er sich mit seiner Haut ins Weiße und spreizt die Beine und rutscht in das Endlose und reibt sich daran und rollt auf den Bauch und auf den Rücken und bleibt ruhig liegen. Mit den Fingerspitzen zärtelt er über seinen Körper, und als er merkt, wie lustvoll es ist, wieder bei sich zu sein, da liebt er sich selber – sehr vorsichtig und zart, aber auch heftig und wild – und ergießt sich auf seinen Bauch und spürt, daß es warm ist.

Dann schläft er.

Später, als er kniet und seine Kleider am Weißen säubert, da singt er sein Lied von der größten Gefahr. Er singt es laut und trotzig hin zur goldenen Tür. Sein Lied ist unsinnig und rätselhaft, und dennoch hat es einen Sinn, und dennoch kann es das Rätsel nicht lösen:

Ich denke mich durch Damm und Ist,
durch Eis und Wacht und Irr,
durch Denk und Maul, durch Uhr und Naß,
durch Gleiß und Schacht und Tür.

Ich denke mich durch Erb und Haus,
durch Tausch und Impf und Macht,
durch Fest und Unk, durch Null und Fast,
durch Tulp und Erd und Nacht.

Ich denke mich durch Tod und Elch,
durch Ich und Licht und Knecht,
durch Angst und Prell, durch Ix und Traum,
durch Elf und Lump und Fecht.

Draußen ist es so heiß, daß sogar Polizisten umfallen.
Im Lesesaal der Nürnberger Stadtbibliothek geht's einem gut. Zum Glück ist Frau Dr. Liselotte Schreber nicht vorwitzig freundlich. Sie sitzt ganz vorne hinter einem schwarzen Schreibtisch. In der Wand rechts von ihr und in der Wand ihr gegenüber sind hohe, schmale Fenster. Man könnte glauben, man sei in einer Kirche, und Frau Dr. Liselotte Schreber könnte die Frau Pfarrer sein, wenn in ihrem Gesicht nicht so viele Erinnerungen an so viele Weltlichkeiten lägen.
Im Lesesaal stehen Pültchen an Pültchen brav in Reih und Glied. Es ist so mucksmäuschenstill, daß einem fast die Ohren weh tun. Ich schwöre: Während der ganzen Zeit, die ich hier bin, sitzen regelmäßig nur zwei Leute im Lesesaal, und es sind immer dieselben, und der eine bin ich, Musterschüler, in der ersten Bank vor dem Frau-Doktor-Pult, und der andere, der Bösebube, ein alter, weißhaariger Herr hinten in der letzten Bank im Winkel, wo es am hellsten ist. Jeden Morgen bittet er um dieselben zwei großen Bücher, und jeden Abend bringt er sie zurück. Er ist für niemanden zu sprechen.
Lesen, Starren, Lesen, Starren: Das ist mein Geschäft. Sonst erlaube ich mir gar nichts. Meinen Augen verlange ich eine große Anstrengung ab. Und außerdem glaube ich, daß mir der Geist ausgeht. Aber ist es denn ein Wunder? Seit zwei Monaten bin ich schon in Nürnberg, acht Stunden am Tag sitze ich in der Stadtbibliothek, und mindestens achtmal in der Minute starre ich in die Augen der Frau Dr. Liselotte Schreber. Kopfschmerzen sind zur Gewohnheit geworden. Die Fenster lassen obendrein viel zu wenig Licht herein. Hätte man das nicht irgendwie anders bauen können? Man kommt ja immerhin zum Lesen her und nicht, um den Kopf aufs Holz zu legen und zu schnorcheln. Andererseits müßte es eigentlich hell genug sein, weil genügend Fenster da sind. Ich weiß auch nicht, warum da so ein Durcheinander herrscht, und eigentlich ist es mir schnurzpipegal.
Was ich alles schon in mich hineingelesen habe! Mannigfaltige Kenntnisse haben sich in meinem Kopf gestapelt – vornehm ausgedrückt –, und zwar auf den Gebieten: Theoretische Seefahrt, Pflanzenkunde des Ostens, Pyramidenbau, Elektrizität aus der Luft, Meeresgifte, ausgestorbene Huftiere, Architektur

und Funktion der Bienenwabe und dann noch die Entfernungen der Sterne untereinander und mehr eigentlich nicht.
Doch: Eines vergaß ich. Ganz zu Anfang beschäftigte ich mich ausgiebig mit speziellen Büchern über verschiedene Zaubereien. Auch ein Buch über die Holzpuppenschnitzerei war darunter. Davon verstehe ich nun wirklich eine ganze Menge. Was in diesem Buch steht, ist, mit Verlaub gesagt, ein Schmarren, und die beigeheftete Anleitung zum Selbermachen ist purer Unsinn und funktioniert tausendprozentig nicht. Darum habe ich das Vertrauen in die anderen Zauberbücher verloren und mich den obengenannten Themen zugewandt.
Das Lesen ist sehr schwierig, weil ich nicht mehr als einen Satz auf einmal hinunterkriege. Immer wieder blicke ich von meiner Lektüre auf und starre in die Augen der Frau Dr. Liselotte Schreber. Man weiß nie, wann sie ihr teuflisches Gedankenspiel mit meinem Peverl Toni wieder aufnimmt. Da ich in großer Sorge um ihn bin, darf ich nichts verpassen. Sorge ist schon richtig. Aber manchmal wollte ich ihn schon lassen, wo er ist, und mir eine neue Figur ausdenken.
Der Hintern tut mir weh vom Draufsitzen. Und die Augen tun mir weh vom Lesen und vom Ins-Gesicht-Glotzen. Das Schreber-Gesicht kenne ich schon auswendig. Und lesen muß ich. Wer zwei Monate lang acht Stunden am Tag in einer Bibliothek sitzt und nichts liest, sondern nur der Bibliothekarin in die Augen glotzt, der fällt auf und wird rausgeschmissen. Außerdem kommt wirklich zu wenig Licht herein. So viele Fenster und so wenig Licht – das nimmt einen, wie schon gesagt, wunder. Einmal glaubte ich, mir sei dafür eine Erklärung eingefallen. Die war so: Jeder Leser verbraucht ein bestimmtes Quantum Licht, um lesen zu können, und hier wird eben so intensiv gelesen, daß die Fenster nicht mehr ausreichen und so weiter...
Es ist wirklich kurios! Natürlich habe ich die Erklärung bald verworfen, zuerst allerdings mit einem noch kurioseren Gegenargument: Wie, dachte ich, können zwei einzelne Leser, nämlich ich und der alte Herr hinten, so viel Licht verbrauchen...
Manchmal bin ich wirklich nicht mehr ganz bei Trost! Höchste Eisenbahn, daß ich mich endlich wieder mit etwas Sinnvollerem beschäftige! Und die einzige Beschäftigung, die mir in den

letzten vier Jahren sinnvoll erschien, ist das Ausdenken von Peverl-Toni-Abenteuern. Ich muß den Buben wieder in meinen Kopf kriegen. Dann wird alles gut.
Im Augenblick sitze ich in meinem schmalen, dümmlichen Hotelzimmer auf dem Bettrand und benütze ein strumpfig riechendes Nachtkästchen als Schreibunterlage. Es ist morgens um halb sieben. Das Frühstück habe ich mir aufs Zimmer bringen lassen. Zwei abgenagte braune Apfelbutzen von vorgestern habe ich soeben zum Fenster hinausgeworfen – den einen gut gezielt in ein offenes Autoverdeck irgendeinem Schubiack in den Kragen, den anderen auf die Mütze jenes Polizisten, der gestern vor Hitze umgefallen ist. Der soll glauben, der Himmel kann ihn nicht mehr leiden.
Ich hoffe ja, daß der heutige Tag mein letzter in Nürnberg sein wird. Es hat sich da nämlich ein Lichtblick ergeben in punkto Befreiung des Peverl Toni aus dem Kopf der Frau Dr. Liselotte Schreber.
Gestern abend ist der alte weißhaarige Herr, der andere Leser, auf einmal gesprächig geworden. Es sei heute sein letzter Tag in der Nürnberger Stadtbibliothek, und er wolle sich nun einmal ein Vergnügen leisten, Anlaß genug für ein paar Gläser Blaufränkischen. In der gemütlichen Klause hat er mir von seiner Arbeit erzählt. Er sei nach Nürnberg gekommen, um die Originalschrift der Hilpoldsteiner Chronik zu studieren, die hier und nur hier in zwei großen, schweren Bänden vorliege. Und das hat mich auf den Gedanken gebracht, diese beiden großen, schweren Bände der Frau Dr. Liselotte Schreber auf den Kopf zu hauen. Vielleicht fällt ihr dann mein Peverl Toni irgendwo heraus.
Heute bin ich allein mit ihr.
Ich hab' mich extra fein gemacht, meinen schwarzen Samtanzug habe ich angezogen und die schwarze Seidenbluse, die mir meine Geliebte geschenkt hat. So trete ich vor den Schreibtisch der Frau Dr. Liselotte Schreber und warte, bis sie mich ansieht.
– Was wünschen Sie, fragt sie.
Ich muß schlucken, weil ich aufgeregt bin, und da verschlucke ich den Artikel.
– Hilpoldsteiner Chronik, sage ich.
Sie erschrickt ein wenig, dann lacht sie ein wenig, dann wird sie

ernst, dann wieder nach einer Weile geht sie durch die Tür zum Bücherspeicher. Zurück kommt sie mit den beiden schweren Bänden in ihren Armen. Aber sie behält sie und schaut mich an und sagt leise:

– Verflixt, Sie haben Mut.

Und dieser Satz hat eine Melodie, die ich kenne, und da erkenne ich auch ihre Stimme, und ich weiß, daß ich dieselbe Stimme einen Satz mit derselben Melodie habe sagen hören, und es war der Satz:

– Jetzt ist es hier gut.

Und Frau Dr. Liselotte Schreber sieht mich weiter an und sagt:

– Ich habe Sie erkannt, weil das Wort »Hilpoldsteiner Chronik«, wie Sie es aussprachen, eine Melodie hatte, die ich kenne, nämlich dieselbe Melodie wie der Satz: »Ich wollt' keinen Honig.« Es war der einzige Satz, den Sie in der Nacht im Liegewagen des Schnellzuges München–Frankfurt gesagt haben.

– Ich will meinen Peverl Toni wieder haben, sage ich.

– Er ist freiwillig in das Meer meiner Tränen gesprungen und zu mir geschwommen, sagt sie. Nur für ihn habe ich mir eine schöne Geschichte ausgedacht.

– Gelitten hat er, sage ich.

– Es ist ihm nichts passiert, sagt sie. Ich habe ihn liebgewonnen, und er wird bei mir bleiben wollen.

– Er gehört mir, auch wenn er mich nicht kennt, sage ich.

Da reiße ich ihr einen Band der Hilpoldsteiner Chronik aus dem Arm und hebe ihn hoch mit beiden Armen über ihren Kopf. Aber sie tut das gleiche mit dem anderen Buch, und jetzt sausen der erste und der zweite Band der wertvollen Hilpoldsteiner Chronik auf die Köpfe der Stadtbibliothekarin und des Bibliotheksbesuchers. Und als die Köpfe ohnmächtig auf den Schreibtisch sinken, fällt aus dem rechten Auge des einen der kleine Peverl Toni. Es ist wie geboren werden, denkt er. Mit Blitz und Donner brach die goldene Tür. Ratlos zwischen den Kopfbergen, dem schwarzen der Frau Dr. Liselotte Schreber und dem blonden des Besuchers, macht der Peverl Toni Armbewegungen, die einen Millimeter groß sind.

Dann bin ich jetzt also in Nürnberg, denkt er, und Nürnberg ist die wirkliche Erde. Wer in Nürnberg um eine Hausecke flieht, ist in niemandes Gewalt. Die ganze Welt ist von hier aus angeschaut, und jeder weiß, daß die ganze Welt keinen Zweck hätte, stünde nicht einer an einem Ort, zum Beispiel in Nürnberg, und schaue sie an. Und Nürnberg hat einen Bahnhof, und von da fahren Züge in die weite Welt. Nirgendwo anders will der Peverl Toni lieber hin.

Aber ich bin ja nur einen Millimeter groß, denkt er, und daß ich einem besonders nahrhaften Käse begegne, der mich in kurzer Zeit wachsen läßt, daß ein Meter wieder ein Meter für mich ist, steht außer Aussicht. Darum wird es so sein, daß der Nürnberger Bahnhof vielleicht zweihundert wirkliche Meter weit weg ist von der Nürnberger Stadtbibliothek, und daß, weil sein Schritt nur einen Millimeter greift, der Peverl Toni zweihundert Kilometer weit gehen müßte. Aber weil er ja gar nicht weiß, wo der Bahnhof ist und der vielleicht noch viel weiter weg ist, vielleicht tausend Kilometer sogar, und weil er sich nicht einmal nach den Schildern richten könnte, die dreitausend Meter über seinen Augen stehen, und zu guter Letzt, weil die wirkliche Welt ja gar nicht wirklich sein kann, wenn man nur einen Millimeter groß ist, darum will sich der Peverl Toni auf den Weg machen über das achthundert Meter hohe, schwarze Schreibtischplateau zu dem Kopfberg des Besuchers, der am Horizont liegt.

Der Besucher, der schlau ist und gar nicht bewußtlos, hat sein linkes Auge offen gelassen und wartet und bangt um seinen Peverl Toni, daß ihm keine Fliege etwas zuleide tue. Nach einer beschwerlichen Nasenbergsteigerei steht der Peverl Toni davor, und als er durch das Auge in den Kopf hüpft, klirrt es wie eine Fensterscheibe, die zerspringt.

HIER ENDET

DAS VIERTE ABENTEUER.

HIER BEGINNT

DAS FÜNFTE ABENTEUER

Erstes Kapitel

Nur Glas! Durch die Fensterscheibe ist er ins Haus gesprungen.
Bei so vielen Abenteuern war der Peverl Toni dabei, aber nie hat er sich in die Haut geschnitten. Draußen regnet es. Aber nicht wie bei uns im März, sondern wie im Erdmittelpunkt, wenn der Meeresboden ein Sieb wäre. Endlich hat der Peverl Toni ein Dach über dem Kopf. Die Wände sind aus gelbem Holz. Es riecht nach Wachs und Quitten. Über den Tisch sind Briefe ausgestreut. Von der Decke hängen getrocknete Blumen in blassen, lila Farben. Aber die Möbel sind einfach grob gezimmert. An den Wänden hängen Fotografien von Ahnen und Urahnen des Hausherrn. Wo ist der?
Durch das Fenster sieht der Peverl Toni nicht die Nürnberger Stadtbibliothek, wie es eigentlich zu sein hätte. Aber das hat ja

gar nicht mehr zu sein. Das ist nun wirklich eine ungünstige Vergangenheit, die einem den Buckel runterrutschen kann.
Einmal hatte der Peverl Toni eine Vorstellung, die ein Galastück der Kopfzauberei war. Er saß in der Küche, und seine Oma zupfte sich den Bart aus, und im Radio wurde ein Fußballmatch gesendet, für das sich die Oma interessierte, und da dachte er, hinter der Tür könnte leicht das Fußballstadion sein, und wenn er das Stadion betreten und die Tür hinter sich schließen würde, stünde auf der anderen Seite der Tür »Toilette«, und hinter der Tür wäre dann nicht wieder die Küche, sondern wirklich die Toilette des Stadions, und die Küche und die Oma wären für ewig verloren. Vielleicht ist die Nürnberger Stadtbibliothek für ewig verloren.
Es ist zerscharrte, rote Erde, die er durchs Fenster sieht. Es sind zerkratzte Bäume. Es sind gestürzte Baumdolden. Es ist weit unten das regengepunktete, grüne Meer. Alles ist am Boden. Ein Land, das nur aus Boden besteht! Ein verheerendes Unglück hat das Land auf dem Buckel. Das Zimmer gefällt ihm auch nicht, und die Küche gefällt ihm auch nicht. Das eine paßt nicht zum andern. Nur ein paar Sachen passen zusammen, und die sind auseinander gerückt. Aber das kommt mir sicher nur so vor, sagt sich der Peverl Toni. Ich muß eben lernen, daß ein anderer anders ist und anders denkt und anderes schön findet, ganz und gar anders ist als ich. Schlimm wäre nur, wenn einer anders ist, als man überhaupt sein kann. Aber so einem würde niemand Briefe schreiben. Hier, dieser Hausherr, hat Briefe bekommen. Sie liegen sogar mitten auf dem Tisch.
Ein lustiger Einfall wäre es, sich einen Schlitz hinten ins Hemd zu reißen und darunter »Briefkasten« zu schreiben und zu sagen:
= Ich bin zwar ein Vagabund, bekomme aber regelmäßig Post.
Aus Anstand liest der Peverl Toni nicht die fremden Briefe. Aber er berührt sie mit den Fingerspitzen, die frieren sehr, und er denkt: Wer Briefe bekommt, hat bestimmt warme Hände. Und er sagt zu dem fremden Zimmer:
– Es hätte schon etwas für sich, einen Freund zu haben.
Wo man nach ganzer Lust wehleidig sein kann, dort geht es einem gut. Nur weil er wissen möchte, was für einen Namen

einer hat, der Briefe bekommt, beugt er sich darüber. Aber der Name auf den Briefumschlägen ist ausgestrichen worden.
Käme da ein Freund daher, der ganz anders ist als ich, denkt der Peverl Toni, gern würde ich ihn nehmen. Es ist ja gar nicht gut, wenn er so ist, wie ich will. Denn wenn er so ist, wie ich will, sage ich: Ja, er ist so, wie ich will, und was ich will, das kenne ich, also kenne ich ihn schon und kann nichts an ihm entdecken, was mich angenehm beunruhigt.
Bald hat der Peverl Toni eine Stunde gewartet auf den, der hier wohnt. Da denkt er: Was ist Anständigkeit? Anständigkeit ist, wenn man fünf fremde Briefe, die offen auf einem Tisch liegen, nicht ganz und gar liest, sondern wenn man aus jedem Brief nur einen Satz herausliest, und zwar nur jene Sätze, die man als erste sieht, wenn man jeden Brief nur einmal und ganz kurz und ganz scharf anschaut.
Und das sind die Sätze:

»...nicht mehr warten will...«
»...Feiertagsbotschaft überlasse...«
»...deine Verlassenheit, die mindestens...«
»...vornübergefallen...«
»...wenn du meine Freundschaft nicht...«

Bald hat der Peverl Toni noch eine Stunde gewartet auf den, der hier wohnt. Da denkt er: Ach, es wird so sein, daß alle Briefe wie ein Brief sind, der sich aus fünf Sätzen leicht erraten läßt, ohne unanständig zu sein. Da setzt er sich hin, nimmt Stift und Papier und schreibt:
Lieber Irgendwer,
ich rechnete mit Deiner Freundschaft. Nachdem ich aber bis heute noch nichts von Dir gehört habe, bin ich wütend, so daß ich *nicht mehr warten will.* Unsere Freundschaft ist also beendet. Darüber bin ich so heidenfroh, daß ich den Tag, an dem Du diesen Brief lesen wirst, zum Feiertag erkläre. Als *Feiertagsbotschaft überlasse* ich ihn Dir. *Deine Verlassenheit, die mindestens* so groß sein wird wie der Mount Everest, rührt mich gar nicht. Ich habe zwar einmal gelesen, ein Mensch sei *vornübergefallen,* weil ihm ein anderer Mensch die Freundschaft aufgekündigt hat. Wenn Dir das auch passiert, ist es mir egal. *Wenn du meine Freundschaft nicht* losläßt, weil Du sie vielleicht für ein Seil hältst, das man anfassen kann, werde ich

dir einen zweiten, noch saftigeren Brief trotzdem nicht schreiben.

Mit Grüßen
Dein Soundso

Der ist ein wirklich Einsamer, der diese Briefe bekommen hat, denkt der Peverl Toni. Und wenn noch so viel anderes geschrieben stünde, nichts könnte die fünf traurigen Sätze wiedergutmachen. Keinen Freund, der sich um ihn schert, hat er. Rumort sein Herz womöglich seit Tagen, wird er mit offenen Armen jedermanns Freund werden, nur damit er ein Freund ist? Dann werde ich auch das meine tun und ihm sagen, wie ich heiße. Und über den Briefen könnten wir Äpfel braten.

Bald hat der Peverl Toni schon drei Stunden gewartet. Da steht er auf und geht hinaus, weil es heute einmal sein darf. Man möchte ihm nachrufen: Wer kennt ein Hindernis für die Kräfte des menschlichen Geistes, das kleiner ist als die Wahrheit!

Zweites Kapitel

Hinunter zum Meer will er nicht. Hinauf über den steilen Hang kommt man vielleicht in ein anderes Land. Dort will ich hingehen, wenn ich hier niemanden finde, denkt der Peverl Toni.

Wie ein Schifahrer schiebt er die Füße schräghang und trippelt und zackelt und platscht in den Matsch und fängt sich schon gar nicht mehr, rutscht gleich zwei Meter auf dem guten weißen Hemd. Dann saue ich eben gleich ganz drauf los, denkt er und kriecht längelang und rollt und schaufelt sich aufwärts. So ein arger, warmer Regen, Menschenskindnocheinmal! Der Boden ist rostig rot, und der Peverl Toni ist auch schon rostig rot und sieht aus wie eine Erdwurst, die sich von allein bewegt – wie ein Wunder. Kann es sein, denkt er, daß hier das Wunder geschah, daß tiefere Erde von allein nach oben gekommen ist, um zu sehen, was da gedonnert, gekracht und gestampft hat? Oder die obere Erde, von einem unsagbaren Unglück verletzt, ist nach unten getaucht, um ihre Wunden zu heilen.

Da bekommt der Peverl Toni Angst, weil er denkt: Ich bin wieder der einzige, ich weiß es, und ich weiß wieder nicht, wo ich bin. Er wünscht sich, er könnte mit Recht und laut und vor dreißig Schülern behaupten:

– Die natürliche Wellung des Bodens zeigt sich ausschließlich in der Sahara und in Tibet.

Hat es hier jemals ein Heimatkundebuch gegeben?

Da ist ein Regenbach. Aber das ist eine Kratzspur, von oben kreuz und quer nach unten, so tief, wie der Peverl Toni groß ist. Da ist ein schmutzig weißes Bodenstück. Da ist eine plattgeschlagene Dachrinne. Vielleicht ist hier ein Eisberg vom Himmel gefallen und hat ein Haus zerpreßt und ist dann spurlos im warmen Regen geschmolzen, denkt der Peverl Toni. Aber er weist sich selbst zurecht, weil diese schlimme Verwüstung schon fast heilig ist. Hier darf man auch keine komischen Einfälle haben. Nur der Regen macht ein Geräusch, und das ist wie die Stille selber. Dann wird zum Glück der Boden flach, und der Peverl Toni kann sich wieder aufrichten. Es ist eine große Dreckhecke, kein Gras, kein Baum, ein aufgekratzter zertrampelter Boden wie der Acker von einem wahnsinnigen Bauern. Und der, wenn er es ist, hockt da und hat die Knie ans Kinn gezogen und umarmt seine Schienbeine, als warte er im Regen auf Regen, weil in den Köpfen wahnsinniger Bauern trocken naß und Regen trocken ist.

Hier sitzt mitten im Dreck ein leibhaftiger Mann. Der Regen rinnt über sein Gesicht, das schmale Wangen hat, und über die Brauen tropft der Regen auf Nase und Mund, aber die Augen sind nicht auszumachen in den zwei dunklen Höhlenflecken. An Hinterkopf und Schläfe hat er sich die Haare geschoren, und auf dem Scheitel hockt ein hohes Knäuel wie nasse Wolle. Er hat Anzug und Krawatte an, wie es gesunde Bauern am Sonntag tragen, wenn sie zum Hochamt gehen, wo ihre Weiber um Regen und gute Laune beten. Aber dem da, dem Dünnen, Langen, ist der Anzug im Regen eingegangen. Die Schultern sind zu eng, und die Hosen sind zu hoch, und die Ärmel sind zu kurz.

Der Peverl Toni schaut ihn lange von der Seite an. Soll der mein Freund werden oder soll er nicht, denkt er. Er ist sicher bedürftig und wird Trostlieder fordern:

Du armer Hund, du armer Hund!
Ich hab' mit dir Erbarmen!
Da armer Hund, ich hab' mit dir Erbarmen!
Du bist der allerärmste von den Armen!

Muß eine Freundschaft denn unbedingt ein Leben lang dauern, denkt der Peverl Toni weiter. Wenn es nur noch einen einzigen gäbe, wäre man dann gezwungen, mit dem Freundschaft zu schließen? Hätte ich doch nur rechtzeitig das Schachspiel erlernt für die langen Abende! Wie kann der in diesem Land leben bleiben und doch ein Mensch sein!

– He, sagt der Peverl Toni. Sind Sie der, dem die Blockhütte gehört?

– Schnell, sagt der Mann, hocke dich auf mich, daß wir aussehen wie einer. Für einen zweiten droht Gefahr!

– Ich bin der Peverl Toni! Guten Tag!

– Tu das, postwendend, sagt der Mann.

Wenn der mein Freund werden soll, darf ich nicht mit ihm streiten, denkt der Peverl Toni und setzt sich daneben. Bis zum Gürtel sumpft er in den Schmutz. Hier sind ja nur zwei Erdklumpen! Wer wird denn denen etwas tun!

– Nicht neben mich, auf mich, sagt der Mann. Weil nur einer da sein darf!

– Aber warum denn, fragt der Peverl Toni.

– Und nicht reden mit einer anderen Stimme, sagt der Mann.

Zwar beginnen selten Freundschaften damit, daß einer dem anderen auf den Schultern sitzt mitten in einem regennassen Acker, aber der Peverl Toni verschließt sich nicht und tut es. Nach einer Weile sagt der Mann:

– Du bist zu schwer. Und man könnte uns für einen übergroßen Menschen halten, und das wäre anders als gewöhnlich. Darum mache dich klein und setze dich zwischen meine Beine.

Gleich will ich keinen Freund mehr haben, denkt der Peverl Toni. Er möchte sich am liebsten ohne Unhöflichkeit davon machen, vielleicht einen Erdgang in den Matsch graben und einfach absinken zu der verletzten Erde.

– Mir ist so kalt, sagt er.

– Doch nur bis es dunkel wird, und dunkel wird's bald, sagt der Mann.

Mit Eindunkeln hört der Regen auf, und der Himmel wird klar, und der Peverl Toni kann die Berge sehen, die hinter dem grausigen Acker beginnen. Jetzt steht der Mann auf und sagt:

– Ist es nicht erstaunlich, daß wir, obwohl wir keine Fische sind, im Regen nicht ertrinken? Darf ich die Frage für dich gleich verneinen?

Man muß sich so eine Freundschaft gut überlegen, denkt der Peverl Toni, denn was kann schon damit gewonnen sein, einen spinnigen Kauz zum Freund zu haben. Einen, der mit seinen mageren, langen Beinen so riesige Schritte macht, daß ein Mittelgroßer danebenherrennen muß.

Zurück weiß der Mann einen besseren Weg. Der ist mit sauberen Kieseln ausgelegt. Da schreiten und rennen sie lang schweigend. Bei der Hütte sagt der Peverl Toni:

– Mein Herr, Sie sprachen vorhin von einer Gefahr. Darf ich Sie bitten, mir zu sagen, worum es sich dabei handelt.

– Es sind meine Tiere, sagt der Mann, die Verspielten, die nicht wissen, was sie tun, und nur mich lieben und alles andere kaputtmachen.

Einmal bückt er sich und klaubt ein Hügelchen Schnecken und Pilze auf.

– Das sind ihre Geschenke, sagt er. Meine Tiere heißen Cenzila und Kurt. Wenn man sie kennt, sind sie unterschiedlich. Aber sie sind unveränderlich. Darum fällt es mir leicht, sie zu lieben. Ich verehre nämlich die Genauigkeit. Nur was unveränderlich ist, kann genau sein. Nur was genau ist, kann ich lieben. Cenzila und Kurt sind dreihundert Meter hoch. Kurt hat viel Gefühl und weint oft, weil er vor Liebe zu mir nicht weiß wohin. Cenzila ist hölzern und eine Spaßvogelin. Ich habe viel Rührung für Cenzila in mir. Kurt legt die Pilze und die Schnecken für mich aus. Sie haben zarte Fingerchen, meine Tiere, das ist wahr. Kurt weiß nie, was er mir schenken soll. Und doch schenkt er mir immer wieder dieses und jenes. Alle Geschenke sind ihm zu klein. Seine Liebe ist ein großer Berg aus kleinen Steinen. Cenzila schenkt mir von allem, was es gibt, oder gar nichts. Ihre Liebe ist ein einziger großer Brokken. So sind meine Tiere.

– Ich, ich bin so einer, der durch die Welt zieht, sagt der Peverl Toni.

Es muß doch Interesse für mich da sein, denkt er.

– So einer bin ich nicht, sagt der Mann. Dies hier ist mein Heimatland. Bevor Cenzila und Kurt kamen, war hier eine Stadt mit Nachbarn, Bäckereien und Straßenbahnen. Dann sind Cenzila und Kurt gekommen und haben alles kaputtgemacht. Und als das fertig war, bin ich allein übriggeblieben. Ich habe mich nicht versteckt, weil es nichts mehr zum Sich-Verstecken gab. Darum bin ich stehengeblieben auf dem großen Acker und habe nichts gesagt. Cenzila und Kurt sind vor mir gestanden wie Mäuse auf Hinterbeinen mit schaukelnden Sackbäuchen, dreihundert Meter hoch, pelzig und grau, mit zarten Rüsselfingerchen. Da habe ich gesehen, daß zwischen mir und Cenzilas Füßen und Kurts Füßen ein gleichseitiges Dreieck war. Und weiter habe ich gesehen, daß Cenzilas Höhe gleich war Kurts Höhe. Und zuletzt habe ich gesehen, daß ihre Höhe gleich war dem Abstand zwischen ihren Köpfen.

Daraus aber folgte:

Erstens: Cenzila und Kurt entsprachen den Seiten b und d eines Luftquadrats.

Zweitens: Zwischen ihren Augen und mir war ein gleichschenkliges Luftdreieck, dessen Winkel bei ihren Augen je 70 Grad, bei mir 40 Grad hatten.

Mit einem Stöckchen macht der Mann eine Zeichnung in den Lehm (s. Abb. S. 249).

Dann spricht er weiter:

– Weil uns dieses schöne, genaue, gleichschenklige Luftdreieck gleichzeitig und gleichermaßen entzückte, liebten wir uns gleichzeitig und im Augenblick. Weil Cenzila und Kurt für das Luftdreieck mich, den einzigen, brauchen, darum verschonen, verwöhnen und verehren sie mich. Aber weil Cenzila und Kurt Tiere sind und verspielt, genügt es ihnen nicht, nur zu wissen von dem genauen Luftdreieck. Darum muß ich jeden Tag im Acker sein, denn jeden Tag kommen sie, um das Luftdreieck zu sehen.

– Ich für meinen Teil habe es gern, wenn sich im Sommer am Morgen die Gänseblümchen entfalten, sagt der Peverl Toni, und er sagt es mit Ungeduld.

– Jetzt hast du mich schon zum zweiten Mal unterbrochen,

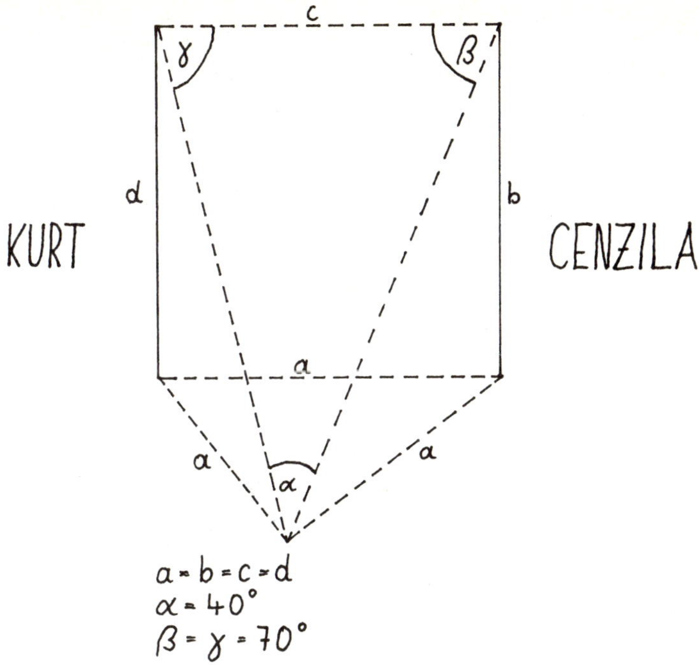

sagt der Mann. Dabei bin ich immer noch im Gange, deine Frage zu beantworten: Warum bestand vorhin Gefahr für dich? Hör zu: Meine Tiere sind eifersüchtig. Sie wollen mich ganz für sich, und sie wollen mich, weil sie nur einen einzigen wollen, weil nur mit einem einzigen das genaue Luftdreieck errichtet werden kann. Wenn sie einen anderen sähen, würden sie ihn kaputtmachen. Darum bestand vorhin im Acker Gefahr für dich.

Jetzt will der Peverl Toni nichts mehr sagen.

– Deine erste Frage schließt eine zweite Frage mit ein, sagt der Mann. Ich werde sie für dich stellen, und wir tun so, als ob du sie gestellt hättest. Also: Warum bestand keine Gefahr mehr, als es dunkel wurde? Ich glaube, daß meine Tiere den Erdschatten nicht vertragen. Denn sobald die Sonne untergeht, verschwinden sie, ich weiß nicht wohin. Früher bin ich nachts herumgegangen und habe meine Tiere gesucht. Es kann ja nicht schwer sein, sie zu finden, habe ich gedacht, weil sie so groß sind und das Land keine Höhlen hat, um sich zu verkriechen, und keine Felsen, um sich dahinter zu verstecken. Aber ich habe sie nicht gefunden. Vielleicht tauchen sie am Abend ins Meer und steigen am Morgen wieder heraus, habe ich gedacht und habe das Meer beobachtet am Morgen und am Abend. Aber ich habe sie nicht untertauchen und nicht auftauchen gesehen. Viele Nächte hindurch habe ich gesucht. Aber ich mußte die Suche aufgeben, weil zwei freche Kinder, die von keinem Elternteil beaufsichtigt wurden, mich belästigten und zwickten und anbettelten und erschreckten und verlachten und einmal so waren und dann wieder anders waren, unstet und spaßig, ein Mädchen, das Eva hieß, und ein Junge, der Bammle hieß, Feinde der Genauigkeit, die ich meiden mußte. Darum weiß ich zwar, daß Cenzila und Kurt in der Nacht nicht hier sind, aber ich weiß nicht, wo sie sind. Aber daß sie sich von Meerwasser ernähren, das weiß ich. Sie trinken zehntausend Liter Wasser in einem Schluck, und wenn sie atmen, bilden sich Wolken, und es regnet. Darum hört es auch auf zu regnen, wenn sie am Abend verschwinden.

– Dann war der Regen ja aus Spucke, sagt der Peverl Toni.

– Zwei Fragen hast du unter freiem Himmel an mich gerichtet, sagt der Mann. Es wäre mir recht, wenn du noch eine dritte Frage hättest, denn 3 ist eine wichtigere Zahl als 2.

– Warum glauben Sie, habe ich Sie aufgesucht, fragt der Peverl Toni.

– Du willst mein Freund werden, sagt der Mann.

Das will ich ganz und gar nicht mehr, denkt der Peverl Toni. Aber er kommt nicht dazu, es zu sagen, denn der Mann redet gleich weiter.

– Es ist schon einer da, der mein Freund werden will, sagt er. Der fährt am Tag aufs Meer und fängt Fische. Erst wenn es dunkel ist, kommt er zurück. So können ihm Cenzila und Kurt nichts anhaben. Aber bis heute ist er mein Freund noch nicht geworden. Es hat sich noch keine Berechnung finden lassen. Er ist der dreizehnte, der mein Freund sein will. Also bist du der vierzehnte. Ich habe deinen Namen nicht vergessen und werde ihn gründlich prüfen.

Drittes Kapitel

Zu Hause am Steinherd rührt Xaver Senfsauce zum Schellfisch. Tanzt, singt wie ein lustiger Koch in einer eleganten Küche – der Matrose Xaver, der Dicke, Große im blauweiß gestreiften Pullover. Auf gläsernen Leuchtern brennen zwei Kerzen. Die Küche soll ein Schlaraffenland sein, der Küchentisch eine Tafel. Der Mann kommt nach Hause.

– Deine gute Senfsauce, sagt er.

Als Xaver den Peverl Toni sieht, macht seine Hand einen Hupf, und die Kochkelle fliegt in hohem Bogen zum Fenster hinaus.

– Ich hole sie, sagt der Peverl Toni zu Xavers stieren Augen hinüber.

– Die war ja doch kaputt, sagt Xaver. Ich nehme die andere.

– Das ist der Peverl Toni, sagt der Mann. Er will mein Freund werden. Nach dem Essen setzen wir uns ins Wohnzimmer an den Tisch und rechnen.

– Der hat also einen Namen, sagt Xaver.

Da macht auch seine andere Hand einen Hupf, und die Fischpfanne und die Senfsauce krachen ineinander und stürzen miteinander in den Drecktrog.

– Essen wir halt Brot, sagt der Peverl Toni.

– Gibt's nicht, sagt Xaver.

– Dann waschen wir uns und gehen gleich rechnen, sagt der Mann. Ich zuerst, dann der Peverl Toni.

Gleich hört man ihn draußen seifen und prusten.

– O du, du, du Gemeiner, du, sagt Xaver zum Peverl Toni.

Der Peverl Toni sagt nichts, schaut nur in einen Winkel, tut um den Mund herum so, als wüßte er mehr, als er sagen würde, wenn er etwas sagte, und so, als sei er sich einer Sache ganz sicher, die für Xaver keine Gaudi ist. Nach einer Weile redet Xaver weiter:

– Das U-Boot des Herrn Admiral Nadiffo ist in den Klippen kaputtgegangen, sagt er. Es liegt auf dem Meeresgrund mit seinen Leichen. Ich weiß ja nicht, wie du hierher gekommen bist, und es ist mir auch egal, aber diese Freundschaft ist meine Freundschaft und nicht deine Freundschaft! Ich rechne nämlich schon seit langem mit ihm daran herum.

Dann sagt er:

– Ich habe dir fünf lange schöne Briefe geschrieben und unter deiner Tür durchgeschoben. Aber du warst ja verschwunden. Jetzt habe ich auf allen Briefen deinen Namen durchgestrichen, und die Briefe habe ich dem anderen geschenkt. Ich werde dich vor ihm schlecht machen, daß er dein Freund gar nicht sein will.

– Der braucht keinen Freund, der hat seine Tiere, sagt der Peverl Toni.

– Glaubst du wirklich diese Geschichte, sagt Xaver. Weißt du denn nicht, daß er verrückt ist? Etwas Furchtbares muß hier geschehen sein. Und er ist übriggeblieben. Darum ist er verrückt. Weil er nicht mehr richtig denken kann, darum hat er die Tiere erfunden. Weil, wenn er richtig denken könnte, müßte er immer daran denken, was passiert ist. Mir ist das egal! Weil ich einen Freund haben will!

– Du bist dir ja selber nichts wert, sagt der Peverl Toni.

– Und du bist zu jung für dein Alter, sagt Xaver.

– Siebzehn, sagt der Peverl Toni.

– Immer noch siebzehn, ruft Xaver. Immer noch siebzehn!

Jetzt kommt der Mann sauber gekämmt und gewaschen und ein bißchen rot im Gesicht in die Küche.

– Wasch dich, dann rechnen wir, sagt er zum Peverl Toni.

– Aber er will doch gar nicht dein Freund werden, sagt Xaver. Ich weiß es!

– Doch will ich, sagt der Peverl Toni.

– Er hat noch nicht einmal gefragt, wie du heißt, sagt Xaver aufs Geratewohl.

– Das ist wahr, sagt der Mann.

– Das habe ich aus Anständigkeit nicht getan, sagt der Peverl Toni.

– Willst du denn wissen, wie ich heiße, fragt der Mann.

– Ja, sagt der Peverl Toni.

Aber dabei denkt er: Was ich denke, das denke ich. Was ich schenke, das schenke ich. Was ich lenke, das lenke ich. Was ich kränke, das kränke ich. Was ich menke, das menke ich.

Xaver steht auf, geht ins Wohnzimmer, setzt sich an den Tisch und steckt die Nase in seine Briefe.

Viertes Kapitel

– Ich habe zwei Namen, sagt der Mann. Ich habe einen ungenauen Namen und einen genauen Namen.

Mein ungenauer Name ist:

Jodok Reiner Merdefudel

Ein Name besteht aus zwei Teilen. Diese Teile sind: der Eigenname und der Herkunftsname.

Mein ungenauer Eigenname ist:

Jodok Reiner

Mein ungenauer Herkunftsname ist:

Merdefudel

Warum ist mein Herkunftsname ungenau?

Erstens: Merdefudel ist der Herkunftsname meines Vaters. Aber meines Vaters Herkunft ist nicht gleich meiner Herkunft.

Zweitens: Ich komme her von meinem Vater und von meiner Mutter. Merdefudel bezeichnet nur die Herkunft von meinem Vater. Meine Mutter hieß Böck.

Drittens: Wichtig sind nicht nur die Namen derer, von denen ich herkomme. Vielmehr wichtig sind ihre Berufe. Mein Vater war Dichter. Meine Mutter war Friseuse. Vielmehr wichtig sind auch die Eigennamen, die sie für mich ausgewählt haben. Meine Mutter nannte mich Jodok. Mein Vater nannte mich Reiner. Vielmehr wichtig sind ihre Liebe und ihre Nichtliebe. Meine Mutter liebte mich. Mein Vater liebte mich nicht.

Daraus folgt: Zwei Teile soll mein Herkunftsname haben. Der erste Teil soll bezeichnen die Herkunft vom Vater. Der zweite Teil soll bezeichnen die Herkunft von der Mutter.

Erstens: Die Herkunft vom Vater.
Mein Vater war Dichter. Er liebte mich nicht. Er war ein schlauer Dichter. Seine Verse waren die Argumente. Seine Reime waren die Beweise. Er gab sich selbst einen anderen Namen, wenn er die Gedichte verkaufte. Mich nannte er Reiner, weil alles rein sein sollte, was er geschaffen hatte, seine Gedichte, sein Sohn. Deshalb habe ich mich beim ersten Teil meines genauen Herkunftsnamens entschieden für den Namen:

Reim

In ihm sind enthalten: der Beruf meines Vaters: Dichter. Seine Liebe zur Reinheit und seine Wahl des zweiten Teils meines ungenauen Eigennamens: Reiner. Das enge Beieinander der Buchstaben M und N im Alphabet läßt ohne Phantasie von Reim auf rein schließen. Der Herkunftsname meines Vaters ist nicht berücksichtigt, weil er für meinen Vater selbst unwichtig war.
Zweitens: Die Herkunft von der Mutter.
Meine Mutter war Friseuse. Sie nahm diesen Beruf, weil sie meine blonden Locken liebte, als ich ein Kind war. Sie liebte mich und gab mir den Kosenamen »Döckle«, welchen sie von meinem ersten ungenauen Eigennamen »Jodok« ableitete. Deshalb habe ich mich bei dem zweiten Teil meines genauen Herkunftsnamens entschieden für den Namen:

Löckle

In ihm sind enthalten: Der Beruf meiner Mutter: Friseuse. Der Grund ihrer Berufswahl: meine blonden Locken. Ihr eigener Herkunftsname: Böck. Ihre Wahl des ersten Teils meines ungenauen Eigennamens: Jodok. Ihre Liebe zu mir, die sich in der Umwandlung des Namens Jodok in Döckle ausdrückt. Deshalb spricht sich mein ganzer genauer Herkunftsname:

Reim-Löckle

Warum ist mein Eigenname Jodok Reiner ungenau?
Erstens: Zwei Eigennamen sind Jodok und Reiner. Ich aber bin ein einziger. Deshalb kann ich nur einen einzigen Eigennamen haben.
Zweitens: Der Eigenname ist das Eigentum desjenigen, der ihn trägt. Der Eigenname sagt, wer ist. Jodok Reiner sagt, wer ich sein sollte.
Ich selbst aber bin ich. Und ich bin aus zwei Eigenschaften.

Meine erste Eigenschaft ist die Genauigkeit. Meine zweite Eigenschaft ist die Liebe zu meinen Tieren Cenzila und Kurt.

Erstens: Die Genauigkeit.
Ein Name ist ein Wort wie jedes andere. Alle Wörter haben gemeinsam, daß sie aus Buchstaben bestehen. Es gibt 26 Buchstaben. Die Buchstaben sind in einer Reihe geordnet. Diese Reihe heißt Alphabet. Im Alphabet hat jeder Buchstabe seinen genauen, abzählbaren Platz. Deshalb können den Buchstaben im Alphabet Zahlenwerte zugeordnet werden.
Die Zahlenwerte der Buchstaben sind:

A = 1
B = 2
C = 3
D = 4
E = 5
F = 6
G = 7
H = 8
I = 9
J = 10
K = 11
L = 12
M = 13
N = 14
O = 15
P = 16
Q = 17
R = 18
S = 19
T = 20
U = 21
V = 22
W = 23
X = 24
Y = 25
Z = 26

Aber es gibt Ausnahmen. Ein Beispiel:
Welchen Zahlenwert hat »Ch«?

»Ch« besitzt einen Doppelcharakter. Einerseits besteht »Ch« aus zwei Buchstaben. Andererseits wird »Ch« als ein Laut ausgesprochen. Beide Seiten des Doppelcharakters müssen berechnet werden.

Die erste Seite: »Ch« besteht aus zwei Buchstaben. Wir sagen:

$$Ch = 11$$

weil

$$C = 3$$
$$H = 8$$

und

$$3 + 8 = 11$$

Wir addieren.

Aber das genügt nicht. Ein Beispiel: Das Wort »Teich«. Addierten wir lediglich C und H miteinander, dann müßten wir sprechen:

Teic-h

Deshalb repräsentiert die Zahl

11

erst die erste Seite des Doppelcharakters von »Ch«.

Die zweite Seite »Ch« wird als ein Laut ausgesprochen. Durch Multiplikation entsteht aus zwei Buchstaben ein Laut.

Wir sagen:

$$Ch = 24$$

weil

$$C = 3$$
$$H = 8$$

und

$$3 \cdot 8 = 24$$

Wenn wir die zwei aus den beiden Seiten des Doppelcharakters von »Ch« gewonnenen Zahlen addieren und behaupten, die Summe sei der endgültige Zahlenwert von »Ch«, so ist dies falsch. Denn die beiden Seiten des Doppelcharakters sind einander nicht ebenbürtig. Unsere Berechnungen gehen nämlich aus von den Buchstaben und nicht von den Lauten.

Deshalb müssen wir die Zahl

24

die aus der Multiplikation der Zahlenwerte von C und H gewonnen wurde, reduzieren. Die Reduktion erreichen wir, indem wir aus 24 die Quersumme ziehen. Nämlich:

$$2 + 4 = 6$$

Deshalb repräsentiert die Zahl

$$6$$

die zweite Seite des Doppelcharakters von »Ch«.
Addieren wir die Repräsentanten der beiden Seiten des Doppelcharakters von »Ch« miteinander, so erhalten wir:

$$11 + 6 = 17$$

nämlich den genauen Zahlenwert von »Ch«.
Da das Alphabet eine endliche Reihe ist, kann nicht allen Buchstaben in dieser Reihe gleiche Qualität gegeben sein. Die Qualität der Buchstaben aber richtet sich nach ihrer Stellung innerhalb des Alphabets. So ist es wahr, daß jede endliche Reihe einen Anfang, eine Mitte und ein Ende hat.
Am Anfang des Alphabets steht der Buchstabe:

A = 1

Die Mitte verläuft zwischen den Buchstaben:

M = 13
N = 14

Das Ende ist der Buchstabe:

Z = 26

So lassen sich folgende Qualitätsnoten verteilen:

A = 1 . . . . Note I
M = 13 . . . . Note II
N = 14 . . . . Note II
Z = 26 . . . . Note III

Schön, richtig und gut ist es, aus diesen Buchstaben meinen genauen Eigennamen zu formen. Dabei ist allerdings zu berücksichtigen, daß M und N als austauschbar Gleichberechtigte nie gemeinsam auftreten dürfen. Es ist daher notwendig, sich für einen der beiden Buchstaben zu entscheiden – wenn möglich für das M, weil es im Alphabet vor dem N kommt. Daraus ergeben sich folgende ideale Buchstabenkombinationen:

AMZ
MAZ
ZMA
ZAM
MZA
AZM

Keine dieser sechs Buchstabenkombinationen ist allerdings ein Eigenname.

Da jedoch jeder Buchstabe des Alphabets – so auch die Buchstaben A, M und Z – einen Zahlenwert besitzen, kann unter bestimmten Rücksichtnahmen ein Buchstabe gegen einen anderen Buchstaben oder gegen mehrere andere Buchstaben ausgetauscht werden. Hier gilt die Regel:

Soll ein Buchstabe gegen einen anderen Buchstaben oder gegen mehrere andere Buchstaben ausgetauscht werden, kann dies geschehen, wenn der Zahlenwert des einen anderen Buchstabens oder die Summe der Zahlenwerte der mehreren anderen Buchstaben gleich sind dem Zahlenwert des Buchstabens, der ausgetauscht werden soll. Da aber die in Frage kommenden Buchstaben A, M und Z untereinander unterschiedliche Qualitätsnoten besitzen, gelten folgende Regeln:

A, da es der erstwichtigste Buchstabe ist, kann nur gegen einen einzigen anderen Buchstaben ausgetauscht werden. Weil es aber nur einen Buchstaben gibt, dessen Zahlenwert

1

beträgt, nämlich A selbst, ist A nicht austauschbar.

M, da es der zweitwichtigste Buchstabe ist, kann nur gegen zwei andere Buchstaben ausgetauscht werden:

Ein Beispiel:

M = 13

kann ausgetauscht werden gegen

E = 5
H = 8

weil

5 + 8 = 13

Z, da es der drittwichtigste Buchstabe ist, kann nur gegen drei andere Buchstaben ausgetauscht werden.

Ein Beispiel:

Z = 26

kann ausgetauscht werden gegen

D = 4
O = 15
G = 7

weil

4 + 15 + 7 = 26

Da sich aus der einfachen Kombination der drei Idealbuchstaben A, M und Z kein Eigenname formen läßt, bin ich gezwungen, einen der drei Buchstaben auszutauschen.
Schön, richtig und gut ist es, den am wenigsten wichtigen Buchstaben, das Z, auszutauschen.
Ich habe mich entschlossen, Z gegen Ch und I auszutauschen.

ChI = 26

weil

Ch = 17
I = 9

und

17 + 9 = 26

Daraus ergibt sich als vorläufig genauer Eigenname:

Achim

Vorläufig genau ist dieser Eigenname in bezug auf meine erste Charaktereigenschaft, die Genauigkeit.

Zweitens: Meine Liebe zu den Tieren Cenzila und Kurt.
Die Liebe zwischen mir und meinen Tieren entstand aus dem wunderschönen, gleichschenkligen Luftdreieck, das sich bei unserer ersten Begegnung zwischen ihren Augen und mir bildete. Wie schon erwähnt, hatten die Winkel des Dreiecks bei den Augen von Cenzila und Kurt je

70 Grad.

Die Zahl

70

ist kein Zufall. Errechnet man die Summe der Zahlenwerte der Buchstaben in ihren Namen, so ergibt dies bei dem Namen Cenzila ebenfalls

70

weil

C = 3
E = 5
N = 14
Z = 26
I = 9
L = 12
A = 1

und

3 + 5 + 14 + 26 + 9 + 12 + 1 = 70
Und so ergibt dies bei dem Namen Kurt wiederum

70

weil

K = 11
U = 21
R = 18
T = 20

und

11 + 21 + 18 + 20 = 70

Da nun zwei Winkel des wunderschönen, gleichschenkligen Luftdreiecks den Namen meiner Tiere entsprachen, kann ich selbst nur einen Eigennamen wählen, der dem dritten Winkel entspricht.
Der dritte Winkel aber hat

40 Grad.

In der Tat ergibt die Summe der Zahlenwerte der Buchstaben des Namens Achim die Zahl

40

weil

A = 1
Ch= 17
I = 9
M = 13

und

1 + 17 + 9 + 13 = 40

Deshalb ist mein genauer Eigenname:

Achim

Da die Herkunft zeitlich vor dem eigenen Ich steht, steht auch der Herkunftsname vor dem Eigennamen. Darum ist mein vollständiger und genauer Name:

Reim-Löckle Achim.

Aber welchen Wert und welchen Sinn könnte ein Name haben, enthielte er nicht den Namen unseres Schöpfers, dessen unauslotbarer Phantasie wir alle verdanken zu sein. Darum schreibe ich manchmal meinen Namen in den Lehm und lese ihn laut von hinten nach vorn und verneige mich in Ehrfurcht.
Gerade ist er fertig geworden mit Reden, da rennt Xaver zur Tür herein und ruft:

– Da, da, da, Reim-Löckle Achim, ich hab' seinen Brief gefunden! Er will gar nicht dein Freund werden! Er hat sogar deinen Namen beleidigt! »Irgendwer« nennt er dich. Das hat den Zahlenwert 102. Viel zu hoch! Viel zu hoch!
Da dreht sich der Peverl Toni mit einem Ruck um und geht aus dem Haus fort.

Fünftes Kapitel

Draußen ist es Nacht. Der Peverl Toni tapst über den Hang hinauf, wo die Erde fast herunterrinnt. Manchmal greift er danach, ob sie nicht Fell ist, und bleibt stehen vor zerbrochenen Ästen, ob sie nicht Rüsselfinger sind, und wischt sich über die Stirn, weil er traurig und erschöpft ist. Ich will zu den Bergen gehen, die ich am Abend gesehen habe, denkt er. Dort will ich mich bescheiden einem knorrigen Bergvolk anbieten.
Über den Acker hinüber, den Bergen zu, kommt er an einen dicken, runden Steinbrunnen, dessen Mauern zerhauen sind. An seinem Rand sieht er im Mond- und Sternenlicht ein Rädchen sich im Wind bewegen. Es ist ein Kind, ein Mädchen, das mit den Armen rudert, weil es Hineinfallen spielt. Wie auf dem Schulweg sieht es aus mit seinem kleinen Ranzen am Rücken und dem blaßfarbenen Kleidchen und den kurzen, gezügelten Rüschenärmeln. Oh, es schaut ja schon die ganze Zeit herüber! Hat blondes Haar und roten Mund. Ist es denn gar nicht erschrocken? Wenigstens bin ich keine dunkle Gestalt, denkt der Peverl Toni.
Das Mädchen sagt:
– Du stehst so still, daß ich gedacht habe, du seist ein Denkmal.
– Ich glaube, ich weiß, wer du bist, sagt der Peverl Toni.
– Nicht sagen, sagt das Mädchen. Ich bin nämlich erst acht Jahre alt und muß noch viel lernen.
– Ich bin siebzehn, sagt der Peverl Toni.
– Komm, sagt das Mädchen, ich zeig' dir etwas.
Aus ihrem kleinen Ranzen holt sie eine Kerze und eine Schach-

tel Streichhölzer und einen Blechgriffel. Sie zündet die Kerze an und setzt sich in den Schmutz und glättet mit den Händen eine Schultafel in den Lehm. Mit dem Blechgriffel ritzt sie Zeichnungen hinein. Dann sagt sie:

– Mein Name ist eine Gabel, 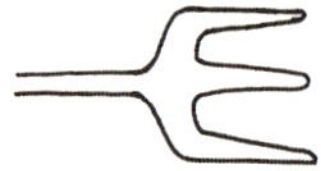 mit der man eine ganze Eistüte  auf einmal verspeisen kann, ohne sich dabei zu erkälten, weil man eine Zipfelmütze  auf dem Kopf hat.

Jetzt gibt sie den Griffel dem Peverl Toni und sagt:

– Und wie heißt du?

Der Peverl Toni muß nachdenken. Aber gleich wischt er die Tafel wieder glatt und zeichnet und sagt:

– Mein Name ist ein Tomahawk,  der neben einer Gabel 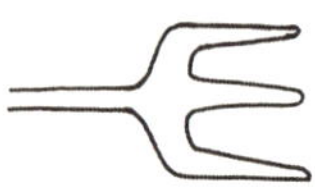 und einer Eistüte  und noch einer Gabel 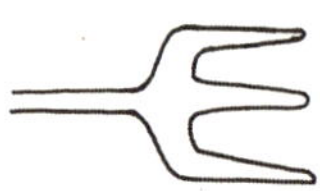 liegt und auf einen dicken Spaziergänger  wartet, der

zu Fuß 

mit einem Regenschirm 

und einem Ball 

an einer Kirche 

und einer Telefonstange 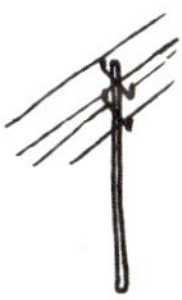 vorbeigeht.

– Das hast du hübsch gemacht, sagt das Mädchen. Schade, daß es schon vorbei ist. Jetzt wirst du sicher gleich weggehen.

– Ich möchte nach zwei Tieren schauen, ob es sie gibt, sagt der Peverl Toni.

– Ach, die beiden kenne ich, sagt das Mädchen. Den Namen des einen kann man herauskriegen, wenn man bei abnehmendem

Mond  eine Gabel  vor eine

Kirche  legt und wartet, bis der Blitz 

in eine Telefonstange 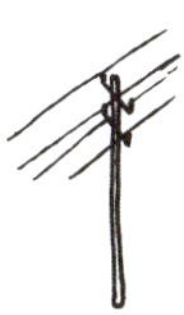 schlägt, und dann über den

rechten Fuß  eine Zipfelmütze  zieht.

– Und den Namen des anderen Tieres, sagt der Peverl Toni, erfährt man, wenn

ein Pistolenschütze,  der auf ein Hufeisen 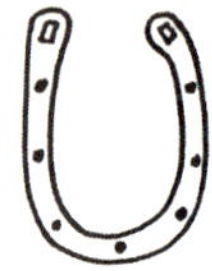

zielte  und zufällig einen dicken

Spazier gänger traf, trotzdem nicht ins

Gefängnis kommt, 

weil die Kugel an einem Regenschirm abprallte.

– Schon wieder schade, daß es vorbei ist, sagt das Mädchen.

– Ich habe erzählen hören, du hättest einen Bruder, sagt der Peverl Toni.

– Ach, mein Bruder, sagt das Mädchen, mein Bruder schmeckt wie eine leckere

Kuchenschnecke, 

und ich würde 

sogar meine Zipfelmütze gegen zwei goldene

Königs-kronen 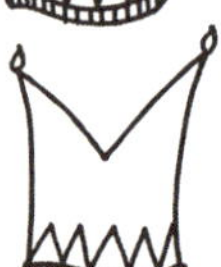

tauschen, könnte ich noch einmal in seinen zarten Fuß 

meine Gabel  stechen.

– Hast du ihn wirklich mit einer Gabel in den Fuß gestochen, du Zankevchen, sagt der Peverl Toni.

– Ich habe ihn radibutz aufgegessen, sagt das Mädchen und reibt sich den Bauch und lacht, und da lacht der Peverl Toni mit, und auf einmal kugeln sie übereinander durch den Matsch.

– Mach Huckepack, ruft das Mädchen.

– Bis zum Haus, dann lauschen wir, was die zwei Kerle zum Flüstern haben, sagt der Peverl Toni.

– Aber das Spielen nicht vergessen, sagt das Mädchen.

– Bestimmt nicht, sagt der Peverl Toni. Und am Tag werden wir das Land auskundschaften und irgendwohin gehen, wo es schön ist.

– Nicht am Tag, sagt das Mädchen, da passieren schreckliche Dinge!

Sechstes Kapitel

Eva hat einen Freund. In seinen Hals bohrt sie ihren Kopf. Mund auf, Augen zu, Luftgulasch und grünes Marzipan.
Zum Holzhaus pst-leise schleichen zwei Räuber, ein großer und ein kleiner.

– Eigentlich bin ich kein Räuber, sondern ein Seeräuber, sagt Eva.

– Eigentlich bin ich kein Räuber, sondern ein Zirkusdirektor, sagt der Peverl Toni.

– Eigentlich bin ich kein Seeräuber, sondern ein Zirkustiger, sagt Eva.

– Eigentlich bin ich kein Zirkusdirektor, sondern ein Tigerbändiger, sagt der Peverl Toni.

– Eigentlich bin ich kein Tiger, sondern der Tigergott, sagt Eva.

– Und wie sieht der aus, fragt der Peverl Toni.

– Riesengroß, riesengroß, sagt Eva.

Hinter der zerbrochenen Fensterscheibe ist Xaver verzweifelt. Er singt U auf einem Ton und schaukelt mit dem Stuhl. Aber beim Vorschaukeln fällt sein Kopf auf den Tisch. Zurück – vor – bumm! Zurück – vor – bumm!
Denn Reim-Löckle Achim sagt:

– Wenn du mein Freund wirst, muß ich alles neu berechnen. Aber wenn die Rechnung nicht aufgeht, ist mein Leben verwirkt.

Der Peverl Toni ist auch eine Schaukel. Aber eine, die man unbedingt reparieren muß, weil sie nach Vor-zurück-vor-zurück schon umfällt. Gleich ist Eva der Schaukelmechaniker. Aber der Peverl Toni will lauschen.

Reim-Löckle Achim erzählt:

– Ich kannte einen Mann in Lefini, der wollte auch mein Freund sein.

Er hätte gern das Kind einer Bettlerin heimlich in den Arm gezwickt. Am liebsten aber war er ein Lügner, der auf einem bunten Fahrrad durch die Straßen fuhr.

Am liebsten sagte er:

– Mit meinem Messer schleife ich meine Gabel. Mein Messer ist groß wie ein Schornstein. Ich fürchte mich, wenn jemand kommt, dem ich zuviel Mut gemacht habe.

Er starb, weil sein Herz wie ein Luftballon wuchs und wie ein Fahrradschlauch platzte. Er konnte mein Freund nicht sein, denn der Zahlenwert seines Namens war 299.

Eva bläst dem Peverl Toni ein Geheimnis ins Ohr. Das Geheimnis besteht aus Luft und kitzelt. Da klemmt der Peverl Toni Tannennadeln unter die Fingernägel und macht eine böse Hand, und dicke Backen macht er auch.

– Eigentlich bin ich riesengroß und heiße Kurt, sagt er.

– Eigentlich bin ich riesengroß und heiße Cenzila, sagt Eva.

Reim-Löckle Achim erzählt:

– Ich kannte einen Mann in Exeter, der wollte auch mein Freund sein.

Er war klein und schüchtern, und seine schönen Tage bereitete er lange vor. Einmal träumte er einen Traum, der einem anderen gehörte. Da schrieb er den Traum mit grüner Tinte auf weißes Papier und schickte ihn fort. Am schönsten Tag seines Lebens sagte er:

– Heute ist der schönste Tag meines Lebens.

Er starb, weil er im Schnee lag, und er war nicht allein. Er konnte mein Freund nicht sein, denn der Zahlenwert seines Namens war 189.

Eva macht aus ihren Fäusten einen Lachkopf und einen Weinkopf. Die Gesichter malt sie mit Ruß. Aus Spucke sind Lachtränen und Weintränen. Ihre Finger sind zurückgekämmte blonde Haare.

– Ich bin immer derselbe, ob ich lache oder weine, sagt der Peverl Toni.

– Am Tag bin ich böse, in der Nacht bin ich lieb, sagt Eva.

– Am Tag bin ich eine Dose, in der Nacht bin ich ein Sieb, sagt der Peverl Toni.

– Dann bist du ja ein Salzstreuer, sagt Eva.

Reim-Löckle Achim erzählt:

– Ich kannte eine Frau in Harad, die wollte auch meine Freundin sein.

Sie hatte 1440 Uhren, weil an jedem Tag 1440 Minuten passieren. Alle Uhren standen in einer langen Reihe in einem langen Gang, und auf jeder Uhr war es eine Minute später als auf der vorangegangenen, aber keine Uhr war aufgezogen. Einmal sagte die Frau:

– Ich will, daß mich niemand kennt. Denn wenn mich eine Schlange beißt, kann mir niemand helfen.

Sie starb, weil die Luft voll Heuschrecken war an einem Samstag. Sie konnte meine Freundin nicht sein, denn der Zahlenwert ihres Namens war 100.

Auf einmal ist der Peverl Toni der Krampus, aber der ohne Hörner, weil der am bösesten ist. Seine Ruten sind seine Finger, die Strafe ist Kitzeln. Gekitzelt wird ein kleines Mädchen. Und hinterher sagt der Peverl Toni:

– Man ist immer etwas anderes, als man tut. Der Krampus ist in Wirklichkeit der Briefträger und der Briefträger ein Markensammler und der Markensammler ein Zeitungsleser und der Zeitungsleser ein Engländer und der Engländer ein Marmeladentopf.

– Ich will nicht zuhören, sagt Eva. Ich will weiterspielen.

Reim-Löckle Achim erzählt:

– Ich kannte eine Frau in Ahwar, die wollte auch meine Freundin sein.

Sie hatte eine lackschwarze Schatulle, in der eine Papierrolle verborgen war, und die Papierrolle war aus vielen hundert Briefen, die sie aneinandergeklebt hatte, und so waren es nicht viele hundert Briefe, sondern ein langer Brief. Der letzte Satz des langen Briefes war:

– Hätte ich einen Sohn, der wäre Baumeister und würde mir ein Haus bauen; hätte ich eine Tochter, die wäre Schneiderin

und würde mir ein Kleid nähen; so habe ich nur einen Brombeerstrauch im Kopf und Knabenkraut in der Vase.
Sie starb, weil es draußen so laut war und niemand sie rufen hörte. Sie konnte meine Freundin nicht sein, denn der Zahlenwert ihres Namens war 399.
Das kitzelt. Eva tanzt. Eva johlt. Da hält ihr der Peverl Toni seinen Finger an den Mund, denn Xaver und Reim-Löckle Achim dürfen sie nicht hören. Darum ist Eva schnell ein Indianer und der Peverl Toni ein Cowboy. Sie schleichen und sind Brüder, und den großen Büffel wollen sie sich teilen, und die zu Hause geblieben sind, die kriegen nichts.
Reim-Löckle Achim erzählt:
– Ich kannte einen Mann in der Kieler Bucht, der wollte auch mein Freund sein.
Er konnte Gerüche hören, Musik sehen, Farben riechen. Rot roch ihm wie Pfeffer, Gelb wie Mandeln, Blau wie warme Waffeln und Grün wie Tee. Am Abend sagte er:
– Weiß riecht nach allem.
Am Morgen sagte er:
– Schwarz riecht nach gar nichts.
Er starb, weil er sich die Nase verschnarchte und die Augen auswusch und die Ohren zutreufelte. Er konnte mein Freund nicht sein, denn der Zahlenwert seines Namens war 23.
Ganz wichtig ist eine Geheimsprache. Darum sagt der Peverl Toni:
– Bumfiedl!
Zumfiedl!
Krummundmöchtbeißfiedl!
Drumfiedl!
Schrummfiedl!
– Aber das bedeutet doch gar nichts, sagt Eva.
– Bumfiedl heißt Schrummfiedl, und Zumfiedl heißt Drumfiedl, sagt der Peverl Toni.
– Da bleibt aber Krummundmöchtbeißfiedl übrig, und grad das wollte ich wissen, sagt Eva.
Reim-Löckle Achim erzählt:
– Ich kannte einen Mann in Inirwan, der wollte auch mein Freund sein.
Er war ein Rätselerfinder und sehr beliebt. Aber wenn er fertig

erfunden hatte, war er ohne alles und machte sich müde mit Giften. Dann sagte er:

– Was ist leichter als Luft und schwerer als Blei, größer als ein Abstand und kleiner als ein Tropfen?

Er starb, weil sein Kopf auf einem Stein zerschlug. Er konnte mein Freund nicht sein, denn der Zahlenwert seines Namens war 279.

Jetzt spielt der Peverl Toni den Traurigen und den Müden, den Satten und den Zornigen, den mit dem Fernglas und den auf der Leiter, den, der einen Brief liest, und den, der auf den Zug wartet. Eva spielt das Kreisspiel mit der Katze. Eva ist die Katze. Der Peverl Toni ist der Kreis. Aber das Spiel hat keine Regeln, und die Katze stolpert über den Kreis, und jetzt spielen Eva und der Peverl Toni zwei Baumstämme, die daliegen, ein kleiner und ein großer.

Reim-Löckle Achim erzählt:

– Ich kannte eine Frau in Nolan, die wollte auch meine Freundin sein.

Sie erzählte und hörte sich zu. Am Morgen stand sie vor dem Spiegel, da war die Erzählerin die Zuhörerin und die Zuhörerin die Erzählerin, trotzdem war auch die Erzählerin die Erzählerin und die Zuhörerin die Zuhörerin. Da erzählten sie sich:

– Wir sind zwei erfrierende Sterne. Wir sahen im Wald einen schwarzen Mann. Wir wurden von einem schwarzen Reiter niedergetreten. An seinem schwarzen Cape brannten schwarze Fadenflammen. Der Reiter ist über den Horizont gesprungen. Der schwarze Mann ist geblieben und hat den Kopf bewegt und geklagt wie eine arme Seele.

Sie starb, weil sie ein Königskind war, das im See ertrank. Sie konnte meine Freundin nicht sein, denn der Zahlenwert ihres Namens war 597.

Jetzt ist der Peverl Toni der Teppich, der gekehrt werden muß. Evas Haare sind der Besen. Manchmal bleibt der Besen in den Teppichfingern hängen. Dann muß der Besen rufen:

– Teppich, Teppich in der Hand, flieg nicht fort ins Morgenland.

Reim-Löckle Achim erzählt:

– Ich kannte eine Frau in Oswiecim, die wollte auch meine Freundin sein.

Sie hatte zehntausend Bücher, und zwischen die Zeilen der Bücher schrieb sie ihre Lebensgeschichte. Als die Seiten voll waren, schrieb sie weiter auf Türen und Lampen. Und als die Türen und Lampen voll waren, redete sie auf ein Tonbandgerät. Ein Satz war:

– Ich erinnere mich genau an den Deckel der Kanne, mit der mich meine Mutter Milch holen schickte.

Sie starb, weil sie alt war. Sie konnte meine Freundin nicht sein, denn der Zahlenwert ihres Namens war 67.

Eva ist die Tafel, das Porzellan und die Speise. Der Peverl Toni ist der Hausherr im seidenen Rock. Er ruft zu Tisch im Herrenhaus. Das hat sogar ein Zimmer für jungfrige Dienstleute.

Reim-Löckle Achim erzählt:

– Ich kannte einen Mann in Meisterschwanden, der wollte auch mein Freund sein.

Er träumte jede Nacht von einem schwarzen Fluß, und am Tag machte er Aufzeichnungen und arbeitete in seinem Laboratorium an der Herstellung von schwarzem Wasser. Es sollte dünnflüssig sein, aber undurchsichtig wie Gold. Nach Feierabend lief er durch die Straßen und rief mit weißem Gesicht und weißen Händen:

– Die Liebesnächte eines Millionärs in der Rudolf-Hilferding-Straße haben immer gepflegt ausgesehen!

Er starb, weil ihm ein schwarzer Engel mit roten Augen erschien. Er konnte mein Freund nicht sein, denn der Zahlenwert seines Namens war 489.

Peverl Toni, ein galanter Hausherr, führt nach Speis und Trank seinen Gast zum Tanz. Das Dämchen duftet nach Erdbeersahne vom doppelten Nachtisch.

Reim-Löckle Achim erzählt:

– Ich kannte eine Frau in Rirsöm, die wollte auch meine Freundin sein.

Sie schaute auf den See, sie roch an frischem Gemüse, ihr Mann war ein Erzbummelant und knochig. Er aß Fenchel und Kalbsnieren. Sie wurde unsichtbar gegen die Sonne. Ihre Kinder bissen mit Mäusezähnen. Ihr Mann lachte bis hinunter zum Bauch. Scheren in ihren Händen wurden heiß. Einmal redete sie.

Sie starb, aber ich weiß nicht warum. Sie konnte meine Freundin nicht sein, denn der Zahlenwert ihres Namens war 66.

– Ach, könntest du doch meine Freundin werden, sagt der Peverl Toni.

– Komm, tanzen, sagt Eva.

– Ich mag nicht mehr, sagt der Peverl Toni. Ich mag über mich reden.

– Schnell tanzen, sagt Eva. Gleich ist es Tag. Dann geht alles kaputt! Denn wenn die Sonne auf mich scheint, geschieht ein Unglück mit dir.

– Nicht so reden, sagt der Peverl Toni. Ich habe vom Spielen genug.

– Schau, wie klein ich bin, sagt Eva. Ich gehe dir bis zum dritten Knopf von oben.

– Nicht mehr spielen, sagt der Peverl Toni.

– Doch! Spielen, sagt Eva.

Reim-Löckle Achim erzählt:

– Ich kannte eine Frau in Üwultim, die wollte auch meine Freundin sein.

Sie war eine Löwin und verbarg ihre Kleinjungenbrut zwischen den Möbeln. Was sie vergaß, ließ sie ab wie eine Taucherglokke. Oft sagte sie:

– Ich werde es ausprobieren.

Manchmal sagte sie:

– Das ist ein Gutwilligkeitchen.

Aber nur einmal sagte sie:

– Wer wohl so verhalten an den Fensterladen pocht?

Sie starb, weil sie, auf einem Erdhügel stehend, einen Gegenstand sah, dessen Kopf sie nicht deutlich zu erkennen vermochte. Sie konnte meine Freundin nicht sein, denn der Zahlenwert ihres Namens war 39.

Der Peverl Toni hat verloren. Eva spielt allein. Kleine Steine sind große Städte. Die kleine Hand ist die große Katastrophe.

Reim-Löckle Achim erzählt:

– Ich kannte einen Mann in Fantschang, der wollte auch mein Freund sein.

Er zeichnete Linien von A nach B und Kreise und Ellipsen, und in manchen Kreisen ließ er eine Öffnung, aber die meisten Kreise schloß er ab. In seinem Bett pflegte er eine Katze gesund. Dann schnitt er in ihr Hinterbein und entzündete die Wunde mit Schmutz von seinem Fensterbrett, und die Katze erkrankte wieder, und wieder pflegte er sie gesund, und dann starb die Katze. Da klagte er:

– Am meisten liebte ich die Katze. Am zweitmeisten liebte ich die Linien von A nach B, am drittmeisten die geschlossenen Kreise, am viertmeisten die Ellipsen und am wenigsten die offenen Kreise.

Er starb, weil ein großes Eisenbahnunglück war, als er mit einem Spaten im Gepäck verreiste, um sich neue Wege aufzutun. Er konnte mein Freund nicht sein, denn der Zahlenwert seines Namens war 10.

Siebtes Kapitel

– Alle sind tot, sagt Xaver. Aber ich lebe, und ich bin bei dir, und es macht mir nichts aus, daß du komisch bist und daß du immer rechnen mußt und daß du erfinden und lügen mußt. Ich weiß ja, daß etwas Schreckliches passiert ist, an das du nicht denken willst. Ich werde dir helfen und dich trösten. Ich will dein Freund sein. Mein Name ist Xaver, und es ist ein guter Name. Denn:

X = 24
A = 1
V = 22
E = 5
R = 18

Das gibt zusammen

70

denn:

24 + 1 + 22 + 5 + 18 = 70

Du siehst, du könntest mich gegen Cenzila oder Kurt austauschen, und dann bin ich dein Freund. Und ich bin ein wirklicher Freund und kein erfundener.

Reim-Löckle Achim ist ganz blaß, und ein bißchen zittert er, als er sagt:

– Dann müßte ich Cenzila oder Kurt totmachen, aber das kann ich nicht, weil sie so groß sind. Und wenn ich doch einen von ihnen tot machen könnte, würden meine Berechnungen nicht mehr stimmen. Denn du bist viel kleiner als Cenzila oder Kurt, und darum kannst du keinen von beiden ersetzen, weil sich dann das wunderschöne Luftdreieck verändert und die Winkel nicht mehr die gleichen sind.

– Aber, sagt Xaver, das ist doch alles nur erfunden. Die Tiere sind erfunden, weil du willst, daß sie an dem Schrecklichen schuld sind, das passiert ist. Und die zwölf Städte sind erfunden, weil du willst, daß deine Freunde nicht hier gelebt haben. Und die zwölf Todesarten sind erfunden, weil du willst, daß deine Freunde nicht an dem Schrecklichen gestorben sind, das passiert ist. Und die zwölf Zahlenwerte sind eine Ausrede, weil die zwölf Freunde eigentlich nicht deine Freunde sein wollten. Alles weiß ich, und trotzdem will ich dein Freund sein. Ist das nicht viel?

Da wird Reim-Löckle Achim noch weißer im Gesicht, und seine Hand zittert so sehr, daß er sie mit der anderen festhalten muß, wenn er schreibt. Lang rechnet Reim-Löckle Achim mit dem Bleistift auf dem Papier. Dann sagt er mit lauter und hoher Stimme:

– Wenn du einen Menschen findest, der einen Namen hat, dessen Zahlenwert die Quersumme

10

ergibt, dann esse ihn auf, und du bist mein Freund. Denn wenn du ihn aufgegessen hast, liegt er tot in deinem Magen, und weil er tot ist, mußt du den Zahlenwert seines Namens reduzieren, und ein Zahlenwert wird reduziert, indem man die Quersumme zieht, aber weil er in deinem Magen liegt, bist du zwei – ein Vollwertiger und ein Reduzierter –, und darum mußt du die Quersumme aus dem Zahlenwert seines Namens addieren zu dem Zahlenwert deines Namens. Ist die Quersumme aus dem Zahlenwert seines Namens

10

so ergibt das, da der Zahlenwert deines Namens

70

ist, die Zahl

80

denn

$$10 + 70 = 80$$

Weil der andere aber tot ist, bist du in Wirklichkeit doch einer und nicht zwei, und darum mußt du die Zahl

80

durch

2

dividieren, und das ergibt die Zahl

40

denn

$$80 : 2 = 40$$

Die Zahl

40

aber ist der Zahlenwert meines Eigennamens, und darum kann ich dich gegen mich selber austauschen, weil alle übrigen Berechnungen unverändert beibehalten werden können. Darum sage ich: Wenn du einen Menschen findest, der einen Namen hat, dessen Zahlenwert die Quersumme

10

ergibt, dann esse ihn auf, und du bist mein Freund.

Und dann sieht der Peverl Toni durchs Fenster, wie Reim-Löckle Achim dem Xaver einen Zettel zuschiebt, und auf dem Zettel steht:

R = 18
E = 5
I = 9
N = 14
E = 5
R = 18

J = 10
O = 15
D = 4
O = 15
K = 11

M = 13
E = 5
R = 18

D =	4	
E =	5	
F =	6	
U =	21	
D =	4	
E =	5	
+ L =	12	
	217	Quersumme: 10

Und der Peverl Toni sieht auch, daß Xaver den Zettel zerreißt und auf ein neues Blatt Papier schreibt:

P =	16	
E =	5	
V =	22	
E =	5	
R =	18	
L =	12	
T =	20	
O =	15	
N =	14	
+ I =	9	
	136	Quersumme: 10

Von hinten tupft Eva dem Peverl Toni an die Schultern:

– Ich will nicht mehr spielen und nicht mehr lügen, sagt sie. Höre nicht auf die beiden, höre auf mich. Gleich geht die Sonne auf, gleich wird es Tag, und dann werde ich mich in die schreckliche Cenzila verwandeln und alles, was klein ist, werde ich auffressen.

– Laß mich mit deinen Geschichten, sagt der Peverl Toni.

– Es ist aber wahr, sagt Eva. Sogar meinen Bruder habe ich aufgefressen. Zuerst war er der große Kurt. Aber gestern ist er vor mir in den Erdschatten getreten, und da war er der kleine Bammle, bevor ich die kleine Eva wurde. Da habe ich ihn auffressen müssen!

– Ich mag nicht mehr mit dir spielen, sagt der Peverl Toni.

Schon ist der Himmel morgengrau, und Eva bittelt und bettelt:

– Lauf weg von mir und lauf, bis es Abend wird!

Aber der Peverl Toni dreht sich nicht um, denn durchs Fenster sieht er, daß Xaver aufsteht.

– Dann tanz mit mir, bis die Sonne kommt, sagt hinter dem Peverl Toni etwas Großes mit tiefer Stimme, das viel größer ist, als Eva war, so groß wie der Peverl Toni und schon größer und ein bißchen pelzig und bucklig, und Fingerchen wollen ihn greifen.

Jetzt rennt er aber los, der Peverl Toni, weg von Xaver, weg von Cenzila, und er rennt und rennt und rennt und rennt...

Dem Xaver ist draußen duster vor Augen. Er hört es beim Fenster rascheln. Und Xaver denkt, es sei der Peverl Toni, reißt 's Maul auf so weit, wie er selber nicht gedacht hat, daß es geht, und packt und stopft in den Hals und schluckt und denkt, es sei der Peverl, und es war doch Cenzila. Der Peverl Toni, schon weit weg, hört, wie es kracht, als Cenzila dem Xaver aus der Haut bricht.

HIER ENDET

DAS FÜNFTE ABENTEUER.

HIER BEGINNT

DAS SECHSTE ABENTEUER

Erstes Kapitel

Der Peverl Toni rennt durch den Morgen und rennt weiter über die Mittagszeit hinaus in den Nachmittag in ein neues Land weit oben in den Hügeln, wo es grün leuchtet und runde, wiesige Hügel sind, jeder verschieden grün vom anderen vor den weißen steilen Felsbergen, die jetzt nah und riesig wie Bewacher seiner kleinen Person vor ihm stehen. Alles hat er aus sich heraus gerannt, nichts mehr da, das ihm Angst macht, aber Herzklopfen bis in den Adamsapfel.

Einmal trinkt er Wasser, und dabei kniet er. Den Kopf taucht er in den Bach, und laute Blasen läßt er aus dem Mund an den Ohren vorbei nach oben. So kann er niemanden hören, ganz allein ist er, und wo sein Kopf aufhört, hört alles auf. Niemand kommt von hinten ganz leise. Sein Hemd wäscht er wieder weiß. Er friert.

Auf einmal ist Herbst geworden. Am Abend denkt der Peverl Toni: Eine ganze Nacht habe ich nicht geschlafen, und einen ganzen Tag bin ich gerannt. Er ist stolz und noch schöner, als er war.

Er kommt in einen dünnen Wald. Erst weit oben haben die Bäume ihre Äste. Vögel sind da. Tschilpen. Ein Nest fällt auf den Waldboden. Das ist etwas ganz Normales in der Natur. Tschilpen. Die Baumstämme grüßt er wie die wirklich wahren Freunde, haut den einen mit der flachen Hand kumpelhaft, zwinkert dem anderen ein Ichweißschon zu, johlt und springt in Umarmungen. Dann tut er, als ob die Freunde einen Trinkspruch erwarten und plappert Zeug heraus. Versteckt sich tief unter den Augenbrauen und denkt so konsonantisch, wie es geht, das Wort: Mundwinkelkräuseln. Alles ist wie die Vorbereitung zu einer allgemeinen, großen Lustigkeit. Ich bin hier das höchste Wesen, denkt er. Es ist ihm auch eine Freude, wie leicht seine Füße sind.

Aber in der Nacht wird er müde wie noch nie, und er legt sich ins Moos. Sein Herz ist ein aufgeregtes Kind. Es pumpert fest. Aber bald wird es gut und ruhig, und das Moos wärmt die kalten Hände. Ich halte es allein nicht mehr aus, denkt er. Eichhörnchen, küß mich! Ich bin ein böses, gefühlloses Tier. Gefährlich!

Daß er schon schlafend ist, merkt er an den Bildern in seinem Kopf. Bei geschlossenen Augen sind sie klar und recht wie Gedanken, die einen nicht schlafen lassen. Aber nach schnell geöffneten Augen werden sie unsinnig und versinken gleich wieder. Herr Böhme verlor seinen Handschuh am Mühlenbach, der hohes, braunes Wasser führte, weil Schneeschmelze war, und das mitten im Winter, der so herb begonnen hatte mit viel trockenem Schnee, der sich gut bahnen ließ und den Kindern viel Freude machte, die, auf Nylontaschen sitzend, über die flachen Hänge rutschten...

Er hört andere gehen. Da schnauft einer, dort schlurft einer. Es kommt ihm vor, als höre er sie schon seit Minuten. Kann ja sein, daß die Ohren hören und der Kopf einfach nichts denkt. Vor Müdigkeit hat er keine Angst. Er würde sich gar nicht wehren. Nur ein bißchen kriechen will er, damit er den Anschluß nicht verliert. Und so kriecht der Peverl Toni und schläft und kriecht die ganze Nacht, vorbei an Schläfern wie eine schlafende Schnecke.

Zweites Kapitel

An diesem Morgen im blauen Oktober hat der Peverl Toni die Führung übernommen.

In Farnwurzeln hat er sich schlafend eingekrochen. Sein Körper hat sich gewunden, und seine Beine haben gebaggert, aber der Farn hat ihn nicht hergegeben. So ist er die letzte Stunde des Schlafes auf der Stelle gekrochen. Vor Kälte ist er aufgewacht. Da war der Boden unter ihm zerwühlt von seinen im Schlaf strampelnden Beinen. Sein Hemd ist schmutzig und naß. Er muß vom Weg ab zu einem kleinen Wasserfall, um sein Hemd zu reinigen. Mit Schmierlehm dauert das lang, und oben über dem Damm sieht er schon die anderen in einer langen Reihe vorüberziehen, und bis er sich rüstet, ist er der letzte.

Und wie er friert! Er rennt, daß ihm warm wird, und weil gleich der Abend ist und damit er die anderen einholt und er zu ihnen gehört. Aber wie schwer sind seine Beine! Vorbei an wenigen Bäumen, die nur auf einer Seite Äste haben, und vorbei an einseitig bemoosten Steinen und vorbei an einseitig gefächerten Farnen. Der Wind bläst ihm einen häßlichen Scheitel. Noch keinem von den anderen hat er ins Gesicht gesehen. Sind es Expeditionsteilnehmer oder Pilger?

Aber bevor es ganz Nacht ist, trifft er auf einen, der im feuchten, glitzernden Moos auf dem Bauch liegt und atmet. Sein Hals ist blaß und sein Haar wie die nicht bemooste Seite der Baumstämme. Seine Augen hat er vorsichtig unter einer schwarzen Mütze verborgen, und ein grauer Mantel bedeckt seinen Körper.

– Nimm alles von mir, was du brauchen kannst, sagt er, ohne den Peverl Toni anzusehen.

– Ich brauche nichts, sagt der Peverl Toni.

– Nimm wenigstens den Mantel, sagt der andere. Es wird kalt werden.

Der Peverl Toni steht unschlüssig, weil er nicht weiß, wie er Hilfe geben soll.

– Geh nur, sagt der andere.

– Ich kann schon ein Weilchen bleiben, sagt der Peverl Toni.

– Das macht mich nur verlegen, sagt der andere.

Da zieht der Peverl Toni ab mit großen Schritten über Steine und Wurzeln. In der Nacht muß er die Hände vor sein Gesicht halten, damit er nicht mit der Stirn an Baumstämme stößt. Manchmal hört er kleine Menschengruppen schnaufen. Am Morgen hat er alle hinter sich gelassen. Noch zwanzig Bäume will er grüßen und dann schlafen. Er verzählt sich und fängt nach Vereinbarung wieder von vorne an und verzählt sich wieder und denkt, daß genau die Zahl Eins eine Zahl für so einen Baum ist, aber nie die Zahl Zwei oder Drei, und daß die Zahl Elf nicht die Zahl für elf Bäume ist, sondern für zwei.

Jetzt schläft er auf dem Bauch mit dem Kopf nach oben. Weil er keine schwarze Mütze hat, wickelt er sich Blätter von einseitig gefächertem Farnkraut um die Augen.

Drittes Kapitel

Den ganzen Tag verschläft er, und als er am Abend erwacht, hat er geträumt, er sei zweiter. Ein Mann sei an ihm vorbeigegangen, einen schwarzen Anzug aus Seide und Samt habe er angehabt und glänzende goldene Stiefel mit hohen Absätzen und auf dem Kopf einen Zylinder. Einen Augenblick habe er verweilt und den Schlafenden betrachtet. Vielleicht spreize ich im Schlaf Arme und Beine und wirke roh wie ein Schnarcher, denkt der Peverl Toni. Warum schlafe ich eigentlich nicht in der Nacht, wie es sich gehört. Wenn ich immer gegen die anderen gehe, bin ich ein Querkopf, und alles, was ich vielleicht einmal sagen will, wird von ihnen als Eselei abgetan.

Er sitzt zornig mit zerrubbelten Haaren den anderen im Weg, die sicher alles genauer wissen als er, weil sie Mäntel und dicke Jacken und Rucksäcke tragen. Es wird doch so sein, daß sie meine Sprache verstehen, denkt er und ruft Kalibersätze nach vorne, nach hinten und zur Seite. Manche haben bunte Ponchos übergeworfen. Der eine und andere hustet. Auch Frauen und Kinder sind darunter. Eine alte Frau züllt an einer Speckschwarte. Der Peverl Toni hat einen gehörigen Hunger.

Ein großer Mann in Felljacke und Holzschuhen sagt:

– Ha, willst a Wurscht?

Der Peverl Toni nickt, weil er heiser ist vom Rufen und sich über sein Lautsein jetzt schämt.

– Willst ane oder viere, sagt der Mann.

– Vier und ein Brot, sagt der Peverl Toni, und es klingt rauh wie in den Bergen.

– Brot gibt's net, sagt der Mann und reißt von seinem Wurstkranz zwei Paar ab und wirft sie dem Peverl Toni hin. Essen und gleich wieder los. In seinem dünnen, weißen Hemd ist der Peverl Toni natürlich im Vorteil. Auch wenn das gar kein Wettrennen ist, überholt er viele.

Aber auf einmal braucht der Peverl Toni richtig Mut gegen eine Musik, die nicht stimmt, weil die Töne springen, wie sie wollen. So ist die Musik auslächerig, laut und frech. Wie kann das gehen: eine Musik, die Angst und Schrecken verbreitet, denkt er. Die Musikantenköpfe sind größer als die anderen. Sie blasen in Flügelhörner und Baßtuben. Ein Tambour bedroht den Peverl Toni mit seinem Kordelstab. Hoch in die Luft zum vierfachen Salto wirft er den Stab, legt die linke Hand vor die Augen, und blind fängt er den Stab mit der rechten.

– Das soll wohl eine Kunst sein, sagt der Peverl Toni.

– Ach was, sagt der Tambour und hetzt ihn über das Land. Die Musikanten sind bald weit zurück. Der Peverl Toni und der Tambour rennen im gleichen Galopp. Darum wird es dem Tambour nie gelingen, den Peverl Toni einzuholen. Der Tambour mit den besten Ohren kann bald seine Musik nicht mehr hören. Da hält er inne und dreht sich um und geht mit zitternden Knien zurück. Jetzt ist der Peverl Toni weitaus erster.

Sein Mut ist in Wirklichkeit sehr klein und voll Müdigkeit. Laut zählt er zwanzig Bäume und gibt den Zahlen eine Melodie und läßt die Töne springen, wie sie wollen. In die Nacht hinein singt er noch, daß es hallt, und er denkt: Eigentlich müßte ich eine Fahne tragen.

Ein Wunder ist das Schönste, was es gibt.
In der Nacht würde der Peverl Toni gerne den Kopf unter eine Decke stecken und aus einem schmalen Mundnasenschlitz mit einem neuen Freund flüstern. Über die Bettdecke könnten hundert Bisons trampeln, nacheinander und ohne Schaden, weil sie in Wirklichkeit ein kompliziert ausgedachtes Liegehaus wäre, das nur an Minister in Notzeiten ausgegeben würde oder an Geheime, die eine wichtige Aufgabe zu erfüllen hätten, deren Gelingen oder Scheitern nur der Bundespräsident persönlich beurteilen könnte.
Ohne Decke liegt der Peverl Toni auf dem Bauch und hat den Mund am Boden, und auf einmal kriegt er Lust und beißt ein Stück Erde ab. Einen Bissen schluckt er sogar hinunter. Schon wieder hat er nämlich Hunger.
Aber gleich schlummert er. Geweckt hat ihn der Mann, der vorüberging und sich ein Stück über ihm hingesetzt hat. Der Peverl Toni ist ein leichter Schläfer, weil er auf der Hut sein muß. Er will ja der erste bleiben. Er kriecht leise, bis er an dem Mann vorbei ist, der sich gerade zum Schlafen richtet. Der ist jetzt wieder zweiter. Aber der zweite schläft auch auf dem Bauch und kriecht neben den Peverl Toni und liegt mit dem Kopf jetzt zwei Zentimeter vorne. Darauf kommt es dem Peverl Toni genau an, und er rückt nach und gibt noch einen Zentimeter drauf, und der zweite macht es genauso und der Peverl Toni wieder.

– Willst a Wurscht, sagt der Mann und setzt sich auf.

– Ja, sagt der Peverl Toni und setzt sich auch und rückt wieder ein Stück vor, weil ihn der Mann beim Aufhocken überholt hat.

Der Mann rutscht zu seinem Rucksack, der über ihm liegt, und ist wieder erster. Er holt einen neuen Wurstkranz hervor und knackt dem Peverl Toni zwei ab.

– Nimm doch frischweg zweie, sagt er.

Der Peverl Toni nimmt und rutscht vor, und der Mann holt auf, und der Peverl Toni gibt zu. Der Mann kaut mit gerunzelten Augenbrauen und sagt:

– Folgendes.
Dabei kaut er weiter, aber so, als ob er gleich fortfahren will.
– So kann's kein Ende nehmen, und schlafen wolln mer beide, sagt er. Machn mer doch an Strich für die Scheitel und gehn mer net drüber und legn mer uns nieder.
So wird's gemacht, und gleich plumpst der Mann auf den Bauch. Ganz nah beim Peverl Toni liegt er. Widerwillig schaut ihm der Peverl Toni zu, wie er schon schläft. Besonders traurig, weil sie auf Vorbereitungen und Interessiertheit schließen lassen, wirken seine Manschettenknöpfe. Der Peverl Toni denkt: Ihn zum Freund haben, ist wie eine Unanständigkeit, weil man immer mit seinem nahen Gesicht rechnen muß. Seine besten Eigenschaften sind vorzügliche Würste und Freigebigkeit. Und einer, der lange Predigten verzapft, ist er auch nicht.
Wenn man es genau nimmt, liegt der Peverl Toni an zweiter Stelle. Denn zu zweit erster zu sein, ist nicht besser, als allein zweiter zu sein. Ich muß Schläue beweisen und vorschlängeln, denkt der Peverl Toni. Und als der andere erste ein Loch in den Boden schnarcht, schlängelt der Peverl Toni zwei Zentimeter vor und ist erster. Aber der zweite hat einen Traum, der ganz genau gleich ist wie die Wirklichkeit, und er schlängelt auch, und der Peverl Toni ist jetzt zweiter. Der Peverl Toni schlängelt wieder, und der Mann ist zweiter, und der Mann macht zwei Kriecher und ist wieder erster. Jetzt wartet der Peverl Toni eine Stunde. Auf einmal rennt er, was er kann, bis Trompeten in seinem Kopf Lärm machen, und haut sich hin und schläft. Jetzt ist er erster, aber er träumt, er sei zweiter, weil der wirkliche zweite ihn eingeholt und sich über ihm hingelegt habe.
Da schlängelt der Peverl Toni. Aber er wird nie wieder erster. Bald ist er der dritte und dann der siebte und dann der vierundzwanzigste und dann ein Nichtmehrgezählter.

Noch nie war der Peverl Toni so oft so müde. Er wußte gar nicht mehr, was ist. Einmal dachte er sogar, er weiß jetzt, was ist. Nämlich das: Ich bin zwei gekreuzte Doppelbeine, und über alle vier Füße habe ich Schuhe gestülpt. So rolle ich den Berg hinauf und werde angetrieben von meinem Kopfmotor, der in einem Taschentuch ist, das ich zugezipfelt habe.
Dann suchte der Peverl Toni ein Wort, denn er wollte nicht immer Gehen sagen. Das häufige Auftreten eines Wortes ist nämlich nicht schön, und alles hätte er doch ganz ungeduldig verloren, nur seine Schönheit nicht. Vielleicht weiß nicht einmal der erste, daß er der erste ist, denkt der Peverl Toni. Viele um ihn herum können gehen und schlafen gleichzeitig. Das möchte der Peverl Toni nie lernen.
In der Nacht schlafen sie in einer Reihe. Jeder Kopf liegt auf den Waden des Vordermannes. Der Peverl Toni hat Glück, denn sein Kopf liegt auf schönen, weichen Waden, die sich nicht bewegen, und seine Waden liegen unter einem warmen, breiten Kopf.
Am Morgen, wenn der erste aufsteht, fällt der Kopf des zweiten auf den Stein, und der zweite erwacht, und wenn er aufsteht, fällt der Kopf des dritten auf den Stein, und der dritte erwacht. Wenn ich nur nicht der tausendste bin, denkt der Peverl Toni am Morgen.
Am Mittag trägt er einen Rucksack auf dem Rücken und weiß nicht, wann er ihn aufgenommen hat. Er könnte nicht einmal mehr behaupten, daß es sich um eine Zufälligkeit handelt. Weitaus letzter ist er. Links der Abgrund, rechts die schwindelnde Höhe. Manchmal sieht der Peverl Toni den zweitletzten weit vor sich in der nächsten Felsfalte, und bald sieht er ihn schon in der übernächsten.
Auf einmal ist ein Loch im Weg. Das ist zwei Meter breit und unsagbar tief. Es kann doch nicht sein, daß die anderen so schnell über das Loch gegangen sind, denkt der Peverl Toni. Aber der zweitletzte ist jetzt schon in der überübernächsten Felsfalte, und der Peverl Toni denkt: Wär' ich nur der zweitletzte! Er knetet die Hände und schwingt einen Fuß vor und

einen zurück. Über dem Loch wäre ja eine Felsnase, und wenn man ein Seil hätte, könnte man das Seil über die Felsnase werfen und sich über den Abgrund lianen. Gut, daß in dem fremden Rucksack ein Seil ist! So kommt der Peverl Toni noch einmal davon. Hastet weiter und läßt Seil und Rucksack in den Abgrund fallen.
Ach, hinter der nächsten Felsfalte hört es ganz auf! Jetzt kann er nicht mehr vor und nicht mehr zurück. Fliegen, denkt er, aber das kann kein Mensch.

Sechstes Kapitel

Er könnte sich vor einem Steinschlag nicht retten, im Winter würde er frieren, denn er hat ja nur das weiße Hemd. Gar nicht reden will ich von Speise und Trank. Nur durch ein Wunder würde er zu etwas Gebratenem kommen. Ich will nicht, daß er liegenbleibt, so arm.

Siebtes Kapitel

Der Geigenbauer
In der Nacht kann schon deshalb so viel passieren, weil alles ganz anders und ungewohnt aussieht. In unbebauter Gegend ist die Nacht eine Kirche. Deine weiße Bluse, du Galgenstrick, hat dich mir verraten. In manchen Nächten ist es im Freien nicht wie im Freien und im Haus nicht wie im Haus. Dabei hätte es gar keinen Sinn, die Nacht dem Tag vorzuziehen und sie mehr zu besingen als diesen.
Der Peverl Toni schaut sechs Sterne an und einen siebten sehr hellen. Wenn er nicht genau darauf schaut, sondern ein bißchen daneben – wer weiß, wie viele Millionen Kilometer –, dann sieht er über einem der sieben Sterne ein winzig kleines Sternlein, das sofort mit dem größeren verschmilzt, wenn man es

genau sehen will. Solche Wunder geschehen im Auge und im Himmel. Aber auf Erden muß man die Wunder träumen.
Ja, die Felswand sieht gar nicht mehr so steil aus, eigentlich sogar flach, und eine Felswand ist sie schon lange nicht mehr, sondern eine weiche, nachtschwarze Samtwiese mit zusammengefalteten Gänseblümchen.
Der Peverl Toni ist nur kurz aufgewacht. Gleich klemmt er wieder die Hände unter die Achseln und schläft weiter. Im Magen drückt der Hunger. Kalt ist es geworden. Die Steinchen, die am Abend noch jahrtausendalte Abbröckelungen waren, sind jetzt ein sauber gerechter Kieselweg. Beim Schlafen schnauft der Peverl Toni so fest aus, daß es von einem Kreis die Steinchen wegbläst.
Ausgeschlafen aufgewacht am Morgen sieht alles anders aus. Es ist eine grüne Wiese, so grün, vermutlich im Frühling, gestutztes Gras und überall schmale, gewundene Wege. Der Peverl Toni sitzt auf einem leichten Abhang zu einer breiten Mulde hin, wo weit verstreut Häuser stehen, manche seltsam. In der Mitte, weit unten scheint ein Platz zu sein, der von einem dünnen, hohen Zaun gehalten wird. Vielleicht aber ist es auch ein Vorhang. Der Peverl Toni kann es von weitem nicht erkennen. Auf der anderen Seite der Mulde, wo der Hang wieder ansteigt, beginnt Wald. Auch hinter dem Peverl Toni ist Wald, so als sei er gestern herausgetreten, um auf dem Kiesweg zu übernachten. Und neben dem Peverl Toni steht ein Mann. Der blickt freundlich und wartend auf ihn nieder und macht eine besänftigende Geste, als der Peverl Toni die Hand vors Gesicht hebt, weil er erschrickt oder weil er die Augen gegen das Licht abschirmen will. Aber der Mann sagt nichts.
Oft wird berichtet, ein Vater sei nach Hause gekommen und habe zwar laut, aber nur

– So, gesagt, und den Söhnen seien von selbst die Arme vors Gesicht geflogen.

Der Mann hat ein jungenhaftes Aussehen. Sicher ist er schon in mittleren Jahren. Das macht sein lockiges Haar, das seitwärts über die Ohren lang, aber im Nacken gestutzt und in der Mitte des Kopfes streng gescheitelt ist. Oder es sind die Augen, die so bubenhaft schauen, weil kaum behaarte Brauen wie schräge Dachflügel über ihnen stehen. Die Nase hingegen ist eine dicke

Säule, die das Dach in der Mitte stützt. Der Mann ist wie ein Herr gekleidet: schwarzer Anzug, weinrotes Wams, gestärkter Vatermörder mit weißer Fliege. Fast macht er einen elefantig-ruhigen Eindruck. Nur seine linke Hand dreht und reibt sehr flink ein schmales Holzklötzchen.

– Habe ich Sie gestört, fragt er.

– Nein, sagt der Peverl Toni. Guten Morgen.

– Guten Morgen, sagt der Mann.

– Ich weiß nicht, wo ich bin, sagt der Peverl Toni. Ich glaube nämlich, ich war gestern irgendwo anders.

– Sie haben auf meinem Weg geschlafen, sagt der Mann und kehrt mit dem Schuh die Steinchen zurück, die der Peverl Toni weggeschnarcht hat.

– Ich bin ein Wanderer, sagt der Peverl Toni.

– Ich bin der Geigenbauer, sagt der Mann.

Der Geigenbauer schickt sich an zu gehen, und der Peverl Toni folgt ihm, und es geschieht ohne Hintergedanken und ohne Einladung. Dann sagt der Mann:

– Hinter uns war der Waldesrand, vor uns ist das Dorf. Dort wohnen noch die Gewürzfrau, der Gemüsemann, die Kutscherin, die Sängerin und der Geschichtenerzähler.

– Dann ist es aber ein kleines Dorf, sagt der Peverl Toni.

– Viel größer dürfte es nicht sein, sagt der Geigenbauer, sonst hätten ja alle eigenen Wege gar nicht Platz.

– Hat denn jeder einen eigenen Weg, fragt der Peverl Toni.

– Ja, sagt der Geigenbauer. Und jeder Weg ist wie sein Besitzer. Die Sängerin zum Beispiel ist ein verspieltes Wesen.

Der Geigenbauer ist ein vornehmer Herr, denkt der Peverl Toni. Er ist gütig, aber nicht aufdringlich. Aber ob er auch klug ist?

– Darf ich Sie zu Käse und Brot einladen, sagt der Geigenbauer. Sicher haben Sie Hunger.

Er greift in seine Jackentasche und holt Proviant heraus.

– Zwar muß ich sagen, daß mein Brot nicht besonders gut schmeckt, aber unter dem Käse merkt man es nicht.

– Gutes Brot wäre aber wichtig, sagt der Peverl Toni.

– Schon, sagt der Geigenbauer. Aber es gibt keinen Bäcker im Dorf.

– Glauben Sie, es würde die anderen stören, wenn ich ein paar Tage zu Besuch bleibe, fragt der Peverl Toni.

– Gewiß nicht, sagt der Geigenbauer. Da Sie so interessiert über Brot sprachen, vermute ich ohnehin, daß Sie Bäcker sind. Ich und die anderen würden Sie vielleicht sogar bitten, ganz bei uns zu bleiben.

– Eigentlich bin ich aber kein Bäcker, sagt der Peverl Toni.

– Das ist womöglich noch besser, sagt der Geigenbauer. Dann werden Sie das Bäckerhandwerk eben lernen, und Brot von einem gelernten Bäcker zu essen, ist bestimmt noch vorteilhafter.

Diese Antwort scheint dem Peverl Toni doch recht sonderbar zu sein. Aber er will nicht darüber nachdenken, und nachfragen will er erst recht nicht. Dann wäre die leichte Vornehmheit des Gespräches dahin.

– Würde der Bäcker auch einen eigenen Weg bekommen, fragt der Peverl Toni.

– Freilich, sagt der Geigenbauer. Er sollte aber zuerst eine Zeichnung anfertigen und diese den anderen zur Begutachtung vorlegen.

– Gibt es hier so strenge Regeln, was erlaubt ist und was nicht, fragt der Peverl Toni.

– Der Weg soll sein, wie sein Besitzer ist, sagt der Geigenbauer. Aber oft kennt man sich selbst nicht so gut, wie einen die anderen kennen. Dann können die anderen bei der Form des Weges behilflich sein.

Immer wollte der Peverl Toni anders sein als die anderen, weil gleich wie die anderen sein immer so viel hieß wie nicht eigen sein. Darum fliegen ihm automatisch wie die Arme der Söhne zuerst Ablehnung und Verstockung in den Sinn. Aber dann denkt er: Wo alle eigen sind, ist man selber eigen, wenn man wie alle ist. Und das Eigene im anderen soll man nicht kritisieren.

– Wichtig wäre es für den Bäcker, sich rechtzeitig mit der Gewürzfrau in Verbindung zu setzen, sagt der Geigenbauer. Denn der neue Bäcker müßte unbedingt mit gewürztem Brot aufwarten. Die Gewürzfrau besitzt eine hervorragende Nase für Gewürze aller Art. Ihr Sohn, der uns vor Jahren verlassen hat, weil das kleine Dorf zu klein war für seine Fähigkeiten, hat den feinen Geruchssinn von seiner Mutter geerbt. Heute ist er der begehrteste Koch in den Städten. Auch die Gewürzfrau

hätte große Angebote gehabt. Aber sie heiratete den Gemüsemann, der einen lustigen, deftigen Charakter hat, was oft zu amüsanten Gesprächen zwischen den beiden führt.
Dem Peverl Toni hat das Proviantbrot nach gar nichts geschmeckt. Es war einfach nur Nahrung, und er hat nicht einmal richtig gemerkt, wie es in seinen Mund gekommen und hinuntergerutscht ist.

– Bevor ich Sie zur Gewürzfrau führe, möchte ich Ihnen noch eine Erklärung abgeben, sagt der Geigenbauer. Sicher haben Sie bemerkt, daß ich die ganze Zeit ein kleines Holz in der Hand reibe. Aus diesem Stück werde ich einen Wirbel für meine nächste Geige schnitzen. Das Reiben hat den Zweck, das Holz elastisch und zäh zu machen. Zwei Wochen lang reibe ich so ein Holz fünf Stunden am Tag. Gern würde ich ja der Sängerin eine Geige schenken. Aber das geht nicht.

– Warum denn nicht, fragt der Peverl Toni.

– Eine Geige könnte die Sängerin kränken, sagt der Geigenbauer. Sie würde das Geschenk vielleicht für eine bitterböse Anspielung halten. Sie kann nämlich gar nicht singen, und sie weiß, daß sie nicht singen kann. Aber weil sie so gern eine Sängerin wäre, nennt sie sich Sängerin, und wir im Dorf nennen sie ebenso, obwohl wir wissen, daß sie gar nicht singen kann. Die Sängerin weiß, daß wir es wissen, aber sie weiß auch, daß wir ihren Herzenswunsch respektieren. Manchmal fragt sie, ob sie ein Lied zu diesem oder jenem Anlaß vortragen soll. Wir antworten, wir seien zu gering für ihre Kunst, und sie möge doch ihre Stimme für einen würdigeren Anlaß schonen. Dann ist sie uns von ganzem Herzen dankbar.

– Hat sie noch niemand singen gehört, fragt der Peverl Toni.

– Noch niemand, sagt der Geigenbauer.

– Vielleicht kann sie aber doch singen, sagt der Peverl Toni.

– Es ist schon möglich, sagt der Geigenbauer. Aber wir wollen es lieber nicht ausprobieren. Denn wahrscheinlich kann sie es nicht, und dann wäre es peinlich für sie. Auch von mir behauptet mancher, ich sei ein Dichter, und ich habe mich doch noch nie in diesem Fach versucht.

– Dann müssen Sie eben allen diesen Gerüchten energisch widersprechen, sagt der Peverl Toni.

– Das wäre sehr unhöflich, sagt der Geigenbauer. Die erzäh-

len, ich sei ein Dichter, wollen mir damit eine Freude bereiten, und es hieße, sie vor den Kopf stoßen, würde ich ihnen widersprechen.
Sie stehen jetzt vor dem Platz mit dem seltsamen Zaun, und der Peverl Toni sieht, daß es kein Zaun ist und kein Vorhang.

– Dort finden Sie die Gewürzfrau, sagt der Geigenbauer. Es ist unser Marktplatz.

Der Peverl Toni bedankt sich, und er hat das Gefühl, als hätten sich die Worte in seinem Kopf selbständig gemacht und gehörten nicht mehr zu ihm.

– Ich hoffe, daß Ihnen der Bäckerberuf gefallen wird, sagt der Geigenbauer. Besuchen Sie mich bald.

Dann greift er noch in die Tasche und holt ein zusammengerolltes Papier heraus.

– Hier ist mein Weg eingezeichnet, sagt er. Damit Sie mich finden.

Und er verabschiedet sich mit einer leichten Verbeugung.

DER WEG DES GEIGENBAUERS

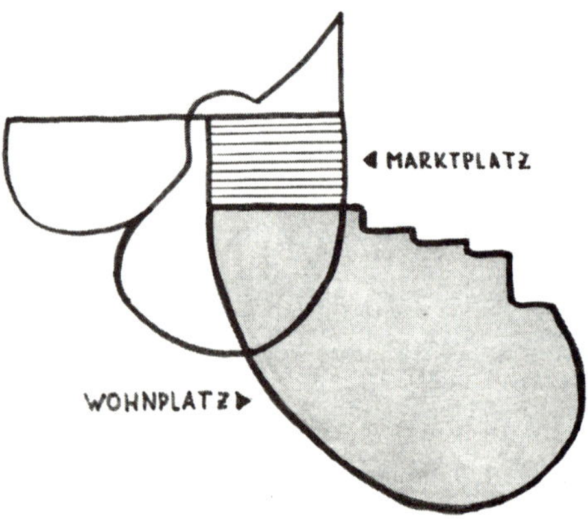

Die Gewürzfrau und der Gemüsemann
Es sind haushohe Kulissen aus Sperrholz, im Rücken grau vom Wetter und mit Stangen und Balken in eine aufrechte Stellung gestützt. Auf die Art ist ein Rechteck eingezäunt worden. Der Eingang soll ein Stadttor sein. Aber innen wurde bunt gemalt und alles wie echt. Auf das Stadttor sind Quadersteine gekünstelt und schmale Schartenfenster und weiter oben eine Holzgalerie und zum Abschluß ein geschieferter Zwiebelturm.
Buntbemalte Fachwerkhäuser stehen um den Platz und auch ein prächtiges Rathaus. Von seinem Balkon herunter winkt sogar ein gemalter Bürgermeister in Frack und Zylinder. Ums Eck neben dem Rathaus ist die Notariatskanzlei; dann das Schuhgeschäft »Putschki«, dann die Mohren-Apotheke, dann kommt das andere Stadttor und daneben das Gasthaus »Zum Schlüssel«. Dann noch ein Wurstwarengeschäft und eine Bäkkerei, bei der die Rolläden heruntergelassen gezeichnet sind. Besonders anschauenswert ist die Buchhandlung, denn ihr Aushängeschild heißt »Bücher-Riemann«, und die Buchstaben dieses Namens sind lauter Stäbchen aus Bücherrücken, so daß man tatsächlich von Buchstaben sprechen kann, und diese lustigkluge Wörtlichnahme eines sonst so Dahergeredeten läßt auf einen hohen Geist des Besitzers und auf ein befriedigendes Angebot seines Ladens schließen. Um so mehr bedauert man, daß die Buchhandlung in Wirklichkeit nicht mehr ist als eine Malerei auf einer Sperrholzplatte.
Mitten auf dem Marktplatz sind nebeneinander zwei Marktstände. Auf dem einen mit rot-weißem Stoffdach steht »Gewürze«, auf dem anderen mit blau-weißem Stoffdach »Gemüse«.

– Ein Kunde! Rasch, ein Kunde, hört der Peverl Toni den Gemüsemann sagen.
Der Peverl Toni ist der einzige und heute sicher auch der erste Kunde, und seine harten Schuhsohlen hacken laut auf das harte Kopfsteinpflaster.

– Guten Tag, sagt er. Ich bin auf der Durchreise. Der Geigenbauer hat mir geraten, mich mit der Gewürzfrau in Verbindung zu setzen.

– Was heißt auf der Durchreise, lacht der Gemüsemann. Bestimmt sind Sie der Bäcker.

– Das wäre eine große Freude, sagt die Gewürzfrau.

Sie hat ein feines, weißes Gesicht, so als scheine die Sonne höchstens am Abend und nur einige Minuten darauf. Die Haare schließen ihre Stirn mit einem streng gezirkelten Halbkreis ab, und am höchsten Punkt der Stirn treffen sich zwei Scheitel, die wie ein V nach hinten auseinanderlaufen und einen hart geflochtenen Haarkranz am Hinterkopf einzangen. An jeder Schläfe sind noch zwei Zöpfchen geflochten, die wie kupferne Ohrringe aussehen. In ihrem königsblauen Seidenkleid wirkt sie mehr wie eine Dame auf der Hochzeit ihrer Schwester als eine Marktfrau. An den Armen ist das Kleid gebauscht, und hochgeschlossen ist es bis zum Hals. Nur noch den Kragen der weißen Spitzenbluse kann man sehen.

Ganz anders der Gemüsemann: Er ist schlampig gekleidet und hat Schmutz in der Haut. Die großen Schlotterhosen sind unten grau vom Straßenstaub, und die dicke graue Jacke und das kragenlose karierte Hemd sind steif vom Abwischen der Gemüsefinger. Um den Hals hängt ein dünner, schwarzer Wollschal wie ein Strick. Er hat ein gefurchtes Gesicht und ein so lustiges Lachen im Mund, daß niemand an sich halten kann. In den Wangen sind zwei tiefe Lachkerben, und die Stirn ist ein Rechteck, scharf abgetrennt von den Schläfen, ein Panzer unter der gespannten, gelben Haut. Die Haare kämmt er mit den Fingern. Rabenschwarz sind die Haare und fettig und lang und einfach aus der Stirn über den Kopf gestrichen.

– Bitte, sagt die Gewürzfrau, bevor Sie sich meinen Gewürzen zuwenden, sollten Sie zuerst die auserlesenen Gemüsesorten des Gemüsemannes begutachten.

Und zum Gemüsemann sagt sie:

– Ich weiß, Sie werden mich tadeln, aber ich muß Ihnen gestehen, ich kaufe stets mehr Gemüse ein, als ich essen kann, nur weil es so gut riecht und so schön aussieht. Das ist Ihr Verdienst.

– Wie können Sie nur den Geruch meines Gemüses loben angesichts Ihrer herrlichen Gewürze, sagt der Gemüsemann. Ihre Gewürze sind die besten, besonders der Knoblauch, und wie weiß die Knollen sind!

– Warum siezen Sie sich eigentlich, fragt der Peverl Toni. Der Geigenbauer sagte mir, Sie seien verheiratet.

– Ach, der Gute, sagt der Gemüsemann. Er bringt alles durcheinander.

– Nein, das dürfen Sie nicht von ihm glauben, sagt die Gewürzfrau. Der Geigenbauer ist ein sehr klarsichtiger Herr. Er hat bestimmt nichts durcheinandergebracht, obwohl das an seiner Liebenswürdigkeit nichts ändern würde. Ich weiß es von der Sängerin. Sie sagte mir, der Geigenbauer habe ihr einmal die Vermutung mitgeteilt, Sie und ich wollten heiraten, wir würden uns aber nicht trauen, weil wir fürchteten, wir würden damit den anderen zeigen, daß wir zueinander ein engeres Verhältnis hätten als zu ihnen. Und da habe der Geigenbauer den Vorschlag gemacht, uns einfach ohne Rücksicht auf die Tatsachen für verheiratet zu erklären, um uns zu zeigen, daß die anderen unser Vorhaben nicht nur billigen, sondern sogar unterstützen.

– Ach, der Gute, sagt der Gemüsemann. Das wußte ich wirklich nicht. Ich dachte eben, er habe wieder alles durcheinandergebracht wie damals, als er die Kutscherin und die Sängerin zu Zwillingsschwestern erklärte.

– Das ist eine schöne Geschichte, die wir uns schon lange nicht mehr erzählt haben, sagt die Gewürzfrau.

– Ich werde eine Einladung machen, sagt der Gemüsemann, und den Geschichtenerzähler bitten.

– Ich rede, und dabei sollte ich mich um unseren Bäcker kümmern, sagt die Gewürzfrau.

– Die Ankunft des Bäckers ist eine willkommene Gelegenheit, Ihnen ein kleines Geschenk zu überreichen, sagt der Gemüsemann.

Er wühlt in seinen Hosentaschen und zieht ein Stück von einem alten Schnuderfetzen heraus.

– Wie hübsch, sagt die Gewürzfrau, auch wenn man gar nicht weiß, wozu es gut ist.

– Es ist ein Gewürzsäckchen, sagt der Gemüsemann. Man kann es den Kunden als Besonderheit anbieten. Sehen Sie, ich habe einen Gummizug angenäht. So läßt es sich um den Kopf befestigen, so daß es unter der Nase zum Hängen kommt. Mit einigen Ihrer vorzüglichen Gewürze gefüllt, kann man es immer mit sich herumtragen und daran schnuppern.

– Das ist wirklich ein hübscher Einfall, sagt die Gewürzfrau. Und zum Peverl Toni sagt sie:

– Suchen Sie sich ein Gewürz aus. Ich will es Ihnen schenken als Dank für die Vorfreude auf künftige frische Semmeln.

Das ist dem Peverl Toni wirklich unangenehm. Er will doch nicht mit einem Rotztupfer unter der Nase herumlaufen.

– Sehen Sie, sagt der Gemüsemann, der Bäcker ist zu bescheiden. Wir müssen uns auf raffinierteste Brotsorten gefaßt machen. Ich werde eine Knoblauchzehe für ihn schälen.

– O bitte, nein, sagt der Peverl Toni. Ich möchte gern Majoran.

Die Gewürzfrau nimmt ein Hämpfelchen und füllt es ein. Der Gemüsemann zieht ihm das Säckchen über den Kopf und richtet es unter die Nase.

– Ich finde, es sieht gar nicht wie ein Säckchen aus, sagt die Gewürzfrau. Eher wie ein würdiger Schnurrbart.

– Das war auch meine Absicht, sagt der Gemüsemann.

Da will der Peverl Toni in die Luft gehen, aber ihm fällt ein, daß es besonders lächerlich aussehen muß, sich mit einem Stoffsäckchen unter der Nase über Unsinnigkeiten aufzuregen. Die Streitigkeiten aller obersten Staatsherren würden in den Reservierstuben der ortsansässigen Gasthäuser enden, wenn es ein weltweit geachtetes Gesetz gäbe, das den Herren vorschriebe, ihre Verhandlungen mit auf die Nase geklemmten Zündholzschachteln zu führen.

– Dann will ich Sie nicht länger aufhalten, sagt der Peverl Toni und möchte am liebsten schon zum Tor hinaus sein.

– Warten Sie, sagt der Gemüsemann. Ich begleite Sie ein Stück.

– Hier, sagt die Gewürzfrau, greift unter ihren Markttisch und holt eine Papierrolle hervor. Nehmen Sie das mit, es ist der Plan meines Weges. Damit Sie mich finden, wenn Sie die Semmeln austragen.

Hinter den Kulissenhäusern des Marktplatzes zieht der Gemüsemann den Peverl Toni ins Vertrauen.

– Nehmen Sie ruhig das alberne Säckchen von der Nase, sagt er. Ich muß mich wirklich bei Ihnen entschuldigen. Aber lassen Sie mich gleich zu Anfang sagen: Sie haben sich sehr vornehm verhalten. Sicher bin ich Ihnen eine Erklärung schuldig.

– Ja, ich kenn' mich gar nicht aus, sagt der Peverl Toni, nachdem er das Säckchen abgemacht und dem Gemüsemann zurückgegeben hat.

– Es hat mit der lieben Gewürzfrau zu tun, sagt der Gemüsemann. Ihr Geist ist einigermaßen verwirrt. Wir müssen ihr die Wahrheit ersparen.

– Aber was hat das mit dem Gewürzsäckchen zu tun, fragt der Peverl Toni.

– Ja, das ist eine verwickelte Geschichte, sagt der Gemüsemann. Ich muß sie Ihnen erzählen, damit Sie nachträglich Verständnis für mein sonderbares Verhalten haben und der Gewürzfrau die Liebe und Verehrung entgegenbringen, die sie verdient.

Der Gemüsemann bietet dem Peverl Toni neben einem der Wege Platz an. So sitzen sie in der Wiese. Eine ganze Weile lang streicht er heftig seine Haare zurück, dann sagt der Gemüsemann:

– Ach, die Geschichte rührt mich immer von neuem. Die Gewürzfrau hatte einen Sohn, der war mit achtzehn Jahren noch wie ein dreijähriges Kind. Den ganzen Tag lief er hinter ihr her. Er hing ihr am Schürzenzipfel. Aber die Gewürzfrau war auch glücklich darüber, denn sie hatte sich nie gewünscht, daß ihr Sohn erwachsen werde. Ja, schon damals war es eigenartig mit ihr. Manchmal hatte sie Zustände und konnte sich tagelang an nichts erinnern. Dann ging sie aus dem Dorf weit weg zu einer Herberge, die heute zerfallen ist, und dort blieb und zechte sie mit den Wanderern und betrank sich so arg, daß sie Tage verschlief. Wenn sie aufwachte, mußte sie der Wirt beruhigen und ihr alles erklären, weil sie gar nicht wußte, wo sie war und wie sie dahingekommen. Wir im Dorf machten uns eigentlich keine Sorgen, denn es war schon oft geschehen, und immer hatte es gleich geendet: Wenn sie zurückkam, taten wir so, als habe sie lediglich einen Spaziergang gemacht. Wir wußten, sie würde sich vor uns schämen, wenn sie oder wir die Wahrheit sagten. Immer wenn sie zur Herberge ging, ließ sie ihren Sohn allein zurück, so als habe sie ihn ganz und gar vergessen. Wir sorgten freilich für ihn. Aber es war nicht leicht, denn er weinte Tag und Nacht. Wir mußten ihn sogar festhalten, damit er nicht ausreiße. Einmal aber, als die Gewürzfrau wieder unterwegs war, machte er sich los und lief davon. Wir konnten ihn nicht mehr halten, denn, obwohl sein Gemüt das eines Kindes war, hatte er doch die Kräfte eines Mannes. Wir riefen die ganze Nacht nach ihm und fanden ihn nicht wieder. Als die Gewürzfrau zurückkam und sich an alles erinnerte, suchte sie ihren Sohn im Haus und auf den Wegen. Wir aber wußten nicht, wie wir uns verhalten sollten, denn hätten wir ihr alles erzählt, dann hätten wir nicht weiter so tun können, als sei sie gerade von einem Spaziergang zurückgekehrt. Auch sie wußte nicht, was sie tun sollte, und so wurde gar nicht über die Sache gesprochen. Aber sie hat sich furchtbar gequält. Der Schmerz um den verlorenen Sohn kämpfte in ihr mit der Scham, vor uns ihre Eskapade eingestehen zu müssen, und mit der Angst, uns mit ihrer Bitte, ihr zu helfen, lästig zu fallen. Da begann sich ihr verwirrter Geist Schlauheiten auszudenken, wie er die widersprüchlichen Gefühle bändigen oder gar umkehren könne. Zum Beispiel schenkte sie dem Geschichtenerzähler zwei große Spürhunde. Der Geschichtenerzähler, der Angst vor Hunden hat, fragte dann doch, warum sie ihm Hunde schenke, und sie sagte, weil er, der Geschichtenerzähler, den längsten Weg habe und am meisten von allen Spaziergänge unternehme, manchmal sogar weit über die Grenzen des Dorfes hinaus, und es deshalb doch praktisch sei, zwei Spürhunde bei sich zu haben, mit deren Hilfe man eventuell gestrauchelte Wanderer auffinden könnte. Jeder im Dorf wußte, daß die Gewürzfrau die Hunde zuvor ausgiebig an der Jacke ihres Sohnes hatte schnuppern lassen, und auch dem Geschichtenerzähler war klar, was sie mit ihrem Geschenk eigentlich bezweckte. Aber er fürchtete die Hunde so sehr, daß er sich nicht einmal traute, ihnen das Fressen zu geben, und bald liefen sie von ihm weg in die Wälder. Eine andere List der Gewürzfrau war so: Sie behauptete, die Kutscherin und die Sängerin seien Zwillinge, und sie fände es besonders schön, wenn die beiden Hand in Hand lange Spaziergänge in die Umgegend unternähmen, weil es doch reizend sei, ein Zwillingspaar von der Ferne aus zu betrachten, wie aus einem Punkt zwei Punkte und aus zwei Punkten zwei gleiche Menschen würden. Die Kutscherin und die Sängerin erklärten sich gerne bereit dazu, als Zwillinge zu gelten, denn sie wollten der Gewürzfrau eine Freude berei-

ten, zumal sie sich denken konnten, was dahintersteckte. Die Gewürzfrau wußte, daß ihr Sohn die beiden besonders gern gehabt hatte, aber sie dachte, daß sein unterentwickelter Verstand nicht in der Lage sein würde, die Kutscherin oder die Sängerin zu erkennen, wenn er sie allein sähe, daß ihn aber der Anblick der beiden zusammen aus seinem Versteck locken und zur Heimkehr ermutigen würde. Die Gewürzfrau vermutete ihn nämlich immer noch in der näheren Umgebung. Später, als sie aufgegeben hatte, ihn in der Nähe des Dorfes zu suchen oder auf diese Art suchen zu lassen, schenkte sie jedem Reisenden, der hier vorbeikam, ein Hämpfelchen Gewürze, weil sie hoffte, der Reisende würde vielleicht irgendwo ihrem Sohn begegnen, und der, weil er die feinste Nase hatte, die es auf der Welt gibt, würde sich beim Geruch des Gewürzes an seine Mutter erinnern und zurückkehren. Aber gleichzeitig machte sie sich auch Sorgen, daß wir ihre Schlauheiten durchschauten und sie verlachten. Um ihr aber zu zeigen, daß ich den Gedanken mit den Gewürzhämpfelchen an fremde Wanderer für eine gute Idee halte, und um vorzutäuschen, daß ich den wahren Grund dafür nicht kenne, machte ich ihr den Vorschlag mit den Gewürzsäckchen – und, ich muß es gestehen, auch um ihr ein wenig wunderlich zu erscheinen, damit sie sich in ihrer eigenen Wunderlichkeit nicht so allein vorkomme.
Wieder streicht sich der Gemüsemann eine lange Weile die Haare aus der Stirn. Den Peverl Toni hat die Geschichte angerührt, und er denkt: Wo so ein Aufwand getrieben wird, um einen Schmerz zu lindern, dort ist es egal, wie die Leute sind, weil jeder sein kann, wie er will, und trotzdem mag ihn jeder. Schon fängt er an zu überlegen, wie man am gezieltesten in einer Backstube herumfucheriert.
Der Gemüsemann hält dem Peverl Toni die Hand hin und sagt:
– Ich freue mich, einen so hochanständigen, manierlichen Mann kennengelernt zu haben. Bitte besuchen Sie mich bald in meinem Haus, und werden Sie ein knuspriger Bäcker.
Dann gibt er ihm noch einen Plan seines Weges und kehrt durch die Kulissen zum Marktplatz zurück.

DER WEG DER GEWÜRZFRAU

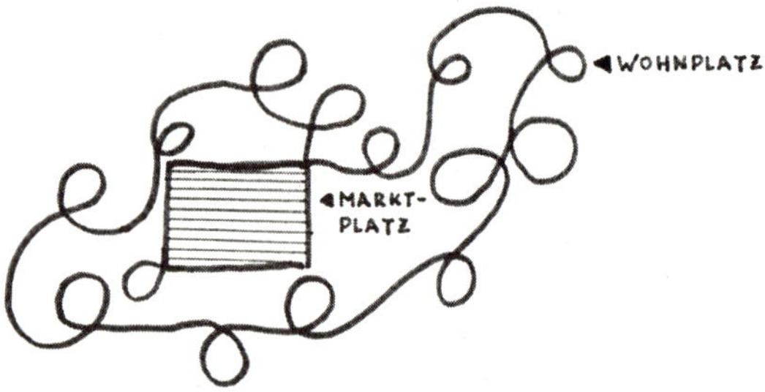

DER WEG DES GEMÜSEMANNES

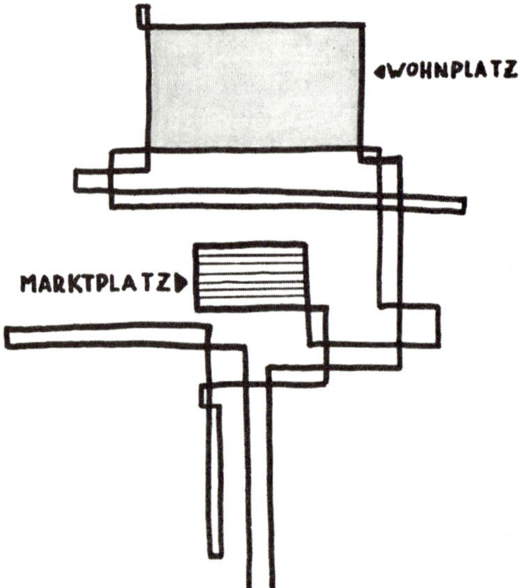

Die Kutscherin

Werd' ich eben sehen, wen ich als nächsten treffe, denkt sich der Peverl Toni und geht unter dem warmen Himmel drauflos. Die Hände hat er tief in den Taschen. Es ist ein Kreuzen und Schlingen von Wegen, daß man gar nicht weiß, wo der eine Weg weiter geht und wo der andere. Manchmal liegen so viele Kreuzungen übereinander und nebeneinander, daß es aussieht wie ein kleiner Platz mit Grasbüscheln dazwischen.

Da kommt des Wegs die Kutscherin mit ihrem silbernen Gespann. Sie sitzt auf dem hohen Bock hinter sechs glänzenden Rappen, und gerade neben dem Peverl Toni hält sie an.

– Ich bin die Kutscherin, sagt sie. Du bist der Bäcker. Ich hab' von dir gehört. Steig ein! Ich fahre dich.

Das läßt sich der Peverl Toni nicht zweimal sagen bei dieser schönen Kutsche. Viel roten Samt hat sie und schwarzen Lack und Silberbeschläge an allen Kanten und Ecken und Schlössern und Ritzen. Behende zieht er sich an den Laternenpfählen hinauf auf den Bock.

Die Kutscherin hat schmale Lippen wie ein Faden, aber in den Mundwinkeln gehen sie ein wenig auseinander, so als seien sie kleine Trompeten. Ihr Gesicht ist groß und dunkel von der Sonne. Haare hat sie wie Draht, die stehen nach allen Seiten, da rot, da schwarz, da braun, da grau verwirbelt und verbüschelt. Die Augen sind schwarz wie glänzende Lacktropfen. Ihren Körper hat sie in einen langen Mantel gehüllt.

– Ich duze alle, sagt sie.

– Das macht nichts aus, sagt der Peverl Toni. Ich sag' trotzdem Sie, weil ich noch so jung bin.

– Das hat aber noch lange nichts mit Höflichkeit zu tun, sagt die Kutscherin.

Jetzt möchte der Peverl Toni am liebsten gar nicht sprechen und sich nur über die Kutschenfahrt freuen. Die Kutscherin läßt die Wege liegen, wo sie sind, und holpert darüber weg, auch durchs Gras treibt sie die Rappen.

– Hast grad mit einem geredet und mußt nachdenken, sagt sie. Red nur, wenn du willst. Ich fahre auch, wie's mir paßt.

– Der Gemüsemann hat mir eine lange und traurige Geschichte erzählt, sagt der Peverl Toni.

– Glaub mir, sagt die Kutscherin, alles ist viel komplizierter, als man es erzählen kann. Mein Bruder, der Geschichtenerzähler, wird dir noch viel über dieses Thema auseinandersetzen. Das ist für ihn nämlich die größte Schwierigkeit beim Erfinden seiner Geschichten: Jede Geschichte ist komplizierter, als man sie erzählen kann, sagt er immer.

– Aber ein Geschichtenerzähler erfindet doch die Geschichten, die er erzählt, sagt der Peverl Toni. Was mir der Gemüsemann erzählt hat, hat sich wirklich zugetragen.

– Wahre Begebenheiten kann man gar nicht erzählen, sagt die Kutscherin. Aus wahren Begebenheiten muß man erst eine Geschichte machen, damit man sie erzählen kann. Und eine Geschichte ist immer etwas Erfundenes. Man muß ihren Anfang erfinden und ihren Höhepunkt und ihr Ende. Wahre Begebenheiten laufen immer so fort. Wie könnte ich eine wahre Begebenheit erzählen, wenn schon das Erzählen selbst zur wahren Begebenheit dazugehört? Außerdem kann man nur Vergangenes erzählen. Aber an Vergangenes kann man sich gar nicht mehr so gut erinnern, daß man seine Schilderung als wahr bezeichnen kann. Und Gegenwärtiges kann man auch nicht erzählen, wie es wahr ist, denn die Gegenwart vergeht so schnell, daß man gar nicht das Wort dafür aussprechen kann. Mein Bruder, der Geschichtenerzähler, wird dir das ganz genau erklären. Hü, hü, Pferde, schneller!

– Wer erfindet, darf nicht behaupten, es sei die Wahrheit, sagt der Peverl Toni. Denn dann ist er ein Lügner.

– Zwischen Erfinden und Lügen ist ein gehöriger Unterschied, sagt die Kutscherin.

– Erfinden tut ein Dichter, sagt der Peverl Toni.

– Ja, sagt die Kutscherin. Zum Beispiel der Geigenbauer. Er ist ein Dichter.

– Aber der Geigenbauer betonte, er sei in Wirklichkeit kein Dichter, sagt der Peverl Toni. Nur die anderen würden das behaupten.

– Alles ist viel komplizierter, als man es erzählen kann, sagt die Kutscherin. Der Geigenbauer ist ein bescheidener Mensch, der sich vor nichts mehr fürchtet, als wenn ihn andere loben und verehren. Wäre er nur ein mittelmäßiger Dichter, der zu bäuerlichen Anlässen seine Verslein gibt, hätte er sicher Ruhm und Ehre nicht zu fürchten. Aber seine Dichtungen erreichen höchste Güte, und spräche sich das herum, hätte er bald nicht mehr seine ruhigen Augenblicke, die er so liebt, weil er sie braucht, um seine Werke zu schaffen. Das ist neben seiner Bescheidenheit der Grund, warum er leugnet, ein Dichter zu sein.

– Aber warum sagt er das nicht selbst? Ich würde ihn verstehen und respektieren, sagt der Peverl Toni.

– Er könnte doch nicht von sich selbst behaupten, seine Dichtungen seien so wunderbar, daß sie unweigerlich zu Ruhm und Ehre führen, und davor fürchte er sich mehr als vor allem anderen. Du hättest dann recht, dich über ihn zu wundern und in ihm einen Aufschneider zu sehen, der nichts weiter verdiente als Verachtung. Lauft Pferde, lauft, ruft die Kutscherin und knallt mit der Peitsche.

Da muß der Peverl Toni im Kopf der Kutscherin alles zugeben. Wenn die Kutscherin über die Wege galoppieren läßt, holpert es so fest, daß der Peverl Toni einen halben Meter, wie er sitzt, in die Luft hopst.

– Ich kenne diese Geschichte, sagt die Kutscherin.

– Und ist sie wahr, fragt der Peverl Toni.

– Für den Gemüsemann ist sie wahr, sagt die Kutscherin. Aber eigentlich ist sie erfunden. Aber weil sie für den Gemüsemann wahr ist, ist sie nicht gelogen. Die Wirklichkeit ist viel komplizierter. Nicht die Gewürzfrau ist durcheinander im Kopf, sondern der Gemüsemann. Sie ist ihm eine vortreffliche Ehefrau, und sogar das leugnet sie manchmal, wie sie auch leugnet, überhaupt seine Ehefrau zu sein, um die Verwirrung in seinem Kopf nicht noch größer zu machen. Natürlich hat die Gewürzfrau auch nie einen Sohn gehabt. Er ist eine Erfindung des Gemüsemannes. Es ist nämlich so: Die Gewürzfrau sorgt wie eine Mutter für den Gemüsemann, und sie hat ihn geheiratet, damit er immer bei ihr bleiben kann, ohne daß er das Gefühl haben muß, ihr zur Last zu fallen. Eheleute gehören eben zusammen. In seinem tiefsten Inneren schämt sich der Gemüsemann für seine Unselbständigkeit, aber er sieht auch ein, daß ihn die Gewürzfrau wie einen Sohn behandeln muß, damit das Leben nicht über ihn hereinbricht. Niemand, der sich selbst etwas wert ist, kann Lebensunfähigkeit vor sich und anderen eingestehen. Deshalb, wie um das mütterliche Verhalten der Gewürzfrau zu erklären, erfand der Gemüsemann die Geschichte von ihrem Sohn. Die Gewürzfrau läßt das zu, weil sie weiß, daß er das braucht, um sich selbst etwas wert sein zu können, und weil sie weiß, daß wir anderen den Gemüsemann verstehen und liebhaben und ihr Verhalten bewundern.

Lange muß der Peverl Toni nachdenken. Dann sagt er:

– Das schlimme bei solcher Freundlichkeit ist, daß man bald nicht mehr weiß, was wirklich wahr ist und was gelogen und was erfunden. Man kennt sich nicht mehr aus.

– Das ist doch gar nicht wichtig, sagt die Kutscherin. Die Wahrheit bringt nur Streit. Hier im Dorf ist noch nie gestritten worden. Dort läßt sich gut leben, wo man lügen und erfinden kann, ohne zur Rechenschaft gezogen zu werden. Es gibt hier nur ein wirkliches Vergehen, nämlich die Würde des anderen zu verletzen. Das geschieht durch Unfreundlichkeit. Wenn du lügst oder erfindest, und ich weiß es, dann brauch' ich dich eigentlich nicht mehr darauf aufmerksam zu machen. Wenn ich es nicht weiß, dann sind Lüge und Erfindung gleich wie Wahrheit. Wenn ich aber weiß, daß du lügst oder erfindest, und ich sage es dir doch, dann verletze ich dich, und das ist schlimmer als Lüge und Erfindung.

– Man muß sich doch zurechtfinden, sagt der Peverl Toni.

– Wenn du hier Bäcker werden willst, mußt du eines lernen, sagt die Kutscherin. Wo es die Wahrheit gibt, gibt es auch die Unwahrheit, und wo es beide gibt, kann man auch zur Rechenschaft gezogen werden. Wo einer einen anderen zur Rechenschaft ziehen kann, dort gibt es Streit. Wo es Streit gibt, dort wollen wir nicht leben. Du kannst hier alles sein, was du willst, jeder wird es dir glauben. Jeder wird dich so behandeln, wie du es von ihm erwartest, wenn auch du jeden so behandelst, wie er es von dir erwartet.

Da hält die Kutscherin auch schon die Pferde an und sagt:

– Hier lasse ich dich aussteigen. Hinter dem Hügel wohnt die Sängerin. Du solltest sie besuchen.

– Wollen Sie mir nicht einen Plan Ihres Weges geben, sagt der Peverl Toni.

– Nein, sagt die Kutscherin. Ich bin immer unterwegs auf allen Wegen, so daß man mich immer treffen kann, wenn man will.

Als der Peverl Toni schon abgestiegen ist, sagt die Kutscherin.

– Schau dir mein schönes Gespann an. Ist es eines reichen Mannes seines, der auf nichts verzichtet, oder eines armen Mannes seines, der auf alles verzichtet.

– Ich weiß es nicht, sagt der Peverl Toni. Aber ich glaube, ein armer Mann könnte nie zu einer Kutsche kommen, auch wenn er noch so viel spart.

– Doch, sagt die Kutscherin, wenn er sie stiehlt. Ich habe die Kutsche gestohlen, und ihre Besitzerin habe ich getötet. Es ist schon viele Jahre her.

Da dreht sich der Peverl Toni schnell um und geht auf den Hügel zu, weil er über eine passende Freundlichkeit erst lange nachdenken müßte.

Von weitem hört er die Kutscherin rufen:

– Ist dir aufgefallen, wie zurückhaltend meine Pferde schnaufen?

Zehntes Kapitel

Die Sängerin

Ein großes, rotes, kuppelrundes Mückenauge mitten in der Wiese: Das ist das Haus der Sängerin. Viele undurchsichtige, rubinrote Fensterscherben sind eingefaßt in ein Netz aus schwarzen Fensterrahmen und Fensterkreuzen, wild gestrickt, kein braver Winkel. Und sonst gar nichts – kein Balkon, kein Fensterladen, keine Ziegelsteine – nur Glas von zerbrochenen roten Vasen und zerbrochenen roten Karnevalsbrillen und zerbrochenen roten Laternen; als habe jemand ein Leben lang rotes Glas gesammelt und dann aus den Splittern und Scherben ein Mosaik gefügt und das Mosaik in Schwarz rahmen lassen zu einem einzigen baumhohen, roten, kuppelgebogenen Fenster; als habe er dann seine Freunde bemüht und gefragt:

– Was kann das sein?

und als habe ein vorlauter Freund ohne Überlegung gerufen:

– Ein Haus!

als sei es von da an ein Haus gewesen: das Haus der Sängerin. Wie schön muß es sein, über die Strahlen der Abendsonne zu staunen, wenn sie tausendfach spiegeln und tausendfach brechen. Die Kuppel steht, von keinem Weg berührt, auf einem kreisrunden Rasenplatz, der dunkler ist als die andere Wiese, so als sei er in einem nordischen Land gezogen worden. Der Peverl Toni geht lange um diese wunderliche Kuppel herum und kommt aus dem Staunen nicht mehr heraus, und manchmal wendet er sich ab und drückt die Augen zu, weil es so rot ist, als bewege es sich, rot wie ein Tier. An eine Haustür ist gar nicht zu denken! Wo kann denn da Luft hinein? Wo können die Küchendünste hinaus? Wird in Wunderbauten etwa gar nicht gekocht? Und wenn ein männlicher, entfernter Verwandter zu Besuch kommt und ein Zigärrchen schmauchen will? Was, wenn das überhaupt gar kein Haus ist, sondern ein Glasdenkmal oder ein Musikinstrument mit einem hohen Ton, wenn ein Geigenbogen über seine Glaskanten streicht?

Der Peverl Toni klopft irgendwo an die Kuppel. Da klingelt das ganze Haus von unten bis oben sehr leise und fein, aber immer noch und immer noch und hört erst auf, als der Peverl Toni seine Hände an das Glas drückt, um das Zittern zu beruhigen. Für diese Schönheit kommt sich sogar der Peverl Toni zu klein vor. Herrgottsack, wär' ich doch gleich ein batziger Stallknecht und Nasenpopler, denkt der Peverl Toni.

Das Haus hat doch eine Tür, nämlich einen hohen, roten, glockenförmigen Scherben, der nach innen aus der Fassung genommen werden kann. Die Sängerin kommt heraus, und ihr fensterrotes, bodenlanges Kleid paßt wie geschneidert durch die Türöffnung.

– Sie sind also der Bäcker, sagt sie. Wie blaß Sie sind! Kommen Sie in mein rotes Haus!

Ihr Kleid ist wie ein aus Stangen und Reifen gebauter Sockel für ihren zierlichen Oberkörper, und es ist so steif, daß es als Ganzes schwingt wie eine Glocke. Die Sängerin kann nur winzige Schritte machen, und das sieht albern aus. Überhaupt ist die ganze Sängerin wie aus zweien gemacht, eine oben, eine unten, oben zart und unten plump. Der Kopf wieder ist zu klein, fast maushaft piepsig. Ist sie aus dreien gemacht? Die braunen Haare sind rund in den Nacken gedreht und von einer roten Schleife gehalten. Groß ist die Sängerin.

– Guten Tag, sagt der Peverl Toni. Die Kutscherin hat mich hinter dem Hügel abgesetzt. Hoffentlich störe ich Sie nicht.

– Sie sind herzlich willkommen, sagt die Sängerin. Und hätte ich gewußt, wie schön Sie sind, wäre ich schon ungeduldig geworden. Gehen Sie über alle Wege, um sich allen zu zeigen?

– Nein, sagt der Peverl Toni. Ich möchte mich nur vorstellen, wie es sich gehört.

– Sie sollten aber dabei nicht vergessen, auf Ihre Schönheit aufmerksam zu machen, sagt die Sängerin. Auch ich tue das regelmäßig. Denn Schönheit verpflichtet, sie zu zeigen.
Das ist dem Peverl Toni jetzt aber wirklich unangenehm. Fast muß er herausprusten, denn er findet die Sängerin gar nicht schön. Alles eher!

– Sie dürfen sich von meinem häßlichen Kleid nicht irreführen lassen, sagt die Sängerin.

– Ein Bäcker sollte in erster Linie Brot backen, sagt er.

– Und auf seinem Weg spazieren gehen, damit man ihn sieht, das soll der Bäcker auch, sagt die Sängerin.

– Ich habe ja noch gar keinen Weg, sagt der Peverl Toni.

– Dann sind Sie sicher gekommen, um sich von mir einen entwerfen zu lassen, sagt die Sängerin.

– Ich dachte, man darf sich den eigenen Weg auch selber machen, sagt der Peverl Toni.

– Das schon, sagt die Sängerin, aber die meisten Wege habe ich entworfen. Ich bin nämlich eine begnadete Konstrukteurin. Zum Beispiel der Weg des Geigenbauers – er ist mein Werk!

– Das muß man sicher bezahlen, und ich habe leider gar kein Geld, sagt der Peverl Toni.

– Ich habe auch kein Geld, sagt die Sängerin. Und der Geigenbauer hat auch keines. Aber er kann schöne Gedichte schreiben, und sein schönstes hat er mir geschenkt.

– Aber ich kann keine Gedichte schreiben, sagt der Peverl Toni. Ein Gedicht mit Widmung wäre natürlich besser als Geld, das kann ich verstehen.

– Das Gedicht des Geigenbauers ist nicht mir gewidmet, sagt die Sängerin. Es ist der Gewürzfrau gewidmet.

– Ist es denn nicht unhöflich vom Geigenbauer, wenn er ein Gedicht der Gewürzfrau widmet und es dann Ihnen schenkt, fragt der Peverl Toni.

– Aber der Geigenbauer hat es doch gar nicht der Gewürzfrau gewidmet, sagt die Sängerin. Der Gemüsemann hat es ihr gewidmet. Der Geigenbauer hat es geschrieben und mir geschenkt, und wenn ich es singe, schaut der Gemüsemann die Gewürzfrau an.

– Ich aber kann nichts und habe nichts, was ich Ihnen schenken könnte, sagt der Peverl Toni. Darum muß ich mir meinen Weg auch selber machen.

– Ich habe auch den Weg der Kutscherin entworfen und nichts dafür bekommen, sagt die Sängerin. Ich kann Ihnen die Skizze zeigen. Kommen Sie mit in mein Haus. Auch das Haus will ich Ihnen zeigen. Ich habe es selbst entworfen.

Sie streichelt über sein weißes Hemd und führt ihn durch die Glastür in die Vorhalle. Die ist ganz leer und sauber gefegt, die Wände aus Glas, und alles gepunktet rot von den roten Strahlen, die hereinfallen. Wenn man spricht, gibt es einen kleinen Widerhall, als rede man sich selber nach.

Auf einmal, der Peverl Toni weiß nicht woher und wie, hat die Sängerin einen Zeichenbogen in der Hand und sagt:

– Das ist der Weg der Kutscherin, meine schönste Arbeit.

Das Haus der Sängerin hat so viele Zimmer, es ist kaum zu glauben, und in die meisten Zimmer kann man gar nicht hineingehen, weil sie entweder keine Tür haben oder zu klein oder zu schmal sind. Aber die Sängerin erzählt dem Peverl Toni von allen Zimmern, auch den entlegensten, und ein paar Zimmer darf er sich anschauen. Die Zimmer sind leer ohne Möbel, ohne Bilder an den Wänden, ohne Teppiche auf den Böden. Zum Beispiel sind drei Zimmer hintereinander so klein, daß man nur kriechen kann. Die Sängerin muß draußen bleiben, weil es ihr Kleid nicht erlaubt. Darum macht es der Peverl Toni allein, und es ist anstrengend, und er weiß gar nicht, warum er es tut. Eigentlich sind die drei Zimmer eine in drei Kammern unterteilte Höhle. Dazwischen pendeln ausgesägte Sperrholztürchen. Da sind Kreise ausgesägt und Tropfen und Äderchen, und in das Ausgesägte ist rotes Glanzpapier geklebt worden, und das Sperrholz ist schwarz lackiert und mit silbernen Schar-

DER WEG DES KUTSCHERS

nieren beschlagen. Aber der Schönheit wegen kann es doch nicht sein, denn in den Zimmerchen ist es zu dunkel, und wer verirrt sich denn schon hierher! Nach dem dritten Zimmerchen kommt der Peverl Toni in einen Kugelraum. Dort wartet schon die Sängerin. Also gibt es noch andere Zutritte.

– Wie ist es möglich, daß Sie mit Ihrem schwierigen Kleid schon hier sind, fragt der Peverl Toni.

– Ich werde es Ihnen später erklären, sagt die Sängerin.

Sie hat Mühe beim Sprechen.

In dem Kugelzimmer kann nur eine Person normal aufrecht stehen, weil das nur auf dem tiefsten Punkt in der Kugel möglich ist. Die Sängerin kann gar nicht stehen. Weil ihr Kleid von der Hüfte abwärts eine steife Glocke ist, die bei Ebenem nur ganz wenig über dem Boden hängt, so daß gerade noch die Füße herausschauen, hockt in dem Kugelzimmer, wo der Boden nach oben gewölbt ist, der harte Rand ihres Kleides bereits auf, bevor die Füße darunter den Boden berühren. So hängen ihre Beine wie der Klöppel in einer Glocke, und die ganze Sängerin hat keinen Halt mehr und schwankt im Drehpunkt ihrer Hüften.

Das ist sehr komisch anzuschauen, und der Peverl Toni kann sich kaum das Lachen verbeißen. Ihm geht es aber nicht viel besser. Weil die Sängerin genau über dem Bodenpunkt in der Kugel schwebt, bleiben ihm nur die steilen, schrägen Innenwände der Kugel, an denen er immer wieder abrutscht, bis er schließlich stehend in der Kugel liegt und sich mit den Füßen am harten Kleid der Sängerin abstemmt.

– Ist das nicht ein sehr unbequemes Zimmer, sagt der Peverl Toni.

– Ja, sagt die Sängerin, die jetzt auch schon Not hat beim Atmen. Kriechen Sie wieder durch die drei kleinen Zimmer. Ich werde dann vorne auf Sie warten.

– Aber wie kommen Sie denn überhaupt hier heraus, und wie sind Sie hier hereingekommen, fragt der Peverl Toni.

– Ich habe jetzt zu wenig Luft, um es Ihnen zu erklären, sagt die Sängerin. Draußen werde ich Rede und Antwort stehen.

Wieder durch die drei Zimmerchen in die Vorhalle zu kommen, ist viel schwerer als umgekehrt, weil die Türchen nur ein kleines Stück auf die andere Seite schwingen, und eine viel zu kleine Öffnung bleibt, um durchzukriechen. Der Peverl Toni muß erst wieder ein Stück zurück und eine Tür öffnen und sich mit den Schultern verkeilen. Seine Beine liegen noch im ersten Zimmerchen, als der Kopf schon im dritten steckt. Heiß ist es hier, und der Schweiß rinnt ihm in die Augen. Auf der anderen Seite wartet wieder die Sängerin.

– Es ist ein schwieriges Haus, sagt sie und muß dabei tief Luft holen. Aber ich kann in keinem anderen wohnen.

– Es ist ein anstrengendes Haus, sagt der Peverl Toni. Ich glaube, daß Ihr Kleid dafür nicht geeignet ist.

– Oh, mein Kleid ist sehr praktisch, sagt die Sängerin. Sie werden es gleich sehen. Folgen Sie mir ins Musikzimmer!

Von Folgen kann gar nicht die Rede sein. Der Peverl Toni muß wieder einen anderen Weg gehen als die Sängerin, nämlich durch ein dünnes, hohes Zimmer. Über eine Leiter muß er steigen, und das Zimmer wird immer dünner wie ein Kamin, und eigentlich ist es auch ein Kamin, und der Peverl Toni hat schon Angst, Schultern und Kopf zu verklemmen, da ist endlich eine Öffnung, durch die er sich zwängen kann. Und schon wieder ist die Sängerin vor ihm da.

– Jetzt möchte ich es aber gern wissen, sagt der Peverl Toni.

– Ich werde Ihnen alles erklären, sagt die Sängerin. Hier ist mein Musikzimmer, hier wohne ich.

Und tatsächlich ist es das einzige Zimmer des Hauses, wo Möbel stehen, recht spärlich, aber gemütlich. Tisch, Bett, Bank, Schrank und ein großer weißer Flügel. Die Decke des Zimmers ist die höchste Wölbung der Kuppel. Kleine runde, rote Fenster geben Licht.

– Sie müssen gar nicht Klavierspielen können, sagt die Sängerin. Ich brauche zu meinem Gesang keine Begleitung. Der Flügel ist nur zur Zierde da, und damit man weiß, daß dies mein Musikzimmer ist.

Der Peverl Toni muß schon ganz böse in sich hineinkichern, weil er ja weiß, was der Geigenbauer gesagt hat. Gleich fragt sie mich, ob sie mir etwas vorsingen soll, denkt er. Aber ich werde »ja« sagen, und dann sollen sie schauen, wo sie mit ihren Lügereien bleiben, und ich werde sehen, ob so ein kleines Wort, das nur eine einzige Silbe hat und nur zwei Buchstaben, etwas Kompliziertes anrichten kann.

– Darf ich Ihnen ein Lied vorsingen, fragt die Sängerin.

Da wird es dem Peverl Toni doch mulmig, denn ein bißchen hat er gehofft, es geht alles von selber vorbei, und alles nimmt einen eigenen Verlauf, und er braucht sich nicht einzumischen und kann unschuldig alle Zeigefinger zurückweisen. Niemand im Dorf wird mich mehr mögen, wenn ich jetzt ja sage, denkt er. Aber umgekehrt hat die Kutscherin gesagt, ich darf alles sein, was ich will. Und ich bin eben einer, der eine Sängerin singen hören will.

Ohne sich zu verschlucken, sagt er:

– Ja.

– Dann werde ich Ihnen das Lied vorsingen, das mir der Geigenbauer geschenkt und der Gemüsemann der Gewürzfrau gewidmet hat, sagt sie.

Als sie den ersten Ton anstimmt, ist es, als beginne ihr Kleid zu beben und wie eine Harfe zu klingeln, und um die Sängerin herum nimmt das ganze Haus die Schwingungen des Kleides auf wie Orgel- und Orchesterbegleitung, und von allen Seiten klingt es und tönt es in wunderbarer Weise zum Lied der Sängerin:

Mein schwarzer Kopf, mein Weißgesicht,
ich backe Kräuterkuchen.
Du gehst zum Markt und kommst nicht mehr.
Zwei Jahre werd' ich suchen.

Dann zähl' ich laut auf zehn, auf elf,
auf zwölf, dann bist du da.
Ein Jahr warst du im Finnenland,
ein Jahr in Afrika.

Du kochst mir heißen Himbeertee.
Ich geh' und brock' die Beere.
Ein weißer Dampfer nimmt mich mit,
der fährt durch alle Meere.

Dann zählst du laut auf zehn, auf elf,
auf zwölf, dann bin ich da.
Ein Jahr war ich auf Feuerland,
ein Jahr auf Sumatra.

Mein schwarzer Kopf, mein Weißgesicht,
ich back' dir Kräuterkuchen.
Du gehst zum Markt und kommst nicht mehr.
Zwei Jahre will ich suchen.

Der Peverl Toni will es noch einmal hören, und die Sängerin singt, und noch einmal, und die Sängerin singt, und er kann gar nicht genug bekommen, und die Sängerin singt, nie werd' ich genug bekommen können, denkt er, und die Sängerin singt. Dann ist Mittagszeit, und der Peverl Toni hat einen Hunger.

– Das ist das Geheimnis meines Kleides, sagt die Sängerin. Das Kleid ist aus einem ganz besonderen Glas. In manchen anderen Zimmern stehen ebenfalls solche Kleider. Unter jedem

Kleid ist eine Öffnung im Boden, und die Öffnungen sind untereinander mit Höhlen verbunden, in denen Leitern sind, so daß ich durch die Höhlen kriechen und von unten in die Glaskleider schlüpfen kann. Alle Kleider, außer dem Kleid in der Halle, sind am Boden befestigt, so daß sie die Schwingungen des Kleides im Musikzimmer aufnehmen können. Während Sie sich durch die drei Zimmerchen gezwängt haben und durch den Kamin, bin ich aus den Kleidern getaucht und durch die Höhlen gekrochen. Darum war ich immer vor Ihnen da. Aber jetzt will ich Sie verabschieden, denn der Gesang hat mich angestrengt. Kriechen Sie durch den Kamin zurück in die Halle, dort will ich Ihnen den Plan meines Weges geben.

– Aber was haben Sie denn unter dem Glaskleid an, fragt der Peverl Toni, und gleich muß er sich den Finger an den Mund halten.

– Gar nichts, sagt die Sängerin.

Schon taucht ihr Oberkörper in den Unterleib des Kleides, nur noch die Arme kann man sehen, die ausgestreckt nach oben zeigen. Dann ist sie ganz verschwunden. Wie ein kleiner Vulkan steht das Kleid im Zimmer. Sein Brustteil hängt schlaff in den Schacht. Der Peverl Toni staunt nicht schlecht über so eine Musikerfindung. Aber er denkt jetzt auch: Wie konnte ich vorhin nur so wild auf ihren Gesang sein? Er kann sich gar nicht mehr an die Melodie des Liedes erinnern, so schnell ging sein Eindruck verloren. Es ist fast, als habe die Sängerin in Wirklichkeit gar nicht gesungen, als sei alles im Peverl Toni selber gewesen wie ein schwindelnder Fiebertraum.

Unten in der Halle steht die nackte Sängerin neben dem Krater ihres ersten Kleides.

– Die Glaskleider haben leider eine unvorteilhafte Form, sagt sie. Ich weiß selber, daß in ihnen mein Unterleib zu groß und mein Kopf zu klein wirkt. Aber in Wirklichkeit stimmt doch alles zusammen. Finden Sie nicht?

– Doch, doch, sagt der Peverl Toni und traut sich gar nicht, die Augen aufzuschlagen.

– Wenn Sie mich schon nicht ansehen wollen, sollten Sie mich wenigstens berühren, sagt die Sängerin. Wie können Sie sonst wissen, wie ich in Wirklichkeit bin.

– Sicher sind Sie sehr schön, sagt der Peverl Toni und nimmt den Wegplan der Sängerin und geht mit gesenktem Kopf ins Freie.

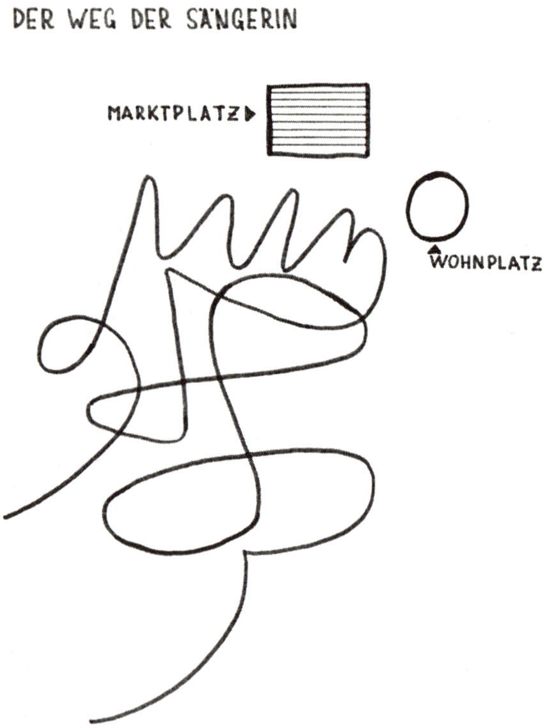

Elftes Kapitel

Der Geschichtenerzähler
Hier sein ist wie allein sein, aber nicht einsam sein. Und das ist das Beste, was es gibt. Keine eigene oder fremde Schandtat, und sei sie noch so verrucht, verfolgt einen länger, als man bis auf zehn gezählt gehen kann. Schönheiten und Häßlichkeiten vergehen gleichermaßen, wenn man die Augen schließt, und so

kann man bei Schönheiten die Augen offen lassen und sie bei Häßlichkeiten ohne weiteres schließen.

Es kommt, daß der Peverl Toni sich in einem sondergleich irrwitzigen Weggestrick nicht mehr zurechtfindet. Da wendet er sich an den jungen Mann, der in einem Liegestuhl fläzt und mit einem langen Stock ein Kartoffel- und Wurstfeuer dirigiert.

– Kein ernsthafter Mensch wird hier von Wegen sprechen, sagt er.

– Es ist mein Weg, sagt der Mann. Ich bin der Geschichtenerzähler.

– Verzeihen Sie, sagt der Peverl Toni. Unhöflich wollte ich nicht sein.

– Sie haben ja recht, sagt der Geschichtenerzähler. Im Kleinen ist mein Weg sehr schön. Ich habe die kantigsten Kieselsteine ausgesucht, und die Grasnarben habe ich am zackigsten geschnitten. Aber im Großen ist mein Weg vertan. So bin ich eben. Auch meine Geschichten sind so. Sie bestehen aus vielen schönen Winzigkeiten, aber im ganzen sind sie dicke Würste.

Der Geschichtenerzähler hat einen wilden blonden Haarschopf und eine fuchsigen Schnauz. Er ist ein kleiner, dünner Kerl, aber nicht mager. Ein lieber Bursche, wirklich. Seine Augen sind verfältelt vom Schmunzeln. Als er aufsteht und dem Peverl Toni die Hand hinhält, fällt der Liegestuhl um.

– Setzen wir uns nebeneinander ins Gras, sagt der Geschichtenerzähler. Haben Sie Hunger?

Den hat der Peverl Toni. Er nimmt die Einladung des Geschichtenerzählers gern an. Das Feuer dampft vor sich hin. Es ist gemütlich mittaglich und warm. Nach dem Essen legen sie sich zurück und die Arme in den Nacken und blinzeln in die Wolken. Ab und zu niest einer.

– Ist es wahr, daß Sie der Bruder der Kutscherin sind, fragt der Peverl Toni.

– Nein, es ist nicht wahr, sagt der Geschichtenerzähler. Manchmal beneide ich die Kutscherin um den wahrheitsliebenden Ton in ihrer Stimme, wenn sie Unwahrheiten erzählt. Für einen Geschichtenerzähler wäre das sehr wichtig.

– Warum lügen hier eigentlich alle, sagt der Peverl Toni. Jeder hat mir Geschichten über die anderen erzählt, und jeder hat die Geschichten der anderen als unwahr bezeichnet. Und

niemand ist einem anderen böse. Ich weiß gar nicht, ob ich lachen oder mich ärgern soll.
Der Geschichtenerzähler muß lachen.

– Ja, es ist wirklich komisch, sagt er. Ausgerechnet ich, der Geschichtenerzähler, dessen Beruf es wäre, Geschichten zu erfinden, die nicht wahr sind, ausgerechnet ich bin der einzige im Dorf, der immer die Wahrheit sagt, wenn man fragt. Nirgendwo anders könnte so ein Mann wie ich Geschichtenerzähler sein. Deshalb sage ich: Hier wohnen die liebenswürdigsten Leute, die es gibt.

– Ich finde sie auch alle sehr freundlich, sagt der Peverl Toni. Aber ich bin trotzdem recht froh, daß wenigstens einer da ist, der die Wahrheit sagt. Sonst könnte ich mich nirgendwo festhalten.
Aber dabei denkt er: Der Geschichtenerzähler könnte der größte Lügner von allen sein. Herausbekommen tut man das nie. Diesmal will er nicht heimlich tun.

– Vielleicht sind Sie der ausgetüfteltste Lügner von allen, sagt er. Vielleicht sagen Sie zwar im Kleinen immer die Wahrheit, aber im Großen die Unwahrheit.

– Ich wäre gern ein Lügner, sagt der Geschichtenerzähler. Eine Erfindung ist immer eine Unwahrheit, und eine Unwahrheit ist eigentlich immer eine Lüge, jedenfalls dann, wenn man sie als Wahrheit ausgibt. Aber das muß ein Geschichtenerzähler tun, wenn er will, daß seine Geschichten nicht langweilen. Er muß sich in erster Linie um die Schönheit kümmern, und die ist meistens nicht wahr. Denn wenn sie wahr wäre, wäre sie nicht erzählenswert, weil sie dann allen gehörte, und keiner brauchte sie von einem anderen mitgeteilt bekommen. Die Wahrheit gehört allen, aber die wirkliche Schönheit gehört nur dem, der sie entstehen läßt. Die anderen können sie nur betrachten. Die Lüge ist das Eigentum des Lügners. Er borgt sie den anderen nur.

– Ist es wahr, daß die Kutscherin eine Mörderin ist, fragt der Peverl Toni.

– Nicht eigentlich, sagt der Geschichtenerzähler. Sie war früher Schreinerin. Dann hat sie einen schönen Schreibtisch gebaut, der war der Höhepunkt ihres Berufes. Darum hat sie ihren Beruf aufgegeben. Den Schreibtisch hat sie gegen das

Pferdegespann eingetauscht. Wenn sie sagt, sie sei eine Mörderin, so heißt das, sie denkt mit Bedauern an ihre Schreinerzeiten zurück.

– Ist es wahr, daß der Geigenbauer ein Dichter ist, fragt der Peverl Toni.

– Nein, sagt der Geschichtenerzähler.

– Ist es wahr, daß die Gewürzfrau einen Sohn hatte, fragt der Peverl Toni.

– Nein, sagt der Geschichtenerzähler.

– Kann ich davon ausgehen, daß alles, was mir die anderen erzählt haben, nicht wahr ist, fragt der Peverl Toni.

Da muß der Geschichtenerzähler wieder lachen.

– Das weiß ich nicht, sagt er. Denn sie erzählen einmal das und dann wieder etwas anderes. An einem Tag können sie hundert Geschichten erfinden, und ich brauche hundert Tage für eine Geschichte, und dann will man meine Geschichte nicht hören.

– Ich würde gerne eine Geschichte von Ihnen hören, sagt der Peverl Toni.

– Also gut, sagt der Geschichtenerzähler. Dann erzähle ich Ihnen die Geschichte von der Kutscherin, als sie noch eine Schreinerin war.

Es war einmal die Schreinerin, die hatte für sich einen Schreibtisch gebaut. Der war stattlich und reich verziert und aus zehn verschiedenen Hölzern gefertigt. Er war glattgehobelt wie Seide, und die Schreibtischplatte aus schwerem Eichenholz ruhte an ihren Ecken auf geschnitzten Frauenköpfen. Die hatten blinde Augen und offene Münder. Aber das Besondere an dem Schreibtisch war, daß er drei Geheimfächer hatte.

Das erste Geheimfach zu finden war schwer, aber lange nicht am schwersten. Am Rand unter der Schreibtischplatte war nämlich eine dünne Leiste aus schwarzem Ebenholz, die man an einer Stelle bewegen konnte. Wenn man sie aber dreimal nach rechts und dreimal nach links drückte, löste sich im Innern des Schreibtisches ein Riegel, und die Schreibtischplatte ließ sich ein Stück verschieben, und darunter war das erste Geheimfach, und es war so groß wie eine Zigarrenkiste.

Das zweite Geheimfach zu finden war schon schwerer, aber noch nicht am schwersten. Der Boden im ersten Geheimfach war mit kunstvollen Ornamenten aus feinsten Hölzern ausgelegt, und wenn man in der richtigen Reihenfolge mit dem Finger auf drei verschiedene Hölzchen drückte, sprang ein viertes aus dem Ornamentmuster, und unter ihm lag auf einem kleinen silbernen Schloß ein krummes Schlüsselchen, und das Schlüsselchen hatte diese Form:

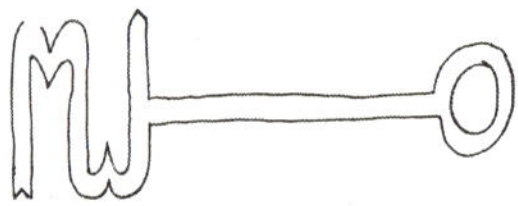

Wenn man das Schlüsselchen im Schloß viermal gegen die Uhr drehte, öffnete sich an einem der vier Beine des Schreibtisches eine kleine Schublade, und hier war das zweite Geheimfach.
Das dritte Geheimfach zu finden aber war am schwersten. Erst wenn man das zweite Geheimfach ganz aus dem Fuß des Schreibtisches zog, bemerkte man nämlich, daß sich darüber eine kleine Falltür befand, die sich öffnen ließ, wenn man zwei winzige Riegelchen mit dem Daumen und dem Zeigefinger gleichzeitig nach innen schob. Über dem Falltürchen war ein Hohlraum, und hier hingen wie in einem Glockenstuhl an seidenen Fäden acht silberne Glöcklein.

Wenn man an den richtigen Fädchen zog und die Lieblingsmelodie der Schreinerin erklang, öffneten sich die Augen in einem der geschnitzten Frauenköpfe an den Ecken des Schreibtisches, und mit einer Pinzette konnte man durch die Augen in den hohlen Schädel greifen, und hier war das dritte Geheimfach, das geheimste von allen.
Fünf Jahre hatte die Schreinerin an dem Schreibtisch gebaut, und als sie fertig war, überlegte sie, was sie im letzten und geheimsten der drei Geheimfächer verstecken sollte. Es muß mir das Liebste sein, dachte sie. Das aber war der Schreibtisch mit den drei Geheimfächern. Darum schrieb sie mit unsichtbarer Tinte, die erst über der Flamme einer Bienenwachskerze

sichtbar wird, auf, wie man zum ersten und vom ersten zum zweiten und vom zweiten zum dritten Geheimfach kommt. Sie schrieb es auf ein kleines Röllchen Papier, und mit einer Pinzette schob sie es in den hohlen Frauenkopf. Dann verschloß sie sorgsam alle drei Geheimfächer und war zufrieden und ist es noch heute.

– Das ist wirklich, wirklich eine sehr schöne Geschichte, sagt der Peverl Toni.

– Und Sie meinen das ehrlich, fragt der Geschichtenerzähler.

– Ganz ehrlich, sagt der Peverl Toni. Man merkt ihr gar nicht an, daß sie wahr ist.

– Wissen Sie schon, wo Sie die Nacht verbringen, fragt der Geschichtenerzähler.

– Nein, sagt der Peverl Toni.

– Kommen Sie doch zu mir, sagt der Geschichtenerzähler und gibt dem Peverl Toni den Plan seines Weges.

Noch nie ist mir zu Ohren gekommen, einer sei eingeschlafen und habe geträumt, er schlafe und träume...
Über meinem Schreibtisch liegt ein Frühlingssonnenstreif bis in mein Gesicht. In einem Traum war ich ein Anwalt. Aber eine Polizistin bezweifelte das. Ich mußte zugeben, daß ich keine Lizenz besitze. Ich sprach von einem kleinen Buben als meinem Klienten. Das hat mich verraten. In der Außentasche meines Wintermantels, den ich gerade einmotten wollte, finde ich einen Zettel, auf den ich diesen bemerkenswerten Traum notiert hatte. Ich glaube, ich muß mich deutlicher ausdrücken: Wenn ich schlafe und träume, ich schliefe ein, so heißt das doch so viel wie: Der Schlaf schläft ein. Und das bedeutet: Ich wache auf.
So ergeht es dem Peverl Toni. Allen Traumfiguren – dem Geigenbauer, der Gewürzfrau, dem Gemüsemann, der Kutscherin, der Sängerin und dem Geschichtenerzähler – ist er schlafend träumend, aber im Traum wachend begegnet.
Noch einmal will ich in den Traum meines Peverl Toni eingreifen und ihn zu einem abgerundeten Ende führen.
Der Peverl Toni kann sagen: Ich bin Bäcker geworden, längst schon liebe ich das Mehl, ich bin der Erfinder des Majoranspeckbrotes, in meiner Backstube ist es immer warm, nicht nur am Ofen, sondern auch mitten im Zimmer.
Die Sängerin hat ihm einen Weg entworfen, und alle haben angepackt, und über Nacht war er mit Steinen ausgelegt. Heute kann er schon begangen werden. Der Peverl Toni tut den ersten Schritt. Die Sängerin winkt mit einem roten Taschentuch. Die Gewürzfrau schenkt ihm eine große Staude Majoran und eine weiße Knoblauchkette. Der Gemüsemann hat für ihn eine Mütze aus grünen Salatblättern gebastelt mit einer roten Radieschenbommel. Der Geigenbauer läßt seine neue Geige herumgeben zum Anfassen und Anschauen. Der Geschichtenerzähler hat ihm eine Tatsache ins Ohr geflüstert. Die Kutscherin läßt ihm zu Ehren zweimal ihre Rappen wiehern.
Aber wie kalt es an diesem Morgen ist! Schon ist wieder Herbst geworden. Der Peverl Toni hat Herzklopfen. Er denkt auch an

Backstube und Ofen. Zuerst backe ich mir Handschuhe aus Biskuit, denkt er. Ich will, daß die anderen sagen: Er ist ein stiller Mensch, und sein Brot wärmt unsere Hände.
Vollkornbrot für den Geigenbauer
Weißbrot für die Gewürzfrau
Semmeln für den Gemüsemann
Schwarzbrot für die Kutscherin
Rosinenbrot für die Sängerin
Salzstangen für den Geschichtenerzähler
und am Sonntag Majoranspeckbrot
Sicher ist sein Weg sehr groß. Vielleicht der größte. Wenn er ein Kreis wäre um alle Wege herum, und wenn alles im Kreis sein Wohnplatz wäre, könnte er sagen: Ihr alle wohnt bei mir. Schon viele Stunden geht der Peverl Toni geradeaus und keine Kurven. Die Häuser sind hinter den Hügeln. Der Peverl Toni geht im Gras, wenn er es ganz genau nimmt. Ich muß oft auf meinem Weg gehen, damit er ausgetreten wird, denkt er. Warum nur ist es denn gar kein Weg, sondern Wiese! Sogar im Wald geht er noch geradeaus, sogar noch im Gebirge. Und dann schläft er ein. Die welke Salatblättermütze drückt er sich an die Augen. Im Traum denkt er: Rechtskurve, Linkskurve und ein großer Wegbogen: mein Anwesen.

HIER ENDET

DAS SECHSTE
ABENTEUER

HIER BEGINNT

DAS SIEBTE ABENTEUER

Erstes Kapitel

Am Morgen fällt sein Kopf auf Stein. Der Peverl Toni hat mit seiner Schlafbacke auf den Waden seines Vordermannes gelegen. Der pfeift, aber immer nur einen Ton:

– Üüüüüüüüüüüüüüüüüüü

Aus dem Rucksack holt er einen blauen Pullover. Hier friert man.

Schnell steht der Peverl Toni auf, und da fallt der Kopf des Hintermannes auf Stein, weil der auch auf Waden gelegen hat. Der Peverl Toni dreht sich nach vorne und nach hinten. Ich friere so sehr, denkt er. Er ist aber auch der einzige im dünnen, weißen Hemd.

Als er in der Reihe geht, redet er mit dem Vordermann, aber nicht in Wirklichkeit, sondern im Kopf, und im Kopf fängt der Vordermann an:

– Sie haben so schöne Sachen, sagt der Vordermann im Kopf. Zum Beispiel die Salatmütze mit der Radieschenbommel. Ich wäre bereit, Ihnen meinen dicken, blauen Pullover dafür zu geben.
Da denkt sich der Peverl Toni auch noch den Hintermann dazu, und der sagt:
– Ich finde die Knoblauchkette besonders reizend. Wenn Sie meinen Fellmantel dafür wollen?
Dann kommen auch noch der Vordermann des Vordermannes und der Hintermann des Hintermannes und noch viele andere, die ganze Reihe auf einmal am besten, leider alle nur im Kopf des Peverl Toni, und die ersten tauschen Jacken, Hemden, Strümpfe, Stiefel gegen kleine Zweige vom Majoransträußchen, und die anderen schenken dem Peverl Toni Decken und Kissen und einen Ofen, einfach so, und als sie die Sachen haben wollen, sind Knoblauchkette, Majoransträußchen und Salatmütze mit Radieschenbommel verschwunden, und der Peverl Toni muß sagen:
– Es war alles nur geträumt.
Aber in Wirklichkeit sagt sein Vordermann:
– Willst a Wurscht?
Und in Wirklichkeit sagt der Peverl Toni:
– Ja.

Zweites Kapitel

Der Vordermann ist ein Erfinder, von niemandem anerkannt, von keinem geschätzt, nirgends erwähnt, der sich umdreht, wenn Werner Wunsiedler gerufen wird, weil das sein Name ist. Er habe sich nie um andere gekümmert, erzählt er dem Peverl Toni. Jetzt am Ende seines Lebens könne er behaupten, Neid und Haß seien ihm fremd, und das Unglück habe ihn verschont. Für die Wissenschaft sei er dagewesen, und ihr habe er reichlich gedient. Sein Auskommen habe er gehabt, jedenfalls seien immer genug Würste auf den Tisch gekommen, um seinen Magen zu füllen, es habe sogar zu Fettpolstern an den Hüften gereicht. Und: *Eine* Erfindung habe er gemacht. Mag mancher auch einwenden, eine Erfindung sei zu wenig für ein Erfinderleben, immerhin sei eine Erfindung da, und es komme ja noch darauf an, um was für eine Erfindung es sich handle. Und diesbezüglich könne er beruhigt sein. Jetzt wolle er seinen Frieden finden oder eigentlich behalten.

Alles Eßbare, was er besitzt, teilt er mit dem Peverl Toni. Der Peverl Toni ist noch vom Frühstück her satt. Am Mittag ißt Wunsiedler eine Wurstsemmel und geht rückwärts und schaut den Peverl Toni an und kaut. Er will nämlich, daß ihn der Peverl Toni für einen Vollbackigen hält.

– Ich friere, sagt der Peverl Toni.

– In Neapel ist es warm, sagt Wunsiedler. Ich brauch' alles, was ich am Leib hab'. In meim Koffer ist nur mei Erfindung.

Der hinter dem Peverl Toni sagt:

– Ist es wahr, daß der erste goldene Stiefel hat und einen schwarzen Zylinder?

– Das wissn mer doch net, sagt Wunsiedler.

– Ich weiß es auch nicht, sagt der Peverl Toni, denn er will nicht von Herrn Wunsiedler gewirzt werden dürfen, nur weil er sich von seiner Wurst ernährt.

Jetzt ist man wahrscheinlich angekommen, denn die lange Menschenschlange staut sich zu einem Platzvoll. Es ist abenddämmrig geworden, so daß man die Umgegend nicht mehr recht erkennen kann. Vermutlich ist es ein kleiner runder Talkessel. Kein Wind bläst. Es ist auch nicht mehr wichtig, wer als erster da war. Alle stehen beieinander. Feuer sind angemacht worden. Man kann von da nach dort gehen. Der Peverl Toni mitten unter ihnen hat es ein bißchen warm. Getränke gibt weiter, wer hat. Essen auch. Kaum einer, der sich eine Zigarette ansteckt, ohne den Rest der Schachtel herumgehenzulassen. Mit Blechdosen wird gefußballt, Ringwerfen wird geübt. Die Menschen stehen armverschränkt und besprechen Sachlagen und sehen sich darüber hinaus.

– Wir warten unter dem Berggipfel, denn man kann ihn nur einzeln besteigen.

– Wir bereiten uns auf eine Seilbahnfahrt vor über den steilsten Felsen zweitausend Meter hinunter zum Meer.

– Wir stehen am Ufer eines kalten Bergsees, und kleine weiße Segelschiffchen werden verteilt.

– Gruppen werden gebildet: die besten Schwimmer, die besten Geher, die besten Esser.

– Rechenkünstler werden ermittelt.

– Spanische Männer werden Gitarre spielen, und ihre Frauen werden dazu tanzen.

– Wie lustig wär' in diesem Augenblick ein Wahrsager!

– Wie lustig wär' erst ein Prophet!

– Persönliche Vorbereitungsgespräche unter vier Augen werden in einem Zelt angeboten.

– Es ist das größte Zirkuszelt, und wir warten an der Kasse.

– Jongleurspiele, Seiltanzakrobatik, Tigerbändigungen...

– Wenn es nur nicht so hell ist, daß die Augen schmerzen!

– Als sehr angenehm würde ich sieben bis acht Angorakatzen empfinden, deren Krallen gestutzt, deren Felle aber warm sind.

– Und eine Brause?

– Nur Häßlichkeiten bitte nicht und Großspurigkeit, sowie mehrfaches Übertrumpfenwollen.

– Bitte, auch keine Lautstärke!

– Wichtigkeiten müssen aber laut gesagt werden.

– Eher eindringlich. Das ist meine Meinung.

– Ich hätte am liebsten Musikgenuß, und der wird mir verwehrt.

– Meine Wünsche dehnen sich auf die Wissenschaften aus.
Es soll warm sein, denkt der Peverl Toni.

– Was wird vorne gesagt?

– Der Aufbruch soll noch in der Nacht stattfinden.

– Ob man wieder in Einerreihe marschieren muß?

– Von müssen kann nicht die Rede sein!

– Ich meine wegen der Beschaffenheit des Weges.

– Jetzt, wo man sich besser kennengelernt hat.

– Ob alle mitgehen dürfen?

– Wer drüben ist, ist drüben.

– Was soll das heißen? Befinden wir uns etwa an einer Grenze?

– Auf der einen Seite. Was dachten Sie?

– Ohne Zweifel ist es eine Grenze mit weißen Pfosten.

– Ich hege die Hoffnung, daß Geringschätzungen drüben vermieden werden.

– Und aufrichtige Höflichkeiten, die so angenehm sind?

– Nur nicht nach der Grenze zusammenfallen und sterben, noch ehe man sich zur Ausübung eines Gewerbes gerüstet hat.

– Sicher werden wir gemessen und begutachtet.

– Da hab' ich zum Glück nichts zu befürchten.

– Sie nicht, aber womöglich andere.

– Ist es wahr, daß mancher Tadellose bestraft und mancher nicht Tadellose belohnt, aber auch mancher Tadellose belohnt und sein Widersacher bestraft wird?

– Von einer Grenze kann nicht die Rede sein. Es handelt sich um eine Abendvorstellung, und wir warten auf die Dunkelheit. In der Nacht aber werden Tennisspiele mit leuchtenden Bällen veranstaltet.

– Ich könnte auch dies und das zum besten geben.

– Mei Stund kommt noch, sagt Wunsiedler.

– Mit Genugtuung schließe ich aus manchen Vorzeichen, daß wir nur Zuschauer sein werden.

– Es wird doch keine Seilbahn sein! Denn was könnte mir eine Seilbahn schon bedeuten!

– Auch von einer Grenze kann nicht – wie ich schon sagte – die Rede sein.

– Wirkliche Grenzen liegen in irgendeiner Natur begründet.

– Sie sollten, sage ich, sie sollten!

– Ich bleibe dabei: Nachtvorstellungen irgendeiner Art erwarten uns.

– Über die Eintrittspreise gibt es keine festen Bestimmungen?

– Ist das möglich?

– Warum begehrt denn niemand auf?

– Doch nur, wenn er wüßte wogegen.

– Ich erwarte mir ein hohes Haus, in dem eine Festtafel gedeckt ist, wo auserlesene Speisen serviert werden auf durchschimmerndem Porzellan, und auf silbernen Leuchtern stehen Kerzen, und die Weingläser glitzern.

– Lohnen wird es sich, das steht fest.

– Und wenn nicht?

– Man könne versichert sein, wird gesagt.

– Mir bereitet die Gegenwart stets Vergnügen.

Ein Wunder wäre das Schönste, denkt der Peverl Toni. Ganz unwohl fühlt er sich auf einmal unter den vielen Leuten. Sie reden alle über das gleiche, und auch wenn sie nicht wissen, was es ist, wissen sie doch, was es nicht ist. Nur ich weiß gar nichts, denkt er.

– Komm mit, ich will dir an Rat gebn, sagt Wunsiedler.

Der Peverl Toni möchte aber lieber allein sein.

– Darf ich Ihnen etwas Ehrliches anvertrauen, sagt er.

– Es wird net so wichtig sein wie des, was ich dir zeign will, sagt Wunsiedler.

Daß er sein ganzes Leben noch mit niemandem zusammensein mochte, das wollte der Peverl Toni sagen. Aber Wunsiedler drängelt und zieht ihn durch die Menge der Leute hindurch. Am Rand des großen Platzes, wo Kriechbüsche wachsen, sitzen Wartende an Lagerfeuern. Klaviere sind aufgestellt worden, und Tanzgruppen üben. Auch werden bunte Schleifen verkauft und beschädigte Schleifen genäht. Männer mit gestreiften Leibchen führen Fahrradkunststückchen vor. Lassowerferinnen erklären ihre Geschicklichkeit. Auch Stelzenschnitzer und blinde Traumdeuter sind gekommen. Besonderer Aufmerksamkeit erfreut sich die älteste Frau. Auch der winzigste Mann wird bestaunt, ebenso die Frau im purpurnen Federkissenmantel und der Messerwerfer mit dem grünen Seidentuch um die Augen, der seine Messer aus jeder Entfernung auf die Spitze trifft. Eine große Attraktion ist der Ponyhengst, der den Clown aus der Manege stumpt. Aber am begehrtesten ist der Balladensänger. Seine Stimme wird gerühmt. Gerade macht er sich für ein neues Lied fertig.

– Komm, sagt Wunsiedler zum Peverl Toni.

– Ich will zuhören, sagt der Peverl Toni.

– Na gut, für ein Lied, sagt Wunsiedler.

Der Balladensänger schlägt in die Saiten. Schon kündet er an, schon singt er:

Der Apotheker von Coburg

Es starben in Coburg im Frankenland
ein Apothekermagister
und seine beiden Geschwister
zusammen in einer Nacht. Man fand
ein Buch, worin geschrieben stand,
wie es dazu gekommen,
daß sie sich das Leben genommen.

Da kam Befehl von höchster Stell',
das Buch sofort zu verbrennen;
denn keiner sollte es kennen.
Die Flammen loderten heiß und hell
und fraßen am Buch und erloschen schnell.
Das Buch aber lag im Herd,
kalt und unversehrt.

Und als dies vor dem Tribunal
geschah, da beschlossen die Herren,
das Buch ins Gefängnis zu sperren.
Ein Mensch, in einen schwarzen Schal
gehüllt, brach ein in den Kotter und stahl,
obwohl es streng bewacht,
das Buch in derselben Nacht.

Und bald, man wußt' nicht woher und wie,
hat jeder im Frankenland
den Inhalt des Buches gekannt.
Es handle über schwarze Magie,
niederträchtige Philosophie
und sonderbare Geschichten.
Ich will von Anfang berichten.

Heinrich Pernath hieß mit Namen
der Apotheker. Bekannt
überall war sein scharfer Verstand.
Und wußten die Ärzte nicht weiter, dann kamen
die Kranken zu ihm. Er gab, und sie nahmen
Arznei und Rat. Schon Stunden
danach heilten die Wunden.

Doch keiner wollte wie Pernath sein,
denn häßlicher war der Mann,
als man beschreiben kann.
Ein kahler Kopf wie Totengebein,
ein Leib, gedunsen und krumm und klein.
Doch seiner Klugheit vertraute
auch der, dem vor ihm graute.

Sein Bruder, ein Schreiner, grade und schlicht,
der schöne Kommoden machte,
war gut zu den Tieren und lachte
den ganzen Tag übers ganze Gesicht.
Dabeistehn und zuschaun, das konnte er nicht.
Man sagte: »Der freundliche Herr.«
Und jeder wußte wer.

Doch wenn's ums Denken ging, dann war
sein Kopf ein stummes Grab,
das keine Antwort gab.
Dann raufte er sein krauses Haar,
und zweifach gleich bestand Gefahr
für seinen Kopf zu platzen:
durchs Denken und durchs Kratzen.

Schön war die Schwester anzuschauen!
Wenn ungeklärt blieb, wen
sie freundlicher angesehn,
dann haben sich Männer blutig gehauen.
Und Männer ließen ihre Frauen
allein. Doch am Tag verfluchte
sie, der sie nachts besuchte.

Sie lobte den anderen vor dem einen
und liebte keinen von beiden.
Sie ließ sich von Frauen beneiden,
und sah sie ein trauriges Eheweib weinen,
lachte sie nur und sagte: »Meinen
Leib vergißt er nie!«
So schön und so böse war sie.

Den Bürgern von Coburg waren die drei
zu häßlich, zu bös und zu dumm.
Sie fragten sich einig, warum
bei gleicher Mutter es möglich sei,
daß Kinder gar so sechserlei,
denn sie waren, man mußt es gestehn,
auch klug und gut und schön.

Heinrich Pernath sah die Philister
und dachte: Ich werd' ihnen zeigen:
Uns dreien ist alles eigen!
Und eines Tages rief der Magister
Pernath zu sich seine Geschwister
und lud sie unter sein Dach,
bewirtete sie und sprach:

»Schön oder häßlich? Bös oder gut?
Dumm oder klug? So heißt
für Seele und Körper und Geist
die Wahl. Die Teilung ist der Tribut
des Menschen an Gott, der absolut
den Menschen beherrscht und die Welt,
weil Gottsein alles enthält.

Nun hört: Dich, Bruder, dich Schwester und mich
gebar dasselbe Weib.
In einem Mutterleib
trafen alle Arten sich
und schufen uns geschwisterlich,
und alle Arten wohnen
jetzt in drei Personen.

Wenn wir von diesem Gift hier essen,
werden wir neu geboren,
und keine Art geht verloren.
Die alten Körper, die wir besessen,
sterben. Ein neues Ich wird vergessen,
woher es sein Wesen genommen,
und es wird sein – vollkommen.«

So sprach die kluge Häßlichkeit,
hat Böse und Dumm überzeugt
und Schön und Gut gebeugt.
Sie aßen das Gift und waren bereit,
für nie gesehene Vollkommenheit
die unvollkommene Welt
zu verlassen. Der Rest ist erzählt.

Nach Tagen wurde das Buch gefunden,
das jener im schwarzen Schal
in der Nacht aus dem Kotter stahl.
Ihn hatte ein Lump nur wenige Stunden
danach beraubt und zu Tode geschunden.
Den Toten, den man fand,
hat jeder in Coburg gekannt.

– Komm jetzt, sagt Wunsiedler und zieht den Peverl Toni weg.

Mit Versprechungen lockt er ihn ins Gebüsch, vorbei an dem fahrenden Volk. Dabei flüstert er eifrig:

– Ich hab' mit eim geredt, der ganz vorn war. Man hat n nicht durchlassn, denn er hat n Eintrittspreis nicht zahln könn. An junger Mann mit schwarzn Stiefeln und eim goldenen Hut kassiert. Oder is es umgekehrt. Bin ich auch schon so weit, ha? Jedenfalls dieser Goldstiefelschwarzhut redt nichts und hat a Art Unerbittlichkeit. Da Eintrittspreis kostet zwei Schilling für a Person und siem Schilling für Gruppen ab fünf Person. Ich hab' ka Geld und bitt' dich drum, mir zwei Schilling zu borgn.

– Ich hab' selbst kein Geld, sagt der Peverl Toni. Fragen Sie halt bei dem fahrenden Volk.

– Die ham schon gar nix, sagt Wunsiedler. Drum machn se ja ihre Faxn.

– Dann weiß ich auch nicht, sagt der Peverl Toni.

– Schau halt nach, sagt Wunsiedler. Oft rutscht 's Geld in die entlegensten Winkel im Hosensack.

Damit er ihn in Ruhe läßt, greift der Peverl Toni seine Hosentasche ab, und da findet er in einer Naht versteckt einen Schilling. Seit Hohenems ist der bei mir, und ich habe es nicht gemerkt, denkt er. Aber er zeigt ihn nicht her und schüttelt den Kopf. Der Schilling ist jetzt sein geheimster Schatz.

– Macht nix, sagt Wunsiedler. Ich hab' nämlich a wahnsinnig komisches Fahrzeug erfundn. Auf ihm kann ma fahrn, wohin ma will und Menschn mit Schillingn einladn oder Menschn um Schillinge anhaun.

Das Fahrzeug ist in Wunsiedlers Koffer. Da ist sein ganzes Leben drinnen. Wenn er es aufbläst und zusammenschraubt, steht es da.

– Ich will's dir gebn, wenn de mer versprichst, daß de mit Schillingn zurückkommst, sagt Wunsiedler.
Da fährt der Peverl Toni gleich los, denn er weiß schon wohin.

Drittes Kapitel

Rede, damit ich dich sehe! Das möcht ich ihm sagen.
Oft, daß ich über die Schüchternen gelacht habe. Aber wenn ich über sie lachte, war mir danach, als ob ich mich mit meinen Gedanken an ihm vergangen hätte. Und oft reizte mich die Versuchung, ihn in Lebenslagen zu bringen, die ihn gezwungen hätten, seine Schüchternheit zu überwinden.
Mein schönstes Abschiedsgeschenk an ihn wäre freilich, mich ihm zu öffnen. Aber das kann ich nicht. Nicht daß ich nicht will! Ich kann nicht über mich selber nachdenken. Immer habe ich dabei das Gefühl, es lohne sich nicht und sei liederlich. Ich finde keinen Gedanken über mich in meinem Kopf, und wenn, dann betrifft er meinen Geldbeutel, weil mich das ganz fürchterlich aufregt, wenn er leer ist. Aber ich kann meinem Peverl Toni doch kein Gespräch über meine Geldsorgen anbieten. Er wird also gehen, ohne daß er mich kennt.
Noch einmal hat er die Gelegenheit, sich auf und davon zu machen. Sicher würde es ihm nicht leicht fallen, sich in einer mittelgroßen Stadt niederzulassen und so zu tun, als sei er immer in dieser Welt gewesen und nie in meinem Kopf. Auch er würde lernen, wie man sich falsche Ausweise beschafft. Und wenn nicht, dann wird man ihn schlimmstenfalls einsperren, ein paar Tage vielleicht, wegen Landstreicherei. Irgendwann müssen sie ihm Papiere ausstellen und ihn als Mitglied des Erdballs aufnehmen.
Er fährt einen großen Bogen um alles herum, er weiß, wo er landen wird, er weiß, wen er besuchen wird. Wenn man mit diesem Fahrzeug schon fahren kann, wohin man will, dann weiß er alles. Und sieben Schillinge auftreiben ist ein Klacks! Wetten, er kann es, ohne ein Wort zu sagen oder etwas Unrechtes zu tun! Er fährt einen großen Bogen um alles herum,

er weiß, wenn er landen wird, bleibt alles auf sich beruhen, auch wenn er Schiffbruch erlitte, es würde nichts ändern. Hat er denn nicht schon einmal Schiffbruch erlitten? Hat er sich nicht auf einem weißen Schiff für das Heben und Senken der Wellen interessiert? Er fährt einen großen Bogen um alles herum und landet weit hinten in seinem ersten Abenteuer.
Er braucht ihn nicht zu grüßen. Kein Mensch grüßt sich selbst, außer im Spaß. Aber zum Spaßen ist dem Peverl Toni jetzt nicht zumute. An einer Kette rasen Gedanken und Wissen und Erinnerungen im Kreis von einem zum anderen. Wer, welcher ist zu sagen, aber nicht wichtig. Aber es sind zwei Hosentaschen da, und in jeder Hosentasche ist ein Schilling. So sind es schon zwei Schillinge.
Und weiter mit Wunsiedlers Fahrzeug ins zweite Abenteuer – drei Peverl Tonis, drei Schillinge – und weiter ins dritte Abenteuer und ins vierte und fünfte und sechste, bis sieben Peverl Tonis mit sieben Schillingen im siebten Abenteuer vor Wunsiedler landen.

– Des is schlau, ruft der. Des is schlau! Sieben Männle! Sieben Männle! Des mach' ich ach! Des mach' ich ach!
Sieben Peverl Tonis wenden ihre Gesichter ab und verbergen sich im Schatten und halten sich eng beieinander unter den vielen Leuten und reihen sich zu den Wartenden, die den Eintrittspreis zahlen wollen. Da hören sie einen sagen:

– Der Eintrittspreis für Gruppen ab fünf Personen ist auf acht Schilling erhöht worden.
Da drängen sieben Peverl Tonis schnell aus der Reihe und beraten sich

Viertes Kapitel

und stecken die Köpfe zusammen. Was tun?
Haben wir denn nicht alles überstanden, was da war, sagen sie. Einen Schilling, einen Schilling, den kann man doch auch selber machen! Sagen sie.
Aber wie denn? Es ist ja keine Metallschmelzerei da. Außerdem weiß niemand ganz genau, woraus so ein Schilling besteht.

Es soll kein echter Schilling sein, sondern ein nachgemachter, falscher. Einer aus Lehm zum Beispiel, sagen die Peverl Tonis. Haben wir nicht ganz Hohenems aus Lehm aufgebaut! Wird da ein Schilling Probleme entstehen lassen? Man kann ja den Lehm mit den Händen plätten und immer vergleichen mit dem, was wirklich ein Schilling ist, sagt der Peverl Toni vom zweiten Abenteuer. Bei Lehm kann uns niemand etwas vormachen. Schauen wir ihn doch an, sagen sie. Vorne Zahl und hinten Bildchen, sagen sie.
Ach, die Zahl, die Zahl, die wird jetzt kein Kopfweh verursachen! Wenn's nur an der Zahl liegt! Mit Zahlen haben wir uns meisterhaft gründlich geplagt, sagt der Peverl Toni aus dem fünften Abenteuer.
Und das Bildchen hinten auf dem Schilling? Haben wir denn nicht ein großes Abenteuer bestanden in einer Bildchenwelt, sagen sie. Über Bildchen würden wir jedes Streitgespräch gewinnen, sagt der Peverl Toni vom vierten Abenteuer. An dem Bildchen wird es beileibe nicht scheitern.
Aber man muß den Lehmschilling brennen, sonst ist er weich und zerknetet sich gleich. Aber das Brennen kann doch kein Hindernis sein! Wollten wir denn nicht Bäcker werden und im Ofen Brot backen, sagen sie. Und in so einem Ofen kann man auch Lehm brennen, sagt der Peverl Toni aus dem sechsten Abenteuer.
Also wär der Schilling schon einmal fertig. Geknetet, mit Zahl und Bildchen versehen und gebrannt. Jetzt soll einer kommen und sagen! Aber wenn doch einer kommt und sagt?
Man muß den falschen Schilling halt gut unter die richtigen mischen, sagen sie. Der Peverl Toni aus dem siebten Abenteuer wird das am besten machen. Aber wenn trotzdem einer kommt? Der junge Mann, der das Geld kassiert, wird doch gleich einen falschen Schilling von einem richtigen unterscheiden können, wo seine Fingerspitzen mit richtigen Schillingen so vertraut sind.
Vorherige Verwirrung müßte eben die Aufmerksamkeit ablenken, sagen sie. Und mit Verwirrung kennen wir uns aus. Wen man je so verwirren wollte wie uns, der weiß auch, wie man Verwirrung am besten stiftet, sagt der Peverl Toni vom ersten Abenteuer.

Aber wenn man es merkt und wir zur Rechenschaft gezogen werden, sagen sie. Dann wird man mit ausgetüftelten Ausreden aufwarten müssen. Es wird doch unschuldige Gründe für einen falschen Schilling geben. Haben wir nicht eine verlogene Stummheit mit einer herrlichen Ausrede begründen können, sagt der Peverl Toni vom dritten Abenteuer.
So wird es gemacht:
Der erste Peverl Toni bereitet Verwirrung vor.
Der zweite Peverl Toni formt einen Schilling aus Lehm.
Der dritte Peverl Toni bereitet eine Ausrede vor.
Der vierte Peverl Toni kümmert sich um das Schillingbildchen.
Der fünfte Peverl Toni kümmert sich um die Schillingzahl.
Der sechste Peverl Toni brennt den Lehmschilling.
Der siebte Peverl Toni mischt den falschen Schilling unter die sieben richtigen.
Schon sehen sie den jungen Mann, der die Eintrittsschillinge kassiert. Er hat einen schwarzen Anzug aus Samt und goldene Schuhe an. Seine Haare sind blond, und sein Gesicht ist weiß, sein Mund, als hätte er nie gelacht.
Die Eintrittswilligen haben sich in einem großen Halbkreis um ihn geschart. Der freie Platz ist mit Fackeln beleuchtet. Auf den Mittelpunkt des Halbkreises hat der Kassierer seinen Zylinder gestellt mit der Öffnung nach oben. In großen starren Schritten geht er den Halbkreis ab und streckt seine Hand hin und nimmt das Eintrittsgeld entgegen und wirft es, ohne sich umzudrehen, über seine Schultern nach hinten, und immer trifft er in den Zylinder. Wer bezahlt hat, darf gehen.

– Ich kann das Messer werfen und zwischen seine Augen zielen, sagt der Messerwerfer. Aber seine Begabung ist größer. Er hat den Wurfbogen in der Hand.
Man hat Ehrfurcht vor ihm. Niemand wagt es, ihn zu betrügen, denken die Peverl Tonis. Aber wir wagen es. Sie geben ihre acht Schillinge in seine Hand, sieben echte und einen falschen, und ohne zu prüfen, schleudert der Kassierer das Geld nach hinten. Acht Schilling, geputzt und poliert, glitzern wie Silber und Gold.

HIER ENDET

DAS SIEBTE
ABENTEUER
UND ZUGLEICH
DIE REISE DURCH MEINEN KOPF.

PIPER

Michael Köhlmeier

Kalypso

Roman. 445 Seiten. Leinen

Kalypso, die verführerische Nymphe, braucht keinen Zauber und keine Gewalt, um den unglücklichen Schiffbrüchigen auf ihrer Insel Ogygia zu halten: Odysseus ist ihr verfallen. Wenn er für immer bei ihr bliebe, so verspricht ihm Kalypso, werde sie ihn unsterblich machen. Die Unsterblichkeit ist ein großes Versprechen und unsterbliche Liebe ein noch größeres. Zerrissen zwischen der Sehnsucht nach der Heimat, der Gattin Penelope, dem Sohn Telemach und der Begierde nach Kalypso, kann Odysseus sich nicht entscheiden.
Welch epochale Kraft und tiefbewegende Lebendigkeit heute noch in dem homerischen Epos von den Irrfahrten des Odysseus stecken, beweist Michael Köhlmeier auch in seinem zweiten, furiosen Roman über den größten Stoff der Weltliteratur. Mit Witz, unerreichter Kunstfertigkeit und kühner Raffinesse erzählt er dabei von Liebe und Tod, Verführung und Gewalt, von Glück und tragischer Verstrickung.

SERIE PIPER

Michael Köhlmeier

Telemach

Roman. 491 Seiten. Leinen

Mit der Geschichte des Odysseus begann vor 2800 Jahren die europäische Literatur. Daß dieses alte Epos vom Mann, der durch die Welt irrt, von der Frau, die auf ihn wartet, und vom Sohn, der nach ihm sucht, bis heute lebendig ist, beweist Michael Köhlmeier in seiner wunderbaren Neuerzählung. Ohne Anstrengung schlägt diese Geschichte einen Bogen von der Antike in unsere heutige Zeit.

Im Mittelpunkt steht Telemach, Sohn des Odysseus, der seinen Vater nie gesehen hat. Inzwischen ist er zwanzig Jahre alt, und der Krieg, in den sein Vater zog, ist längst vorbei. Im Haus des Odysseus haben sich die Freier breitgemacht. Sie werben um die schöne Penelope, die Gattin des Verschollenen. Telemach sieht dem Treiben der Freier mit Verzweiflung, aber hilflos zu…

»Federnder Witz und schäumende Fabulierlust machen diese verfremdete Zeitexpedition zur wahren Lese-Lust-Wandelei.«
Focus

Sagen des klassischen Altertums

189 Seiten. SP 2371

Die Begriffe sind jedem geläufig: vom Ödipus-Komplex bis zur Achilles-Ferse, von den Tantalos-Qualen bis zum Trojanischen Pferd oder zum Danaer-Geschenk, was übrigens genau dieses Pferd ist. Aber wer kennt noch all die Sagen und Geschichten wirklich, aus denen sie stammen? Wer hat heute noch die griechische Mythologie im Kopf – Jene wundervollen Geschichten, auf denen soviel in unserer abendländischen Kultur basiert? Homer hat sie uns überliefert, und Köhlmeier hat seinen Homer fürwahr im Kopf. Er erzählt sie uns neu – und ganz anders, als es Gustav Schwab vor über hundertfünfzig Jahren tat.

Michael Köhlmeiers neue Sagen des klassischen Altertums von Eos bis Aeneas

222 Seiten. SP 2372

Michael Köhlmeiers neue Sagen des klassischen Altertums von Amor und Psyche bis Poseidon

215 Seiten. SP 2609

SERIE PIPER

Michael Köhlmeier

Moderne Zeiten
Roman. 218 Seiten. SP 1942

»Vergnüglicher kann man Zeiten und Beziehungen, Wirklichkeit und Dichtung kaum durcheinanderwirbeln…«

Neue Zürcher Zeitung

Die Musterschüler
Roman. 570 Seiten. SP 1684

In einem gnadenlosen Frage- und Antwortspiel wird eine alte Schuld wieder aufgedeckt: Vor 25 Jahren hat eine Schulklasse einen Mitschüler grausam zusammengeschlagen. Nun muß sie dafür Rechenschaft ablegen.

»Michael Köhlmeier hat Schuld und Scham, Macht und Moral nicht pathetisch hochstilisiert. Vielmehr wickelt er den vielfach verknoteten Handlungsfaden straff, ja flott ab und genießt komische Situationen und witzige Pointen. Sein Stil ist elastisch, mal trokken-lakonisch, manchmal auch bildhaft-mehrdeutig. Und, was am wichtigsten ist, er legt seine genau beobachteten und präzise charakterisierten Figuren nicht fest, sondern läßt ihnen den Spielraum, sich zu verändern.«

Frankfurter Allgemeine Zeitung

Die Figur
Die Geschichte von Gaetano Bresci, Königsmörder. 135 Seiten. SP 1042

»…eine präzise kleine Studie über die Einsamkeit des Menschen bei der Tat.«

Süddeutsche Zeitung

Spielplatz der Helden
Roman. 348 Seiten. SP 1298

»Michael Köhlmeier ist ein Schelm geblieben, darüber hinaus hat er sich zu einem Erzähler von Rang entwickelt.«

Frankfurter Allgemeine Zeitung

Trilogie der sexuellen Abhängigkeit
123 Seiten. SP 2547

In drei ganz alltäglichen Geschichten nimmt sich Michael Köhlmeier der drei klassischen Stationen auf dem Weg zwischen Liebe und Tod an: die Bewährungsprobe der Begierde, der Verlust der Liebe, verbunden mit der Raserei der Eifersucht, schließlich die Lust an der Rache, die mit dem Tod auf die Liebe antworten will. Mit ironischem und feinnervigem Gespür läßt er das Bild des verzweifelten, tragischen, verletzlichen und dabei auch immer lächerlichen Verliebten entstehen.

SERIE PIPER

Peter Gustav Bartschat

Die Nacht des Kalifen

Roman aus dem alten Bagdad. 449 Seiten. SP 1966

Man schreibt das Jahr 1160: Bagdad bereitet sich auf die prunkvolle Hochzeit des Kalifen al-Muqtafi mit der Prinzessin Selina vor. Doch Braut und Bräutigam werden in der Hochzeitsnacht ermordet. Wie war das im schwerbewachten Palast, in dem von innen verriegelten Schlafzimmer möglich? Ein großes Problem, das dem weisen Richter Slugi da gestellt wird, und er ist gut beraten, als er sich den Teppichhändler Usama zu Hilfe holt, denn der scheint von mehr eine Ahnung zu haben als vom Verkauf gefälschter Perserteppiche.

»Bartschats List- und Tücke-Helden erinnern zuweilen an jene von Karl May, Arthur Conan Doyle, Ellery Queen und Umberto Eco, verschonen den Leser aber mit dem Bildungsgespreize des Letztgenannten. Flott und schwungvoll geschrieben, ist ›Die Nacht des Kalifen‹... genau eines jener Bücher, mit denen man sich für ein, zwei Tage ins Bett verzieht.«

Tip, Berlin

Jean-Pierre Néraudau

Das Geheimnis des römischen Gartens

Roman. Aus dem Französischen von Christiane Filius-Jehne. 283 Seiten. SP 1868

Rom in ersten Jahrhundert n.Chr. In einem Garten voll duftender Blumen wird der bis zur Unkenntlichkeit verstümmelte Leichnam Apronias, der jungen Gattin des Marcus Plautius, gefunden. War ihr Fenstersturz ein Unfall, Suizid oder gar Mord? Das jedenfalls behauptet ein anonymes »Manuskript«, das beinahe jeden, vom Ehemann der Toten bis hin zu Kaiser Tiberius persönlich, als Mörder in Betracht zieht. Die Sklavin Corinna und Hylas, ein Schauspieler, wollen die Wahrheit ans Licht bringen. Dabei überschlagen sich die Ereignisse. Ein schillerndes Kaleidoskop römischer Intrigen.

»Jean-Pierre Néraudau, Spezialist der Kunst und der Geschichte Roms, hatte die geniale Idee, einen ›antiken Thriller‹ zu schreiben... er ist raffiniert, spannend, lehrreich und dabei niemals pedantisch, und er zeigt die unterschwellige Grausamkeit jener Epoche.«

Libération

Kathleen Robinson

Dominicus

Ein Roman aus dem alten Rom. Aus dem Amerikanischen von Michael Hofmann. 511 Seiten. SP 1924

Gallien im Jahr 395 n. Chr. Mit der Geburt des zwergwüchsigen Knaben Dominicus beginnt dieser abenteuerliche Unterhaltungsroman, der den Leser mitnimmt auf eine spannende Reise durch die Spätantike. Nach dem frühen Tod seiner Eltern wird Dominicus von seinem Vormund an eine fahrende Gauklertruppe verkauft. Das Schicksal führt den Wanderzirkus von Gallien in das vor Leben übersprudelnde dekadente Rom, wo sich die Künstler unter der Obhut eines ehrgeizigen römischen Senators in kürzester Zeit einen Namen machen. Doch das Glück bleibt den Zirkusleuten nicht hold: Sie fallen in Ungnade, und Dominicus kann als einziger den Häschern entkommen...

Kathleen Robinsons üppig erzählter, detail- und stimmungsreicher Roman führt uns in die aufregende Zeit des alten Rom, in Amphitheater mit fackelerleuchteten Bühnen, in das Gallien der Gladiatoren, in die winkligen Gassen Alexandrias, durch die der Wüstenwind weht, in die farbenprächtigen Basare Konstantinopels...

»Dominicus« ist ein mitreißender historischer Roman, der die Zeit der Spätantike, ihre Kultur und ihre Menschen lebendig werden läßt: Eine faszinierende Lesereise in eine exotische, märchenhafte Welt voller Glück und Abenteuer, voller Liebe und Grausamkeit.

»Ein gut recherchierter, gut erzählter Plot, der überzeugende, liebenswerte Charaktere und prächtige Ansichten antiker Städte zeichnet. Und das Ganze hat Tempo!«

Kirkus Review

»Ein intelligenter historischer Roman mit viel Hindergrund, flotten Dialogen und einer Vielzahl faszinierender Schurken.«

Brigitte

»So schillernd, märchenhaft und phantastisch der Roman von Kathleen Robinson ist, so vergnüglich ist er auch. Genüßlich ausgemalte Ungeheuerlichkeiten und amüsante Episoden sorgen für Abwechslung in diesem Roman, der genau der richtige Schmöker für lange Abende ist.«

Kieler Nachrichten

SERIE PIPER

Brigitte Riebe

Palast der blauen Delphine

Ein Roman aus dem alten Kreta. 494 Seiten. SP 2274

Der berühmte Mythos vom kretischen Labyrinth, die wohl spannendste und geheimnisvollste Sage des Abendlandes – erzählt aus der Perspektive der matriarchalisch orientierten kretischen Kultur. Der Held ist Asterios, Sohn der Königin Pasiphaë und eines Stiertänzers. Er wird der erste männliche Priester, der den Orakeln zufolge Kreta vor dem Untergang retten soll. Nach einer tragischen Liebesgeschichte mit seiner Halbschwester Ariadne und dem beinahe tödlich endenden Zweikampf mit dem attischen Thronfolger Theseus scheint Asterios jedoch an seiner Mission zu scheitern …

»Zu den schönsten historischen Romanen zählt für mich Brigitte Riebes Buch ›Palast der blauen Delphine‹. Sagen, Mythen und historische Fakten werden hier zu einer spannenden Handlung verflochten. Brigitte Riebe beschwört die alte Welt der Großen Göttin, die zu jener Zeit noch mächtiger war als alle männlichen Götter des griechischen Olymp und die damals über das minoische Kreta herrschte. Es war die Epoche des Matriarchats, die mit den Eroberungszügen der Stämme vom Festland endete.«

Norddeutscher Rundfunk

»Der Roman von Brigitte Riebe wirkt wie eine traumhafte Rückkehr in die Kindheit, als wir noch an Märchen glaubten oder zumindest nicht ausschließen wollten, daß sie wahr sind.«

Sender Freies Berlin

»Die Historikerin Brigitte Riebe, die sich mit von Frauen beherrschten Kulturen beschäftigt, erzählt die Sage aus dem Blickwinkel der matriarchalisch orientierten kretischen Mythen. Entstanden ist ein mitreißender historischer Roman über Liebe, Politik und den Untergang einer Kultur.

Gala

»Eine Geschichte – so spannend wie ein Krimi.«

Madame

SERIE PIPER

Antonio Gala

Die Handschrift von Granada

Historischer Roman. Aus dem Spanischen von Lisa Grüneisen. 736 Seiten. SP 2295

Granada 1492: Eine Epoche beispielloser Toleranz geht zu Ende, als Boabdil, der letzte maurische Herrscher, die Stadt dem katholischen Königspaar Isabel und Ferdinand übergeben muß. Machtpolitik, religiöser Fanatisimus, Geldgier und Inquisation vernichten eine faszinierende, hochstehende Kultur, von der die europäisch-christliche Zivilisation maßgeblich mitgeprägt wurde.

An die verzauberte Atmosphäre aus 1001 Nacht erinnert die Erzählung aus dem bewegten Leben Sultan Boabdils, des letzten maurischen Herrschers von Granada, und zeichnet zugleich ein Bild vom Untergang einer höchst verfeinerten und toleranten Kultur. Auf dem karmesinroten Kanzleipapier der Alhambra schildert Boabdil eine Welt, in der Architektur und Kunst höchste Vollendung erreicht hatten.

Henri Gougaud

Im Schatten der Kathedrale

Roman. Aus dem Französischen von Wieland Grommes. 335 Seiten. SP 2432

Toulouse im Frühjahr 1321: Zwischen dem Schatten der Kathedrale und dem bunten Treiben in den Gassen, zwischen der Stille des Klosters und dem Lärm fanatischen Gemetzels, zwischen christlichem Bekehrungswahn und der Gelassenheit jüdischer Weisheit entfaltet Henri Gougaud ein eindrucksvolles Epochengemälde: Der junge, karrieresüchtige Jacques Novelli, von unerbittlicher Strenge gegen sich und die Welt, ist Großinquisitor der Stadt. Sein Ehrgeiz wird nur übertroffen von seinem Rivalen Jean Le Hongre, dem Anführer einer wilden Horde religiöser Eiferer. Novelli nimmt Stephanie, die schöne Schwester Le Hongres, als Geisel. Mit ihr erfährt er die wunderbaren Wonnen der Liebe. Schließlich öffnet ihm der weise Jude Salomon d'Ondes die Augen für die Welt: Der fanatische Gottesmann wird in der Gosse des Lebens zum Menschen.

SERIE PIPER

Harald Braem

Hem-On, der Ägypter
Roman. 411 Seiten. SP 1581

Dieser historische Fantasy-Roman führt weit zurück in das Ägypten der Pharaonen, in die Zeit des Pyramidenbaus und des sagenumwobenen Arztes und Architekten Imhotep. Der junge Hem-On, ein Priesterschüler von geheimnisvoller Herkunft, erlebt als Vertrauter Imhoteps faszinierende Abenteuer: Er nimmt am Feldzug gegen die Nubier zu den »Schlafstätten des Nils« teil, erlebt den Bau der großen Pyramide mit und wird schließlich ins Reich der geheimnisumwitterten Königin von Saba geschickt.

Der Löwe von Uruk
Roman. 489 Seiten. SP 1282

Die Geschichte von Gilgamesch, dem sagenhaften König von Uruk im Zweistromland, gilt als das älteste literarische Zeugnis der Menschheit überhaupt. Harald Braem hat das sumerische Epos, das den Weg Gilgameschs durch viele Abenteuer bis weit über die Grenzen seiner Welt hinaus, bis auf die »Insel der Unsterblichkeit«, berichtet, neu erzählt. Bestechend ist an diesem spannenden Roman nicht nur die genaue Darstellung der magischen und astrologischen Geheimlehren der Sumerer, sondern die verblüffende Aktualität, die der Autor dieser alten Geschichte abzugewinnen weiß.

»Braem versteht es, eine geschlossene ökologische und psychologische Lesart des Gilgamesch-Epos zu entwickeln.«
Die Zeit

Das Hotel zum schwarzen Prinzen
Phantastische Erzählungen. 133 Seiten. SP 2129

Tanausu – der letzte König der Kanaren
Roman. 358 Seiten. SP 1284

Harald Braem schildert in diesem fesselnden und farbigen Roman den Verzweiflungskampf der Guanchen unter ihrem letzten König Tanausu gegen die übermächtigen Eindringlinge. Erst durch Betrug und Verrat gelingt es den Spaniern, die Verteidiger des »Heiligen Kraters« zu überwältigen und Tanausu gefangenzunehmen. Vor der Kulisse eines unserer heute beliebtesten Ferienparadiese entfaltet sich das Drama einer geheimnisvollen Kultur, die dem europäischen Eroberungsdrang zum Opfer fällt.

SERIE PIPER

Stephanie Cowell

Die Ballade des Falken
Roman aus der Shakespeare-Zeit. Aus dem Englischen von Carina von Enzenberg. 544 Seiten. SP 2470

Geboren in Canterbury im ausgehenden 16. Jahrhundert, hat der begabte, ungestüme Nicholas Cooke bereits mit 13 Jahren harte Schicksalsschläge erlebt: Er mußte zusehen, wie sein Vater als Dieb gehenkt wurde und wie seine über alles geliebte Mutter früh starb.
Im übersprudelnden London, inmitten von geschäftstüchtigen Kaufleuten, feuerspeienden Gauklern und dem Wagengerassel des fahrenden Volkes, versucht Nick sein Glück als Schaupieler. Der charismatische Dichter Kit Morley, der Gefallen an dem aufgeweckten Knaben gefunden hat, ebnet ihm dazu den Weg. Er verschafft ihm einen Platz in der Theatertruppe des John Heminges, dessen schöne, sanfte Frau Rebecca Nick bald in Verwirrung stürzt... Und ein weiterer passionierter Theatermann wird Nicks Freund und Förderer: Will Shagspere. Gemeinsam errichten sie an den Ufern der Themse das Globe Theatre, das später Weltberühmtheit erlangen würde. Aber Nicks unruhiger Geist treibt ihn weiter: Als sein erster Sohn von der Pest dahingerafft wird, besinnt er sich auf seinen Jugendtraum und vertieft sich ins Studium der Medizin und Theologie... Glanz und Elend des Elisabethanischen Englands werden in diesem opulenten historischen Roman lebendig. Das spätmittelalterliche London mit seinen winkeligen Gassen und imposanten gotischen Bauten, in dem Hungersnot und Pest ebenso herrschen wie die mitreißende Aufbruchstimmung zu Beginn der Neuzeit, bildet den Hintergrund für das Schicksal des jungen Nick. Er ist ein echter Held der Renaissance: von unstillbarem Wissensdurst und festem Glauben an die Kraft des Geistes, muß er doch immer wieder an seine Grenzen stoßen.

»Cowell hat ideales Urlaubsfutter geschrieben, ein großes Stück lehrreicher Unterhaltungsliteratur, das Englands größte Ära mit allen Licht- und Schattenseiten als faszinierenden Bilderbogen aufblättert.«
Welt am Sonntag